JN258049

笠間書院

堀川貴司
HORIKAWA Takashi

続 五山文学研究

資料と論考

はしがき

本書は、二〇一一年に刊行した『五山文学研究　資料と論考』（以下、「前著」と呼ぶ）の後を受けて、関連する論考や資料紹介を収めたものである。

第一部の「総論」では、五山文学を通時的に捉える視点から、偈頌（げじゅ）と詩、文学的イメージ、基礎的教養の育成という三つの問題を取り上げた。第三章は前著第一章「五山における漢籍受容」と関連する内容である。

第二部の「注釈・講義」では、前著に引き続き抄物を取り上げている。類型、説話といった視点からの分析、講義の現場における聞き書きの問題、聴衆と講義内容との関連など、前著に比べ話題は多岐にわたる。第四章では前著第一〇章、第六章では前著第一三章、第七章では前著第一四章に翻刻した資料を分析しているので、併せ参照していただきたい。

第三部の「詩集・詩法」では、室町時代に主流となった七言絶句の詠法に関わる問題として、『三体詩』の詩法の問題、三条西実隆（さんじょうにしさねたか）を中心とする公家の漢詩の分析と五山僧の漢詩との比較、五山詩の総集・別集の編成の問題、五山における詩の評価の問題などを取り上げた。第一四章〜一六章では、これまでほとんど研究対象となってこなかった資料の紹介も併せて行っている。『村菴稿（そんあんこう）』は題材別に分類排列された希世霊彦（きせいれいげん）の小規模詩集、『日課一百首（にっかいっぴゃくしゅ）』は五山僧二人の批評が加えられた鉄山宗鈍（てつざんそうどん）作と見られる詩集、『詩聯諺解（しれんげんかい）』は策彦周良（さくげんしゅうりょう）作と見られる漢詩と聯句の作法書である。なお、『三体詩』に関しては前著第一二章で、その比較的古い形を残している抄物断簡を紹介し、また三条西家と五山との関わりについては、前著第三・四章でも扱っている。

第四部では、「その他」として、二章を収めた。ひとつは、前著第一五章で紹介した大応派の抄物と同様、五山の主流からは離れて独自の活動を行った幻住派の資料で、やはりこれまで研究対象となってこなかった五山版を紹介したものである。もう一つは、近年活況を呈している中国における日本漢籍研究の紹介を兼ねた、研究書の書評である。

興味関心は前著から継続しており、題材やテーマに共通するものも多いが、抄物をどのように扱うか、詩の詠法をどう捉えるかといった問題意識がより強く出てきた。抄物については、原典を解釈するときの論理あるいは根拠の提示をどのように行っているか、説話的なものをどう利用しているのか、といった点に注目した。詩の詠法については、当時の禅僧の批評的言説を参考にしながら作品を分析することを試みた。いまだに試行錯誤の段階ではあるものの前著よりも集中的に論じられたと考えている。

末尾に、前著をも対象とした、主要な人名・書名等の索引を付した。

『続　五山文学研究　資料と論考』目次

はしがき

第一部　総論

第一章　五山文学における偈頌（げじゅ）と詩──一休を焦点として──

はじめに

室町時代、五山制度が幕府のもとで確立し、五山僧たちは将軍を頂点とする武家権力に奉仕する存在となる。その役割には大きく二つの分野があり、一つは外交・貿易、すなわち明や朝鮮との外交文書のやりとりや貿易の実務を担うもので、これは実質的に将軍権力の一源泉となった。もう一つは文化面での貢献で、建築・庭園・絵画・書・文学・茶の湯などの中国文化を日本に移植し、五山寺院を生活に密着した総合芸術の場とし、それがしだいに日本の生活文化に浸透していった。▼注1

五山僧にとって漢詩・漢文を作ることは、この両面で最も重要な能力であり、その表現力を養うために、仏教経典や禅語録のみならず、外典（げてん）（儒学・歴史・文学など一般的な漢籍）も広く学ぶ必要があった。そこから、学問と創作の両面における世俗的な文学の発達、繁栄が起こってくる。

その結果として、五山文学の二面性──すなわち、禅僧の禅的境地の表明、あるいは後進の修行の手がかり、という宗教的側面と、宋元明の新しい中国文学を導入した最新の漢文学作品という、文学的側面とが現れてくるのである。

ところで、仏教経典のなかで定型律（四言、五言など）で漢訳される部分を「偈頌」と呼ぶ。「偈」はサンスクリット語のgāthā（ガーター、韻文）の音写語（「伽陀」とも表記する）、「頌」は翻訳語である。[注2]例えば「念彼観音力、刀尋段段壊」（観音経）「諸悪莫作、衆善奉行、自浄其意、是諸仏教」（七仏通戒偈）といった、禅宗でもなじみの文句がそれに当たる。すなわちこれらは、詩の形式を取った仏の教えである。禅宗の場合、僧が仏に成り代わり、自らの禅的な境地を表明し、また弟子を教え諭すが、そのときのことば（法語）が詩の形式を取ったものを「偈頌」と呼んでいる（なお、「偈」は四句から成るもののみを指す場合もあり、五山においても同様に用いられることがある）。五山文学の二面性のうち、宗教的側面がこれによって表現されるのである。

　こうしてみると、このテーマは五山文学の最も重要な特徴を正面から扱うもので、そうそう簡単に解き明かせないのであるが、それを敢えて述べようとするのは、次のようなきっかけがあったためである。

　稿者が昔から関心を寄せていた一休宗純（一三九四～一四八一）の作品集『狂雲集』には、室町時代後期から江戸時代初期にかけての写本が一〇本あるが、そのうち、前半と後半に分かれ、後半を「狂雲詩集」などと「詩」の語を含む題名が付けられているものが五本もある。これは、一休に偈頌と詩とを分ける考えがあり、それが編成に反映しているのではないか、という説が唱えられていた。[注3]

　偈頌についての知識に乏しく、この説の当否を検討するだけの能力がなかったため、検討を怠ってきたが、近年、五山僧の語録あるいは詩文集の編成について考えることがあり、そのことと、この問題とがつながっているかもしれない、と思い始めた。一休は五山制度に属さない林下寺院の大徳寺の僧侶だが、若い頃五山で修行、その文学の影響を受けているため、同時代の五山の様相と比較することが有効ではないかと考えた次第である。まだまだ手探りの段階ではあるが、考え方の枠組を作り、一つの解釈を提示することで今後の研究のきっかけとしたい。

　そこで、当時の禅林において、偈頌と詩とはどのように認識されていたのか、制作の傾向に時代的な変遷はあったのか、という問題意識のもと、①それぞれの禅僧の作品集の編成、②偈頌と詩をめぐる禅僧の発言、を検討した上で、③作品そのものの分析、を行いたい。ただし、準備不足もあり、①②については点と点をつなげるような形になっていること、また③については五山僧を飛ばしていきなり一休の作品を対象とすることをあらかじめお断りしておく。

一　来日僧の語録（鎌倉後期～南北朝期）

禅僧の語録の編纂は、多くの場合、弟子たちが生前の師匠のことばを記録編集して書物に仕上げるもので、その編成に作者本人の意向が反映しているかどうかは不明だが、ここでは、おおよその時代の禅林の風潮を表すものと認定して扱うこととする。

一山一寧（いっさんいちねい）（一二四七―一三一七、一二九九来日）

『一山国師妙慈弘済大師（みょうじぐさいだいし）語録』（大正新脩大蔵経八〇）のみ伝わる。

　上巻……住持を務めた中国・日本の寺院における語録および小参・法語・拈古（ねんこ）・頌古（じゅこ）

　下巻……偈頌・仏祖賛・自賛・小仏事

下巻にはそのほか国師号・大師号に関わる勅書等や伝記・跋文などを収める。

このなかで広義の偈頌に含まれるものを挙げると次のようになる。

＊頌古　公案に対して自己の見解を詩の形式によって述べたもの。

＊偈頌　道号頌（弟子などに号を授ける時にその意味を説く）や送行（そうあん）頌（寺を去っていく僧を送る）など。

*仏祖賛　釈迦・達磨ほか歴代禅僧について詠むもの。四言や雑言（句の長さが一定ではない形式）など、近体詩ではない形式のものも含む。

*自賛　自分自身の肖像への着賛。これもさまざまな形式の韻文が用いられる。

このうち、偈頌には後宇多法皇・近衛家平・六条有忠との贈答が含まれ、それらは内容的に偈頌とはいいがたいものであるが、南禅寺の大檀那たる天皇家や貴顕との付き合いも、住持としての活動の一環という認識で収録されたのであろう。一山には瀟湘八景図（中国長江中流の八つの風景を描く絵画）の賛が二首残っているが、[注4]ここには収録されていない。世俗的な作品もある程度は作られていた中で、語録に収めるのにふさわしいもののみ選択された、という可能性が高い。

竺仙梵僊（一二九二―一三四八、一三二九来日）

『竺仙和尚語録』（大正新脩大蔵経八〇）は、やや編成が不分明、おそらく法語・偈頌・賛語を収めるものであろう。その他に『来々禅子東渡集』『来々禅子尚時集』（大日本仏教全書）および『天柱集』（五山文学全集一）がある。いずれも語録から独立した偈頌集（『天柱集』は文章も含む）で、自賛、あるいは花鳥画への画賛なども含んだ内容である。

一山語録で「頌古」「仏祖賛」「自賛」の三つは、直接的に禅的境地を表明する、もっとも偈頌らしい分野であり、のこりの「偈頌」とされたものは、禅宗寺院内部における人間関係や日常生活に基づくもの、さらに外部の世俗社会との関わりで生まれてくるものが中心で、世俗的要素が入ってくる可能性が高い。そのような部分が増えてくると、竺仙のように独立した作品集が成立してくるのではなかろうか。これには、北宋では覚範慧洪の『石門文字禅』のような突出した存在はあるものの、まだ一般的ではなかった詩文集を、南宋・元の禅僧では語録とは別に「〇〇外集」などと称して別立てにする例が増えてきたことも影響しているだろう。

二　南北朝の日本人僧の語録・作品集

玉村竹二氏は、この時期に日本人僧が留学した元代の金剛幢下（古林清茂門下）の偈頌中心主義が五山における偈頌全盛期をもたらし、ついで明代の大慧派の詩文中心主義が絶海中津らによってもたらされて五山文学の世俗化が起こった、とする。[▼注5] その波が鎌倉末から南北朝時代にかけて日本人僧にも及んでくる。

虎関師錬（一二七八―一三四六、留学経験なし）

『十禅支録』『続十禅支録』という語録とは別に『済北集』二〇巻（五山文学全集一）がある。

巻一～四　賦・古詩・律詩・絶句
巻五・六　偈賛
巻七～九　原・記・銘・序跋・辨議書
巻十　外紀・行記・伝・表・疏
巻十一　詩話
巻十二～十五　清言・祭文・論
巻十六～二十　通衡

巻一から巻六までが「詩」（韻文）、巻七以降が「文」（散文）という構成で、六巻のうち四巻が詩、二巻が偈頌になっている。「文」においては巻七から十一まではほぼ世俗的な内容であり、そもそもこのようにさまざまな詩体・

文体を駆使するということ自体、初期五山の禅僧のあり方からは相当に逸脱していると言えよう。

中巌円月（ちゅうがんえんげつ）（一三〇〇―七五、一三二五―三二留学）

主著『東海一漚集』（とうかいいちおうしゅう）（五山文学新集四）（ただし、五山文学全集二とは編成が異なる）

巻一　賦・詩

巻二　記・表書・雑著

巻三　中正子（儒学思想を述べたもの）

巻四　随筆（藤陰瑣細集・文明軒雑談）

巻五　語録

別集　真賛・拈香・秉炬（ひんこ）・仏事・疏・銘・行状・序など

巻三以降はそれぞれ独立した写本・版本で伝わるものもあるが、いずれにせよ、虎関に比べても、世俗的な著作を中心に置き、禅僧としての偈頌や法語類を末尾に、付録的な扱いにしていることがわかる。

義堂周信（ぎどうしゅうしん）（一三二五―八八、留学経験なし）

語録（大正新脩大蔵経八〇）とは別に『空華集』（くうげしゅう）二〇巻（五山文学全集二）がある。

巻一　古詩・歌・楚辞・四言絶句・五言絶句・六言絶句・七言絶句

巻二～五　七言絶句

巻六　五言律詩・五言排律

巻七～九　七言律詩

巻十　七言律詩・七言排律

巻十一～十四　序

巻十五～十七　説
巻十八　記・書・題跋・雑著
巻十九　疏
巻二十　銘・祭文

部門として「偈頌」という名称はなくなっている。ただし、作品としては、禅僧との贈答や送行といった偈頌的内容を含むものも多い。文章についても、巻十五～十七の「説」は字説、すなわち道号頌の文章版のような内容なので、半数の巻は禅的な内容が占めている。

なお、日記『空華日用工夫略集』にも贈答詩などが収められている。

絶海中津（一三三四―一四〇五、一三六八―七六カ留学）

語録三巻（大正新脩大蔵経八〇）以外の著作としては『蕉堅藁』一巻（版本は二巻二冊、五山文学全集二）が伝わるのみ。内容は、五言律詩・七言律詩・五言絶句・七言絶句・疏・序・書・説・銘・祭文となっていて、部門の立て方は義堂と共通性が高い。偈頌は語録巻下に収められ、拈古・道号頌など以外にも、禅僧との贈答も含まれていて、内容によってどちらに収めるか判断された可能性がある。なお文章に関しても、『善隣国宝記』に収められる朝鮮への国書といったものは入っておらず、相当に精選された作品のみを収めたと考えられる。

いずれも、語録以外の詩文集（外集）が独立し、ふくらんでいる。そこには禅的な作品も含まれているが、世俗の詩文と変わらない内容のものが主流で、その文体・詩体や対象も多様である。これは、文人的要素と旧来の禅僧としてのあり方とが共存した状況だと言えよう。そこには、同時代の中国の禅僧を模倣し自らそうあろうとした面と、権力者から世俗的な詩文の作成を求められていた面とがあろう。

三　室町時代の様相

このように、語録とは別個に（あるいは共通の書名のもとに）、世俗的要素を多く含む作品を詩文集として編成する傾向は、室町前期にも続き、惟忠通恕（一三四九―一四二九）・惟肖得巌（一三六〇―一四三七）・江西龍派（一三七五―一四四六）らに継承される。しかし、中国文人のように幅広い散文の著作を残す、ということは少なくなり、四六文（疏と呼ばれる公式文書）と詩に集中するようになる。偈頌も次第に少なくなっていくのである。

惟肖得巌（一三六〇―一四三七）

『東海璚華集』（五山文学新集二）は、語録以下、禅僧としての文章をまとめた部分と、詩を詩体別にまとめた部分から成る。これとは別に疏のみを集めた本が伝わる。偈頌は、文章をまとめた部分の末尾に「道号」が収められる以外は、詩体別（律詩と絶句）の詩集部分に混ざり合っている。

さらに次世代の瑞渓周鳳（一三九二―一四七三）・希世霊彦（一四〇三―八八）・横川景三（一四二九―九三）・天隠龍沢（一四二二―一五〇〇）・万里集九（一四二八―一五〇三頃）らになると、偈頌あるいは語録を別立てにしないものも増えてくる。たとえば万里は偈を別立てしようとしているが未完成のまま、横川は制作年時順のままである。また、詩体は七言絶句が圧倒的に多くなる。このような傾向は室町末まで続くようである。そのなかで、景徐周麟（一四四〇―一五一八）は、編集が行き届いているが、偈頌と詩では圧倒的に詩が多い。

希世霊彦（一四〇三―八八）

『村庵藁』（五山文学新集二）は上巻および中巻の途中まで七言絶句、中巻後半はその他の詩体。題詠や題画詩、また少年僧の作品への次韻詩など、室町中期の五山における典型的な詩を収める。下巻には疏・序・字説・賛・題跋などの散文がある。希世は住持に就任していないので、いわゆる語録はなく、また明確に偈頌と言えるものもほとんどない。

景徐周麟（一四四〇―一五一八）

『翰林葫蘆集』（五山文学全集四、ただし語録を割愛）は、語録部分と詩文集とを両方備えている。上堂（一巻）・秉払・疏・道号・詩（五巻）・文（三巻、序・記・字説・跋など）・賛・仏事（三巻）の計一七巻。

英甫永雄（一五四七―一六〇二）

『倒痾集』（吉田幸一編『雄長老集』古典文庫、一九九七に影印、蔭木英雄・浜田啓介による翻刻が『室町ごころ』角川書店、一九七八にある）（他に語録『羽弓集』あり）

（章題なし）	六七九首
故事	三二首
賛	一一九首
追悼	八五首
送行	二一首
招詩	一首
頌	一一首（全九四八首）

頌に収められているのは、建仁寺住持就任を勧める詩への返事、東寺に宿泊して大師忌の儀式を見て詠んだもの、「仏涅槃日」「般若湯」「木犀花数珠」「拄杖化龍」といった禅寺ゆかりの事物、「智門蓮華話」「庭前柏樹」といっ

た公案を題にしたものなど、題材が明確に禅的なものに限定される。

このように、偈頌の比率が明らかに低下する一方、世俗的な詩文も特定の文体・詩体に集中するようになる。ただし、それぞれの置かれた状況や立場によって違いがあるので、さらに細かな検討が必要であろう。

四　五山僧の偈頌と詩に対する意識

こうしてみると、南北朝時代を画期として、偈頌から詩へと重心が移動していったように観察される。その時期の五山僧は、この流れについてどのような見解を示したか。二つの発言を取り上げよう。

或人問云、詩即尋常風雅文人所作、但如禅林偈頌者、其体如何。答曰、汝不見乎、伝燈所載七仏二十八祖伝法有偈、言辞淳厚、与夫咸淳・景定諸師所作細巧華麗者、相去何啻天淵之遠而已耶。元朝有長老義空遠者、住東林、高潔而好古、大禅師也。甚病、今代流俗阿師称禅者、操以奇芬異葩之語為偈頌、抵足汚壊吾宗、直説単伝之道、繇是不分。採摭仏祖偈頌、専為淳素渾厚者、作一大冊、題名曰獅子筋。禅居老師（清拙正澄）甚喜之、携来日本。不知今此書、秘在何処、不見行于時、為可惜也。蓋吾郷禅和子、不好古、故唾而棄之耳歟。（中巌円月『東海一漚集』四、文明軒雑談・下、五山文学新集四・四八四頁）

偈頌は過去七仏から西天二十八祖を経て達磨に至るまで、その法を伝える手段として使われてきたものである。その素朴で力強い表現は、南宋末、景定（一二六〇―六四）・咸淳（一二六五―七四）年間の禅僧たちの繊細華麗な偈頌とは天地ほどの隔たりがある。そういう偈頌は禅宗の自滅だと憂えた義空遠という僧が手本とすべき仏祖の偈頌を選んで『獅子筋』と名付けた。これを清拙正澄（一二七四―一三三九、一三二六来日）が日本に持ち込んだが、今どこに隠れているのか、世間に流布していない。我が国の禅僧たちは古いものを好まないので、見捨てられてしまったのだろう――大意はこのようなところである。

清拙正澄といえば、南宋の禅僧の偈頌を集めた『江湖風月集』（ごうこふうげつしゅう）[注6]を日本にもたらし、出版したとも言われる。彼の『禅居集』（ぜんごしゅう）には「跋江湖集」という文章があり（五山文学全集一・四九九頁）、ここでも南宋末の偈頌は「穿鑿度を過ぎ、殊に醇厚の風を失ふ」と否定的であるが、その詩法を学んだ上でそれを捨てればよいので、学ぶ価値はある、としている。

中巌は清拙とも共通の認識の上で、「尋常風雅の文人の作る所」の「詩」と、禅を次代へと伝える大事な役割を担った「偈頌」とを明確に区別し、偈頌の惰弱に流れるさま（詩への接近と言い換えてもよいだろう）を激しく非難しているのである。

実はこの話の直前には、北宋の詩人蘇軾（そしょく）と黄庭堅（こうていけん）の禅語を用いた詩を取り上げ、「今時禅和子、以頌詩為分別、以細巧婀柔者、謂之為詩、以粗強直条之語、名之為頌、且用仏祖言語、乃為頌、如蘇・黄二公詩、為頌耶、亦為詩也、（中略――二人の詩句を引用する）、此等語、載于禅林所行江湖集・菩薩蛮集中、誰云非頌邪」とも述べていて、表現の軟弱・強硬の違い、禅語使用の有無によって偈頌と詩を区別するなら、たとえ作者が俗人であっても偈頌と呼べる、と論じている（文中の「江湖集」がすなわち『江湖風月集』、「菩薩蛮」（ぼさつばん）は同様の中国禅僧の偈頌集だが散逸）。これも、仏祖の素朴な偈頌に価値を置き、俗人の普通の詩と変わらないような作品を作る禅僧に対する批判であろう。

義堂周信は、精力的な著作活動のかたわら、中国禅僧の偈頌を分類編集した総集の編纂を生涯の課題としていた。最晩年にようやくまとまったものが五山版として刊行され、『重刊貞和類聚祖苑聯芳集』（じゅうかんじょうわるいじゅうそえんれんぽうしゅう）と名付けられた。全十巻には、頌古・賛・道号といった狭義の偈頌はもちろんのこと、送行・贈答といった人事に関するもの、身の回りの道具類や飲食、画賛、動植物、季節折々の詠まで、幅広く採録されている。

義堂は跋文において、「吾宗無語句、亦無法与人、此集従何而来哉」すなわち、不立文字・教外別伝の禅宗においてこのような偈頌を作り、また読む意義は何なのか、と問いかけながら、貞和年間（一三四五—五九）、二十代前半を過ごした天龍寺において「童蒙」のために編集した原稿を火事で亡くした後、間違いだらけの伝写本や海賊版が横行するのを黙認できず、自らの手で完全増補版を編集したのだ、と述べている。[注7]

やや時代が飛んで、天隠龍沢は、文明一五年（一四八三）に、唐から明にかけての詩を集めた『錦繡段』の自序にこう述べる。

詩者非吾宗所業也。雖然古人曰、参詩如参禅。詩也、禅也、到其悟入則非言語所及也。吾門耆宿不外之。覚範・参寥・珍蔵叟・至天隠詩老、或編其集、或註其詩。豈謂吾宗無詩乎。（中略）詩之外無禅、禅之外無詩。於是始知淵明之詩有達磨骨髄、后山之詩有洞家玄妙也。（江戸時代の『錦繡段』版本にある序文）

詩はもともと禅僧の仕事ではないが、昔の人が「禅に参ずるように詩に参ぜよ」と言ったように、詩も禅も悟りの境地に到れば言語の世界を超越することは同じである。だから宋元の有名な禅僧たち（北宋の覚範慧洪・参寥道潜、宋末元初の蔵叟善珍・天隠円至ら）も詩集を作ったり詩集の注釈を行ったりした。決して禅宗に詩がないわけではない。（中略部分は、自分が若い頃から詩に志し、手本としてこの詩集を編んだことを述べる）詩と禅とは一体のものである。だからこそ陶淵明の詩には達磨の教えのエッセンスがあり、陳師道（北宋の詩人、蘇軾の弟子）には曹洞宗の教えが含まれている——全体の内容はこんなところであろう。すなわち、詩と禅との一体化（詩禅一如）という思想が背景にあって、詩と偈頌とが一体化しているのである（本書第七章も参照のこと）。

作品集の編成において見たように、偈頌中心から詩中心へという現実の作品制作の変化に伴って、南北朝期における詩と偈頌との葛藤から、室町期の一体化へと、意識もまた変化していくさまが見て取れる。

五　一休における詩と偈頌

『狂雲集』のなかから、「詩」と「偈」とに分類されているそれぞれの作品を一首ずつ取り上げる。

「詩」に属する作品の例

山市晴嵐

街頭十字在山頭　　街頭十字　山頭に在り
風外晴嵐富貴秋　　風外の晴嵐　富貴の秋
万貫銭兼一天米　　万貫の銭と一天の米と
市人商女好風流　　市人　商女　好風流

禅僧は山にこもって修行し、また町中に出てきて修行するが、ここはそれが両方ともある場所だ。風が靄を吹き飛ばし、豊作の秋晴れになった。数え切れないほどの銭と米がこの市で取引され、商人も妓女もいきいきと活動している。

「街頭十字」とは、「十字街頭」を転倒させたもので、『臨済録』に見える語。「商女」とは、唐の詩人杜牧（とぼく）の「秦淮（しんわい）」（『三体詩』所収）の句「商女は知らず亡国の恨み」に基づく語で、宴席で歌を歌う女性を言う。このように、禅籍と漢籍の両方の表現を取り入れて一首を構成している。

題の「山市晴嵐」は、瀟湘八景の一つで、冒頭に取り上げた一山一寧以降、日本でも五山僧が大量に詠んでいる。多くの作品は利に走る商人たちを批判的に描くのだが、一休はむしろそれを「風流」とする点で異色である。▼注8

表現の出典である『三体詩』は禅林で広く読まれた唐詩選集で、一休も建仁寺修行時代から親しんでいる。

なお、このほか、「詩」に属する作品のテーマとしては中国の歴史上の人物や故事が多く、漢籍に描かれた世界に遊び、そこに自己表現を盛り込んでいくような作品が一般的である。

「偈頌」に属する作品の例

長禄庚辰八月晦日大風洪水衆人皆憂、夜有遊宴歌吹之客、不忍聞之、作偈以自慰云

（長禄庚辰〔長禄四年、一四六〇〕八月晦日、大風洪水ありて衆人皆な憂ふるに、夜遊宴歌吹の客有り、之を聞くに忍びず、偈を作りて以て自ら慰むと云ふ）

大風洪水万民憂　　大風　洪水　万民　憂ふ
歌舞管絃誰夜遊　　歌舞　管絃　誰か夜遊せる
法有興衰劫増減　　法に興衰有り　劫に増減あり
任他明月下西楼　　任他（さもあらば）あれ明月の西楼に下るに

大風や洪水で人々が苦しんでいるのに、いったい誰だ、どんちゃん騒ぎをしているのは。長い時間のあいだに仏法の興隆から衰退へ、世界も建設から破壊へと向かっているのだろう。そんな物思いにふけるうち、美しい月が西の高殿に沈んでいってしまった。

「劫増減」とは、時間の数え方を言う。十歳から百年ごとに一歳増やして八万四千歳に到り、逆に一歳減らして十歳に戻るまでを一増減とし、その八十倍を大劫とするもの。大劫のうちの壊劫と呼ばれる劫のときには、さまざまな災害が起こって世界が破壊される。第四句「任他明月下西楼」は、句全体が李益（りえき）「写情」（『三体詩』所収）第四句をそのまま使っている。もとの詩では愛する女性を失った作者が、もう月を眺めて楽しむ気にもなれない、という悲しみを表現しているのを、対社会的な感情に置き換えている。▼注9

この作品では、社会の現実を見て心が動かされ、その思考が仏法あるいは禅のあり方へ、また自分自身のあり方へとつながっていく。

両者を比較すれば、より直接的に自己の思考や感情を表現しているのが偈頌、中国の古典作品の世界を自由な解釈で描くことにより、間接的に自己を表現しているのが詩ということになろうか。

おわりに

中巌も義堂も、偈頌こそが禅僧としての存在意義と密接不可分であることを強く意識している。それにもかかわらず、先述のように、みずからの文業において、文人士大夫的なあり方に踏み出して、俗人と変わらない編成の作品集を残している。この矛盾こそ、五山僧の文人化が始まった南北朝時代の著しい特徴と言えるのではなかろうか。それは、禅僧と文人という二つの立場の緊張関係を強く意識しつつ行われたことだったろう。

それに対して、完全に幕府の統制下に入り、社会との関係が安定した室町前期以降は、その矛盾をあまり意識しなくなる。言い換えれば、積極的な文人意識を持たなくなり、世俗的な詩文の制作も禅僧としての日常生活に融合同化してしまうのである。幅広い文体・詩体を試みようとはせず、当時の社会や禅寺において必要とされたものに特化したような著作の内容は、そういった安定（あるいは安住）的な禅僧のあり方を反映したものと言えよう。

そのような状態の五山から飛び出し、それを相対化できる立場にあった一休は、詩作の表現においてはそこで学んだ技法を駆使しつつも、ふたたび偈頌の世界を構築しようとしている。

作品には、社会やその中で生きる自分自身という現実世界と、中国の古典に描かれた仮想世界という二つの対象があり、いずれにせよ最終的には自己表現であることに変わりないものの、描かれる世界として現実そのものか、仮想なのか、という点に偈頌と詩とを分ける境界があるようだ。つまり、禅語を使うかどうか、といった次元ではなく、制作の契機や方法といった、より作品内部の深いところでの区別の意識がある、と言えそうである。

〔注〕

（1）島尾新編『東アジアのなかの五山文化』（東アジア海域に漕ぎだす4、東京大学出版会、二〇一四）が研究の最前線を示している。稿者はプロローグ1「五山へのいざない」、第Ⅱ部2「漢詩文を読むことと書くこと」を担当している。

（2）齋藤隆信『漢語仏典における偈の研究』（法藏館、二〇一三）に詳しい。

（3）中本環氏が早くから提唱されていたが、その論考は『一休宗純の研究』（笠間書院、一九九八）にまとめられた。

（4）堀川貴司『五山文学研究　資料と論考』（笠間書院、二〇一一）第四章参照。

（5）玉村竹二『五山文学』（至文堂、一九五五、一九六六増補）。やはり南北朝期に焦点を絞った論に芳賀幸四郎「禅文学と五山文学」（初出一九七四、芳賀幸四郎歴史論集Ⅳ『中世文化とその基盤』思文閣出版、一九八一）がある。

（6）偈頌の手本として広く読まれ、日本人による注釈書も多数作られた。そのなかで室町中期以降普及した『江湖風月集略註』については、芳澤勝弘注『江湖風月集訳注』（禅文化研究所、二〇〇三）において参考にされている他、飯塚大展ほか「『江湖風月集略註』研究」（一）～（六）（『駒澤大学禅研究所年報』二〇～二五、二〇〇八・一二～二〇一三・一二、続刊予定）に詳しい注釈がある。

（7）朝倉尚「五山版『新撰貞和分類古今尊宿偈頌集』『重刊貞和類聚祖苑聯芳集』の刊行をめぐって―義堂周信の存在証明―」（『国語国文』七四―六、二〇〇五・六）。

（8）岩山泰三「引き裂かれた臥遊世界―一休八景詩素描―」（『文学』一二―五、二〇一一・九）。

（9）一休詩偈の解釈には柳田聖山訳『狂雲集』（中公クラシックス三一、中央公論新社、二〇〇一）を参照した。

〔付記〕

二〇一二年一一月三日（土）、国立歴史民俗博物館にて行われた国際シンポジウム「東アジアをむすぶ漢籍文化―敦煌から正倉院、そして金沢文庫へ―」において「五山僧の別集に見る偈頌と詩」と題して短い発表をし、その内容を大幅に増補して、二〇一四年九月二五日（木）に駒澤大学仏教文学研究所主催の講演会において講演を行った。本章はその内容に基づいたものである。今回、注（5）芳賀氏論を補った。

第二章　名所としての中国——「西湖(せいこ)」を中心に——

一　平安漢詩のなかの「名所」西湖——白居易との関係——

「名所」は歌枕とほぼ同義に用いられることが多いが、本来は、主として平安京内の、何らかの歴史的背景のある邸宅や庭園を指すことばとして、漢詩人が用いたものであった。▼注1 また、名所に関わる漢詩の詠作は、名所そのものを詠作の場とするか、名所を通じて歴史的事実を懐古する、といった形で行われた。すなわち、作品に詠み込まれることによって何らかの文学的効果（特定の語句や情感を導き出す）を生む歌枕とは、対象も機能も異なっていたと考えられる。

中国の地名や建造物などが名所的機能を持つ場合、平安漢詩人がそこを詠作の場とすることはできないから、おのずとその場で起きた歴史的事実やその登場人物についての懐古がテーマとなる。これは中国の漢詩において詠史あるいは覧古といった形で伝統的に行われた詠作の方法でもあった。

西湖（銭塘湖(せんとうこ)）については、最新の中国作品（作者・作品とも特定できていない）に接して想像力を刺激され、今の中国への思いを募らせた興味深い例がある。源為憲(みなもとのためのり)「見大宋国銭塘湖水心寺詩有感継之」（『本朝麗藻』巻下）である。▼注2

銭塘尋寺幾廻頭、見説煙波四望幽、精舎新詩応目想、白家旧句欲心遊、湖中月落龍宮曙、岸上風高雁塔秋、
法界道場雖仏説、恨於勝境自難求

（銭塘湖のほとりにあるこの寺を訪ねて眺めたいものだ、水面から立ち上る靄にけぶる四方の景色を。この詩を読めばその様子が目に浮かび、また白居易の馴染みの作品によってもその地に心は馳せる。月が沈んでいく夜明け、風が吹く秋に見る高殿や塔はさぞや素晴らしいことだろう。どんな場所も仏の教えを聴くのに変わりはないのだが、どうしても残念に思ってしまう、この美しい風景がここでしか見られないことを）

このあと藤原公任（ふじわらのきんとう）・源孝道（みなもとのたかみち）の次韻詩が続き、公任は「已対詩章諳勝趣、何労海外往相求」（詩に十分描かれているのだから、現地に行く必要はない）、孝道は「毎看勝境在詩句、恨隔雲濤不得求」（詩を読むたびに、行って見ることができないのが残念だ）と詠む。さらに『本朝無題詩』巻九に大江匡房（おおえのまさふさ）の次韻詩もあり、「天外茫々齢已暮、此生何日得相求」（遠く離れているし私も年老いている、生きているうちに見ることはできないだろう）と結ぶ。実見できない風景、それを描いた詩、そして自分という三者の関係をどう取り結ぶのか、それぞれの答えが興味深い。

この詩でも「白家旧句」として言及されている白居易の作品は、早く平安前期から読まれてきたが、西湖（銭塘湖）をはじめとする、彼自身の生涯とゆかりの深い地名[注3]が平安漢詩にしばしば詠み込まれるようになるのは、中期以降だという印象が強い。

それは、句題詩の発達のなかで、題意を敷衍する「破題」という方法の一つとして、句題に用いられる題材（季節の景物など）を中国の人名や地名に置き換えて表現することが行われるようになったためである。さらに平安後期になると、新しい表現の開拓が試みられた。[注4]このことは、中国の名所をいわば歌枕的に利用するようになった、平安漢詩の日本化（和歌への接近）の一現象と捉えられよう。

次の詩句などは、題の「江」「湖」をそれぞれ中国の地名で表す、典型的な例である。

呉郡望青風放馬、杭州道緑月行人（『新撰朗詠集』下・草、大江以言（おおえのゆきとき）「草長江湖上」）
（呉郡を流れる銭塘江の岸辺は一面の青で、放し飼いの馬が風のなか走り、杭州の銭塘湖畔の道は緑に覆われ、月の中人が歩む）
（『類聚句題抄』『和漢兼作集』にもあり）

呉郡・杭州の対は、『白氏文集』巻五四・二四三〇「故衫」の「袖中呉郡新詩本、襟上杭州旧酒痕」などに見え、白居易を連想させるものである。

『本朝麗藻』や『本朝無題詩』に収められた作品では、詩人たちはしばしば白居易の人生そのものへの共感を表明するが、そのような感覚が、白居易ゆかりの土地を名所化（さらには歌枕化）する根拠となっているのではなかろうか。

この方法を全面的に展開したのが元久二年（一二〇五）成立の『元久詩歌合』である。次に挙げるのはいずれも「水郷春望」題の詩句である。（数字は新編国歌大観番号）

11潯陽春色連鑪地、杭県風光属鏡湖（資実（すけざね））
（潯陽は江州の大河で「琵琶行」の舞台、鑪地は香炉峰。鏡湖は普通越州の監湖のことだが、この場合銭塘湖を指すか）

33杭酒酌花遊客盃、湓魚輸税鉤郎船（宗業（むねなり））
（湓魚はやはり白居易作品に見え、江州の川で取れる魚を指す）

61春山斜繞湖三面、夜泊先聞潮一声（家宣（いえのぶ））
（上の句は東側以外の三方が山に囲まれる銭塘湖を指すか）▼注5

75風緑杭州春柳岸、煙青呉郡暮江松（親経（ちかつね））
（以言の句をふまえているので、杭州は銭塘湖を指す）

ここでは西湖（銭塘湖）関係のものしか挙げなかったが、本作品には白居易の関係する地名が頻出する。▼注6

これらの試みを承け、句題詩作成辞典とでも言うべき菅原為長（すがわらのためなが）編『文鳳抄』では、巻三・地儀部・湖の筆頭に銭塘湖が掲げられている。

銭塘　鏡水　銭塘郡ニ有レ湖、曰二銭塘湖一。如二銭塘江一。鏡水湖アリ、鏡中湖トモ云。

ほかにも「湖山」（湖と山とで対にする例）および「江山」（江と山とで対にする例）の項にも銭塘が湖もしくは江として挙がっている。また、九条基家（くじょうもといえ）撰『和漢名所詩歌合』にも一番左に次のようにあり、住吉浦と番えられている。

　銭塘湖

湖郡西晴江月曙、杭楼南遠海雲長

（湖のほとりの高楼からは、西方の銭塘江に明け方月が沈み、南方の海には遠くまで雲がかかる様子が見える）

二　五山文学における西湖――実景・絵画・イメージ――

金原理（きんぱらおさむ）氏は、『元久詩歌合』成立時すでに「西湖図」が日本に将来されていた可能性を主張する[注5]が、次に掲げる頓阿（とんな）『草庵集』の詞書が、日本における西湖図受容の確実な初例である（なお、ここには瀟湘八景に倣って南宋時代に制定された西湖十景が登場するが、その後の五山文学の世界ではほとんど出てこない[注7]）。

従三位有範卿家の障子絵に西湖十境を書きて人人に詩歌をすすめ侍りしに、雲峰落照

1127　入日さす嶺はのこりて夕暮の雲にぞうづむをちのやまもと

（残照に照らされた峰は消え残って、ふもとは夕暮れの雲に埋もれてしまう遠山よ）

西湖のイメージ形成に、絵画が大きな役割を果たすようになったのは、やはり南北朝時代あたりからであろう。[注8]さらに、日中の禅僧の往来が頻繁だったこの時期には、実際に見た風景を描く（あるいは、見たという事実を詠み込む）

ことも増えてくる。

聞兄昨日江南来、珣弟今朝江南去、故人又是江南多、況我曾在江南住、江南一別已三年、相憶江南在寐寤、
十里湖辺蘇公堤、翠柳青煙雑細雨、高峰南北法王家、朱楼白塔出雲霧、雪屋銀山銭塘潮、百万人家回首顧、
南音北語驚歎奇、呉越帆飛西興渡、我欲重遊是何年、送人只得空追慕
（別源円旨（べつげんえんし）（一二九四―一三六四、一三二〇―三〇入元）『東帰集』「送僧之江南」）

（兄弟子は昨日江南から戻り、弟弟子の君は今朝江南へと向かう。知り合いも江南には沢山いるし、ましてや私だって以前江南に住んでいたのだ（から心配ない）。江南を離れてもう三年、今も夢うつつに江南を思い出す――西湖に築かれた長さ十里の蘇堤には、緑の柳が霧雨にけぶり、南北に迫る峰々の寺院には、朱塗りの高殿や白い塔が雲の上に突き出ていた。雪が積もった建物か山かと見まごうほどに盛り上がった浙江の潮や百万の人家が連なる町並みをぐるりと見渡したこともあった。杭州対岸の西興渡には南北の言葉が飛び交い、呉や越の船が行き交っていた――もう一度行きたいがいつになることか、君を見送って、ただ追憶にふけるだけだ）

亭亭抽水清於碧、片片泛波軽似舟、十里西湖風景好、六橋煙雨憶曾遊
（性海霊見（しょうかいれいけん）（一三一五―九六、一三四三―四二入元）『性海霊見遺稿』「蓮」）

（水面から高く伸びて碧玉より清らかに、ひらひらと波に浮かんで舟のように軽やかな姿――差し渡し十里の西湖は風光明媚、蘇堤の六橋が雨と靄に霞んでいるなかで見た蓮もこんな風であったなあ）

一四世紀末頃雲南地方に流謫された日本人禅僧は、いわば第二の故郷としての江南、その象徴としての西湖を詠むまでになる。

杭城一別已多年、夢裏湖山尚宛然、三竺楼台晴似画、六橋楊柳晩如煙、青雲鶴下梅辺墓、白髪僧談石上縁、

残睡驚来倍惆悵、可堪身世老南滇

（天祥（てんしょう）□□（生没年未詳）「夢裏湖山為孫懐玉作」（『滄海遺珠』▼注9））

（杭州を離れてもう何年たったか、今も夢の中であの湖と山ははっきりと見えている。上中下の三天竺寺の建物は絵のようにくっきりと、蘇堤の六橋の柳はもやのようにぼんやりとイメージされるのである。青空の雲からは鶴が梅のそばの林和靖の墓に降り立ち、白髪交じりの僧侶が三生石の由来を語る。目覚めればますます悲しみは深くなる、ああこのまま雲南の地に老いてゆくのかと）

一方、見に行けない人たちは、絵画や文学作品を通じてイメージをふくらませる。

首座道声同鞠多、何由猶未制詩魔、早梅雪後東山暁、夢入西湖瑪瑙坡

（龍湫周沢（りゅうしゅうしゅうたく）（一三〇八―八八）『随得集』「和韻賀建仁首座〈巨鼇峯〉」）

（修行僧のトップとして問答を行う声はまるで五百羅漢の優波鞠多尊者（うばきったそんじゃ）のようだが、どうもまだ詩魔（文学への執着のこと、白居易の造語）を押さえられないのか。その証拠に、梅が咲き始めた雪景色の夜明け、東山建仁寺にいる君は夢の中で西湖の孤山瑪瑙坡あたりにいて林和靖を気取っているらしい）

十里西湖一草堂、断橋柳色晩凄涼、何当借得扁舟去、分取梅花月半床

（義堂周信（ぎどうしゅうしん）（一三二五―八八）『空華集』巻四「題西湖小草堂図」）

（広々とした西湖に庵が一つ、白堤の断橋あたりには夕暮れに柳が涼しげに揺れる。どうにかしてこの絵の中に入り込み、小舟を借りてこぎ出し、孤山の梅を折り取って戻ったら、月が半ばさし込む部屋で眺めたいものだ）

最新の中国詩文や新しい情報なども当然ながら入ってくる。

君復愛梅能賦詩、愧吾生晩後幽期、西湖千樹飄零尽、海外飛来雪一枝

（西胤俊承（一三五八―一四二二）『真愚稿』「折枝梅花」）

（林和靖は梅を愛しまた詩才もあった、なぜ私は遅く生まれてきて彼との風流な交わりができなかったのかと残念でならない。西湖の無数の梅がすべて枯れ尽くして、海を越えて飛んできたのがこの雪のように白い一枝だ（とせめて思って和靖を偲ぼう））

第三句の表現は、明代初期の僧で絶海中津の師のひとりでもある季潭宗泐の詩を踏まえていて、後に明に渡った僧がそのことを確かめている。

孤山和靖旧宅、無梅一枝。季潭詩所謂「処士梅花千樹尽、蘇公楊柳一株無」蓋記実也。宅中有楽天・和靖・東坡三賢塑像。

（笑雲瑞訢（生没年未詳、一四五一―五四入明）『笑雲入明記』享徳元年（一四五一）八月一五日条[注10]）

（孤山にある林和靖の旧宅には梅は一本もなかった。季潭の詩に「（今は）和靖の梅もすべて枯れ、蘇堤の柳も一株もない」と言っているのは事実を記したものだったのだ。室内には白居易・林逋・蘇軾の三賢の塑像があった）

南北朝時代が終わり、中国への渡航が幕府の派遣する使節にほぼ限定されるようになると、実見派は少数となり、彼らがもたらす情報は貴重なものとなる。しかし彼らとて、既に絵画や文学によって蓄積されたイメージを持って現場に赴くのであるから、その体験はイメージの再確認、場合によっては裏切り、になる。前掲『笑雲入明記』にはその両面が見え、次の例には実見派の優越感が読みとれる。

（前略）吾曾過賀秘監湖、渡余姚水、登蓬莱而訪宣尼之廟、因視内史王公之石刻。其他蕭山聴雨、浙江候潮、観燈市於呉山、泛小艇乎西湖。南北山諸寺、心冶而目蕩者、宛然不在言也。（後略）

（翺之恵鳳（生没年未詳、一四三二―三四入明）『竹居清事』「餞天与老人入大明国序」）

（私はかつて寧波で賀知章ゆかりの月湖を訪ね、郊外の姚江を渡り、山東省の蓬莱山に登り孔子廟も訪れ、王羲之の筆跡の石刻も見た。その他、杭州では蕭山で雨音を聴き、浙江の潮を見物し、呉山の燈市（正月一五日の上元節のための燈籠市）を見、

西湖に小船を浮かべた。南北の山山の寺には心も目も奪われ、言葉にならなかった）

西湖以梅而重焉、梅以和靖而重焉。横斜浮動之香影也、亨自然之新画也。天地開闢以来、雖有此梅、而無和靖則梅不能以為梅也、西湖只是一野水而已。和靖何人也、能定梅花乎九鼎之重也、倍西湖乎連城璧価也。梅花若有意、則其築麟閣以像和靖于昏月之中乎。蘇東坡曰、西湖杭之眉目也。惜哉此論矣、其謂天下之眉目、則可乎。戯代梅花而□西湖之余蘊云。

（西湖は梅によって重んじられており、梅は林和靖によって重んじられている。「横斜」「浮動」の姿や香は、まさに自然の世界を切り取った新しい絵画だった。天地が開けて以来梅は存在していたが、和靖がいなければ梅は「梅」になれなかったろうし、西湖もただの水たまりにすぎなかったろう。和靖とはどんな人物なのか、梅を九鼎のように重要なものとし、連城の璧玉よりも価値あるものとしたのだ。梅に心があったなら、きっと麒麟閣を築いてそこに肖像を掛けて月明かりのなか顕彰しただろう。蘇東坡は「西湖は杭州の眉目だ」といったが、惜しいことをした、「天下の眉目だ」と言えばよかったのに。戯れに梅に成り代わって西湖の素晴らしさを述べた）

我曾湖上問逋仙、的皪梅花一粲然、今日披図三嘆処、楼台彷彿六橋前▼注11

（わたしはかつて湖に浮かび、和靖の旧跡を訪ねたが、ただ梅の花があざやかに咲いているだけだった。今日、この図を見て何度も感嘆しながら、蘇堤の六橋越しに楼台がぼんやりと見えたことを思い出した）（寛正五年（一四六四）一二月作）

（天与清啓（てんよせいけい）（生没年未詳、一四五一～五四・一四六六―六九入明）『松山序等諸師雑稿』「西湖図」）

イメージのみの人々はどうするか。

西湖有三、曰杭曰湖曰恵。以杭為第一也。環湖則三十里、而遊人患之。翰林蘇公、築長堤以通浄慈・霊隠之前、挿之以芙蓉楊柳。望之則爛然如錦繍、景弥勝路弥近、遊人喜之。自作詩譬之淡粧濃抹西施。又曰「杭之有西湖、如人有眉目」。指境為人、有蘇公乎哉。画僧雪舟南遊之日、屡遊西湖、執筆自写晴好雨奇変態。予介人求一本、於是図於絹素、自防州寄之。予起臥対之、以彷想余杭勝概。天地之間、別有何楽乎。鳳裔侍者、従何得之、以上於扇画、所謂名画通霊、羽化登仙者乎。

（天隠龍沢（一四二二―一五〇〇）『翠竹真如集』二「題扇面西湖図」）

（西湖は三つ、杭州・湖州・恵州にあるが、杭州を第一とする。周囲は三十里もあって人々は苦労していた。蘇軾は堤を築いて浄慈寺と霊隠寺を直通させ、芙蓉や柳を植えさせた。遠くから見ると錦の織物のようで、景色は美しく交通も便利になって、皆喜んだ。蘇軾は自ら「飲湖上初晴後雨二首 其二」に「水光瀲灔晴方好、山色空濛雨亦奇、欲把西湖比西子、淡粧濃抹総相宜」と詠んで、薄化粧と厚化粧の西施に譬え、また「杭州にとって西湖とは、人にとっての眉や目と同様、なくてはならないものだ」と言った。風景を人に喩えるのはいかにも蘇軾らしい。画僧の雪舟が留学したとき、何度も西湖に足を運び、晴と雨のすばらしい風景を写生した。私が人づてにその一枚を所望すると、絹に描いて周防から送ってきた。日夜眺めては、杭州の美しい風景を想像している。この世にこれ以上の楽しみがあろうか。鳳裔侍者がどこからか〔雪舟作の〕西湖図を手に入れ扇面画に仕立てた。これは名画には霊魂が宿り、仙人になって飛んでいくということだろうか）

現場を見てスケッチをしたという、その故に雪舟の作品を珍重している。

次の例は、西湖ゆかりのモノへの執着である。

丙午小春、余入相州金沢称名律寺、西湖梅以未開為遺恨。富士則本邦之山、而斯梅則支那之名産也。唯見蓓蕾而雖未見其花、豈非東遊第一之奇観乎哉。金沢蓋先代好是事之主、属南船移杭州西湖之梅花於称名之庭背、以西湖呼之。余作詩云「前朝金沢古招提、□遊十年雖噬臍、梅有西湖指枝拝、未開遺恨翠禽啼」。及今余恨不尽。巨福山有識面、丁未之春、摘其花数十片一包、見恵焉。己酉夏五、余帰濃之旧廬、奉献彼一包於春沢梅心翁。々借余手、描枝条、貼其花。近而見之、則造化所設、遠而見之、則趙昌所画、并以出於春翁之新意矣。掛高堂、一日招余令観焉之次、要作賛語題軸上、漫従揚水之末章云。

（万里集九（一四二八―？）『梅花無尽蔵』六「貼西湖梅詩序」）

（文明一八年（一四八六）、関東旅行の時金沢称名寺に立ち寄り西湖梅を見たが、まだつぼみだった。日本の富士山と中国の梅とを同時に見られるはずだったのに、残念だった。かつての金沢文庫の主が西湖から取り寄せたので、その名がある。翌年、鎌倉建長寺の知人がその梅の花びらを数十片贈ってくれた。長享三年（一四八九）、美濃の我が家に戻り、それを春沢（梅心）周庸に差し上げたところ、私に手伝わせて、枝を絵に描き、そこにその花びらを貼り付けた。近くで見ると自然の作り出すものとして、遠くから見ると花鳥画の名人趙昌の作に見まがえる名画として鑑賞できるという、春沢のアイデアだ。ある日私を招き、賛を所望したので、拙作ながら書き付ける）

一方では、ややユーモラスな表現ながらも、絵の方がいいのだ、いまどき遣明船に乗って彼の地へ渡る禅僧など、ろくな者でない、などと開き直る場合もある。

君不見、三西湖中一西湖、景到余杭天下無、水光山色分濃淡、就中最佳雪模糊、下是玻璃上玉立、月在六端横処孤、凍吟瀟洒林徴士、誰其継者内翰蘇、梅花門戸侍童小、楊柳池塘独鶴癯、回頭俯仰了此世、無千樹兮無一株、又不見、近来南遊奉使士、利欲薫心皆浮屠、四百八十寺煙雨、行脚参禅無乃迂、及其帰朝有愧色、越羅蜀錦委海隅、畢竟彼方人物志、莫如鳴詩鳴画図、恵峯文章一書記、字曰善之々徒、故寄此軸請予讃、嗜好風流与世殊、天地同根日本宋、古今一致仏法儒、若能捱到這境界、是名了事大丈夫、餘不可言抛筆笑、被風吹着似胡盧

（横川景三（一四二九―九三）『補庵京華外集』下「画軸賛」）

（君は知っているか、三つの西湖のなかの一つ、杭州の西湖は天下一だということを。水も山も晴雨ともに美しいが、なかでも雪化粧が最高だ。水面はガラスに宝玉を散らしたよう、蘇堤の六つの橋の横に月がある。寒さの中詩を作る風流な林和靖（そ

れを受け継いだのは蘇東坡だが）、梅の咲く門に召し使いの子供がいて、柳の植わった堤には一羽の鶴、すべて見渡してしまえば梅も柳も消え果てる。君は知っているか、近頃幕府の使いで中国に渡るものは、利欲に汚れた僧侶ばかり、江南の数多い寺院へは行脚も参禅もせずじまいで、帰国の時には恥ずかしいのか、買い込んだ高価な絹織物は海に捨ててしまうそうだ、結局かの地の人と物で言えば、詩と画に勝るものはない。東福寺に善之（ぜんし）という優れた僧侶がいて、私にこの画軸の賛を求めてきた。好みや趣味は時代によって異なるとはいえ、日本も中国ももともと同じ天地にある国、仏法も儒学も一体だ――もしこういった境地に達することができれば、悟りきった一人前の男と呼べるだろう――これ以上何も言えずただ笑うのみ、風に吹かれてカラカラと鳴る瓢箪のようなもの）

（付属の文章によると、善之は中国地方の守護大名大内氏の家臣である陶氏一族の人。末尾に延徳三年（一四九一）八月の署名あり）

前年使者入明帰、誇説瀟湘告実稀、画裡江山勝往見、月如在手雨沾衣

（同『補庵京華新集』「八景同幀図」）

（先頃遣明使が帰ってきて、誇らしげに言うには、瀟湘八景の絵画は実際と大きく違っている、と。しかし自然の風景は絵で見る方がいい、月は手に取れるように近いし、雨は衣を濡らす（濡らさない？）から）（文明一八年（一四八六）三月の作）

（同じ頃、「書唱和詩後」では、遣明船に乗る人は、「上燕京而見雪、遊西湖而問梅、遊於老先生之門、参禅於活祖師之室、何楽加焉」（北京の雪、西湖の梅、学問、参禅、他の楽しみはない）と言って出かけるが、結局高価なものを買い漁ることしかせず、申し訳のために田舎の寺子屋の先生に揮毫をしてもらって持ち帰るものだから、ろくな詩がない、などと述べている）

五山内部における地位と留学の有無がある程度リンクしていた南北朝時代とは違い、遣明使となった禅僧は、その見聞が重んじられたものの、帰国後それほどはなばなしい活躍をしていない場合が多い。また、五山の中心

と関わりが少ない僧侶が選ばれることが多くなってきている。横川の言説にはそういった背景もあるのではなかろうか。

三　隠者林和靖――山居としての西湖と梅のイメージ――

本来西湖は大都会杭州の一部であり、都市に住む人々が利用する行楽地である。したがって実見派の人々は、都会の享楽的な面と合わせて西湖を楽しんだはずである。翶之恵鳳の文章にも燈市のことが出てくるし、『笑雲入明記』の引用していない前後の部分にもその類のことが見える。しかし、五山文学に描かれた西湖には、隠者の住む人里離れた場所というイメージが強い。これはひとえに、梅を妻とし鶴を子として暮らしたと伝えられる林逋（りんぽ）（和靖）の存在によるものであろう。[注12]「山園小梅二首 其一」の「疎影横斜水清浅、暗香浮動月黄昏」の名句が人口に膾炙し、そこに詠まれた四君子の一つ、梅の気高さとも相まって、禅僧好みの人物像が流布していった。すでに前節に引用した作品にも多く登場しているが、他にも、五山文学の題画詩では、西湖そのものではなく、林和靖を主人公とする画題が数多く見られ、その人気のほどが偲ばれる。

訪僧尋寺去、随鶴棹舟回、来往倶瀟洒、寧慚湖上梅

（絶海中津（一三三四―一四〇五、一三六八―七七入明）『蕉堅藁』「西湖帰舟図」）

（僧を訪ねるため寺に行き、鶴の後を追って舟を操って帰る。行くも帰るも俗気がないところは、湖のほとりの梅に対しても恥ずかしくない）

この場合も、題に名前は入っていないものの、内容としては明らかに林和靖を主人公としている。先に引いた龍湫周沢や西胤俊承の詩なども、時空を超えて林和靖との交友を果たそうとするかのような熱の入れ方であるし、

義堂周信の詩も絵の中に入り込んでその世界と同化しようという意気込みであった。

柳色野橋畔、梅華湖水浜、逋仙吟不尽、留作翰林春

（惟忠通恕（一三四九―一四二九）『雲壑猿吟』「西湖小景〈武衛源公硯蓋〉」）

（橋のたもとの柳の緑、湖水のほとりの梅の花――そういった西湖の美しさを林和靖は詠み尽くさず、蘇東坡のために残しておいた）

題注の「武衛源公」とは、管領の斯波義将であろうか。硯蓋のような工芸品のモチーフにも使われ、その享受が広がっていたことを示す例である。また、ここでは西湖に関わるもう一人の大立者、蘇軾にも言及しているが、先引の天与清啓と同様、林和靖に比べるとやや格が落ちるような扱いになっているのは、それだけ和靖を賛美しようという気持ちの表れなのであろう。

次の詩は、十雪詩という詩題・画題の一つ「李及郊雪」と絡めて表現したもので、白居易にも言及した珍しい例である。[注13]

咸平風月事悠々、一臥湖山雪満頭、李及未知香影句、惟携白集上帰舟

（南江宗沅（一三八七―一四六三）『漁庵小藁』「読和靖詩」）

（北宋咸平年間（九九八―一〇〇三）、杭州の知事として赴任した李及は清廉潔白、繁華街に出向くこともなく、宴会を開くこともしなかったが、ある日外出するというので何処へ行くかと思ったら、孤山に林和靖を訪ね清談したという。きっとそのときもあたり一面雪景色だったろう（和靖には雪景色の西湖を詠んだ詩がある）。彼は市場での買い物もしなかったが、ただ一つ、『白氏文集』のみ買い求めたという。もし先に林和靖の詩句を知っていたら、それを愛唱して、白居易など見向きもしなかったに違いない）

西湖を詠んだ作品といえば白・林・蘇の三人が代表なのだが（『笑雲入明記』にも三賢として出てくる）、五山文学に

おいては林のイメージがあまりにも強烈なためか、白はほとんど触れられない。

四　まとめ

平安・鎌倉時代の王朝漢文学と南北朝以降（本稿では室町中期までを対象とした）の五山文学とでは、白居易と蘇軾・林逋というように、西湖のイメージを形成した中国の詩人が異なっているものの、作品のみならず、そこに住み、そこを愛したという伝記的事実そのものが何にもまして西湖と彼らとを強く結びつけている点は共通する。名所には場所と人間の両方が欠かせないのである。

一方で大きな違いは、作者が実際の風景を見ることができたかどうか、またそれを描いた絵画が広く普及したかどうか、という点である。五山文学は、そういった情報量と選択肢を巧みに利用しながら幅広い表現を獲得していった。特に林和靖と結びつくことによって、西湖は本来の意味での「名所」に立ち戻ったとも言えよう。▼注14

このように、過去の詩人たちが蓄積してきた表現の伝統に、新しい情報を突き合わせていく場にこそ、文学表現のフロンティア（あるいはモダニズム）が存在するのである。

〔注〕

（1）久保田淳『ことばの森―歌ことばおぼえ書』（明治書院、二〇〇八）。同書では『勅撰名所和歌要抄（ちょくせんめいしょわかようしょう）』に引かれる『師遠名所抄（もろとおめいしょしょう）』という佚書の内容からこのように推測している。なお、三角洋一氏の御教示により、『簾中抄（れんちゅうしょう）』『二中歴（にちゅうれき）』といった院政期成立の（またはそこに淵源を持つ）貴族の日用類書にも同様の記述があることを知った。このなかで『簾中抄』（冷泉家時雨亭文庫蔵本）には見出しの「名所」に「なあるところと也」という注記があり、当時まだ馴染みのない語であったことを窺わせる。

（2）柳澤良一・本間洋一・高島要『本朝麗藻巻下』注解（二）」（『北陸古典研究』一〇、一九九五・九）、本間洋一『本朝無題詩全注釈』三（新典社、一九九四）を参照した。なお、水心寺については、『鳩嶺集』に関係作品があり、『東関紀行』でも箱根権現を「巌室石龕の波に望めるかげ、銭塘の水心寺ともいひつべし」と、実景の比喩として用いられている。

（3）白居易と西湖の関係については鎌田出「白居易の愛した風景―杭州「西湖」へのトポフィリア―」（『中国文学論叢』一七、一九九八・一〇）に詳しい。なお、中国文人と西湖の関わりについては大室幹雄『西湖案内　中国庭園論序説』（旅とトポスの精神史、岩波書店、一九八五）が参考になる。

（4）佐藤道生「故事の発掘、故事の開拓」（『文学　隔月刊』一〇―三、二〇〇九・五）。

（5）金原理「『元久詩歌合』と「西湖図」」（初出一九九八・一一、『詩歌の表現―平安朝韻文攷―』九州大学出版会、二〇〇〇）参照。

（6）堀川貴司「『元久詩歌合』について―「詩」の側から―」（初出一九九四・一、『詩のかたち・詩のこころ―中世日本漢文学研究―』若草書房、二〇〇六）。

（7）宮崎法子「西湖をめぐる絵画―南宋絵画史初探―」（梅原郁編『中国近世の都市と文化』（京都大学人文科学研究所、一九八四）に指摘があり、堀川「瀟湘八景図と和歌」（初出二〇〇六、『五山文学研究　資料と論考』笠間書院、二〇一一）でも言及した。

（8）以下、五山文学作品については、朝倉尚「蘇公堤と「西湖詩」」（初出一九七七・三、『禅林の文学　中国文学受容の様相』第三章第二節、清文堂出版、一九八五）、楊舒淇・進士五十八「日本における中国杭州西湖の風景イメージの定着化についての考察」（『ランドスケープ研究』六二―五、一九九九・三）に網羅的な研究があり、参照した。また、引用は特に断らない限り『五山文学全集』『五山文学新集』に拠る。

（9）同書影印および考察は、王宝平「明代雲南に残した日本人の漢詩―その二『滄海遺珠』所収日本人の漢詩の研究―」（『日本漢文学研究』六、二〇一一・三）、作品の解釈は村井章介「十年遊子は天涯に在り―明初雲南謫居日本僧の詩交―」（『アジア遊学』一四二、二〇一一・五）を参照した。

（10）村井章介・須田牧子編『笑雲入明記　日本僧の見た明代中国』（東洋文庫七九八、平凡社、二〇一〇）。

（11）原文（『五山文学新集』第六巻）第三句「三笑」とするが、虎渓三笑の故事は江西省の廬山であり、ここではふさわしくない。実は同じ詩が翺之恵鳳『竹居清事』七言絶句の部に「題山水小景」と題して収められ、そこでは「三嘆」となっているので、改めた。従って序文ともに翺之恵鳳の作である可能性が高いが、両者とも入明経験者である。

（12）綿田稔「西湖の花と鳥―京博本伝雪舟筆四季花鳥図屏風について―」（『美術史』一四三、一九九七・一〇）。

（13）「李及郊雪」に関しては、中本大「本邦禅林における「李及」像」（『待兼山論叢』二八・文学篇、一九九四・一二）に詳しく、綿田前掲論文にも言及がある。

（14）山下裕二「室町後期山水画論―「真景」の枠組み・内海のイメージ―」（初出一九九五・一二、『室町絵画の残像』中央公論美術出版、二〇〇〇）の論を踏まえ、西湖図を詩人たちの事跡という具体性のある「詩景」、瀟湘八景図を抽象的な「詩境」あるいは「歌枕」である、と対比的に論じたものに太田孝彦「瀟湘八景図と西湖図―「情」と「知」の世界―」（『文化学年報』五四、二〇〇五・三）があり、本論の論旨と重なるところが多い。

〔付記〕

本論文は、全国大学国語国文学会夏季大会シンポジウム（二〇一二年六月二日於國學院大學）「モダニズムの中の異国―古典文学の新研究―」（雑誌掲載時には「グローバル化の中の日本文学」と改題）における発表内容をまとめたものである。司会の仁平道明氏はじめパネリストの方々、ご質問を頂いた各氏、懇親会において関連する事柄を御教示頂いた三角洋一氏に感謝申し上げる。

今回、注（2）の水心寺に関する記述を追加し、遣明使の帰国後の活躍についての記述を改めた。なお、この点について、また遣明使の西湖遊覧について述べた拙稿は、村井章介編『遣明船入門』（勉誠出版、二〇一五）を参照されたい。

第三章　五山僧に見る中世寺院の初期教育

一　来日僧の場合

来日僧の中国における初期教育はどのようなものであったか、その伝記資料からいくつかの例を拾ってみよう。▼注1

1無学祖元（一二二六―一二八六、明州＝浙江省寧波出身）

「無学禅師行状」（宋・霊石如芝撰）「仏光禅師塔銘」（元・掲傒之撰）（『仏光禅師語録』巻九、大正蔵八〇・二三八―九）

七歳受経家塾。習誦応対頴出輩流。性沈毅、不狎声色、不茹葷羶、過屠門必惻然蹙頞。

（七歳にして経を家塾に受く。習誦応対輩流に頴出す。性沈毅にして、声色に狎れず、葷羶を茹はず、屠門を過ぐるに必ず惻然として頞を蹙む）

七歳入小学。沈鷙寡言、功兼諸生。平居与姉妹坐必異席、遇酒肉如見悪臭。

（七歳にして小学に入る。沈鷙寡言、功は諸生を兼ねたり。平居姉妹と坐するに必ず席を異にす。酒肉に遇へば悪臭を見るが如し）。

『仏光禅師語録』には五編の伝記（塔銘・行状等）を収めるが、成立時期が早く、内容が詳しいもの二編を引用した。

文意を取れば次のようになろう――七歳で「家塾」または「小学」に入って経書（儒学の書物）を習い、暗誦も受け答えも同輩に抜きんでていた。落ち着いた性格で、女性を近づけず、姉妹とも同席しなかった（俗に言う「男女七歳にして席を同じくせず」、『礼記』内則篇の「七年男女不同席」に基づく文飾。「席」は筵のこと）。また生臭い食べ物を嫌い、屠殺場を通ると悲しみの表情が顔に浮かんだ。

2一山一寧（一二四七―一三一七、浙江省台州出身）

「行記」（虎関師錬撰、『一山国師語録』巻下、大正蔵八〇・三三一）

齠齔入村塾。吾伊琅琅、郷先生称其敏悟。無等融禅師、住郡之浮山鴻福寺。主蔵之者月霊江、師之俗叔也。怙恃察其無塵累之姿、介月而投等。

（齠齔にして村塾に入る。吾伊琅琅たり、郷先生其の敏悟を称す。無等融禅師、郡の浮山鴻福寺に住す。蔵を主る者月霊江、師の俗叔なり。怙恃其の塵累無きの姿を察し、月を介して等に投ず）

大意を取れば――七、八歳のころに「村塾」に入って、朗々と本を読み、先生にその賢さを褒められた。そのころ近くの寺の住持無等□融（大慧宗杲―拙庵徳光―妙峰之善―無等と次第する）のもとで叔父の月霊□江が蔵主を務めていた。両親は無等の清浄な様子を知って、月霊を通じて息子を預けた。

3明極楚俊（一二六二―一三三六、慶元＝浙江省杭州出身）

「仏日焰恵禅師明極俊大和尚塔銘」（夢堂曇噩撰、続群書類従九下・巻二三〇）

幼入塾、以強記冠課誦群童。性姿恬静、孤絜不好弄、雖処貲産之家、益厭悪

（幼くして塾に入り、強記を以て課誦の群童に冠たり。性姿恬静に、孤絜にして弄を好まず、貲産の家に処りと雖も、益す厭悪す）

これも訳せば――幼少のとき「塾」に入って、抜群の暗記力で他の子供を圧倒した。物静かで潔癖、遊びを好まず、豊かな家にいながらそれを嫌っていた。

4竺仙梵僊（一二九二―一三四八、明州＝浙江省寧波出身）

「建長禅寺竺仙和尚行道記」（了庵清欲撰、『竺仙和尚語録』巻中、大正蔵八〇・四〇七）

六歳入郷校。不一年而韻書切紐之法若素習。聞人誦般若心経輒能記。癯不勝衣。而悪葷血。父母視其無適俗韻、逾十歳舎之出家。

（六歳郷校に入る。一年ならずして韻書切紐の法素習せるが如し。人の般若心経を誦するを聞きて輒ち能く記す。癯せたること衣に勝へず。而るに葷血を悪む。父母其の俗に適ふの韻無きを視て、十歳を逾ぎて之を出家に舎す）

六歳で「郷校」に入ると、一年もたたないうちに韻書の内容をもともと知っていたかのように身につけたり、人が『般若心経』を唱えているのを聞いただけで覚えてしまったりした。衣服の重さに耐えがたいほど痩せていたが、生臭物を嫌った。両親は俗世間には合わない（「無適俗韻」は陶淵明「帰園田居」の一節「少無適俗韻、性本愛丘山」に基づく文飾）のを悟って、十歳になったころ出家させた——という。

共通するのは、七歳前後[注2]で地元の学校（「（家）塾」「小学」「村塾」「郷校」）に入って読書および暗誦に抜群の才能を発揮したが、生まれつき俗世の習慣になじめない性質だったり、たまたま親戚に出家者がいたり、といった理由から僧侶を志すことになる、という筋立てである。

ここでさまざまな呼び方をされている初等教育機関は、現在「書院」と総称される、中国および朝鮮半島各地に存在した民間（一部は地方政府の保護管轄下にあった）の教育機関のことであろう。科挙受験の予備校的存在であり、教育・出版などの活動を通して儒家思想（特に朱子学や明代の陽明学）の醸成・普及に貢献した、東アジア前近代の教育・思想・文化を語る上で無視できない存在である。[注3] 来日した僧侶たちは幼少時、そのような教育を経験してきていることになる。

二　伝記類に見る日本人僧の初期教育

それでは日本人僧はどうだったのか。同じように、現存する伝記類を用い、おおよそ十代前半までについて、学問教育に関わる記述があるものを選んだ。

5 規庵祖円（一二六一―一三一三、信濃水内郡長池出身）

「勅諡南院国師規庵和尚行状」（蒙山智明撰、大日本仏教全書九五）（続群書類従本は誤植あり）

既童髫、投相陽浄妙龍江宣和尚、受業為僧。有族兄覚侍者、俾師訓習経書。

（七、八歳で鎌倉浄妙寺の龍江往宣（来日僧）のもとで僧童となった。親戚の覚侍者から経書の訓読を習った）

6 高山慈照（一二六六―一三四三、京白川出身）

「日本国京師建仁禅寺高山照禅師塔銘」（楚石梵琦撰、続群書類従九下・巻二三一）

家世大儒、有菅丞相者（中略）師其後也。二歳喪父、七歳母源氏使読書、能通大義。十二辞母出家、便絶葷血。十四礼浄土寺観法師落髪、習天台止観。

（博士家の菅原氏出身だが、早くに父を亡くし、源氏出身の母に習って読書し、おおよその内容に通じた。一二歳で家を出て、一四歳で浄土寺に入り得度し、天台学を学ぶ）

7 夢窓疎石（一二七五―一三五一、伊勢出身、甲斐に移住）

「天龍開山夢窓正覚心宗普済国師年譜」（春屋妙葩撰、同・巻二三三）

師四歳、（中略）師凡見仏像無不尊敬。口能誦梵経、自能記文字。諸人指曰、此児再来人也、必帰釈氏。

師九歳、父携詣平塩山空阿大徳所、固求出家。（中略）師受梵書、過目成誦。誦必尋繹義理。匪啻勤学釈典、乃至孔孟荘老之教、及世間伎芸才能、皆力学習以究其奥。

（四歳のとき、自然と仏像を礼拝し、お経を唱え、文字を覚えた。人々は文殊の再来と言った。九歳のとき、父が近くの平塩山寺（へいえんざんじ）（天台宗）に入れると、仏典をたちどころに暗誦し、その内容も必ず理解しようとした。また、儒・道の典籍や世間一般の技芸についても蘊奥を究めた）

8 虎関師錬（一二七八―一三五八、京出身）

「海蔵和尚紀年録」（龍泉令淬（りゅうせんれいさい）撰、同・巻二二二）

師五歳、従父受書、度越倫輩。三聖宝覚之徒珍蔵主者、嘗往来其家、一見異之、因諭父、令其出塵。

師七歳、沙門本証、時有外学之誉、師就而学、証大称賞之。

師十歳、春祝髪、夏四月八受戒叡山。是年、日読註論語二篇、随読随誦、旬日而挙、人皆優之、師意不自多也。

（父は「左金吾校尉」すなわち左衛門佐という官職にある下級公家で、私塾を開いていたのであろうか、そこでまず学び、同輩を圧倒した。七歳で外学＝儒学の評判が高かった僧侶について学び、一〇歳で得度受戒、自ら『論語』二〇篇の注釈書を一日二篇ずつ暗誦し、十日で読み終えた）

9 龍山徳見（りゅうざんとっけん）（一二八四―一三五八、下総香取出身）

「真源大照禅師龍山和尚行状」（中巌円月撰、同・巻二三四また五山文学新集四）

師幼聡敏、学儒術。然不喜与俗混居。十二歳、父母舎送鎌倉寿福寺、拝寂庵昭禅師為師。明年読法華経、不労復習便能皆誦、且通義理。識者儘曰、生知也。由是以降、凡為文字之学、不論内外典、開巻読之、旨槩□然、目無全牛。

（下総の豪族千葉氏出身で、幼い頃から儒学を学び、俗世を嫌っていた。一二歳のとき鎌倉五山の寿福寺に入り、翌年には『法華経』を一度読んで暗誦、理解した。それからは内典・外典を問わずすらすらと読み学んだ。末尾の「目無全牛」は入神の技の形容で、『荘子』に基づく）

10 蒙山智明（一二八七―一三六六、摂津出身）

「蒙山和尚行道記」（榎本渉編『南宋・元代日中渡航僧伝記集成』勉誠出版、二〇一三）

偶文永之歳、元兵偵我西鄙。有万戸将軍、降于本朝。蓋儒而将者、乳師為子、鞠育勤至、操唐音以授詩書、後来能通唐音。

（文永の役で降伏し、日本にそのまま住み着いた元の将軍が儒者でもあり、乳飲み子の蒙山を引き取って育て、中国音で詩書を教えたので、中国音に堪能になった）

11 中巌円月（一三〇〇―七五、鎌倉出身）

「仏種慧済禅師中岩和尚自歴譜」（自撰、続群書類従九下・巻二三六）

応長元年辛亥　春在池房、就道恵和尚、読孝経論語、且学九章算法。

（八歳で寿福寺に入って僧童となり、一一歳のとき池房において『孝経』・『論語』を読み、中国伝来の九章算術を学んだ）

12 青山慈永（一三〇二―六九、紀伊玉津出身）

「仏観禅師行状」（弟子某撰、同・巻二三六）

師資性温粋、志気絶倫、稍長読孔老之書、日誦万言。頗好閑静、敢無経世心。丱歳寓住根来伝法院、勤学釈典、研究義利、過目即誦、不煩再告。

（温和で志が高く、儒道の書を読んでいた。世俗に関心が無く、幼くして根来寺に仮住まいして仏典を勉強した）

13 滅宗宗堅（一三一〇―八二、尾張中島郡出身）

「妙興開山円光大照禅師行状」（無隠徳吾撰、同・巻二三七）

稍長七歳而有営構之志、習経書於光明寺良澄者。

（七歳の頃から寺院造営の志を持ち、光明寺（浄土宗寺院か）良澄に経書を学んだ）

14春屋妙葩（一三一一―八八、甲斐出身、夢窓疎石の甥）
「宝幢開山智覚普明国師行業実録」（『智覚普明国師語録』巻八、大正蔵八〇・七一八）
三歳（中略）祖試口誦心経授之、師随而学之。（中略）七歳（中略）祖授以蓮経、日課一軸。師受了輒誦。人謂之神童。
（三歳の時、母に連れられて甲斐の浄居寺にいた夢窓疎石を訪ねると、夢窓は試しに『般若心経』を唱えたところ、すぐに真似して唱えた。また七歳のとき、美濃永保寺にいた夢窓を再び訪ねると、今度は『妙法蓮華経』を一日一軸教えられ、これもたちまちに暗誦した）

15性海霊見（一三一五―九六、信濃横山出身）
「性海和尚行実」（明之永誠撰、五山文学全集二）（続群書類従本は末尾欠）
幼而聡敏、七歳就家塾、記問応酬、頴脱群児。十一薙髪於相陽建長函丈。
（幼くして聡明で、七歳で私塾に入り、暗誦・応答は他の子供を圧倒した。一一歳のとき鎌倉建長寺にて剃髪。また「自賛」によると一四歳のとき比叡山で具足戒を受ける）

16太清宗渭（一三二一―九一、相模出身）
「太清和尚履歴略記」（厳中周噩撰、続群書類従九下・巻二三八）
甫六歳而其母口授普門品、師誦而不輟、父母大喜。
（母が鎌倉の長谷観音に祈願すると、夢に「胡僧」＝達磨が現れ、『法華経』の普門品を唱えれば男子を授かると言った。その通りに生まれた。六歳でそれを教えるとずっと暗誦していた）

17無文元選（一三二三―九〇、京出身）
「深奥山方広開基無文選禅師行業」（同・巻二三八）
七歳之時（中略）登山寺而励小学、天性聡明、好和歌、又事禅定。（中略）勤学内外典籍、竟無怠惰之貌。

（後醍醐天皇と昭慶門院の間に生まれ、五条大橋の下に捨てられたのを拾われた。七歳のとき叡山で「小学」および内外典を学ぶ）

（大正蔵八〇所収『無文禅師語録』に付される「方広開山無文元選禅師行状」だと、八歳で寺に入り、内外典を読んだという）

18愚中周及（ぐちゅうしゅうきゅう）（一三二三―一四〇九、美濃土岐出身）

「仏徳大通禅師愚中和尚年譜（ぶっとくだいつう）」（一笑禅慶（いっしょうぜんけい）撰、大正新脩大蔵経八一・九四）

師七歳、父携詣郡之東山教院、啓一大徳曰、此子敏黠、願隷左右、習以経書、若到長成、必帰於吾付以家業。大徳一見器許之、愛超等夷。師勤学釈典、兼習魯誥。

（七歳の時、父が近くの寺院（天台宗か）に連れて行き、将来家業を継ぐまでという約束で預ける。そこで内外典を学ぶ）

19義堂周信（ぎどうしゅうしん）（一三二五―八八、土佐高岡郡出身）

『空華日用工夫略集（くうげにちようくふうりゃくしゅう）』（自撰、ただし引用部分は弟子の記述か、太洋社、一九四一）

七歳、入小学、依邑里松園寺浄義大徳、読法華経及諸儒書。

（八歳のとき）一日、於家蔵雑書中、探得臨済録一冊、喜而読之、宛如宿習。父母怪之、以為天授。又就別処、集置珍玩種々者洎諸経書、令師取之。師乃於中択取玉篇・広韻爛壊者、自裱装而秘之、人咸作奇異之想。周念道人曰、師之祖父某、学儒釈之教、専修禅那、嘗謁由良国師、参禅問道、且白曰、願得禅録一巻、以為理性学本。国師乃与臨済録、是其本也。師之令父亦爾、常時読浄土三部経不離身云云。

（七歳で「小学」に入って村の寺僧浄義（じょうぎ）▼注4（浄土宗か。父がいつも浄土三部経を読んでいたということに関わるだろう）に『法華経』と儒書を学び、八歳のとき家蔵書から『臨済録』を選び出したが、それは祖父が無本覚心（むほんかくしん）に参禅して与えられたものであった。また他に痛んでいた『玉篇』『広韻』を自ら表装して秘蔵した）

20空谷明応（くうこくみょうおう）（一三二八―一四〇七、近江浅井郡出身）

「常光国師行実」（天章澄彧（てんしょうちょういく）撰、続群書類従九下・巻二三九）

師甫九歳、依郡之宏済寺沙門志徹為童。天資頴悟、経書過目誦憶。徹識其法器、遂携入洛。謁正覚国師。

（九歳の時、地元の臨済宗寺院宏済寺の志徹の僧童となり、経書を学ぶ。その才能を認めた志徹は上京して自分の師である夢窓疎石に弟子入りさせる）

21 松嶺道秀（一三三〇―一四一七、武蔵川越出身）

「松嶺秀禅師行状」（元竺撰、同・巻二四〇）

甫三四載、黠慧超群。父教以竺墳、随学背諷、宛如夙習。六載作和歌。（中略）九載誦論孟。十二載学台教。其年登伊豆走湯山、依万代法師為童児。

（父が若い頃叡山で学侶だった関係で、仏典・儒書を父から学ぶ。九歳で『論語』『孟子』を暗誦、一二歳で天台学を学ぶ）

22 無求周伸（一三三二―一四一三、甲斐出身）

「前相国無求伸禅師行実」（瑞渓周鳳撰、同・巻二四〇）

早入正覚国師之室、参尋已躬。幼嘗誦魯論。法兄龍湫禅師喜厥聡敏、携師託国師。国師以嗜儒書不悦、命之読碧岩百則公案。師誦憶無労、国師亦喜敏捷云云。

（幼い頃既に『論語』を暗誦していたので、その聡明さを買って兄弟子の龍湫周沢が夢窓に直接教わるよう引き合わせると、儒書を読むことを快しとしない夢窓は『碧巌録』を読ませた。するとたちどころに暗誦したので、夢窓もまたその聡明さを喜んだ）

23 南英周宗（一三六二―一四三八、武蔵出身）

「香積南英禅師行状」（弟子某撰、刈谷市中央図書館村上文庫蔵『香積南英禪師語録』、本書第一七章参照）

師歳十六、従天以薙髪受具。不幾擢侍客、既長頴敏邁人、経史子集之説莫不通習。周旋福鹿之間、従珍蔵海・登大年・快古剣等諸老。

（建長寺に入って古天周誓に師事、一六歳で剃髪受戒し、すぐに侍者になったが、人に優れ、漢籍はどんな分野にも通じていた。

また円覚寺と往復して、蔵海性珍・大年祥登・古剣妙快らに学んだ）

24 希世霊彦（一四〇三―八八、出身地不明）

「恵鑑明照禅師道行記」（正宗龍統撰、『禿尾長柄帚』六、五山文学新集四）（続群書類従にも）

師六歳、始就学。所読之書、不煩再授、過目則誦、如夙所聞。強紀足以兼数人。口多徴辞、自然成章。思出意外、往々驚人。人皆知其工於詩。

（南禅寺に入り斯文正宣に師事、六歳で勉強を始めたが、読んだ本は一度で暗誦した。記憶力は数人分、発することばはそのまま詩になり、意表を突く考えはよく人を驚かせた。その詩才は広く知れ渡った）

25 一華碩由（一四四七―一五〇七、筑前箱崎出身）

「幻住九世一華碩由大禅師行実之状」（湖心碩鼎撰、同・巻二四三）

自五歳居寺、凡禅門所要之諸経呪等、迨于六歳諳畢矣。自七歳対巻不倦、見以聡敏。

（五歳から禅寺に入って、主要な経典類を六歳までに暗誦し、七歳からも飽きずに読書に励んだ）

三　その分析と補足資料

以上二五例について、いくつかのポイントをまとめてみる。

＊就学年齢

出身家庭に学問的環境がある場合、乳飲み子の頃から養父に（10）、三・四歳から父に（21）、五歳から父に（8）、六歳から母に（16）、といった例が見られるが、多くは七歳頃であり、これは中国の例（1・2）とも共通する。

＊学習の場

寺院以外の場は、家庭内（5・6・8・9？・10・16・21）（ただし5は同輩の存在が記されているので私塾でもあろう）および「家塾」（15）のみである。後者は信濃という地方において寺院とは異なる私塾が存在した可能性を示す例であるが、寺で学ぶことを「入小学（小学に入る）」と表現する例（19）もあるので、断定はできない。

寺院は、推定も交えながらであるが、宗派別に集計すると、

・天台宗　7・17・18
・真言宗　12
・浄土宗　13・19
・臨済宗　5・11・14・20・22・23・24・25

となる。時代が下るにつれ臨済宗寺院が増えてくるが、鎌倉後期・南北朝期だと、とりあえず近くの寺院に入って勉学し、出家の際に改めて宗派を決める、あるいはさらに後になって禅に開眼して転宗する、といったコースを辿ることが多い。また、最初から禅寺に入っていても、受戒は叡山で、という場合もある。まだ臨済宗寺院が少なく、また人材養成のシステムが整っていなかったことを示すのであろう。

一方、20（おそらく22も）では、夢窓門下が地方寺院の優秀な僧童を中央（京都五山）の夢窓のもとへと送り込む様子が見て取れる。▼注5

＊学習の方法と対象

禅僧の伝記は、ほとんどが弟子によるもので、そこに当然ながら超人的な才能を記す文飾・誇張が含まれる。しかし、そのように描かれていることが、当時の五山において価値の高いものと認識されていた、とまでは断定できよう。

ほとんどの伝記で強調されるのは暗記能力である。一度読んだだけで覚えてしまう、あるいは耳で聞いただけ

で暗誦できるようになる、といった記述が続出する。まずは基本的な典籍を丸暗記するというのが、初期教育の目的であったことは疑いない。

対象となるのは、仏書のみならず、漢籍である。もちろんこれは、そのような記述のあるものを特に注意して集めたからでもあるが、8・11・13・20のように寺に入りながら外典学習についてしか記されていないものもあり、18に至っては、最初から僧侶にするつもりはないので経書のみ教えてくれ、と親が寺の僧に頼んでいる（実際は内典も学んでいるが）。戦国武将などでは、幼少時に寺に預けられて勉学した、という例が知られている▼注6が、そういった、出家を前提とはしない寺院における教育は早くから行われていたのであろう。

書名としては、『論語』（8・11・21・22）が目立つ程度であまり具体的ではないが、そのなかで19の、『臨済録』の逸話に挟まれた形で出てくる『玉篇』『広韻』の二点は注目に値する。字書と韻書という、漢籍学習および漢詩文作成のもっとも基本となる書物に幼くして関心を寄せたというのが、4の記述（中国では韻書を早くから学習する）も思い合わされ、後の文筆僧としての大成を予言している。「人咸な奇異の想ひを作す」（周囲の人は不思議がった）というのが、義堂の早熟を効果的に表現している。

伝記類だと挙がってこないが、たとえば、

三月旦、聴童吟杜句有感、続之、三絶（中巌円月『東海一漚集』一、五山文学新集四）

と題する詩があって、僧童が杜甫の詩を吟じているのを聴いて感懐を催している。

万里集九は文明一八年（一四八六）冬に江戸を出て鎌倉に赴き円覚寺に入った。その記述には、次のような一節がある。

山腹有小院、破屋数間、二童子午誦琅々、其一観音品、其一周弼之三体絶句。余隔墻壁聴之、欣然不忍俄去。

（『梅花無尽蔵』二、五山文学新集六）

あばらやのような小さな建物のなかで、僧童が朗々と唱えていたのは、『法華経』普門品と『三体詩』であった、というのである。前者は9・14・16・19にも見えるが、後者はおそらく当たり前すぎてなかなか伝記類に特筆されることはないのだろう。万里がやはり関東から美濃への帰途に記した「周弼三体詩加朱墨并叙」には、加点を頼んできた禅僧が、

落梅之周弼所編之家法詩、海内叢社之諸童子、無不読之者。（『同』五、同右）

と述べたことを記している。▼注7

やや時代が下るが、初期教育における読書について回顧的に記したものがある。

26策彦周良（さくげんしゅうりょう）（一五〇一―七九、丹波出身）

『策彦和尚入明記初渡集』（牧田諦亮『策彦入明記の研究』上、法蔵館、一九五五）

嘉靖一八年（一五三九）八月一一日条（適宜改行した）

余甫九歳冬杪、投先師心翁和上籌室。師因従北阜鹿苑寺之時也。凡朝経夕梵、触耳輒諳、過目輒誦。師驚嘆為天稟。

明年正月喧鶯之末、有門徒小単尺。以年后梅花為題。師命余書焉。憐子忘醜者乎。余不辞而迅筆写此題。師以比小徳莫鴉、人皆擬小王飛白。二月初、余手自謄三体詩。学而時習之。毎日以十首為課。翌之昧早、向師面前暗記誦、恰如屋上建瓶水、半字靡有停渋。

十一歳之夏、北鹿不幸罹賊火之災。寺僧従師会下者十数輩、各自抱世事営弁之具、離群于此、散衆于彼。余独懐三体一冊・取名一幅而出、遂従師之后到西山。（中略）師遂退休于丹之先廬性智禅院。余又随侍巾瓶。論語・孝経・杜詩・蘇二・黄九二集等、大半自書以誦唱矣。鄭氏箋・左氏伝・古文真宝・荘孟二子、粗渉半部、未終全部。且復林際録・正宗賛等、受師口学之。

大意を取れば——九歳で洛北鹿苑寺にいた心翁等安（しんおうとうあん）のもとに入り、朝夕に唱える経典や陀羅尼は、耳で聞き、目で見ただけでたちまち暗記した。翌年、一〇歳の正月、内輪の詩会で師の作品を短冊に清書することを任され、その筆跡を称賛され、二月以降は『三体詩』を筆写、一日一〇首の暗誦を自らに課した。一一歳のとき寺を焼かれ、僧たちが金目のものを持ち出してあちこちへ逃げ出したのに対し、『三体詩』と「取名」一幅（法諱を記したもの、天龍寺妙智院現蔵）のみを持って、師に従って天龍寺に移り、さらにその隠遁先である丹波性智寺（しょうちじ）に行った。ここで『論語』『孝経』や杜甫・蘇軾・黄庭堅の詩集を暗記、また『毛詩』『春秋左氏伝』『古文真宝』『荘子』『孟子』はおよそ半分程度覚えた。また『臨済録』と『五家正宗賛（ごけしょうしゅうさん）』は師から口授を受けた。

ここにも暗記能力の誇示が見られるが、その対象となった書物が多く具体的に挙げられていることに注目したい。まず最初に来るのが『三体詩』、つぎにさまざまな漢籍だが、詩文集が中心である。大半は自分で書写したというが、それでも地方寺院においてどこかから借用可能であったことがわかる。

四　第二段階——資料操作と漢詩文作成

このような、基礎的学習としての暗誦と並行して、さまざまな漢籍から必要な情報を抽出し、蓄積していく能力も養う必要がある。次の例は、学問上の師である慕哲龍攀の編集作業を補佐したことを回顧する、九淵龍賝（きゅうえんりゅうちん）（一三九八頃—一四七四）の文章である。▼注8

吾伯父江西翁、嘗捜索自李唐以来逮宋明台閣山林鉅公名緇詩藁、而甄掄一千余首、緝作一巨冊、名曰新選分類諸家詩集。（中略）歴後十余年、慕翁又掴摭江翁遺略者撰成一集。今之新編集是也。余時歳十四五、捧硯伸牋、曛旭靡怠。由是得悉知其編脩顛末也。（国立公文書館内閣文庫蔵『続新編分類諸家詩集』跋文）

江西龍派・慕哲龍攀はともに建仁寺における詩文僧として著名であるが、美濃東氏出身の兄弟で、筆者九淵のおじに当たる。そのような縁を頼ってであろう、七歳頃上京して慕哲に随伴するようになった九淵は、江西の編集した唐宋元明詩の部類選集『新選集』のあとを受け、続編編集に取りかかった慕哲の補助をして、その作業の一部始終を知っている、と述べる。このとき九淵は一四・一五歳というのであるから、一通り基礎的学習は終えていたであろう。さまざまな時代の、俗人・僧侶の詩集や類書などから詩を抜き出し、それを内容によって分類し、並べていくというのは、現在であればデータベースソフトなどを用いて、画面上の操作で行えることであるが、現代でも一時代前までは、手書きのカードを大量に作って物理的に再配列していくといった手作業で行われていたことで、当時も墨と筆で似たようなやり方をとっていたであろう。跋文中では「硯を捧げ牋（かみ）を伸ばし、曛旭（朝晩）怠らず」としか記していないので、具体的な補助の内容はわからないが、たとえば慕哲が各種典籍を通覧して抜粋すべき作品に印を付し、それを九淵が短冊状の紙に一首ずつ抜き書きしていき、慕哲が分類する、といったことが想像される。こういった作業を通じて、それぞれの書物や作品について自然と知識を蓄えていったことであろう。

　最近住吉朋彦氏が紹介した禅林類書に、やはり建仁寺の僧英甫永雄（一五四七―一六〇二）二〇歳の永禄九年（一五六六）に自編した自筆稿本『畧韵』（陽明文庫蔵、所蔵者整理書名は『両音』）がある。[▼注9] 英甫は若狭武田氏の出身で、師であり叔父である文渓永忠の建仁寺出世に随伴して上京したが、本書はそれ以前、若狭在住時の営為と見られる。

　同氏によれば、本書は虎関師錬編の韻書『聚分韻略』の韻を利用し、同じ文字を末尾に持つフレーズを漢籍・禅籍から広く集めているとのことである。漢詩一首を単位とする前述の編集作業よりももっと細かな単位での集積は、それが直接自分自身の漢詩文作成に直結するような表現の蓄積となるはずである。

もちろん、既に禅林には『韻府群玉』『事文類聚』といった宋元の大部の類書が広く流布していたが、それをより使いやすい形に再編集する自家用の類書も数多く見られる。住吉氏論文には建仁寺両足院蔵の全三六冊に及ぶ『増禅林集句韻』（東福寺の学僧彭叔守仙編）も紹介されているが、このような巨大化した類書とは別に、基礎的学習の第二段階として、小規模なものを自ら作るということも広く行われたことが想像される。

さらに時代は下るが、この英甫が学問の指導をした少年に林羅山（一五八三―一六五七）がいる。京の商家に生まれた羅山は、一三歳のとき、本格的な勉学のため建仁寺大統庵の古澗慈稽に就いて学び始め、十如院の英甫のもとにも通った。英甫のところでは『荘子』や白居易「長恨歌」「琵琶行」の講義を聴き、その内容をまとめた。▼注10国立公文書館内閣文庫には、後者の羅山自筆本『歌行露雪』が現存し、そこに英甫の自筆跋文が綴じ込まれている。

> 京師他力門下之家有少年、其名謂又三郎。去歳之春、十有三歳而入吾東山、遊于大統庵裡、先于孔丘之志学者二歳。今茲冬之仲、又君袖一書来以見示予。々開而管窺之、長恨歌之露抄也。予問云、是何人之所抄乎。又君答曰、去秋入和尚之講席自聴之、爾来本于此以書之出矣。予熟視者如于回。明皇楽尽哀来之起本、玉妃生前没後之事跡、禄児反相、方士幻術、各無所欠。加之、文字反切之例、義意深密之理、悉現于筆端。鼓舞者妙中得妙、奇外呈奇者也。而今君之所抄之事歴等、皆非先是予之所講之謬説。寔後生可畏者、其斯之謂乎。昔堯夫十四歳而作明妃引、与今又君十四歳而抄玉妃伝、可謂異曲同工。戯賦唐律一篇以褒焉云。伏乞笑擲。
>
> 年少揮毫憐馬嵬　露抄雪纂最奇哉　羨看子学作他力　長恨吾徒無此才
>
> 文禄第五仲冬日　前南禅永雄

単に講義の聞き書きとはいっても、もちろん内容を正確に理解しなければ書き留められないだろうし、漢籍の引用などは出典（あるいは類書）に当たって正確を期する必要がある。おそらくそういった過程において、独自の注解やある程度の訂正なども行ったのであろう。「而今君の抄する所の事歴等は、皆是れより先予の講ずる所の謬説に非ず」というのは、やや誇張にしてもそのあたりの事情を反映していると思われる。「他力門下」というのは、養母が熱心な一向宗信者だったことを言う。末尾の詩では、そのことを踏まえ、阿弥陀如来の力でこのような学力を身につけているとは、自力門の禅僧からは羨ましいことだ、とユーモラスな表現でその才能を称賛している。

前々章で触れた無求周伸の弟子、瑞渓周鳳（一三九一—一四七三）の行状「興宗禅師行状」（景徐周麟撰、続群書類従九下・巻二四二）には次のような記述がある。

師少小癖于坡詩。年十五、侍無求於崇寿、有椿齢中者、在其会下。講此詩纔数紙耳。師聞之、有欲学此詩之志。其後懶雲翁〈厳中〉・蕉雪翁〈惟肖〉禅余玩此集、師謁来二老門、粗得一二矣。又一時諸彦之論、面而問者、耳而聞者、并録号坡詩脞説。蓋毎句下挙諸説、至末判其優劣。師古注漢書之法也。古人所未注及、苟有在証則筆之、是脞説之作也。

幼い頃から蘇軾の詩に傾倒していた瑞渓は、一五歳の時、同門の椿齢□中が数丁分の講義をしたのを聞いて蘇詩研究に志した。厳中周噩や惟肖得巌らに学んだほか、多くの学僧からその説を聞き集め、それらを集成、自説を加えて注釈書を作った、というのである。初学期からの継続的な努力が実を結んだ例であるが、各所での講説が盛んに行われ、それを自由に聴講できる、室町期京都禅林の学芸状況もよくわかる資料であろう。

以上見てきたような十代における学習は、瑞渓のような学問へとつながるだけでなく、創作活動がもう一つの大事な目的である。これも近年、朝倉尚氏によって、艶詞文芸と総称される、年少の僧童・僧との詩文のやりとりが、男色という側面のみならず、教育的な目的も同時に備えていることが指摘されている。▼注11

ここでは、特に艶詞とは直接関係のない例として、天章澄彧（一三七九—一四三〇以降）と一休宗純（一三九四—一四八一）の場合を取り上げる。

『栖碧摘藁』自跋（五山文学新集別巻二）

年甫十三、入洛、礼仏日先師於承天丈室為童。（中略）蕉堅翁（中略）一日召造前、朗吟云「山色透簾緑、汝童能対乎」。余随声云、「竹光当戸涼」。時季夏也。翁大喜、執手展開、視之咲曰、「掌文似我。宜其奇俊也」。

行状のスタイルで回顧した文章の一節である。伊賀出身の天章は一三歳で上京、当時相国寺住持であった空谷明応（くうこくみょうおう）の僧童となった。ある日、ついで住持となった絶海中津に呼ばれ、「山色簾を透りて緑なり」という句に対句を付けよ、と言われてすぐさま「竹光戸に当たりて涼し」と付けた。晩夏にふさわしい内容で、絶海は大喜び、手を取って開き、「掌紋が私に似ている。才能があるのもむべなるかな」と笑って言った、という。

この、五言の詩句に五言の詩句を付けるのは、禅林の文学形式の一つ、聯句である。連歌同様、座の文芸として即興性と場に即した内容とが求められる。絶海は明徳三年（一三九二）一〇月に住持になっているから、この逸話は翌年六月、天章一五歳のときのことであろうか。その年で見事にそれを成功させたという逸話であった。

一休は、漢詩作成に早くから才能を見せていたことが年譜に記されている。

「東海一休和尚年譜」（平野宗浄訳注『一休和尚全集』三、春秋社、二〇〇三）

師十三歳、窃発遊学志、出亀嶠依東山慕哲攀公、而学作詩之法。毎日一首為課。（中略）一日詠長門春草、有「君恩浅処草方深」之句、聞者嘆服。

師十五歳、賦春衣宿花之詩、膾炙人口。

師十七歳、中秋無月賦、佳句入神。

文中に出てくる「長門の春草」「春衣花に宿る」「中秋月無し」はいずれも詩題で、このような題を与えられてそれを詠みこなすことが求められていた。いずれも作品が現存していて、特に前二首については、『三体詩』の措辞を巧みに借用し、一ひねりして新しい表現を生み出していること、柳田聖山氏が詳しく分析している。[注12] また、『山林風月集（さんりんふうげつしゅう）』には一一歳の時の作との注記がある作品が収められ、建仁寺に移る以前、「亀嶠」（天龍寺）にいたときであろうか（年譜は明確に述べていない）、その頃から既に詩作を始めていることがわかる。[注13]『三体詩』等基礎的な漢籍の暗誦を前提として、抄出・再編集・注釈といった資料操作と、漢詩文作成とが、十代の禅僧に課せられた第二段階の教育内容、と一応は結論づけられそうである。

おわりに

中世禅林における教育についての研究は、主に漢詩文作品を対象に、禅林内の塔頭寮舎を「村校」あるいは「小学」などと呼んでいることなどが指摘されてきた。[注14]これらの名称は、第一章で示したように、南宋・元代中国のいわゆる書院に包摂されるような、地域の初期教育を担う機関の名称をいわば「唐名」として流用しているものであった。第二章で見たように、日本にもわずかながら、それに類似する教育機関の存在を示す資料があるが、やはり先学の指摘どおり、中核は寺院であり、特に幕府の保護統制を受けた五山はいわば官立学校であるという意識のもと、そこに正式に入学する以前、すなわち得度受戒を済ませる前の僧童段階の教育を行う場を「村校」と呼んでいたのであろう。なお一部には「童（子）科」「僧童科」「詩賦科」というように「科」の付いた名称でも呼ばれているのは、逆に得度前教育も、それ以後の教育と連続しているカリキュラムの一環であるとの意識であろう。[注15]

このことは、原田正俊氏が指摘するような、五山僧の「文官」意識ともつながるであろう。[注16]氏も記すように、中国・朝鮮と異なり、科挙のない中世日本において、地方の優秀な人材を中央に集め、僧侶として政治権力へ奉仕させる五山禅林の人材登用システムは、その代用としての一面を持っていたとも言える。したがって、そのような場において初期教育を終えた林羅山が、儒者として江戸幕府に直接仕えるようになったことは、そのシステムの終焉を告げる、まことに象徴的な出来事であったといえよう。

〔注〕

（1）以下、資料の所在や内容について、玉村竹二『五山禅僧伝記集成【新装版】』（思文閣出版、二〇〇三）を参照した。

（2）清拙正澄（一二七四―一三三九、福建省福州出身）は「四歳入学、敏慧過人」とあってやや早い（東陵永璵撰「清拙大鑑禅師塔銘」続群書類従九下・巻二三〇）。

（3）時代・地域それぞれの詳細な研究があるが、総説としては呉萬居《宋代書院與宋代學術之關係》（台北・文史哲出版社、一九九一）、陳谷嘉・鄭洪波主編《中国書院制度研究》（杭州・浙江教育出版社、一九九七）などがあり、参考にした。

（4）蔭木英雄『訓注空華日用工夫略集』（思文閣出版、一九八二）は寺院・僧ともに不明とする。

（5）川本慎自「中世後期関東における儒学学習と禅宗」（花園大学『禅学研究』八五、二〇〇七・二）は、室町時代に関東、特に常陸において、京都五山とは異なる独自の儒学学習の伝統が形成されていたことを指摘していて、必ずしも京都五山が学芸全体を支配していたわけではないことを示している。なお、少年時の学習に言及する資料もいくつか引用されている。

（6）石川謙『日本学校史の研究』（小学館、一九六〇、日本図書センター復刊、一九七七）一二二頁以下参照。

（7）万里および次の策彦の言説については既に芳賀幸四郎「室町時代の教育」（初出一九五八、芳賀幸四郎歴史論集Ⅳ『中世文化とその基盤』思文閣出版、一九八一所収）に指摘がある。また、万里の遊歴活動全般について教育史的見地から検討したものに大戸安弘『日本中世教育史の研究―遊歴傾向の展開―』（梓出版社、一九九八）がある。なお、『三体詩』ほか禅林における初学書については、堀川貴司『詩のかたち・詩のこころ　中世日本漢文学研究』（若草書房、二〇〇六）を参照されたい。

（8）堀川『五山文学研究　資料と論考』（笠間書院、二〇一一）に全文と九淵の伝記考証を収める。

（9）住吉朋彦「韻類書の効用―禅林類書試論―」（『室町時代研究』三、二〇一一・一〇）。

（10）羅山の伝記事項については堀勇雄『林羅山』（人物叢書、吉川弘文館、一九六四）および鈴木健一『林羅山年譜稿』（ぺりかん社、一九九九）参照。

（11）朝倉尚「禅林における艶詞文芸をめぐって―研究の現状と現存作品集（群）―」（『中世文学』五六、二〇一一・六）ほか一連の研究。

（12）柳田聖山『一休「狂雲集」の世界』（人文書院、一九八〇）。

（13）注（7）堀川著二五四頁参照。

（14）高橋俊乗『近世学校教育の源流』（永沢金港堂、一九四三、臨川書店復刊、一九七一）、久木幸男「中世の村校について」（『印度学仏教学研究』四〇、一九七二・三）など。前者には、15性海霊見の伝記に見える「家塾」について言及がある。

（15）注（14）久木氏論文は、「村校」という名称が主として建仁寺友社の人々に用いられたことを指摘しているが、その意味についてはなお考えたい。

（16）原田正俊「五山禅僧の「文官」的性格」（笠谷和比古編『公家と武家Ⅳ　官僚制と封建制の比較文明的考察』思文閣出版、二〇〇八）。

〔付記〕

今回、蒙山・春屋および無文の一部について追加し、関係部分を訂正した。

郵便はがき

料金受取人払郵便

神田局
承認

1330

差出有効期間
平成 28 年 6 月
5 日まで

101-8791

504

東京都千代田区猿楽町 2-2-3

笠間書院 営業部 行

■ 注文書 ■

◎お近くに書店がない場合はこのハガキをご利用下さい。送料 380 円にてお送りいたします。

書名 冊数

書名 冊数

書名 冊数

お名前

ご住所 〒

お電話

読　者　は　が　き

●これからのより良い本作りのためにご感想・ご希望などお聞かせ下さい。
●また小社刊行物の資料請求にお使い下さい。

この本の書名＿＿＿＿＿＿＿＿＿＿＿＿＿＿＿＿＿＿＿＿＿＿＿＿＿＿

本はがきのご感想は、お名前をのぞき新聞広告や帯などでご紹介させていただくことがあります。ご了承ください。

■本書を何でお知りになりましたか（複数回答可）

1. 書店で見て　2. 広告を見て（媒体名　　　　　　　　　　　　　）
3. 雑誌で見て（媒体名　　　　　　　　　　　　　）
4. インターネットで見て（サイト名　　　　　　　　　　　　　）
5. 小社目録等で見て　6. 知人から聞いて　7. その他（　　　　　　　　　　　　　）

■小社PR誌『リポート笠間』（年2回刊・無料）をお送りしますか

はい　・　いいえ

◎上記にはいとお答えいただいた方のみご記入下さい。

お名前

ご住所　〒

お電話

ご提供いただいた情報は、個人情報を含まない統計的な資料を作成するためにのみ利用させていただきます。個人情報はその目的以外では利用いたしません。

第二部　注釈・講義

第四章　抄物の類型と説話

はじめに――禅林における書物の解体と生成

中世の禅林、特に南北朝・室町時代の京都五山は、漢詩文を中心にさまざまなテクストが生成する場であったが、その前提には、中国からの書物の輸入、その複製（書写・出版）、それらへの情報付加（書き入れ）、逆にそれらからの情報抽出（抜き書き）、目的に応じた再編成（自家製の韻書・類書）といった活動が存在する。[注1]

抄物[注2]は主として中国で生まれたテクスト（原典）についての講義・注釈であるため、固定されたテクストに対して、その理解を助けるような情報を付加していく行為、と一応は考えられるが、

＊情報が雪だるま式に増えていき、一種の類書と化す場合（重層化した抄物）

＊対象となるテクスト（原典）そのものが日本で編集・創作された場合、あるいは複数のテクスト（異本）の取り合わせの場合

＊そもそも対象となるテクストそのものが類書（断片化されたテクストの集合体）の場合

＊特定のテクスト（原典）を持たない、一種の随筆・詩話に近い場合

などの存在は、近代的な注釈書の概念ではくくりきれないことを示している。

すなわち、抄物の制作も、禅林における書物の解体と生成という大きな運動のなかの一事象として、そのさまざまな形態を含み込んでいるものと考えられるのである。

本稿は、与えられたテーマである「説話」に着目し、そのように多様な姿を見せる抄物の、どのような類型の中に説話が現れてくるか、あるいは、説話の現れ方から逆に、抄物の分類・類型化を進められるのかどうか、を考える第一歩としたい。[注3]

なお、中国故事についても触れる場合があるが、故事そのものは漢詩文テクスト生成に不可欠の知識として、抄物に限らず禅林の書物には遍在するので、できるだけ日本独自の説話（日本で創作されたと思われる「偽」中国故事、または登場人物や舞台が日本のもの）に注目して取り上げていきたい。

とはいえ、抄物の類型については、まだ見聞の範囲も狭く、日本漢文学研究という立場からの視点に限定されているし、ましてや説話の実例については、調査対象がごく限定されていて、偏ったものになっている可能性があある点は、あらかじめご了承いただきたい。

一　抄物の類型

ア　対象となるテクスト（原典）による分類

漢文で記された書物が対象であるが、世俗のもの（いわゆる漢籍）と禅宗関係書、そして日本人による漢文著作に大きく分かれる。（以下、傍線を付した書名・人名は後半部で言及するもの）

＊漢籍……四部分類のうち集部が最も多く、史部がそれに次ぎ、経・子は少ない。これは、禅僧の漢籍研究が、ある程度同時代の中国儒学の影響を受けながらも、漢籍の全体的研究を目指すのではなく、漢詩文作成に必

要な知識・語彙を知るという目的が中心にあり、それに役立つテクストが選択されたためである。ただし室町中期以降は、清原家の活動がそれを補完するように経・子の抄物を生み出し、禅林の学問と交差する。

具体的には、初学書である『三体詩』『聯珠詩格』『古文真宝』、規範とすべき作品である『東坡詩』（蘇軾）『山谷詩』（黄庭堅）『杜工部詩』（杜甫）などは質量ともに豊富である。小品では『**瀟湘八景詩**』『演雅詩』（山谷詩の一部）などもある。史部では『史記』『漢書』『十八史略』『史学提要』など、経部では『周易』『毛詩』『論語』など、類書では『韻府群玉』『**詩学大成**』がある。

＊**禅籍・仏書**……特定のテクストに集中する傾向がある。たとえば、禅林の生活・儀式全般の規範となる『勅修百丈清規』、禅僧必読書である『臨済録』『碧巌録』『五家正宗賛』『**江湖風月集**』などの公案集・偈頌集、禅林の公式文書の模範となった『蒲室集（疏）』など。

＊**準漢籍・国書**……禅林ではほとんどない。わずかに、日本禅僧編集の中国詩選集『錦繍段』、日本禅僧の詩選集『花上集』、日中両国の詩を集めた『**中華若木詩抄**』など。一方、公家・博士家などは国書の抄物も作った（『御成敗式目』『職原抄』『日本書紀』など）。

イ　文体による分類

注釈がどのような文体で書かれるかは、前提となる講義の有無や、引用漢籍の多寡と関係する。

＊**漢文**……比較的初期（南北朝・室町前期）のもの、あるいは対象となるテクスト（原典）に注がないものに見られる。岐陽方秀の『碧巌録不二鈔』『中峯広録不二鈔』、東陽英朝の『**江湖風月集略註**』など。

＊**和文**……講義の聞き書きから生まれたもの、またはその文体を模倣したもの。漢文の抄物の内容を和らげたもの（『江湖風月集略註』に対して『江湖風月集略註鈔』）もある。

＊和文・漢文混用……和文のなかに漢籍の引用を含む場合、ある程度は混用とならざるを得ない。それとは別に、『四河入海』（『東坡詩』の抄物）のように、先行する漢文抄物と和文抄物を集成したものの場合、当然ながら混用されることになる。

ウ　成立時期による分類

＊南北朝……ほとんど現存せず。後世の抄物に吸収されている場合が多い。

＊室町前期……岐陽方秀や江西龍派（『杜詩続翠抄』）など、開拓者的存在。

＊室町中期……景徐周麟・月舟寿桂・桃源瑞仙・万里集九など、博士家を含む公家との交流、注釈対象の拡大、講義対象の拡大、注釈の重層化など多様な現象が生まれる。

＊室町後期……彭叔守仙・**惟高妙安**・**仁如集堯**など、注釈の集大成化が行われる一方、専門家以外の読者に向けて、わかりやすい抄物も作られるようになる。

＊安土桃山・江戸初期……月渓聖澄・文英清韓のように、頻繁に禁中講義を行う禅僧が出てくるなど、室町後期の傾向が続く。また、古活字版、ついで整版による抄物の出版が始まる。

エ　注釈者の学統による分類

多くは寺院の枠を超えて交流しているが、一応の特徴としては、次のようなことが言えようか。

＊東福寺……虎関師錬・岐陽方秀以来の学問的蓄積をふまえ、『四河入海』など大部の抄物が作られる。

＊建仁寺……『三体詩』『錦繍段』『**中華若木詩抄**』と続く漢詩初学書の形成・注釈と『蒲室集』疏注釈の伝統がある。いわば創作との密接なつながりのなかで抄物が作られている。

***相国寺**……室町中期に桃源瑞仙・景徐周麟らが公家との学問的交流を行い、その結果『史記』『漢書』『周易』など、史部・経部の漢籍に対象を広げていく。その後**惟高妙安**が類書への注釈という他に例のないものを成し遂げ、知識の集大成を試みる。

ただし室町中期以降は寺院間の交流・混交が著しい。たとえば建仁寺の月舟寿桂は、『史記』『漢書』『周易』にも手を伸ばしている。

オ　注釈形態による分類

***孤立**……その人ひとりが行い、前後に例がない（**惟高妙安**など）。

***並列**……ほとんど没交渉にいくつかの注釈が存在する（『**瀟湘八景詩**』など）。

***重層**……歴代の注釈が継承されていく（『三体詩』『蒲室集』など）。

カ　聴講者（読者）による分類

***禅林内部**……漢詩文のプロ（後継者）育成のため

***公家・武家など**……漢詩文の基礎的教養を身につけるため、と一応は言えるが、講義に関しては、なかばエンターテインメントでもあったか。

***一般**……出版されるようになると、読み物としての面白さも求められたのではないか。『**中華若木詩抄**』『三体詩素隠抄』などはそういう読者の欲求を満たす内容である。

二　抄物の中の説話（一）――禅林内部の場合――

ア『中華若木詩抄』

本書は一六世紀前半に成立した、中国詩・五山詩両方を収めた抄物である。▼注4 詩集が編纂され、ついで注釈が成ったという段階を経ているのではなく、はじめから抄物として編纂されたと推定される。編者は月舟寿桂の弟子如月寿印（じょげつしゅいん）である。

乱後経村墟　　田野夫
戦場無処不傷情　　戦場　処として情を傷ましめずといふこと無し
乱後村墟次第経　　乱後の村墟　次第に経（ふ）
昨日英雄今白骨　　昨日の英雄　今　白骨
春風原上草青々　　春風原上　草　青々

一二之句、戦場ト云ヘバ、イヅクニテモアレ、情ヲ傷マシメズト云フコトガナイゾ。ドコヲ見ルモ物哀レニスゴイ体ガアル也。春ノ時分、隙（ひま）ハアリ、乱後ノ体ヲ見ルベキト思テ、合戦ノ旧跡ヲ、コ、モ合戦ノ跡、アソコモ合戦ノ跡ト、次第々々ニ廻リテ見ル也。三四ノ句、ヤラ頼ミ少キ人間ヤ、昨日マデ鬼神ト恐レラレシ英雄モ、打死スレバ今日ハ白骨トナリテ郊原ノ上ニ朽ハツル也。昔ニ変ラヌモノトテハ、原上ノ草ガ春風吹ケバ又青々トアル也。白骨モ春草トトモニ、生キハ返ラヌモノゾ。コ、ガ一ノ句ニ戦場ーート云タトコロ也。原上ハ、野外也。白骨ノアル辺ゾ。此詩ヲ、野夫ノ、惟肖和尚（惟肖得巌）ヤランニ見セテ、「御直シアレ」トアツタレバ、妙ニ直サレタゾ。始ハ「昨日英雄今日骨」トセラレタヲ、日ノ字ニ一点加テ、今白骨ト白ノ字ニセラレタゾ。一点ニテハラリト変リテ、一句ガ活動シタ。妙ナルト云イ伝エタコト也。

横川景三編『百人一首』に収められる詩で、作者は伝不明である。[注5]江西龍派などとならんで室町前期を代表する詩人の惟肖が添削をしたという逸話を載せることが、初心者に対する指導として有益であったと新大系の脚注に指摘がある。日を白と変えることによって、英雄と白骨という対比が明確になるとともに、第四句「草青々」とも白と青の対比が生まれる。一字一句が微妙な関係を持って機能している漢詩の難しさ、面白さをよく示す例であろう。

イ『詩学大成抄』

柳田征司氏は、[注6]惟高妙安による本書および『玉塵抄（ぎょくじんしょう）』（『韻府群玉』の抄物）を「抄物説話集」と命名している。原典がそもそも詩文作成に有用な熟語・故事等を、内容別または韻別に集成したものなので、それを解説した抄物はそのまま故事説話集になっている。しかしそれだけでなく、一部の説話では、どこか類似点・共通点のある日本の話を合わせ紹介することも行っている。ざっと目に付く限り抜き出してみる（なお、柳田著に言及・分析のあるものについてはその旨注記した）。

＊巻二・郊園門・秋郊　「来来」の語が棗のことだというのに関連して、言葉遊びを伴った五山僧の聯句に言及する。（柳田注（６）著第三章）

＊同・橋　晋の杜預（どよ）が征南将軍と呼ばれたことに関連して、日本の「征夷大将軍」日本武尊（やまとたけるのみこと）、天村雲剣（あめのむらくものつるぎ）、三種の神器に言及する。

＊同・辺塞　幣が出てきたことに関連して、著者惟高妙安が吉田兼倶（よしだかねとも）の日本紀講釈を聴いたこと、幣のことなどに言及する。

＊巻三・地理門・山　泰山で仙人が羽化することに関連して、東沼周曮（とうしょうしゅうがん）・彦龍周興（げんりゅうしゅうこう）・景徐周麟らの逸話に言

及する。（柳田注（6）著第一〇章）
＊同・泉　孔子が盗泉の水を飲まず、曾参が勝母里の前で車を引き返させた、という故事に関連して、足利学校で学んだ俗人が連歌で「花ノ影フムコトナカレ秩父山」の前句に「車ヲカエスハ、ニカツ里」と付けたという話を紹介する。（柳田注（6）著第一章）
→「いくら桜の花盛りだといっても、「父負」山には足を踏み入れてはいけない、曾参が「勝母」里に入らずに車を返した故事を見習って」（前句をうまく取りなして、聯句の付合のように対句的表現で中国故事を詠み込んだ点が、足利学校で学んだ人らしい連歌の詠みぶりだという面白さから言及したか）
＊同・泉　驪山の温泉に関連して、有馬温泉の起源説話（薬師と行基）に触れる。
＊巻四・城闕門・洛京　平安京の起源（聖徳太子が発見した）、大内裏について触れる。
＊巻五・時令門・春　「匂」字について、日本では「ニホウ」と訓むことに関して『源氏物語』の「匂兵部卿、香ヲル大将」に言及する。
＊同・春　「夕陽遅」に関連して、吝嗇な日野富子に、同朋衆の永阿弥が「春ノ日」（くれそうでくれない）という綽名を付けたという話を紹介する。（柳田注（6）著第四章）
＊同・夏　「麈尾」に関連して、「当軒」（惟高の隠居所である相国寺広徳軒、現在の光源院か）に将軍来臨のための床飾りに用いる特製の払子があることや『君台観左右帳記』について述べる。（柳田注（2）著（前者）一八七頁）
＊巻六・時令門・閏　「嗅新梅」に関連して彦龍周興の渡唐天神像の賛文に言及する。（柳田注（6）著第八章）
＊巻七・郊園門・蔬圃　「郢人有快曝背美芹子」に関連して、「楚」は他より成長してしまった草木を言い、著者若年時の抜書を「刈楚」と名付けていた（その後のものは「兎麈」）が十年前火事で焼けた、と述べる。（柳田注（2）著（前者）一八六頁）

＊同・漁磯　太公望が釣りをしていた磻渓の磻の字が、著者の使っている『韻府群玉』のテクストで「蟠」と誤刻されていることに関連して、『文献通考』のなかの「倭国伝」で、印刷が悪くて「冨士」の「士」の縦画が消えて「二」に見えたのを面白がって、横川景三は駿河清見寺の住持の頂相の賛に「冨二峰」「太一宮」の対句を作った、と述べる（住持の俗姓が一宮氏なので、一宮の語を詠み込んだ）。

＊巻八・時令門・秋　「衣杵相伝深巷月」に関連して、月舟寿桂は『史記』の講義で「相」を「キウタ」（杵・歌）と訓んだが、著者がこのことを清原宣賢に尋ねたところ、吾が家では「キフタ」（キュータ）と訓むと答えた、と記す。（柳田注（2）著（前者）一〇九頁、注（6）著第二章）

＊巻九・城闕門・宮殿　「三十六宮」に関連して、相国寺の塔頭の数、中国では禅よりも教律が早く栄え、それが日本に伝わったこと（鑑真・叡尊・俊芿などに言及）を記す。

＊巻一〇・祠宇門・寺　維摩居士の方丈に関連して鴨長明『方丈記』に言及し、長明を真似て「六七十年バカリサキ」に大内氏被官の「青カゲ」という人が因幡で山居を作って暮らした、という話を記す。

＊同・同　給孤園に関連して、細川政国の建立した天龍寺塔頭の禅昌院に村庵（希世）霊彦・景徐・横川らが集まって聯句を行ったときのことを記す。

＊巻五（異本の岩瀬文庫本）・節序門・人日　正月七日（人日）に正宗龍統に招かれた景徐周麟が第唱句（聯句の発句）「人日人宜日」（人日　人　日に宜し＝めでたい日にふさわしい人がやってきた）に「霊泉霊在泉」（霊泉　霊　泉に在り＝霊泉の名の通りここの泉には主の霊妙な力が宿っている）と付けた（正宗の塔頭を霊泉院という）、という話を記す。

＊同・立秋　『淮南子』の読み方に関して漢音・呉音のこと、日本人は呉の太伯の子孫であること、野馬台詩のことなどに言及する。

聯句についての言及が多いのは、もともとこのような類書や語彙集が聯句作成の参考書であるという性質を持っていて、この抄物もその表現を豊かにするためのものであったという理由からであろう。また、自分自身に関する回想、相国寺を中心とした先輩・同世代の有名な学僧・詩僧の逸話を取り上げるのも、学問的な伝統の継承を意識したものであろう。一種の教育的配慮である。一方、日本の歴史や文学書にも話が及ぶのは、上記の理由に加え、公家や神道家との交流によってそれらの知識が身近なものになっていた時代性を反映している。

三　抄物の中の説話（二）――外部との接触の場合――

ア　『江湖風月集』とその抄物

本書は南宋末の中国において編纂された詩偈集で、中国禅僧の七言絶句約二七〇首を作者別に収める。『江湖風月集略註』は室町中期妙心寺の東陽英朝（一四二八―一五〇四）による漢文の抄物で、近世に入ると古活字版・整版になって普及するとともに、頭注を付加したもの、注釈の内容を和文でわかりやすく書き直したもの（『江湖風月集略註鈔』がそれに当たる）、注釈を適宜取捨したものなどが刊行された。一方、龍門文庫蔵『江湖風月集抄』は東福寺の学僧によるもので、天文二年（一五三三）成立。芳卿光璘(ほうきょうこうりん)の講義を彭叔守仙が筆録し、それに自己の見解を増補して記したカナ交じり文の抄物である。

ここでは無学祖元（作品通し番号で六七・六八の二首を収める）の作者略伝部分を見てみたい。[注7]

【江湖風月集略註】（京都大学附属図書館所蔵〔室町末期〕写本）

四明子元々和尚

師、諱祖元、字子元、後改号無学。本朝文永七年来朝、道合相州元師(帥カ)平氏、請住円覚寺為開山。賜号仏光禅師。嗣無準範禅師。在大宋、住真如禅寺。明州人也。

【江湖風月集略註鈔】（寛永一〇年刊本）

四明ノ子元元和尚

鎌倉ノ円覚寺開山仏光也。無学祖元トモ云也。日本文永七年ニ日本ヘ渡ラレタゾ。唐土デハ真女（如カ）ニ住セラレタゾ。**A**日本ノ人ガ夢ニ聖者ガ日本ヘ来ルト見タレハ、仏光ノ渡ラレタゾ。仏光ハ天台人ゾ。羅漢ハドコニモアレトモ天台ガ本ゾ。初果カラ二果三果四果ノ聖者ヲ無学ト云ゾ。四果ヲ証スルガ羅漢果ヂヤホトニ、無学ト号セラレタナリ。**B**又子元和尚大元ノ乱ノトキ、敵軍来テ頸ヲ切ントス。元云ク、凡ソ僧タル者ハ、死スルニ及テ辞世ノ頌ヲ作ル物ゾ、且ク待テ、トナリ。アレハ軍兵且ク待ツナリ。即辞世云、乾坤無シレ地トコロ卓ルニレ孤筇、且ツ善シ人空又タ法空、珍重ス太元三尺ノ剣、電光影ノ裡ケ截チレル春風ヲ。軍兵此ノ頌ヲ聞テ扶ル也。**C**兵問テ云、何人ゾ。元曰ク、吾レハ子元ト云者也。東南ニ当テ吾ガ叔ヲ父ヂ坊主アリ。願クハ其ノ処ヘ送レ、トナリ。兵便チ舟ヲシタテ、贈レル日本ニ也。其トキ鳥有リリ。多ク来テ船ニ著ク也。卒風ニ逢フトキハ、此ノ鳥向レテ風ノ面ニ風ヲ防グ故ニ、無レ難来朝ス。元云ク、此ノ鳥ハ何鳥ゾ。日本人答テ云、是レハ八幡ノ使者、鳩ト云鳥也。定テ御迎ニ参ルナルベシ、ト云也。**D**又貞和集ニ、餞ハナムケスニ真如ノ無学膺アタルニ日本福山ノ之命ニト云題デ、頌カ二ツアルゾ。サルトキハ、日本ヨリ請セラレテ渡テヲリヤルトモ見ヘタゾ。

【江湖風月集抄】（龍門文庫善本叢刊四所収）

四明子元々和尚二首　後号ニ無学一ト、仏光禅師ノ事也。仏光ハ、十三歳ニテ僧ニナリテ、十四ニテ参ニ無準一ニ。父ニハナレテ杭州南屏山ニテ、北磵ヲ礼シテ、喝食ニナツテ、其ノ年十三ニテ、僧ニナリテ、十四ニテ参ニ無準一ニ。々々器トシテレ之ヲ、参堂ヲ許サル。後十七マテ径山ニ居ス。趙州狗子ノ話ニテ有レ省。日本文永七年（人皇九十代亀山）来ニ于日本一ニ、道合ニ相州ノ太守一ニ、創ニ開円覚寺一ヲ。曾在ニ太宋一ニ、住ニ台州ノ真如寺一ニ、法嗣ニ無準一、賜ニ仏光禅師一、日本テモ、真如ニ住セラレタリ。文永ハ、先代ノ時ノ年号也。A先代ノ人夢ニ聖者カ日本へ来ト見テアツタレハ、仏光ノ渡ラレタソ。此ノ夢ヲ原（アハスル）ニ、仏光ハ天台人也。羅漢ハ天台カ居処也。初果・二果・三果カラ四果ノ聖者ヲ無学ト云ソ。此仏光ノ名ヲ無学ト云ホトニ、合タソ。日本ニテハ、諱祖元也。唐土ニテハ子元ト号也。或云、弘安二年（人皇九十一代後宇多）ニ来朝、同九年ニ示寂。

参考【仏光禅師語録】巻一〇「巨山和尚録序」（大正新脩大蔵経八〇所収）▼注8

師一日謂徒云、吾本不欲至此国、而有些子因縁。所以至於此也何也。c吾在大宋日、於禅定中、嘗見神人。峨冠袴褶、手執圭簡、奇偉非常。至於老僧前告言、願和尚深愍衆生、降臨我邦。如是数回、然吾不以為事。毎此神人至時、先有金龍一頭、来入袖中。亦有鴿子一群、或有青者或有白者、或飛或啄、或上膝上、猶是不測其由。然後未幾有此国人、来言、日本平将軍請吾。吾以此之故而来此国。雖然亦未了其源由。偶一日有人、告吾言、当境有神、名曰八幡大菩薩。和尚既至此間、可詣焼香一遭。所以因而参詣於宮前、徘徊処仰観棟梁上、有木造鴿子両三対。因而問、其鴿子是何侍人。答云、此乃是此神之使者也。於是始悟此神預来宋朝、相邀老僧。老僧尋常不欲容易之。汝等知之乎。汝等欲造老僧頂相、可以於老僧膝前袈裟上、令画工画鴿子一対、金龍一頭、以表往年之讖耳。今塔頭頂相、袈裟上鴿子、袖上金龍、見存焉。

a師又曰、吾在大宋時、得一夢。夢在先師無準和尚座下聴法。忽然座前西北隅、蝋燭火、爆在拝席東南隅。欻然光焔照於四維。乃就夢中偶成一頌云、「百丈当年捲起時、今朝欻地自騰輝、火星迸出新羅外、不在東風著意吹」。覚来尚無所測、但記録而已。後到此国、初入院時、故太守、忽一日送一幅達磨画像、与老僧。老僧因観其讃、後一句云、「不在東風著意吹」云云。乃是先師無準讃也。方始符於宿夢。此是第一因縁也。

『略註鈔』には『略註』にない逸話が四つ（ABCD）増補されている。

A…『江湖風月集抄』にもあり。原話不明。小乗仏教において修行の階梯を示す四向四果のうち最上位の四果を阿羅漢果また無学とも言う。それが道号「無学」の由来だというのだが、祖元を天台の人とする根拠は不明（『略註』にあるように、明州＝寧波の出身というのが伝記類の一致した記述）。むしろ天台山の石橋近くに五百羅漢が住むという伝説があることから、無理矢理結びつけたか。『仏光禅師語録』所収「巨山和尚録序」のa以下と、夢の予見という点のみ共通する。

B…この偈頌は「臨剣頌」として有名なもので、『仏光禅師語録』所収の伝記類（複数）に出てくる。後に入元した日本人僧雪村友梅がスパイ嫌疑で処刑されそうになったとき、この偈を詠じて命を救われたという逸話もある。

C…これは『語録』のc（座禅中に異形＝衣冠束帯の神人が龍と鳩を伴って現れ、来日後それが八幡神だとわかったこと）の変形とみてよいだろう。なお「叔父坊主」（法系上の叔父、すなわち師匠の兄弟弟子）は誰を指すか不明。蘭渓道隆（建長寺開山）は法系上、又従兄弟になる。

D…義堂周信が中国僧の偈頌を分類集成した『重刊貞和類聚祖苑聯芳集』巻四に一峰□斉の「餞真如無学膺日本福山之命」（巨福山建長寺住持を拝命した真如寺無学祖元に贈る送別の偈）二首あり。

『江湖風月集抄』には「日本文永七年」以下、漢文の文章が挿入されているが、これは明らかに『略註』の引用である（京大本よりも、異本である駒澤大学図書館本の本文がより近い）。なお、この文永七年来日というのは誤りであり、彭叔守仙は末尾で正しい情報を付加している。

すなわち三者は、『略註』を参照しつつ新たな説話的情報[注9]を付加した『江湖風月集抄』（あるいはそれと同じ話を載せた他の抄物）から、『略註』の和文化たる『略註鈔』が影響を受けて、『略註』にはない部分を増補した、というふうに、相互に影響し合っていることになる。

このように、時代が下るにつれ作者の伝記部分の注釈がふくらんでいくという現象は、対象が無学祖元という日本における臨済宗の有力な一流派（仏光派）の祖であり、禅林内部・外部を問わず尊崇すべき有名な禅僧であったことが大きく影響しているだろう。

なお、無学と八幡神との関係は、外来の宗教（神あるいは宗教者）が現地神を折伏（あるいは妥協）するという世界共通の布教パターンに沿ったものであり、中世の禅宗で言えば渡唐天神説話の先駆をなすものである。▼注10

イ　『瀟湘八景詩』の抄物

室町将軍家のコレクションであった玉澗筆瀟湘八景図（オリジナルは図巻だったものを、将軍家所蔵時に切断、一景ごとの掛け軸にした）に画賛として書かれていた漢詩と、出典不明で、玉澗・蘇軾・白居易などさまざまな作者が充てられる漢詩と、二組の瀟湘八景詩についての抄物がある。▼注11

前者の場合、一六世紀後半、惟杏永哲（いきょうえいてつ）（東福寺の僧）が著したものには、他に当時有名だった中国の水墨画の賛の注釈も合わせて記されており、戦国時代、将軍家を離れて流転しはじめた絵画の画賛について内容を知りたいという公家・武家・上層町人らの要求に応えてのものと推定される。この原型をとどめている東山文庫蔵本（〔江戸前期〕の転写本）と、それを増補した都立中央図書館加賀文庫本（〔江戸中期〕写。他の画賛の注釈は削除し、もう一組の瀟湘八景詩の抄物と合写）を比較すると、加賀文庫本ではたとえば、

＊冒頭、瀟湘八景の説明部分で、桃源郷関係の説話（『蒙求（もうぎゅう）』旧注などと共通）

＊山市晴嵐では、市の起源説話（羊唖の市の話。庭訓往来注（ていきんおうらいちゅう）などによるか）

＊江天暮雪では、韓愈左遷を予言した弟韓湘の話（流布本『太平記』巻一とほぼ同文。なお、『詩学大成抄』や、特定の原典を持たない抄物『湖鏡集（こきょうしゅう）』にも同話が見える）

といった中国関係の説話を増補している。いずれも、作品（瀟湘八景詩）解釈には直接関係ないものばかりであるが、知識としては、さまざまな初学書にも見え、知っておくべきものであるとの判断で付加されたのであろう。成立

当初の目的を離れ、一般的な中国故事の知識を学ぶ教養書の側面が強化されていく様子がわかる。

四　まとめ

ごく僅かな例を挙げたのみであり、全体の見通しを述べるのは早計かもしれないが、一応次のようなことが言えよう。すなわち、禅林内部の教育を主目的とした抄物には、基本的な知識としての中国説話に混じって、内部の人間が知っておくべき説話（逸話）がちりばめられるのに対し、より一般的な読者を想定した抄物には、そういう読者の興味を引きそうな普遍性のある説話が増補されていく傾向が見て取れるのである。

ただ、そもそも前者の目的で作られた『中華若木詩抄』や『江湖風月集略註』などは、特に大幅な増補改編もなく、近世以降版本によって広く普及するので、その内容には何らかの普遍性があったと考えられる。そういった、後代の読者にも読まれ続ける生命力の秘密が、あるいは注釈（作品解釈）と説話との巧みな配置あるいは融合にあるのかもしれない。説話という視点から抄物を広く見直してみる必要があろう。

〔注〕

（1）このような自家製類書と創作との関連を跡づけた近年の成果に、住吉朋彦「韻類書の効用―禅林類書試論―」（『室町時代研究』三、二〇一一・三）がある。

（2）以下、抄物の種類や特徴に関しては、柳田征司『詩学大成抄の国語学的研究』（清文堂出版、一九七五）、『室町時代語資料としての抄物の研究』（武蔵野書院、一九九八）に総合的な記述がある。稿者も「中世抄物研究の現在」（『国文学解釈と鑑賞』七三―一〇、二〇〇八・一〇、後に『五山文学研究　資料と論考』（笠間書院、二〇一一）に収める）において、日本漢文学研究の立場から概観を試みた。本稿前半はそれを発展させたものである。

（3）次章「禅林の抄物と説話」においては、『三体詩』『江湖風月集』の抄物における、作品解釈のための説話創作という例を指摘したが、本稿では特定の目的に限定されない説話の現れ方を見ようとするものである。

（4）亀井孝編（柳田征司執筆）『語学資料としての中華若木詩抄（系譜）』（清文堂出版、一九八〇）あるいは朝倉尚『抄物の世界と禅林の文学　中華若木詩抄・湯山聯句鈔の基礎的研究』（清文堂出版、一九九六）に成立・内容について詳しい。また、柳田征司『日本語の歴史4　抄物、広大な沃野』（武蔵野書院、二〇一三）は著者長年の抄物研究のエッセンスと言うべき一書であるが、『中華若木詩抄』の読み物としての自立性にも言及する。なお、引用は、大塚光信・尾崎雄二郎・朝倉尚校注『中華若木詩抄　湯山連句鈔』（新日本古典文学大系五三、岩波書店、一九九五）による。

（5）この詩には『百人一首』伝本間で、また『中華若木詩抄』との間でも本文異同がある。堀川貴司「もう一つの『百人一首』―五山文学受容の一様相―」（松田隆美編『書物の来歴と読者の役割』慶應義塾大学出版会、二〇一三）参照。

（6）柳田征司『日本語の歴史3　中世口語資料を読む』（武蔵野書院、二〇一二）。引用は大塚光信編『中興禅林風月集抄　詩学大成抄』（新抄物資料集成一、清文堂出版、二〇〇〇）による。

（7）現在、飯塚大展・海老澤早苗・佐藤俊晃・比留間健一・堀川貴司「『江湖風月集略註』研究」（一）～（七）（『駒澤大学禅研究所年報』二〇～二六、二〇〇八・一二～二〇一四・一二）において京都大学附属図書館蔵本を底本に注釈を続けていて、『略註鈔』も合わせ翻刻・注釈し、龍門文庫蔵本も参照している。ここで取り上げた部分は「同」（五）（『同』二四）に収める。なお、同書とそれに関連する抄物の概観を、「『江湖風月集』の注釈書」（佐藤道生編『注釈書の古今東西』慶應義塾大学出版会、二〇一一）において行った。

（8）ここに引いた二つの逸話とも、虎関師錬『元亨釈書』巻八の無学祖元略伝にも引かれる。「巨山」は建長寺の山号巨福山のこと。無学ははじめ建長寺住持になった。

（9）上村観光『禅林文芸史譚』（大鐙閣、一九一九、『五山文学全集』別巻再録、思文閣、一九七三）の「古抄中に見えたる古徳の遺事」に、明応七年（一四九八）写、大徳寺六一世天琢宗球（てんたくそうきゅう）が講じた『江湖風月集』の抄物（現存不明）が引用されていて、ここにAの逸話が見えるので、龍門文庫本成立以前から存在した話であることがわかる。

（10）原田正俊『日本中世の禅宗と社会』第二部第三章　渡唐天神画像にみる禅宗と室町文化（吉川弘文館、一九九八）、芳澤元「応永期における渡唐天神説話の展開」（『史学雑誌』一二〇―一〇、二〇一一・一〇）などに言及される。このような説話的側面も網羅した無学の伝記研究の最新の成果には江静《赴日宋僧无学祖元研究》（北京・商務印書館、二〇一一）がある。

（11）以下、瀟湘八景およびその抄物については堀川貴司『瀟湘八景　詩歌と絵画に見る日本化の様相』（臨川書店、二〇〇二）参照。

なお、加賀文庫本については簡単な考察とともに全文の翻刻を『五山文学研究　資料と論考』（笠間書院、二〇一一）に収めた。

〔付記〕

本章は、二〇一二年九月一日（土）に学習院女子大学において行われた伝承文学研究会大会シンポジウム「禅林の文化と説話—絵画と抄物をめぐって—」において発表した内容をまとめたものである。コーディネーターの小助川元太氏はじめ、お世話になった研究会の方々に感謝申し上げる。

なお、パネリストのひとり小林幸夫氏は、「抄物から咄・雑談へ—口承説話との交渉—」において稿者の見落としていた『詩学大成』巻五・秋の、西行が芋を盗みに来て見咎められ、和歌（狂歌）を詠んで許される、という説話を紹介し、類話の広がりを示された。この発表は「抄物から咄・雑談へ—歌語をめぐる雑談—」として『伝承文学研究』六三（二〇一四・八）に掲載された。

第五章　禅林の抄物と説話

はじめに

中世禅林の文学、いわゆる五山文学は、中世文学の中で、他のジャンルの研究との相互乗り入れが稀であり、したがって説話文学研究においてもこれまであまり取り上げられてこなかったように思う。それでも、管見の範囲で次のような研究の蓄積がある。

一つは、禅僧の言説に政治的あるいは宗派的意図（イメージ・シンボル操作）を読み取ろうとするものである。鎌倉時代末から南北朝時代にかけて、幕府権力と結びついて仏教界の中心勢力の一つになっていった過程で、例えば虎関師錬『元亨釈書』では、達磨と聖徳太子を結びつけ、[注1] 渡唐天神説話では宋代禅僧の無準師範（ぶじゅんしばん）と菅原道真を結びつけることによって、[注2] 日本古来の信仰との融合を図ろうという動きが出てくる。両者とも、対他宗派・対世俗社会だけでなく、禅宗内部において自派の優位をアピールしようという意図を含んだものでもある。

同時期には、夢窓疎石が出て、室町幕府との強固な関係を築き、以後の五山における自派の優位を確保したが、これも夢窓本人のみならず、弟子たちによるさまざまな言説が作用したものである。[注3]

他に、地域に密着したものとして、主として室町後期から江戸前期にかけて生まれた、禅僧の伝説（法力による悪霊退散といった類のもの）がある。古くから、どの宗派でもあった、布教のための説話ではあるが、それがこの時期急激に教線を拡大した曹洞宗を中心に見られるようになる。[注4]

もう一つ、それらと異なるアプローチとしては、文学史の流れの中で禅林の説話が果たした役割を考えようとするものがある。

近世文学との連続性という視点からは、近世小説における「主人公」の誕生の背景に禅宗の人間観を見ようとするもの、[注5]近世初期の笑話や、ひいては西鶴に至るさまざまな話柄の源流の一つとして禅林の抄物や日記に記された中世の笑話を重視するもの、[注6]などがある。後者は、御伽草子など同時代文学との関連という観点で同様の研究もなされている。[注7]漢籍の受容という観点から、中国故事の受容あるいは変容を、抄物ほか禅林の文献に探ろうという研究も深まっている。[注8]

稿者はこれまで、五山文学を説話文学と関係づけて考えようとしたことはほとんどなかった。かつて一休宗純の『自戒集』について、説話と狂詩の連続性を考えたのが、ほとんど唯一と言ってよい。[注9]しかし、近年、抄物の研究を進める中で、作品の注釈の一方法として説話を利用する、もっと言えば、新たな説話を創作し、それを根拠として作品解釈を行う、というようなことがあるのではないか、という考えを持つに至った。わずか二作品の例に過ぎないが、ここに取り上げて分析してみたい。

一　『三体詩』の抄物の例

鎌倉時代末に日本にもたらされ、南北朝時代以降、江戸時代に至るまで漢詩初学書として広く読まれた『三体詩』は、禅僧その他の日本人注釈書（抄物）の蓄積も膨大である。[注10]そこでは、増註本と呼ばれる、天隠円至（てんいんえんし）（一二五六

～九八）の注（天隠注）に裴庾（はいゆ）の注（季昌（きしょう）注）を増補したテクストが用いられている。まずはその増註本を掲げ、ついで抄物を見ていこう。（「【増註】」以下の部分が季昌注、他は天隠注）

楓橋夜泊　　張継

【増註】『間熙集』作「夜泊松江」。〇楓橋在蘇州呉県西十里、有楓橋、故名。

月落烏啼霜満天　　月落ち烏啼いて　霜　天に満つ
江楓漁火対愁眠　　江楓の漁火　愁眠に対す
姑蘇場外寒山寺　　姑蘇城外　寒山寺
夜半鐘声到客船　　夜半の鐘声　客船に到る

霜夜客中愁寂。故怨鐘声之太早也。夜半者、状其太早而甚怨之之辞。説者不解詩人活語、乃以為実半夜。故多曲説。而不知、首句月落烏啼霜満、乃欲曙之候矣。豈真半夜乎。『孟子』曰「『周余黎民、靡有孑遺』。信斯言也。是周無遺民也。故説詩者、不以文害辞、不以辞害志」斯亦然矣。

【増注】寒山寺、『方輿勝覧』載「楓橋寺在呉県西十里」。即繫此詩于後。〇半夜鍾、『王直方詩話』及『遯斎閑覧』並記「欧陽公譏張継『夜半鐘声到客船』之詩、以為、句則佳矣、其如三更不是撞鍾時」。乃云、嘗過姑蘇宿一寺、夜半聞鐘、因問寺僧。皆云「分夜鐘、曷足怪乎。」又于鵠詩「遥聴緱山半夜鍾」、白楽天詩「半夜鍾声後」、皇甫冉詩「夜半隔山鍾」、陳羽詩「隔水悠揚午夜鍾」。廼知、唐人多如此、欧陽公偶未考耳。

傍線部分が天隠注の解釈のポイントである。旅の愁いで寝付かれないまま朝を迎えた旅人（作者張継（ちょうけい））は、夜明けを告げる鐘を聞いて「まだ眠っていないのに、なぜこんなに早く鐘がなるのだ（まるで夜中に鐘を鳴らすようなものではないか）」と怒った。「夜半鐘声」とは、その怒りを表現するための誇張（事実とは異なる内容）で、読者は表現の背後にある作者の真意を読み取らなければならない、とする。そのような表現の先例として『孟子』を引いている。

一方、季昌注では、宋代の詩話でしばしば話題になった「半夜鐘」すなわち夜中の鐘の音について、詩話の記述を引き、当時実際に夜中に寺の鐘が鳴らされたことを述べる。つまり、詩の表現について、実証的・客観的な注を付しているわけである。

ついで、室町時代中期の抄物である『聴松和尚三体詩之抄』（蓬左文庫蔵、引用に際して表記を改め、適宜訓読文等を補っている）を、前半・後半の二つに分けて引く。

「月落……」此詩ハ色々ニモテアツカウ詩也。先ヅ只至天隠ノ義ヲ本トシテ読ム可キ也。其ノ義ハ、月モハヤ落チ鳥（烏）モハヤ啼キ又霜モ暁ニ成テ秋天ニフリ満テアル時分、其ノ楓橋ノ辺ノ江村ニモ暁ニ成テ、張継モ客中霜夜寂寞トシテ愁眠ヨリ起テ見レバ、対シ向ル江辺ニ漁火モチロチロト曙ント欲ル候ガアルナリ。此ノ如ク一二ノ句ニ云フ物ノ体ハ、暁ニ成レドモ霜夜客中愁寂ノ事ナレバ、「秋天不肯明（秋天あへて明けず）」アカシカネタル此夜ナリ。此ノ如クアル処ニテ、姑蘇城外ノ寒山寺ニ物スゴイ声ノ鐘ヲ撞キ出スナリ。註ニモ云フ如ク、張継ガ楓橋ニ泊テ霜夜客中ノ愁寂ナルニ、結句秋天モアケカヌル間、腹ノ立ツ余リニ鐘ヲ撞ク声ヲ聞テ激シテ、「此ノ寒山寺ニツク鐘ハ、今ノ夜ノ明ケカヌル様ハ、夜半ノ鐘声ガ此ノ我ガ愁寂ノ客中ノ船ニ到リ来テゾ有ラウ」ト激シテ云フ也。詩人活句ニ云フ句也。然ルヲ世間詩人ノ活語ヲ解セザル人ノ心得ズシテ夜半ノ鐘声ト云テ真実ノ半夜トシテ云フ也。然ラザルナリ。『孟子』ニ云フ、「周余黎民、靡有孑遺（周の余りの黎民、孑遺有ることなし）」ト云フモ、激シテ云フ也。何カ実ニ周ノ余リノ民ノ一向ニ孑遺モナキ事ナアランゾ。詩人ハ辞ヲ以テ志ヲ害ザルモノゾ。言ハ詳ニ『孟子』ニ見ユルナリ。江西、心田モ此ノ義ヲ本ト為。

前半部分、まず天隠注をそのまま説明しているが、杜甫の「秋天不肯明」（秋の夜長はなかなか明けない）を引用したことにより、ちょっとニュアンスが変わっていて、寝付かれないまま秋の夜長を過ごしたため、「この鐘は、まだ夜明けではないよ、夜中だよ、と思わせて、いつまでも私を苦しめるために鳴らすのだろう」と怒った、という内容になっている。天隠注で「詩人活語」と称していた、事実と異なる表現によって作者の心情をより強く訴える方法を、ここでは「詩人活句ニ云フ句也」としている。（**解釈A**）

其ノ外ハ恕侍者ノ義、或ハ惟肖ノ義ト云フ。或ハ義堂ノ義ト云フ。又或説ニ云フ、儒者・道者続句ノ義アリ。皆然ラザル也。又絶海ノ在世ノ時ニ題ヲ出サル、ニ「楓橋夜泊図」ト云題アリ。其ノ題ニテ噩厳中詩ヲ作ル。其ノ詩ハ観中ノ義ヲ用ルニ似タリ。観中ノ義ハ、張継美人ト約シテ、貴人官人ニ其ノ美人ヲ奪ワレテ、張継独リ愁眠シテ夜ヲ明カシカネテ夜半鐘ヲ聴テ激シテ云フト也。厳中詩ニ「月落姑蘇城外天、孤篷霜白宿江煙、寒山鐘似与愁約、不到官船到客船（月は落つ姑蘇城外の天、孤篷霜白くして江煙に宿す、寒山の鐘は愁と約するに似たり、官船に到らずして客船に到る）」ト作ルゾ。官船ハ張継ガ約スル所ノ美人ヲ奪フ貴人官人ノ遊船ヲ云フゾ。又ノ義ニハ『大雅集』「楓橋夜泊」ノ詩ト云フアリ。画船歟。其ノ詩ハ『新選集』ニ在リ。又南禅本地ノ御影月心ハ久ク住楓橋寺ト云也。某謂ク、此詩ハ問答ノ体、『毛詩』「女曰鶏鳴」ノ詩ヲ用フ。言ハ、張継楓橋ニ泊スルノ夜、其処ノ美人ト会合ス。已ニ其ノ夜モフケ月モ落烏モ啼テ霜モ天ニ満ル間、美人「我ガ宿ニ帰ラン。ムカイニ此ノ船ヨリ見レバ江楓ノ漁火モ曙ケントスル色アリテ幽カニアル」ト云ヘバ、継、客中愁寂ノ情ニ美人ト会シテトロリト眠テ美人ニ対シテ云フ様ハ、姑蘇（城外寒山寺ニ）、余リノ継客中徒然サニ、其ノ辺ノ傾城美人ヲ呼デ会スルニ、夜モ已ニ一・二ノ句ニ云如ク曙ケ方ナレバ、帰ラント美人云フ折節、姑（蘇城外寒山寺）ニ鐘ヲツキ出スヲ聞テ、又美人「サレバコソ、夜モ曙ケ方ナレバ寺ノ鐘モキコユルホドニ、早帰ラン」ト云フ。張継名残ヲ惜デ云フ様ハ「姑（蘇城外寒山寺）ニハ分夜鐘トテ旧クカラ夜半ニ鐘ヲ撞ケバ、夜ハマダアケヌ、留レ」ト云テ傾城ヲ留ルゾ。

後半では、まず作者の怒りの原因を穿鑿する。観中中諦（南北朝時代の禅僧、留学経験あり）の説は、作者張継が女性（妓女）を呼ぶ約束をしていたのに、役人の船に取られ、すっぽかされてしまった、その恨みで寝付けなかった、というもの（**解釈B**）。その解釈に基づいて、絶海中津在世の時、その弟子の厳中周噩は詩を作っている。

その後に言及される、元代の詩の選集『大雅集』所収「楓橋夜泊」とは、「画船夜泊寒山寺、不信江楓有客愁、二八蛾眉双鳳吹、満天明月按涼州」というもので、美しく飾られた屋形船に乗り、妓女を侍らせて遊んでいる私から言わせれば、この地で客愁を感じたという張継の気持ちが信じられない、といった内容である。恐らくこのような土地柄であることが根拠となって、厳中の詩や妓女に振られたといった解釈が生まれてくるのであろう。

もうひとつ、別の解釈は、女性との問答と取るものである。女性とは逢うことができたのだが、鐘が鳴って、「夜が明けたから帰る」と女性が言ったのに対して張継は「まだまだ夜中だ。寒山寺では夜中にも鐘をならすのだ」と偽りを言って引き留めた、という、観中説の変形、発展説である（**解釈C**）。男女の後朝の別れの問答という形式については、『詩経』の「女曰鶏鳴」詩をモデルにしている。

以上のような、天隠注から発した解釈の展開をまとめると、次のようになろう。

天隠注のやや過激な解釈（表現の背後にある作者の心情を想像する）

←

（**解釈A**）それをほぼそのまま継承

「詩人活句ニ云フ句也」……活句あるいは活語は、禅の語録において、禅僧の境地を示したり、あるいは師匠が弟子を悟りへと導くために繰り出されることば。表面上の意味に囚われることなく、その本質（話者の意図）を直観的に把握すべきだとされる。そういった禅的な解釈方法を応用しているが、しかし『孟子』のような古典も根拠として援用される。

それにしても、これだけ激しく怒るのには何か「旅愁」程度では済まない、深い理由があるのではないか。（←作者の内部に原因を見つけて合理的解釈を目指す態度）

←

（解釈B）女性に振られたからだ。（←元代の詩人の詩や厳中の詩）

←（発展形として）

（解釈C）女性を引き留めようとして嘘をついたのだ。（←『詩経』の問答体の詩）

二　『江湖風月集（ごうこふうげつしゅう）』の抄物の例

『三体詩』が唐代の詩人（一部僧侶も含む）の詩を集めたのに対し、こちらは宋代の禅僧の詩（宗教的内容を持ったものなので、偈頌という）を集めたもので、鎌倉時代後期にもたらされ、日本でも出版され、室町時代にはいくつかの抄物が生まれている。そのなかで、『江湖風月集略註』は室町中期、妙心寺の僧東陽英朝による注釈書で、江戸時代に版本となって広く流布した。室町時代の写本はあまり多くないが、そのなかで京都大学附属図書館蔵本は、版本とほぼ同内容だが、欄外（あるいは行間）に同筆にて注が増補されている点が特徴になっている。なお、本書には中国人による注釈書は知られない。

ここに取り上げた石林行鞏（せきりんぎょうきょう）（一二二〇〜八〇）の作品は、『石林和尚語録』（成簣堂文庫蔵）巻下・偈頌所収で、義堂周信編の中国禅僧偈頌集『貞和集』巻三にも収録されている。▼注11

水庵ノ生縁

浄慈ノ師一禅師、号ス二水庵一ト。嗣ク二丹霞ノ仏智蓬庵端裕禅師一ニ、裕ハ嗣二円悟一。生縁ハ者、所生ノ之地ナリ。

虚空突出ス箇ノ拳頭
壊シ二得テ・タリ家ヲ一ニ無シ二片瓦ノ留マル一ム
野老ハ不レ知ラ愁イ満地
深ク耕シテ二白水一ニ痛ク鞭ツレ牛ニ

①此ノ頌虚空拳頭等ノ語、本録ニ不レ見二機縁一ヲ。未ルレ詳ナラ而已。姑シバラク待テ二来哲一ヲ。又本師仏智ノ章ニモ亦無シ二此ノ機縁一。②或云、一水庵因テレ拳スル二后妃一ヲ、遇テ二官事一ニ破ラルト二庵基一ヲ云々。③趙州訪二一庵主一ヲ、到テ二一庵主ノ処一ニ問フ、有リ麼ヤ々々。主竪二起ス拳頭一ヲ。師云、水浅シテ不二是レ泊ル船ヲ処一ニト云テ、便行。又到テ二一庵主ノ処一ニ云、有麼々々。主亦竪二起ス拳頭一ヲ。師云、能縦能奪、能殺能活。便作レ礼ヲ。無ハ二片瓦一者、船子ノ因縁也。道吾謂テ二夾山一ニ云ク、可シ下往テ二浙中ノ華亭県一ニ参シ二船子和尚一ニ去ル上。彼ノ師上ミ無ク二片瓦ノ遮ルレ頭ヲ、下モ無シト二卓ルレ錐ヲ之地一云々。船子遂ニ嘱シテ二夾山一ニ云ク、汝向後直ニ須ク二蔵身処没蹤跡、々々々莫蔵身一ナル云々。蓋シ水庵首メ参ス二雪峰ノ恵照一ニ。々挙テ二蔵身無跡ノ話一ヲ問フレ之ニ。師数日ニシテ方ニ明ム。呈シテレ偈ヲ曰、蔵身無迹更ニ無シレ蔵コト、脱体無依便廝アイ当ル、古鏡不レ労セ還テ自ミ照コトヲ、淡煙和シテレ露ニ湿ス二秋光一ヲ。照質タヽシテレ之ヲ曰ク、畢竟那裡カ是レ蔵身無跡ノ処。師曰、嗄サ。照曰、無蹤跡ノ処、因テカ二甚麼一ニ莫蔵身ナル。師曰、石虎呑二却ス木羊児一ヲ。照深ク肯ウケフレ之。謁ス二東禅ノ用・月庵ノ果一ニ。皆有リレ所レ投スル。晩ニ依テ二仏智ニ於西禅一ニ、尽ク得二其ウノ道一ヲ。出テ住ス二慈雲一ニ。継テ遷ルト二数刹一ニ云々。普灯録ニ。壊シ二得ハ家一ヲ者、臨済破家散宅ノ之機ナリ。野老ーー者、農夫不スレ知ラ二是レ水庵ノ遺迹一ナルコトヲ、耕二作シ田一ヲ了ル也。或抄云ク、水庵ハ者耕者ノ子也。

[欄外注]
④拳頭或云、水庵常ニ見二僧来一、竪レ拳示レ之。曾有二比丘尼来参。庵因痛与二一拳一打二殺其尼一、因レ之遇

二王難一。庵謂二官吏一云、我為レ法与二痛拳一、於レ彼有二甚麼ノ讐一カ、若自レ官用ハ二荼毘之儀一ヲ、必有二霊験一。
官用二其事一、果得三尼全身成二舎利一。庵即免二其罪一ヲ。

⑤虚堂語録讃松源云、水庵室裡争レ鋒、一掌ニ打得耳聾ス。

⑥或説、松源和尚見二水庵一、被二一掌一、耳聾、乃有省。後有二聵翁之称一。源行状無這事。但云、老而聵云々。
乾道辛卯始届ル二浄慈一。

水庵ハ、臨安府浄慈水庵一禅師、婺之東陽人也。氏ハ、馬氏也。

注釈はもちろん作品全体に及んでいるのだが、行論の都合上、ここでは第一句「虚空突出箇拳頭」の解釈部分のみを取り上げる。なお、題の「水庵生縁」とは、石林と同郷の水庵師一（一一〇七～七六）という禅僧の生誕地、の意。作品の内容からわかるように、既に生家はなく、田畑となっている。以下、①～⑥と数字を付した部分について説明すると、

①この表現のもととなる逸話等は水庵の語録にも、その師匠である仏智（蓬庵）端裕の語録にも見えない。

②一説には、后妃を拳で殴ったため、罪に問われ、自宅を破壊された、という。

③唐代の有名な禅僧、趙州従諗の逸話に「拳」が出てくる（これは曹洞宗でよく読まれる公案集『無門関』にも第十一則「州勘庵主」として収めるもの）。趙州がある庵の主を訪ね、宿泊を乞うたところ、主は拳を振り上げた。趙州は、ここはだめだ、と言って別の庵に行き、同じく宿泊を乞うたところ、その主もまた拳を振り上げた。趙州は「なんとも見事な心の働きだ」と感心して礼拝した、という話。

④ある説では、ふだんから水庵は拳を振り上げることが多かったが、あるとき比丘尼を殴り、死なせてしまい、逮捕された。水庵は、仏法のためにこうしたのであって、死んだ彼女も恨みに思っていないはずだ。もし官によって荼毘に付されるのであれば、霊験があるだろう、と語る。その言葉通り、焼かれた体は全身舎利となっ

ていたので、水庵は釈放された、という。

⑤大徳寺・妙心寺両寺院の禅僧にとって直系の祖師にあたる虚堂智愚（きどうちぐ）（一一八五～一二六九）の語録に、彼の祖師である松源崇岳（しょうげんすうがく）（一一三九～一二〇三）への賛があり、松源は水庵に参じて、殴られて耳が聞こえなくなった、とある。

⑥ある説では、彼はそのことによって悟りを得たから「聵翁（かいおう）」という綽名がある、という。しかし、彼の伝記には単に年老いてから耳が遠くなった、という記述があるのみだ。

こちらもまとめると次のようになろう。

①第一句の表現について、典拠がわからない。

←

⑤虚堂の語録に、水庵の弟子の松源は殴られて耳が聞こえなくなった、とある。

←

⑥松源は殴られて耳が聞こえなくなり、悟りを開いたらしい（ただし、彼の伝記にはそう書いていない）

←

②后妃を殴ったという逸話があるらしい。

④比丘尼を殴って死なせたが、成仏させた、という逸話があるらしい。

「臨済の喝、徳山の棒」ということばに代表されるように、禅の修行では師匠が弟子を痛めつけるようにして悟りへと導くという逸話に事欠かない。そういった一般的状況があって、さて水庵の場合も、「拳頭」に関わる何かがあるに違いない、そうして探してみると虚堂の語録にそれらしき表現があった——そこで、殴ったことと家が跡形もなくなっていることとを結びつけて合理的に解釈できるような逸話が求められ、②や④が生まれた、と考えられる。

三　まとめ

一般に、禅林の抄物には、解釈の二重性（上と下、表と裏）を伴うもの、つまり作者の隠された意図（下、裏）を読み解こうとするものが多い。

ここで取り上げた『三体詩』は、所収作品が中晩唐詩人に偏っており、そこには盛唐期への愛惜およびそれを破壊した張本人である玄宗皇帝への批判が見え隠れする。抄物ではそれを読解の中心に据えることが多い。[注12]『江湖風月集』の場合は、禅僧の偈頌を集めたものということから、悟りへと至る階梯（無事の状態から修行を経て大悟し、再び無事へと戻る）[注13]の象徴的表現を読み解くことに主眼がある。

そのような全体的傾向のなかで、それに当てはまらない場合でも、あるいは詩の一節に関する解釈においても、作者の意図あるいは経験が隠されているのではないか、と考える傾向があり、さらに拡大して、登場人物についても、そのように描写されるには、その根拠となる人物の言動があるはずだ、という確信があるのではなかろうか。ここで取り上げた『三体詩』の例は前者、『江湖風月集』の例は後者にあたる。

こうして、作品解釈を満足させるような作者本人や登場人物の逸話が生み出され、それを根拠に解釈が正当化される、という循環運動が生まれることになる。

ただし、注意すべき点は、そのような解釈が全く何もないところから作り出されるのではなく、何らかの文献が根拠あるいは媒介になっていることで、そこに彼ら注釈者なりの合理性が存するのであろう。

このような思考方法は、中世における古典作品の注釈のなかでは、たとえば源氏物語注釈における準拠説とも通じるものがありそうだが、一方「活語」「活句」といった言い方で表されるような禅的な表現や思考とも関わりがありそうで、単純に捉えきれない。今後さらに検討を続けたい。

〔注〕

（1）ささきともこ「『元亨釈書』達磨伝について」（『日本文学』三三―一二、一九八四・一二）、松本真輔「『元亨釈書』本朝仏法起源譚の位相―達磨と太子の邂逅をめぐって」（『中世文学』四三、一九九八・五）。

（2）今泉淑夫・島尾新『禅と天神』（吉川弘文館、二〇〇〇）、橋本雄「渡唐天神説話の源流と流行」（『中華幻想』勉誠出版、二〇一一）、芳澤元「応永期における渡唐天神説話の展開」（『史学雑誌』一二〇―一〇、二〇一一・一〇）。

（3）西山美香『武家政権と禅宗　夢窓疎石を中心に』（笠間書院、二〇〇四）

（4）堤邦彦『近世説話と禅僧』（和泉書院、一九九九）、『江戸の高僧伝説』（三弥井書店、二〇〇八）など。

（5）西田耕三『人は万物の霊　日本近世文学の条件』（森話社、二〇〇七）、『近世の僧と伝説　妙は唯その人に存す』（ぺりかん社、二〇一〇）。

（6）前田金五郎「近世初期笑話の一源流」（『近世文学雑考』勉誠出版、二〇〇五。初出一九七三・二）

（7）徳田和夫「室町時代の言談風景―『碧山日録』に見る説話享受―」（『お伽草子　研究』三弥井書店、一九八八。初出一九八〇・五）

（8）田中尚子『三国志享受史論考』（汲古書院、二〇〇七）、山田尚子『中国故事受容論考―古代中世日本における継承と展開』（勉誠出版、二〇〇九）。

（9）堀川貴司「『自戒集』試論―詩と説話の間―」（『詩のかたち・詩のこころ―中世日本漢文学研究―』若草書房、二〇〇六）

（10）以下取り上げる例は、堀川貴司「『三体詩』注釈の世界」（同前）行った分析を再考し、よりわかりやすくまとめたものである。

（11）現在、同本を底本とした注釈作業を共同で行っており、その成果は飯塚大展・海老澤早苗・佐藤俊晃・比留間健一・堀川貴司「『江湖風月集略註』研究」（一）～（七）（『駒澤大学禅研究所年報』二〇～二六、二〇〇八・一二～二〇一四・一二）として公刊している。本論文で扱った作品については「同」（四）（『同』二三）に収められている。

（12）注（10）拙論、また小野泰央「三体詩抄の〈底意〉と〈穿鑿〉」（『中世漢文学の形象』勉誠出版、二〇一一）

（13）小川隆『続・語録のことば―『碧巌録』と宋代の禅』（禅文化研究所、二〇一〇）参照。

〔付記〕

本章は、二〇一一年一〇月一日（土）明星大学で行われた説話文学会二〇一一年九月例会のシンポジウム「説話と室町文化」における発表に基づいている。司会の前田雅之氏はじめ、関係の方々、また席上ご質問を頂いた小峯和明氏ほかに謝意を表する。

第六章　禅僧による禁中漢籍講義――近世初頭『東坡詩』の例――

一　前史――室町中期以降の様相――

公家社会における漢学・漢文学は、長らく博士家と呼ばれる中流貴族が担ってきたが、南北朝・室町時代、五山禅林の僧侶たちが室町幕府との強い結びつきによって、武家社会における「漢」の担い手として登場すると、その影響は次第に公家社会にも及び、特に応仁の乱以後、博士家あるいは三条西家のように漢学に熱心に取り組んだ公家と禅僧との交流が進むことになる。そのような蓄積によって、禅僧が広く公家社会に受け入れられる素地が生まれてきたのであろう。

交流にはいろいろな形があるが、禅僧の持つ知識を直接吸収する方法としては、漢籍講義の聴聞が最も広く行われた。これには、それぞれの寺院（塔頭）において弟子や後進の禅僧を対象にした講義に公家も参加する場合と、自邸に招いて講義を行わせる場合とがある。[注1]前者の例では、左大史壬生雅久が文明八年（一四七六）九月に蘭坡景茝の『論語』、音首座の『東坡詩』、紹蔵主の『三体詩』、天隠龍沢の『東坡詩』『杜詩』、横川景三の『山谷詩』をつぎつぎと聴聞していて、「凡此間所々講義流布、毎日事也」と記している。『山谷詩』聴聞の記事には「惣忽間不レ及二聞書一」とあって、逆に多くの場合聞書を作成していたことが知られる（以上『大日本史料』第八編之九、文明八年雑纂所引『雅久宿禰記』による)。講者を自邸に招く例としては、後述する近衛政家や三条西実隆らが頻繁に行っていることが指摘されている。[注2]

天皇に対する漢籍講義は、博士家の役割として最も重要なものの一つであったが、その分野にも禅僧が進出するのは、恐らく文明一〇年(一四七八)一二月から翌一一年閏九月まで後土御門天皇に対して行われた、蘭坡景茝(南禅寺)による『三体詩』講義が最初であろう。[注3] ただし、いわゆる「侍読」としての進講は基本的に一対一の関係であるのに対し、この講義は天皇のみならず多くの公家や他の禅僧も聴聞する、一対多の関係で行われたこと、テキストはそれまでの定番であった経史類ではなく詩文類、しかも禅寺における初学書であること、の二点において異なる。公家側から見れば、いわば博士家の領分を侵さない限りでの、新しい知識の吸収を目指すというもくろみであったろう。このあと蘭坡は引き続き『山谷詩』講義も行っている。

『東坡詩』に関しては壬生雅久の記録にも見えているが、長期間にわたり行われたものに、近衛政家邸における竺関瑞要(南禅寺)の講義と、徳大寺実淳邸における桃源瑞仙(相国寺)の講義とがある。前者は『後法興院記』に文明一三年(一四八一)七月から一二月にかけて関係記事が見え、門跡や公家も陪席している。時には禅僧も二人三人とやってきて、終了後聯句に興じたりもしている。後者は『実隆公記』に見えるもので、文明一六年八月に第二巻から始まり(記録がないだけで、これ以前に序や第一巻も行われた可能性はある)、一八年一一月の第一二巻までの記事がある。

禁中での講義は、やや下って永正九年(一五一二)閏四月に禅僧ではなく博士家の高辻章長が後柏原天皇に対し行った記録がある(『実隆公記』)。同一六(一五一九)年四月にも章長が第一八巻末を講じた(『二水記』)というのであるから、この間断続的に行われていたかもしれない。さらに天文一一年(一五四二)五月・六月に相国寺の僧侶某(「せう」西堂)が後奈良天皇へ進講した(『お湯殿の上の日記』)。

同一八年（一五四九）九月には、『言継卿記』に次のような記事が見える。

三日（略）禁裏東坡点之事に参内、竹内殿・予・新中納言・菅宰相等、於㆓記録所㆒沙㆓汰之㆒。

廿四日（略）自㆓禁裏㆒、東坡可㆑被㆑点之間可㆑参之由有㆑之、四時分参内。竹内殿・広橋新黄門・菅宰相等被㆑参。

後奈良天皇の命により、曼殊院門跡覚恕（竹内殿、後奈良天皇皇子）、広橋国光、高辻長雅（章長の子）とともに山科言継が『東坡詩』に訓点を書き入れている。この四人は禁中和漢聯句の常連で、広橋家は藤原北家日野流、高辻家は菅原家嫡流として、漢学を家業とする家柄であった。この作業は、今後の講義や読書に備えてのものであったろう。

室町中後期、歴代天皇およびそれを支えた公家たちの和歌および和学への関心の深さはよく知られるところであるが、それに比例するように、このような漢学・漢詩文の学習も行われ、禅僧がその主要な部分を担ったことは、この時期の文化を考える上で注目されてよい。

言継の子言経は、天正一〇年（一五八二）三月一一日、長く拝借していた書籍を禁中に返却したが、その目録中に「東坡　十五冊」とある（『言経卿記』）。父たちが加点した本ではなかろうか。ついで同一六年一一月には、大村由己に頼まれた東坡・山谷の両書を冷泉為満から借り受け、貸与している（『同』）。

このように、書籍の貸借あるいは書写を通じても『東坡詩』が普及していった。それはまた新たな講義聴聞への準備ともなったであろう。

二　文禄五年月渓聖澄講義

諸記録には関連記事が見出せないが、宮内庁書陵部蔵智仁親王自筆『聴書抜書類』（三五三―三、写本六冊）第三冊に、

文禄五年（＝慶長元年、一五九六）三月一〇日に禁中で行われた『東坡詩』講義の聞書が二種収められている。▼注4

講者月渓聖澄（一五三六—一六一五）は近江立入城主立入宗長の子で、兄宗継は禁裏御蔵職を務めた。東福寺に入って器之聖琳の法を嗣ぎ、学芸は相国寺の仁恕集尭に学んだ。東京大学国語研究室蔵『古文真宝抄』は元亀三年（一五七二）に相国寺鹿苑院において行われた仁恕の『古文真宝後集』講義を月渓が記録、自己の見解を交えて整理したものである。その後天正年間は長らく豊後大友氏に仕えて外交文書作成に携わり、文禄三年には伊達政宗に招かれて仙台東昌寺住持にもなった。この慶長元年末に東福寺二二二世となる。慶長一七年から一八年にかけては禁中で『古文真宝後集』の講義を行った。▼注5

さて、この二種の聞書はともに、中世日本において流布した『増刊校正王状元集註分類東坡先生詩』（以下「王状元本」と称する）▼注6巻一・紀行の第二首から第六首までを対象にした、恐らくは一日分の講義に相当するものであるが、一方は一つ書の形式で語注を列挙しただけなのに対して、もう一方は詩題・詩本文を掲げ、その後に説明を小字双行の形式で文章化して記している。前者を講義当日の筆記メモ（以下「A稿」）、後者を後日まとめ直した清書（以下「B稿」）と見てよいだろう。以下、両者を比較しながら見ていこう。

その前に、ここで講義の対象となっている蘇軾の詩について簡単に述べておく。彼は嘉祐六年（一〇六一）二六歳で制科（科挙の特別試験）を受け合格、鳳翔府（陝西省宝鶏市）の簽判（事務官）となって都開封から赴任した。五首ともその鳳翔府内を公務で巡回したときの作である。▼注7

まず第二首、B稿は以下の通り。（以下、引用は読みやすさを考えて、原文の句点を句読点に使い分け、読点を補い、濁点・振り漢字を付した。B稿の場合は双行注を本文次行に移した）

［2—B］

太白山ノ下ニ早行シテ至レテ横渠鎮、書ニ崇寿院ノ壁一。

云（いふこころ）ハ、上ヨリノ御使ナレバ、早朝ヨリ出テ、太白山下横渠鎮ニヰテ、崇寿院ト云所ノ壁ニ、コレヲ書付
　タト云心ナリ。

馬上ニ続レテ残夢ヲ　不レ知ラ朝日ノ昇コトヲ　乱山横レ翠幛　落月淡レシ孤燈

　云心ハ、マダ夜深（よふけ）ニ出タルニヨリテ、馬上ニテ残夢ヲツグナリ。シカルニヨリテ、朝日ノ昇ヲモシラヌナリ。サテミレバ、アタリノ山朝日出タル故ニ、ミドリノシヤウジ（障子）ナドヲ横スゴトクニ、ミユル（見）ニ、十六日ノ事ナレバ、月未入（いまだいらぬ）ヤウデアルカ、イカニモウスク、灯ナドヲトボシ（灯）タヤウニ、ミエ（見）タリ、ト云心ナリ。又説アリナリ。

奔走煩レス郵（ユウ）吏　安閑愧レヅ老僧ヲ　再遊応レ眷々タル　聊カ亦タ記レセナン吾カ曾ヲ

　奔走ハキモ（肝）ヲ入心ナリ。上ノ御使ニ、東坡ガキタコトナレバ、此郵吏ドモカアナタコナタスル心ナリ。煩スハシンラウ（辛労）ヲサスルナリ。安閑ーーートハ、崇寿院ニイカニモシヅカニ老僧タチノヰ（居）ラル、所へ東坡参ナバコレニツレテ郵吏モヰ（行）クナリ。イカニモ閑カ僧タチナレバ、郵吏・東ガハヅル（恥）ナリ。今ハ上ノ御使ナレバ、逗留モナラヌホドニ、又参ランホドニ、ネン（念）比ニセヨ、我東ガキタト云コトヲ、少書シル（記）イテヲクナリ。眷々ハネン（念）比ナリ。曾ハムカシ（昔）ナリ。又「記レセン吾カ曾ヲ」此セント云時ノギリ（義理）ハ、東ガコ、ヘキタト云コトヲ、少書シルスベキト云心ナリ。

これに対してA稿は次の二行しかない。

［2―A］

太白ノー

応眷々　ハネンゴロ也。

このA稿のみからB稿を作成するのは、記憶を辿ったとしても難しいであろう。他の聴講者のメモを参照した

か、あるいは講義者から改めて聞き取ったか、何らかの追加情報をもとにしているはずである。

題および前半四句の説明は「云ハ」「云心ハ」で始まる。漢籍の注において「言、……」として文意を述べるやり方を踏襲したもので、この二箇所はこなれた訳文になっている。しかも、「上ヨリノ御使ナレバ」「マダ夜深ニ出タルニヨリテ」「十六日ノ事ナレバ」といったように、読解の前提となる状況の説明もうまく溶け込ませている。

このなかで「十六日ノ事ナレバ」としているのは、『東坡詩』の抄物として名高い『四河入海(しかじっかい)』[注8]が、

> 白云、嘉祐七年壬寅二月十六日ノ早旦ニ郿県ヨリ盩厔ニ赴ク時、太白山ノ麓ヲトヲル。其日崇寿院ヘタチヨリテ題壁上、不一宿而ヤガテ帰ル。
>
> 一云、題注云「長篇――」ト云ハ、此ノ前ノ五百言ノ詩ハ長篇デ有ゾ。叙事ゾ。其外ニハ是等ノ詩ヲ専ラトシ賦シタゾ。嘉祐七年壬寅二月、前ノ詩ト同時ノ作ゾ。

と注しているのに基づくのであろう。第一首の五言百句という長詩の中にも太白山が出てきていて、王状元本の第二首の注に「此篇并第五巻楼観篇乃先生長篇叙事之外所専賦也」とあるのを根拠に、その長篇に盛りきれなかった事を別の詩として詠んだ、と考えたのである。第一首は詩題に「壬寅二月」すなわち嘉祐七年二月一三日から一九日にかけて管轄四県を周遊したと記し、詩のところどころに自注で経由地とその日付を明示していて、それによると太白山は一六日に通過したことになる。こういった一連の根拠に基づき、この詩は一六日、すなわち満月の翌日で明け方西の空低く月が残っているときに詠まれ、その情景が第四句に反映されていると見たわけである。[注9]

最後の二句についてB稿は、崇寿院の僧への呼びかけと解している。第七句は「もう一度来た時には懇ろにもてなして欲しい」、第八句は「聊カ亦タ吾ガ曽ヲ記セナン」と読めば「少しは私がここに来たことを書き記して

おいて欲しい」」、「記セン」と読めば「私がここへ来たということを（私が）少し書き記しておこう」となる。これについても『四河入海』を見ると、国会図書館本では第八句「記」右側に「セヨ」左側に「ーセン」と二種の訓が書き入れられ、注では

一云（略）今此寺へマイルガ、他日我レ再遊セバ、僧タチモ、モト来タル軾デアルトヲボシメシテ、念比サセラレテ、「聊亦記吾曾」ト云ゾ。眷々ト云ハ、念比義ゾ。又ハ「記吾曾」ト云トキハ、我他日再遊ノ時、当ニ以曾遊之地、眷々之情アルベキゾ。「記吾曾」ト云ハ、坡ガ今日遊ヲ記スベキゾ。

となっていて、やはり両説載せ、第一説が「記セヨ」（ここでの「記」は記憶の意で、覚えておいて欲しい、と解する）、第二説が「記セン」（作者自身が覚えていようと決意する、の意）での解釈になっている。ただ、第二説は「眷々」たる感情を覚えるのも作者自身と取っている点、月渓の解釈と異なる。

抄物において複数の解釈を併記するのは珍しいことではなく、

白云、両点孰無害（両点孰れも害無し）。

として、「記」の二つの読み（二点）を許容している。

次に第三首、B稿から掲げる。

［3—B］

二十六日、五更ニ起キテ行ク。至ルマテニレ皤渓ニ未レ明。

嘉祐七年七月二十六日ノ夜ニ皤渓ト云所ヘユク心ナリ。

夜入ハ二レ皤渓ニ一如シレ入カレ峡ニ　照レ山ヲ炬火落ス二驚猿ヲ一　山頭ノ孤月耿シテ猶在　石上ノ寒波暁更ニ喧シ　至人ノ旧隠白雲合ス

夜皤渓ヘイタ（到）レバ峡ニ入ガ如様ニアツタナリ。峡トハ、蜀ノ国ニ三峡ト云所アルナリ。ソレニヨリ似タト云心ナリ。蜀ガ東古郷ナレバ、思出シタナリ。峡ハ水ヲハサム山ナリ。炬火ハタイマツ（松明）ナリ。コレニ

山モアカ（明）クナルユエニ、猿ナドモ驚テ落ナリ。此タイマツヲ、東ガトボ（灯）スデハナシ、カノ郵吏ドモガトボシテヲ（送）クルナリ。耿ハ月ノ光ナリ。石上寒波ーートハ目ニハミヘネドモ、波ガ暁カシマ（喧）シウキコユルナリ。至人トハ大呂ガコト也。至人ハイタ（至）、トホムル心ナリ。モトハ此磻渓ニ大呂ガツ（釣）リヲシタ所ナリ。ソノアトガ今ハ白雲ガイツパイアルト云心ナリ。

神物已化シテ遺蹤蛇タリ

神物ハ龍ナリ。モトハ此磻渓ニイタレ共、今ハヨソヘイ（行）テ、ワゴ（蟠）タマリタアト（跡）バカリガアルナリ。蛇ハワゴタマルナリ。

安ソ得夢ニ随霹靂ノ駕ニ　馬上ニ傾ニ倒シテ天瓢ヲ翻（コホ）セン

安ハ何同心ナリ。霹靂ハ雷ノキウ（急）ニナル（鳴）ヲ云ナリ。雨カブ（冠）リヲノケ（除）テ、石ヘン（扁）ニモ書ナリ。駕、ノリ物也。雷車也。

注ニ巨宅ノ巨ハ、大字ノ心也。鬃ハ、馬ノフリガミ也。殆トハ、十ノ物七八ノ心也。

傍線部はA稿にない部分である。「夜……」と「コレニ……」は第一・二句の訳文を補ったもの。「ソノアト……」も同じく第五句の訳である。第六句以下は語釈を並べた程度に終わっていて、あまり補足がない。題の注では制作年時を示しているが、「嘉祐七年七月二十六日」としたのは、王状元本の任居実（にんきょじつ）注に「嘉祐七年先生在鳳翔作」とあり、同本では巻一六・懐旧上に収められる「七月二十四日……（曾氏の建てた閣の壁に趙薦の名を見て懐古した）」に続くものと考えたからである（清代以降の編年体詩集では両者連続して収められる）。同本附録「東坡紀年録」もそのように考証している。一方、『四河入海』はどうか。

芳云、嘉祐七年七月廿六日也。当レ在ニ七月廿四日曾氏閣懐趙薦詩之次一。

施宿年譜云、嘉祐八年癸卯、先生二十八、秋祷ニ雨磻渓一有ニ猿字韻一。又仙渓紀年録云、嘉祐七年壬寅、先生二十七、七月二十四日祷二雨磻渓一（略）。某謂、施宿・仙渓両説不レ同。題下任居実字文孺注、与二仙渓一同。遺芳并続翠抄取二仙渓一、皆与二施宿年譜一異也。今并記レ焉。

編者笑雲清三（しょううんせいさん）（「某」）は王状元本に依ったそれまでの通説を尊重しつつ、施宿（ししゅく）の「東坡先生年譜」の説も併記する。▼注10 第二首末の解釈が分かれていることについては言及した月渓が、ここでは通説に従うのみで、嘉祐八年説を挙げなかったのは、聴講者の知識や理解度を考え、詩の解釈と鑑賞に直接関わらないこととして省略した、と考えられる。

もとになるA稿は次の通り。

［3―A］

一磻渓　大呂ツリスル所也。

一如入峡　峡ハ蜀ノ三所アルガ、ソレニヨクニタリ。東坡ハ蜀ノ衆ナレバ、古郷ヲ思出シタリ。峡トハ水ヲハサム山ナリ。心へ（得）べシ。

一炬火　タイマツナリ。東ガトボスデハナイ、上ノ使ナレバ郵吏トボスナリ。

一蜀ノ国ニ猿カ多イゾ。ソレニヨリ猶ヨク似タリト念也。峡トカケテミ（懸）（見）ベシ。

一耿ハ光也。

一石上ノ寒波　目デミネドモ、キ、テカシマシイナリ。

一至人トハ、大呂ナリ。至人ハイタリヲホメテ云心也。

一神物ト云ハ、龍ヲバ云。

一巳化ト云ハ、龍カ今コ、ニイヌナリ。

一蜿トハ、龍ノワゴタマリタアトガ今アリナリ。

一遺蹤　アトガノコル心ナリ。
一霹靂　カミナリノキ（急）ユニナル也。｜｜雨カブリノケテ石ヘンニモ云也。コ、ニヒセイノコトヲ引也。
一駕　ノリ物也。雷ノ車ナリ。
一注ニ巨宅ハ巨ハ大字ノ心也。鬃トハ、馬ノフリガミナリ。殆トハ十物七八ノ心也。
一安ク□□　何字同。

第二首とは違ってかなり詳細に記録されている。点線部はB稿と表現が異なる部分、傍線部はB稿にない部分で、「蜀ノ衆」や「心へベシ」といった表現からは講義の口吻が伝わってくる。「蜀ノ国ニ……」は第一句の「峡」、第二句の「猿」が共に故郷の蜀を想起させる景物として用いられていることを指摘しており、これはB稿に生かしてもよかったと思われる。「霹靂」の注にある「コ、ニヒセイノコトヲ引也」とは、王状元本の該当部分の注にある李鄘（りよう）の故事ではなく、第八句の注にある唐の武将李靖（りせい）（李衛公）の二つの故事を指すだろう。一つは、老婦人に姿を変えた龍から雨を降らせる瓢箪を授けられたというもの、もう一つは若い時に龍宮に迷い込み、やはり瓶の水滴を馬のたてがみに滴らせて雨を降らせる、というものである。そのあとの「注ニ」とある項目の「巨宅」「鬃」「殆」はいずれも二つの故事の引用文中に出てくる語である。「ヒセイ」は李靖を聞き間違えたと思われる。実際の講義でどの程度まで説明されたかは分からないが、聴講者の理解が行き届かなかったためか、B稿では省かれてしまった。

以下、第四首から第六首まではA稿とB稿にほとんど差はない。A稿の箇条書きをほとんどそのまま追い込みで記したのがB稿という内容であるので、B稿のみ掲げる。

［4―B］
是（コ）ノ日自レ皤溪往レテ陽平憩（イコ）ニウ於麻田ノ青峯寺ノ之下院ノ、翠麓亭一ニ。

亭ハチン也。一段ト面白所也。憩トハ、ヤスムナリ。

不ンハレ到二峯前ノ寺一　空ク来ラン二渭上ノ村一　此ノ亭聊可レシ喜フ　脩径豈ニ辞レ捫　谷ハ映シテ二朱欄一ニ秀テ　山含テ二古木一ヲ尊シ
路窮テ鷲キ二石ノ断ルニ一　林欠テ見レ河奔一ヲ　馬困シテ嘶ウレ青草ニ　僧留メテ薦シムレ晩飧(ソン)ヲ　我来テ秋日午ナリ　早久シテ石床温ナリ
安ンソ得テ二雲ノ如レコトヲ蓋ノ

脩径(キン)ハ、ナガキミチ也。辞捫トハ、物ニトリツキテミル也。●谷映朱欄ニ、欄ウツクシクミユルナリ。映、アキラカナリ。●鷲石断トハ、石アル所ハアルキニクキ心也。●欠トハ、林ノヒクキ所也。ソノヒクキ所ヨリ河ガミユルト云心ナリ。●嘶青草トハ、東ガ乗タ馬ガヤツレタモ、青草ヲミテイナゝ(嘶)ク心也。●晩飧トハ、バンノシヨ(食)クナリ。我ハ、東也。石床温トハ、コシ(腰)ヲカクル石ナリ。早久ケレバ、一ダント温ニナリタルト云心也。●雲如蓋トハ、雲カテンガイ(天蓋)ニ似タリト云心ナリ。

能ク令(シメ)ンレ二雨ヲ瀉カ盆ヲ　共ニ看(ミン)二山下ノ稲ノ　涼葉晩ニ翻々タランコトヲ一

●瀉盆トハ、軒ノシヅクナドガ、盆ニ水ヲ入テウチアグルヤウニシタイト云心也。

［5—B］

二十七日、自レ陽平、至レ斜(ヤ)谷ニ宿ス二於南山ノ中ノ蟠龍寺ニ一。

横ヘテレ槎ヲ晩ニ渡ル碧澗ノ口(ホトリ)　騎テレ馬ニ夜ル入ル南山ノ谷　谷(ヨク)中ノ暗水響キ瀧々(ヲウ〳〵)　嶺上ノ疎星明ニシテ煜々(ヨク)　寺ハ蔵ル巌底
千万仞　路ハ転ス山腰三百曲　風生シテ饑虎嘯テレ空林ニ　月黒(クラウ)シテ驚麏竄ル二脩竹一ニ

コゝマデハ道ノコトナリ。●槎ハ、独木橋カレ木ヲ一本渡ス橋ナリ。●谷(ヨク)ト、読トキハ、水ノアルタニナリ。谷(コク)ノ声ノ時ハ、水ノナキ心ナリ。●瀧々ハ、水ノナガル、心ナリ。●煜々ハアキラカニ星ノミユル心ナリ。●仞ハ七尺八尺バカリナリ。●ソレ千仞万仞ノソコニ寺アル心ナリ。●曲トハマガリナリ。●饑虎トハ、ウヘル虎ナリ。●麏(キン)、キンノ鹿ニハツノ(角)ナキナリ。物ニヨクヲドロクナリ。竹ヨクスム物也。

入門突兀見深殿　照仏青熒有残燭　媿無酒食待遊人　旋斫杉松煮渓蔌　板閣独眠驚旅枕　木魚暁動随僧粥　起観万瓦鬱参差　目乱千巌散紅緑　門前商賈負椒荈　山後咫尺連巳蜀　何時帰耕江上田　一夜心逐南飛鵠

突ハ、ツク、●兀ハタカキ心也。●青熒トハ、二字ナガラ、文選ニ、アホヤカナリト、云心ナリ。●旋ハ、ヤカテト云心ナリ。●蔌ハ、ヤサイナリ。ネセリ歟。●板閣トハ板デフキタ、サウ〳〵ノ所也。●木魚トハ、タ、クナリ。●鬱トハ、幽ナル心モアリ、トゞコホル、心モアリ。コ、ニテハ幽ノ心ヨキナリ。参差トハ、瓦ヲカタ、ガイニフク心ナリ。●椒荈、椒ハサンセウ、荈ハチヤナリ。ヲソクトルヲ云ナリ。一曰茶、二曰檟、三曰蔎、四曰茗、五曰荈ナリ。蜀ノ国ニ椒荈アル也。

[6—B]

是日、至下馬磧、憩於北山僧舎。有閣曰懐賢。南直斜谷、西臨五丈原。諸葛孔明所従出師也。

出ハコチヨリ物ヲイダス心ナリ。ソレニヨリテコ、ニテハスイヨキ也。シツノ声ノ時ハジネンニ物ノイヅル也ナリ（ママ）。

南方望斜谷口　三山如犬牙　西方観五丈原　鬱屈如長蛇　有懐諸葛公　万騎出漢巴　吏士寂如水　蕭々聞馬撾　公才与曹丕　豈止十倍加　顧瞻三輔間　勢若風巻沙

●蕭々ハ□□□（アキ）。●撾ハ馬ノブチ（鞭）也。●三輔トハ三ノタスケ也。官ノ名也。●注ニ治所トハ、此官ヲ治ル所也。●顧ハカヘリミル也。瞻ハミル也。●注ニ颯々トハ風ノ音ナリ。

一朝長（朱「ニコルヨキナリ」）星墜　竟使蜀婦髽　山僧豈知此　一室老煙霞　往事逐雲散　故山依渭斜

客来テ空ク弔レ古ヲ　清涙落レツ悲笳ニ

●髽ハ、男ノ亡ズル時、女ノスルワザナリ。カミツ、ム也。●一室、一ノ家ナリ。コ、ハ、僧ノイル所ナレハ、サンゼン（参禅）ノ、所也。●往事トハ、孔明ガコト也。●故山トハ、古郷ノコトナリ。蜀ノ国ノコト也。●斜ハ、シヤウジキニハ、ミヘイデ、スヂカイデ見心ナリ。●客トハ、東ガコト也。●弔トハ、古ノ孔明ヲ東カトブラウ心ナリ。●悲笳トハ、カナシイ吹物ナリ。

第五首「青熒トハ、二字ナガラ、文選ニ、アホヤカナリト、云心ナリ」というのは、『類聚名義抄』（観智院本・仏下末三七）に「青（エイ）ー（トアザヤカナリ／トアヲヤカナリ）」、また九条家本『文選』や足利学校本六臣注『文選』巻一「西都賦」の当該語に「アヲヤカナリ」という訓が書き入れられているように、語句の典拠である『文選』の古訓を示したものである。『四河入海』では典拠の指摘があるのみで、古訓については触れない。公家にとってなじみ深い古典である『文選』に『源氏物語』など和文の古典にも用いられる語が訓として使われているため、殊更に言及したものであろう。このあたりは、博士家の学問を吸収した痕跡が見て取れる。

同じく第五首「木魚」については、A稿には「木魚（ボクギョ）トハ、寺カタニハ木魚ヲツクリテタ、クナリ。粥ナドノイデキタトタ、ク也」とある。禅寺の日常風景を語るもので、僧侶に対する講義では無用の説明であり、禁中講義ならではの部分だが、B稿には採用されなかった。詩の解釈には直接関係ないと判断したのであろうか。

三　慶長一八年文英清韓講義

こちらは『鹿苑日録（ろくおんにちろく）』『言緒卿記（ときおきょうき）』に比較的詳細に記事が残り、第三回以降の講義場所となった八条殿の当主である智仁親王の自筆年譜『智仁親王御年暦』[注11]にも「八月十八日、韓長老東坡講尺聞」と記される。また、た。[注12]中院通村(なかのいんみちむら)筆かと推定される聞書（佐藤道生氏蔵）が現存する。これについては、解題を付して全文の翻刻を行っ

改めて概略を述べると、この聞書には王状元本の第一首から第四二首までが収められているが、途中第二首から第七首までと、第一九首から第二六首までを欠く。前者は第二回・第三回講義、後者は第六回講義の分と推定され、その三回を欠席したのであろう。形態は智仁親王のA稿と同様、語句を掲げてその意味を箇条書きで記すのが中心であるが、それぞれの作品の制作状況を冒頭で簡単に説明している場合が多い。また、王状元本の注の語句についても一部説明している。

講者文英清韓(ぶんえいせいかん)（一五六八―一六二一）も東福寺の僧侶で慶長五年に住持になっている（二二七世）。大坂冬の陣のきっかけとなったと言われる方広寺鐘銘事件の当事者として知られるが、学芸にすぐれ、公家からの信頼も厚かったことは、この事件で追放され、後許されて復帰すると、元和六年（一六二〇）九月にも『東坡詩』巻一四の禁中講義を行っていることからも知れよう（この時も智仁親王は聴講している）。

大阪府立中之島図書館蔵の『増刊校正王状元集註分類東坡先生詩』元刊本[注13]は文英の手沢本で、全巻にわたり書き入れがある。末尾には

天正十三年〈癸酉〉（左傍注記「愚十八歳也」）四月十九日始講　天正十九年〈己卯〉（左傍注記「二十四歳」）四月

二日成就也

坡講伝受

○桃源―一韓（右傍注記「蕉雨余滴」）―咲雲三和尚（右傍注記「四河入海述之」）―文叔彦和尚―清韓〈二十五歳

恵日／前板秉払〉

という識語があり、師文叔清彦(ぶんしゅくせいげん)の講義のテキストとして使用したこと（書き入れはその時のものか）、桃源瑞仙に始

まる『東坡詩』講義の正統を受け継いでいるという自負があることがわかる。

前節で取り上げた月渓が、導入として最初にどのような話をしたのか、聞書が第二首から始まっているため不明だが、文英の場合は第一回講義の分がある。それを見ると、冒頭、第一首の解釈に入る前に、書名の「王状元」「分類」「東坡」について説明するとともに、著者蘇軾の略伝や、蘇軾が徹底的に批判した王安石の新法についても述べている。そのなかには、（以下引用文には前節同様手を加えている）

東ハ宋朝ノ世ノ者　東坡ト云ハ、東坡軒ヲ中ニ白楽天ガ建ヲ慕テゾ。蘇軾モ白楽天ヲ慕タゾ。居所ヲ東坡ト云タゾ。（このあたり書き直しがあり、文意がつかみにくい）

白ー　セウクワン（ママ）ハンソト云美人ヲモチタゾ。蘇ハ白ニ不似所ガ一ツアルハ是ゾ。

というように、公家になじみ深い白居易を蘇軾がどう見ているかという点に言及がある。「東坡」号が白居易詩に由来することについては、『四河入海』に『容斎三筆』巻五「東坡慕楽天」の全文を引いて説明するように、禅林において広く知られていた。「白ー」以下は、『容斎三筆』にも引かれる蘇軾の「我甚似二楽天一、但無二素与一レ蛮」すなわち白居易が寵愛した妓女小蛮（しょうばん）・樊素（はんそ）のような女性が私にはいない、というユーモラスな詩句に基づいた解説である。

王安石に関しては、

王荊公・呂恵卿ト云テ二人威勢シタル物アリ。此者悪法ヲ行、民百姓ヲナヤマス。

また「東ハ善人也。悪人共ニクム」とも言っている。

これらは、詩の内容へ入る前の導入として、聴講者たちの関心に沿って白居易や中国史に関する周辺知識をも与えながら、作者蘇軾のイメージ作りを行い、作品の理解を助けようという意図が窺える内容である。禁中という場に応じた工夫と言ってよいだろう。

さて、第一首の注を見てみよう。この長篇詩は、鳳翔府管轄下の一〇県のうち四県を巡回して、「減決」すなわち軽罪人を赦免、重罪人を処刑するという任務に赴いたときの作で、都にいる弟蘇轍（子由）に宛てたものである。旅程に従って、行く先々の名所旧跡を詠み込み、一種の観光案内のような内容を含んでいる。

　此年旱シタゾ。旱事ハ天下国家ノ政悪ニヨリテ也。サレドモタヾ能悪ガ覚ラレザルホドニ、決ノ科罪人ヲセンサクシテユルサントゾ。

冒頭の注である。「減決」がいわゆる天人相感の思想に基づくものであることをまず説明する。

第三二句「孤城象漢劉」にはこんな注がある。

　孤城　トウタクガコトヲ思出タゾ。トウタクハイカイモノ（者）ゾ。ーーヲノケテソシノ人ヲス（据）ヘタゾ。後ニハケンテイ云ヲ位ニスヘタゾ。

この部分、王状元本では自注に「有二董卓城一、象二長安一、俗謂二之小長安一」とあり、その後の詩句にも袁紹や伍孚との対立が注されているが、彼が廃立した皇帝の名については記していない。『四河入海』では、

　白云、後漢書（略）董卓有二廃立之心一、遂脇二太后一、廃レ帝為二弘農王一、立二陳留王協一為レ帝〈献帝是也。後漢十三主、一百九十二年、献帝最後之主也〉。（略）

　一云、董卓ハコワモノデ有ゾ。（略）

　三私云、（略）「注卓議廃立」ト云ハ、後漢ノ霊帝ノ太子辯ヲ廃シテ、弘農王トナル。辯弟協ヲ立テ、帝トスルゾ。是ヲ廃立ト云ゾ。

というように皇帝の名を挙げて説明している。文英もそのように話したのであろう。ここで筆録者が「トウタク」と董卓をカナで記録しているのは、

（ア）注のあるテキストを持たず、漢字がわからなかった。

（イ）テキストはあって漢字もわかったが、画数が多く、書くのが面倒だった。

この二つの理由が考えられる。

ちなみに、そのあとの人名は注にもないので、「ーー」（霊帝）は聞き取れずにブランクのまま、「ケンテイ」（献帝）は漢字がわからずカナ書き、と推測できる（「ソシノ人」は何を指すか不明）。

「トウタク」が（ア）（イ）のどちらであるか、というのは、実は講義の実態を推測する上で重要な問題である。最低限、詩本文のテキストは手元にあると考えるのが自然だろう。次々と出てくる語句を耳で聞いただけで筆録することは、たとえ東坡の詩に親しんでいたとしても難しい。しかし、注についてはどうか。

聞書には、注の語句についての説明がわずかながら見られる。第一首から集めてみると、次のように、「注」の字を冠して、七箇所記されている（（　）内は対象となった注文中の語句を示している）。

注　任公之大ナツリバリ大ナルツリイトーー（第三〇句注「任公之釣」）

注　梟鏡ハ父ヲコロスゾ。ハ鏡ハ母ヲコロス。（第三五句注「梟鏡」）

注ニ　藻ハ色々色トルゾ。（第五二句注「玉藻」）

注　二聖ハ太祖太宗ゾ。（第五八句注「宋二聖御容」）

百家注　産ハ知行ノ事ゾ。（第七九句注「数百家之産」）

注　浮陽ハメバチゾ。日アタレバ浮出ル物ゾ。（第九〇句注「浮陽之魚」）

注　縋レ石（左訓「スガラスレドモ」）（第九四句注「以縄縋石」）

すべて対象の語句は漢字表記がなされており、このように筆録するには、注文の備わったテキストがその場にないと難しいのではないか。版種は不明ながら、王状元本を目で追いながら聴講していたと考えるのがよいだろう。なお、冒頭の王安石の新法についての説明では、明らかにテキストには出てこない用語が「青苗法(セイメウノ)」「助役法(ジヨエキノ)」というようにフリガナ付きで記されている。これは講義者が、どういう字を書くかということまで、丁寧に説明したからであろう。

詩句の鑑賞に関わる注では、第八一・八二句「軽風幃幔巻、落日髻鬟愁」について、

軽風ー　此二句面白トゾ。

とあるのが唯一と言ってもよい。これはやはり『四河入海』に、

一云、(略)「軽ー」女道士ノ二人ヲル処ナレバ、其ノナリヲ云ゾ。サラ〱ト、小風ガ吹テ、幃幔ヲ吹キ巻時分ニ、落日ノ光ニ映ジテ、髻鬟愁アルナリヲ見タゾ。幽美ニシテ物(も)ノ思イスガタニ有ゾ。是ガ女人ノナリゾ。此句ガ長編ノ中ノ警句デ有ゾ。サラリト吹ナガ(流)イテ云ガヨイゾ。昔ハサコソアツ(有)シガ、今ハモノサビテアルト傷(いたむ)ゾ。

とあるような説明があったのを、ごく簡略に「面白」の一語で書き留めたのだろう。

続いて第九首「風水洞二首和李節推(その二)」を見よう。七言律詩の第七句「世事漸艱吾欲去」について、

世事ーー　此二句ハ前ヲケツ(結)シテ云タゾ。此時分ハーーカ新法ヲ行タ時分ゾ。東坡ヲヒンケンシタ時分ナレバ、世ー我欲去トソ。

と注している。冒頭、導入で説明した王安石の新法の知識がここで生きてくるわけである(「ヒンケン」は「譏言」あるいは「擯斥」か)。『四河入海』では『烏台詩話』を引いて、背景に王安石の新法があることを説明し、また句の構成についても、

一云、(略)「世事ー」此ノ二句ニ、以上ヲ合シテ、結スルゾ。

と述べている。これらを踏まえた注であろう。

第一三首「別黄州」では、作品中には出てこない「東坡」について、

黄州ニ五年居タゾ。此時東坡ト云所ヲカマヘテ居タルニヨツテ東坡ト云タゾ。

とわざわざ言及しているのも、王安石同様、導入部分で言及したことに関連させてのものだろう。

第一六首「将至筠先寄遅・适・遠三猶子」第八句にある「髧髦」については、『四河入海』にはない詳しい説明を加えている。

一髧（タン）髦（ボウ）　女主ノカミデ無テ、日本ノカモジヤウシ（様）タ物カト也。ボウハ親ノアル間老若ニヨラズツケルゾ。

親死後ニトルトゾ。

『儀礼』『礼記』などの記述に基づいた説明で、これも聴講者の関心に配慮したものであろう。

以上、全体としては『四河入海』の豊富な情報を取捨選択し、かみ砕いて伝えていると言えるが、その中で公家たちの知識や関心に沿って新たな内容も付け加えようとしている様子が見て取れる。

四　まとめ

この両者の聞書には漏れている第七首「往富陽新城李節推先行三日留風水洞見待」および第八・九首に登場する李節推について、蘇軾の男色相手だとする俗説が近世前期には流布していた。その淵源には抄物があるのではないか、との推測を述べたことがある。▼注14　そこに、智仁親王『聴書抜書類』第四冊の「物語聞書」と題された短い文章に、

一　李節推（リセツスイ）　東坡若者ト也。

と記されていることを紹介した（「若者（にゃくしゃ）」は若衆、すなわち年少の男色相手を指すであろう）。こういったことも、禁中あ

るいは九条殿における講義のなかで、蘇軾の人柄と共に語られ、記録されていた。

詩の内容や鑑賞と共に、そういったややいかがわしい事柄を含め、五山禅林の知識を公家の世界に広めるのに、禁中講義が果たした役割は小さくないだろう。

さらに今後、慶長・元和年間に盛んだった天皇や公家による古活字版の出版とこのような講義がどう関係するのか、といった問題も検討すべきところではあるが、本論文では講義そのものの実態を、資料に基づいて明らかにしようとするところまでで精一杯であった。続稿を期したい。

〔注〕

(1) 以下、『大日本史料』およびそのデータベース（東京大学史料編纂所）、斯文会編『日本漢学年表』（大修館書店、一九七七）によって記録類の記事を検索した。

(2) 高橋伸幸「三条西実隆—中央と地方の交流」、鶴崎裕雄「宗祇—近衛家における古典教育」（ともに『国文学解釈と鑑賞』五七—三、一九九二・三）に詳しい。

(3) 伝および文事は朝倉尚「蘭坡景茝小論」（『国文学攷』四八、一九六八・一〇）に詳しい。なお、天皇ではないが、禁中では同年七月二二日には勝仁親王（後柏原天皇）が東福寺の僧月崖元修より『三体詩』を習い始めている（『お湯殿の上の日記』）。

(4) 『聴書抜書類』および同様の資料『聴書類』（五〇三—一三三、写本一一冊）に収める講義聞書の内訳やその意義については柳田征司「梅印元冲講智仁親王聞書『蒙求聞書』」（『築島裕博士傘寿記念国語学論集』汲古書院、二〇〇五）に詳しい。

(5) 『大日本史料』およびそのデータベース（東京大学史料編纂所）、白石虎月『東福寺誌』（思文閣出版、一九七九復刊）による。

(6) 宋元版・五山版・朝鮮版があり、近世初頭まではそれらが入り乱れて流布した。五山版は通常「王状元集百家（または諸家）註分類東坡先生詩」の内題を持つ。

(7) 孔凡礼《蘇軾年譜》上（中華書局、一九八八）、小川環樹・山本和義『蘇東坡詩集』第一冊（筑摩書房、一九八三）による。

(8) 東福寺の僧笑雲清三（「三」あるいは「某」）が先行する四種の注（「脞」…瑞渓周鳳『脞説』、「芳」…大岳周芳『翰苑遺芳』、「白」…万里集九『天下白』、「一」…一韓智翃（桃源瑞仙の講義に基づく）『蕉雨余滴』。他に江西龍派（続翠）『天馬玉津沫』などの説も引く）を集成し、自身の説を加えたもの。少なくとも東福寺僧で『東坡詩』講義を行う者は見ているはずであろう。影印が二種ある。抄物大系は詳細な訓点書き入れのある国立国会図書館蔵古活字版を用い、抄物資料集成はやや書き入れの少ない宮内庁書陵部蔵古活字版を用いる。

（9）注（7）小川・山本著では、王文誥『蘇文忠公編年注集成』に基づき、翌三月、雨乞いのため太白山に赴いた時の作とする（有名な「喜雨亭記」が作られた時）。

（10）注（7）小川・山本著は、同じく八年の作とする。

（11）嗣永芳照「史料紹介　智仁親王御年暦」（『書陵部紀要』二〇、一九六八・一一）に全文の翻刻がある。

（12）堀川貴司「「東坡詩聞書」」（『五山文学研究　資料と論考』笠間書院、二〇一一）に収める。なお、松尾肇子「近衛家における蘇軾の詩文」（『東海学園言語・文学・文化』八、二〇〇九・三）は、陽明文庫蔵『東坡先生詩』の五山版（元版補配）および慶長年間とされる写本の収蔵者が、この講義にも参加している近衛信尹であることを指摘している。

（13）請求番号・甲漢二一、全二八冊。一二行二二字の版式を持つ元刊本を主とし、巻一九を一一行一九字の元刊本、巻一一・一六全巻と巻一五・二〇・二一の一部を五山版により補配、巻一七・二〇・二四の一部を補写した取り合わせ本で、東福寺天得庵（文英の住庵、現在の天得院）・岸和田藩旧蔵。文英所蔵時に現状の取り合わせであったことは、蔵書印や書き入れの様子から確実であろう。なお、書き入れそのものはそれほど詳密ではなく、内容もこの聞書の対象部分について見る限り、『四河入海』の記述を出るものではないが、柳田征司「書込み仮名抄一斑」（『愛媛大学教育学部紀要』第二部人文・社会科学九、一九七七・二）によると、独自の内容も含むという。

（14）堀川貴司「蘇東坡と李節推」（『東海近世』一〇、一九九九・五）。なお、この俗説の流布には『野槌』に言及されていることが大きく関わっている、との指摘が朝木敏子「自律する挿絵―『なぐさみ草』の挿絵の世界―」（『国語国文』八〇―一一、二〇一一・一一）にあり、従うべきであろう。

〔付記〕
初出時、注（2）および（12）に掲げた論文について見落としていたので、今回補った。

第七章　『覆簀集』について――室町時代後期の注釈付き五山詩総集――

はじめに

中世五山禅林における詩作あるいは詩壇の流れを大づかみに捉えようとしたとき、その手がかりの一つとして、総集に着目し、その所収詩人や作品を分析するということが考えられる。現在知られているのは、室町中後期成立の『花上集』『百人一首』『北斗集』『中華若木詩抄』および近世初頭成立の『翰林五鳳集』の五つで、数が少ない上、時代も後半に偏っていて、これら現存作品のみで把握が可能かどうか、心許ないところではあるが、これと五山僧による中国詩総集の編纂とを対比させてみると興味深い現象が見える。

中国詩の総集は、南北朝時代に義堂周信による『貞和集』（当初三巻、後に一〇巻に増補）、室町初期に江西龍派による『新選集』、慕哲龍攀による『新編集』という大規模で部類されたもの（それぞれ千首以上）が成立し、ついで室町前期（一五世紀半ば）に天隠龍沢が新選・新編二集から抜粋して『錦繍段』を、中期に月舟寿桂が同様の方法で『続錦繍段』を編纂した（それぞれ約三百首）。つまり、前半に偏って、しかも大規模なものから小規模なものへという流れがあることに気づく。

一方、正続『錦繍段』に前後して上記『花上集』以下三作品（百首から二百首強）が立て続けに成立し、遂には両方の流れを受けた『中華若木詩抄』（約二六〇首）という日中双方の作品を収めた注釈書が生まれ（それ以前に『錦繍段抄』『花上集鈔』も作られる）、江戸時代に入って『翰林五鳳集（かんりんごほうしゅう）』（六四巻）が作られる。こちらは小規模なものから始まり、注釈を伴うものが現れ、最後に大規模なものへという、中国詩と見事に対照的な流れになっている。

総集の編纂目的にはいろいろあるだろうが、後水尾天皇の命により編纂された『翰林五鳳集』を除くと、禅林内部の読者を意識した編者が、詩の規範を示し、作詩の参考とするために行う、というのが共通していよう。偈頌（禅的な詩）のみを集めた『貞和集』とは異なる世俗的な内容の『新選集』『新編集』が作られ、さらに暗誦の便を考えたダイジェスト版『錦繍段』が生まれたことは、初心者に対して、よりその目的を確実に達成させようという意識の現れであろう。中期以降、五山詩の小規模な総集が出現してくるのは、五山内部における伝統の形成に伴い、いわば中国詩と五山詩の両方を参照することによって詩を作るという状況が生まれてきたことを示していよう。正続『錦繍段』および『花上集』等を参考にしつつ編まれた『中華若木詩鈔』はそれを明確に体現した総集である。▼注1

ここに取り上げる新出の五山詩総集『覆簀集』は、このような流れに棹さすものであると同時に、ユニークな性格も併せ持つ。その内容を紹介、検討してみたい。▼注2

一　序文

まずは序文を見ながら、本書の編纂意図について考えたい。

夫レ詩ハ者到ニ（マテ）于天地ノ之造化、古今ノ之興亡、風俗ノ之消長、山川草木禽獣鱗介昆虫之属（タヒ）、無シレ不スト二云コト一知ラ矣。魯人ノ曰、不レンハ学レヒ詩ヲ無シ二以テ言コト一也。良（マコトニ）有ルレ以哉（カナヤ）。傍ラニ有二丫童一、問テ二愚カ之斯ノ言ヲ一而嘆シテ曰、吾カ性天然魯ナ

也。欲学詩不成。毛詩三百五篇、李杜蘇黄或廿或廿五巻、以吾魯学之、唇尽命終。請夫謂図之。而愚曰、誠哉子之言矣也。愚天文九之夏、秉払之時、在京師而所看之詩五十首、書以授之。目曰覆簣集。覆簣者、語曰「譬如平地。雖覆一簣進吾往也」。杜甫詩「一簣功盈尺」。爾思之矣。童珍重而去矣。後庚又来曰、雖所受之詩編、難到其理。願為予註之。愚又為之註。延君註堯典二字、至二十余万言而人譏其繁。子襄註周易一書、纔二三万言而人恨其略。註解古今所難也。杜預有左伝癖而註、子夏有毛詩癖而序。豈夫謾註乎哉。雖然爾言難拒。遂註之。他君子嘲為爾蒙而已。于時天文十一壬寅閏三月中澣守貞性愚序。

（詩は天地の成り立ち、人間の歴史や社会、自然や動物のことまで知識を得られないことがない。『論語』に「詩を学ばない人間はものを言うことができない」と言っているのももっともだ、と言っていると、側にいた小童が歎いて言うには、「私は生まれつき愚鈍で、詩を学ぼうと思ってもうまくいきません。『毛詩』（詩経）三〇五篇、李白・杜甫・蘇軾・黄庭堅それぞれ二〇あるいは二五巻というすべてを、私のような愚鈍な人間は死ぬまでに学びきれないのです。どうにかしていただけないでしょうか」というので、「確かにその通りだ。私は天文九年（一五四〇）の夏に秉払（五山における修行の卒業試験のようなもの。これを経て地方寺院の住持になれる）をしたとき、京において見た詩を五〇首、書き与えよう。これを『覆簣集』と名付ける。「覆簣」とは、『論語』に「例えば土地をならすとき、一回もっこをひっくり返して土を落としただけでもそれは自分自身が前に進んだことだ」、杜甫の詩に「一もっこの働きは一尺分ある」。これをよく思いなさい」というと、童は礼をして出て行った。三日後にまた来て言うには「頂いた詩編ですが、内容が理解できません。どうか注を付けてください」。私は彼のために注を付した。延君（漢の秦恭）は『尚書』堯典に注してその膨大さを非難され、子襄（漢の丁寛）は『周易』に注してその簡略さを非難された。注とは昔から難しいものである。杜預は『左伝』好きが高じて注をし、子夏は『毛詩』好きが高じて序を付けた。

あまり気軽に注をするものではないが、かといってそなたの求めに応じないわけにはいかない。やむなく注した。教養ある人々からは笑われるだろう）

ここで連想されるのは『錦繍段』跋文（康正二年〈一四五六〉）である。

近有新編新選二集、而出自中唐至元季。毎篇千餘首、童蒙者往往倦背誦。余暇日采摭為三百二十八篇、又自書以与二三子令誦之。庶幾、知鳥獣草木之名云。

（近頃『新編集』『新選集』の二集があり、中唐から元の末にかけての詩を収めている。それぞれ千首以上で、初心者は往々にして暗誦を諦めてしまう。そこで私は余暇を使って三二八首を選び出し、自ら書写して身近な弟子たちに与えて暗誦させた。どうか、彼らが動物や植物の名前を覚えるようにと願う）

両者とも初心者向けに選ばれた詩集であること、詩を学ぶ根拠として『論語』のことばを引用していることが共通する（「（詩を読む効用として）知鳥獣草木之名」とあるのは陽貨篇、「不学詩無以言也」は季氏篇の語。原文ではいずれも「詩」は『詩経』を指すが、ここでは詩一般に拡大している）。

なお、文明一五年（一四八三）に改めて付された自序では、

詩者非吾宗所業也。雖然古人曰、参詩如参禅。詩也禅也、到其悟入、則非言語所及也。

（詩は我が宗派の仕事ではない。しかし、昔の人は、参禅するがごとく詩を勉強せよと言っている。詩も禅も、悟りの境地に到れば、ことばを超越した世界に入ることに変わりはないのだ）

というふうに、詩禅一致の思想をことさらに述べているが、その類の言説は本書序文にはない。もはや取り立ててこのような言い訳めいた文言は必要ないということであろう。

五山詩の総集である『花上集』序文にも、少年の暗誦のために作られたこと、禅僧と詩には深い因縁があることが述べられているが、編集には作詩の規範を示す周到な配慮がなされていることが指摘されている。▼注3 すなわち

『花上集』については、初心者向けの入門書という序文の内容のみを編纂目的とすることはできないが、本書については、少なくとも第一義的には初心者への啓蒙を意図したものであろう（次章以下でもその点に触れるところが多い）。

著者については、建仁寺両足院蔵『行業記』（『肥前國勅願所水上山興聖萬壽禅寺開山勅諡禅（神の誤り）子禅師年譜　附光浄寺自徹前板秉拂仏事』、〔室町末近世初〕写一冊）に収める玄叔自徹の秉払仏事を記した文章に「自徹　字ハ玄叔師諱守貞　字ハ性愚」とあることを知った。同書に「〈諸山〉医王山光浄寺神子直弟空山自空和尚」とあるように、光浄寺は神子栄尊の弟子である空山自空が開いた禅寺で、佐賀県みやき町に現存する。性愚は、五山での秉払を終えてこの光浄寺に住持として赴任し、すぐに弟子の教育のため本書を執筆したのであろう。なお、このように地方寺院の秉払の記録が両足院に残されていることから推測すると、編者が秉払を行ったのは建仁寺ではなかろうか。

なお、序文の署名は「守貞性愚」だが、これは法諱・道号の順で記しているので、『行業記』の記述に従って、性愚守貞と呼ぶべきだろう。

二　所収の詩と作者

全四六首について題・作者および他出状況をまとめたのが次の表である。序文で「五十首」と述べているのに四首足りない。概数を言った可能性もあるが、次の点から、本書には脱落があると考えられる。

ひとつは、第二丁裏から第三丁表にかけての文章の続き具合が不自然であること（後述）で、ここに落丁がある可能性が高い。

『覆簣集』所収作品他出状況一覧

	題	作者	花上集	北斗集	百人一首	中華若木詩抄	翰林五鳳集
1	進学軒	江西（龍派）					37 乾坤（惟肖）
（この間、4首脱落か）							
2	寿昌棄官	継天（寿戩）					〔支那人名〕
3	贋釣斎	万里（集九）					〔乾坤〕
4	莫摘花果	月翁（周鏡）		4			39 気形
5	茅舎燕	鄂隠（慧奯）	76				〔夏〕
6	坡仙泛潁図	謙岩（原冲）	54				61 支那人名
7	煨栗	横川（景三）					〔秋〕
8	西山采薇図	〔未詳〕					〔画図〕
9	曙灯	梅渓（雪嶺永瑾）					〔器〕
10	宮鶯	蘭坡（景茝）		30			3 春
11	海棠	〔天隠龍沢〕		59			8 春
12	扇面海棠梅松	〔天隠龍沢〕		60			51 扇面
13	松鴎	宜竹（景徐周麟）					39 気形
14	十月白牡丹	〔景徐周麟〕					21 冬
15	瀑布灯	〔景徐周麟〕					44 器
16	二月進瓜	〔彦龍周興〕					1 春
17	古寺愛楓	光岳（梵耀）					〔秋〕
18	古寺愛楓	英甫					〔秋〕
19	公子春遊図	天隠（龍沢）					9 春
20	壇浦	中岩（円月）			4		53 本朝名区
21	桃花茶	梅渓（雪嶺永瑾）					40 生殖
22	楓橋夜泊	厳中（周噩）			16		19 秋
23	山市晴嵐	景南（英文）			51		52 八景
24	雁足灯	綿谷（周瓞）			80		20 秋
25	識字憂患始	〔九淵龍賝〕				82	〔人倫〕
26	昭君出塞図	〔仲芳円伊〕					59 支那人名
27	売花声	村庵（希世霊彦）	196			16	4 春
28	雪裡芭蕉	懶室（仲芳円伊）					〔冬〕
29	移蘭	江西（龍派）					8 春
30	雪裡海棠	月舟（寿桂）					23 冬
31	王維雪裡芭蕉図	月舟（寿桂）					22 冬
32	雪後洛山	月舟（寿桂）					22 冬
33	蟾蜍水滴	〔月舟寿桂〕					44 器
34	画雪学字	〔月舟寿桂〕					22 冬
35	対花無詩	〔月舟寿桂〕					4 春
36	夢遊廬山	〔月舟寿桂〕					35 乾坤
37	六月売氷図	〔月舟寿桂〕					16 夏
38	范蠡泛湖図	〔月舟寿桂〕					58 支那人名
39	読杜牧集	〔絶海中津〕	16				60 支那人名
40	松間桜雪	太白（真玄）	22			12	〔春〕
41	華清宮	岳隠					〔乾坤〕
42	牡丹蝶図	天与〔天隠龍沢〕				178	47 画図
43	美人撲蛍図	〔月舟寿桂〕					14 夏
44	魚苗	〔月舟寿桂〕					38 気形
45	九折珍簟	〔景徐周麟〕					43 器
46	書帯草	〔月舟寿桂〕					41 生殖

＊作者名は（　）にて法諱を補う（別号の場合は道号も）。原文にないものは他資料により〔　〕で補った。
＊花上集以下は作品番号、翰林五鳳集は巻次・部門名を記す。〔　〕は不収作品を仮に分類したもの。

もうひとつには、15「瀑布灯」に「瀑布之事、見廬山詩注」、36「夢見廬山」に「事見房（盧の誤写か）山瀑布詩下」という注記があるにもかかわらず「廬山（瀑布）」と題する詩が本書に見えないことで、少なくともこの一首は脱落している可能性が高い。

本書は虫損が激しく、全丁全面裏打ちをしているので、再製本の際に化粧裁ちされるなど、原型を留めていないところがある。しかし、綴じ目の中央部分を背側からのぞいてみると、第四丁裏に「七丁」、第一七丁裏に、横棒が上下に二本と「丁」の字がある。[注4]後者は「廿丁」（廿は十と七を合体させたような字体でも書く）と取れば、上記落丁は三丁分、すなわちかなり豊富な注が付された四首が脱落していると考えられよう。

ちなみに『百人一首』（『中華若木詩抄』にも）には海門承朝の「廬山瀑布」、『翰林五鳳集』には同詩に加え月舟寿桂と雪嶺永瑾の「廬山瀑布図」があるので、こういった作品が四首のうちに含まれていたかもしれない。また、第三丁表冒頭には高宗と傅説の逸話（殷の高宗が聖人を夢に見て、これを探させて傅説を得て、宰相としたというもの）について述べている（第三節に引用する「1進学軒」末尾参照）ので、やはり『翰林五鳳集』の江西龍派ほか「高宗夢傅説図」や、希世霊彦「高宗夢弼図」などのうち一首が含まれていたのではなかろうか。

配列に関しては特に法則性が見出せないが、冒頭「進学軒」と末尾「書帯草」が共に勧学の詩である点だけは意図的な配置であろう。中国元代の初心者向け漢詩文集で、五山において広く読まれた『古文真宝』（前後集各一〇巻）が複数の「勧学文」を前集冒頭に配していることが思い浮かぶ。初学書であることを明確に打ち出したものであろう。

表には先行する総集である『花上集』『北斗集』『百人一首』、先行するかどうか微妙な『中華若木詩抄』、後続の『翰林五鳳集』との対照を示した。先行三集と重複する作品は、規則性はないものの、比較的固まって現れること、四首あるいは五首とほぼ同じ分量であることに気づく。天隠龍沢を除き、作者はいずれもその重複作品一首のみの入集であり、わざわざ別集から採用したと考えるよりは、それぞれ三集を参照したと考えた方がよいだろう。『中華若木詩抄』については四首のうち二首が『花上集』と重複していて、直接参照したかどうか微妙である。

この三集からの採用でない作品についても、仲芳円伊（26・28）・江西龍派（1・29）は『花上集』入集者、横川景三（7）は『百人一首』撰者かつ入集者、彦龍周興（16）は『花上集』序者、天隠龍沢（11・12・19・42）・景徐周麟（13・14・15・45）は『北斗集』入集者、というように、三集に関わりのある詩人が多い。

すなわち、作品および詩人の選定について、三集を参照したことはほぼ間違いないであろう。

それ以外の月舟寿桂（30―38・43・44・46）（？―一五三三）、万里集九（3）（？―一五〇三？）、継天寿戩（2）（一四九五―一五四九）、雪嶺永瑾（9）（一四四七―一五三七）、光岳梵耀（17）（？―一五五五）は三集より後、または本書成立と同時代に活躍した人々であるので、当時の五山にあった別集や詩会資料などからの採用が考えられる。なお「英甫」（18）は、英甫永雄（一五四七―一六〇二）だとすると時代が合わないし、作品は別集『倒痾集』にも見えない。光岳と同じ題なので、何かの詩会資料から二首まとめて採用したうちの一首であろう。従ってこの「英甫」は光岳と同時代の人物であって、永雄とは別人ではなかろうか。

さて、採用作品のずば抜けて多いのが一二首の月舟寿桂である（第二位は景徐と天隠の四首、ついで仲芳円伊の二首で、他は一首のみ）。室町中期、建仁寺を代表する学僧で、江西龍派や天隠龍沢の学統に連なり、詩に関しては『錦繡段抄』や『三体詩幻雲抄』を著し、また『続錦繡段』を編んだ。ちなみにこの一二首はすべて『幻雲詩稿』（続群書類従一三上、文筆部所収）に収められている。

月舟の弟子の継天、同じ建仁寺の雪嶺の作品も収められていること、三集以外からの入集では江西・天隠・九淵らやはり建仁寺関係が目立つのは、先述のように編者が建仁寺において修行・秉払を行ったと推定されることと関わりがあろう。
本書の大きな特徴は、注の中にも五山僧の作品が引用されていることである。

1九淵
4策彦
5希世（花200・中124）
10景徐・九淵
11希世
14希世（二首、うち一首は中188）
20野夫（百42・中128）・横川
22景徐
30希世
35万里・江西（花110）・希世

これを見ると、希世霊彦（一四〇三—八八）のものが目立つ。『花上集』入集者のうち最も遅くまで生存し、次世代の人々からは模範として仰がれていたのであろう。また、先行三集や『中華若木詩抄』と重複しているものが四首あり、注の形でも有名な作品に触れさせようという配慮が働いているのかもしれない。

『翰林五鳳集』とは四六首中三四首が重複している。同書の編纂の実態については研究が進んでおらず、依拠資料についても不明な点が多い。[注5] したがってこの重複の多さをどう解釈すればよいか、今のところわからない。本書が『翰林五鳳集』の編纂資料の一つであったかもしれないし、あるいは天文年間に五山内に流布していた作品が本書にも『翰林五鳳集』にも多く取られた結果かもしれない。いずれにせよ興味深い現象ではあり、今後の

『翰林五鳳集』研究の手がかりにもなろう。

以上のように、所収作品と作者については、先行する五山詩総集の強い影響下にあり、それに同時代の流布作品を加えて構成していると見られる。

一方、作品の選択にはどのような意図があるだろうか。『翰林五鳳集』と重複する三四首にその他の一二首も私に分類して（カッコ内に示す）分布を見てみると、

春…七首（＋一首）、夏…二首（＋一首）、秋…二首（＋三首）、冬…五首（＋一首）
人倫…（＋一首）
乾坤（山水や建物）…二首（＋二首）、気形（動物）…三首、生殖（植物）…二首
器（器具）…三首（＋一首）
画図…一首（＋一首）、扇面…一首、八景…一首
本朝名区…一首、支那人名…四首（＋一首）

となる。実際には6・19・26・31・37・38・43も題画詩であるとか、玄宗・杜甫・王維・鄭玄といった中国の人物があちこちに出てくる、といったように、「画図」や「支那人名」にも分類できる作品が多くある（ただし『翰林五鳳集』の場合、「画図」の部に入れる詩は花鳥や山水など、故事に基づかないものに限定している）。そのことを考慮に入れれば、四季・自然・絵画・故事といったさまざまな題材をバランスよく収めていると言えそうである。

一方、『翰林五鳳集』では部門として立てられている禅僧や禅にまつわる題材、贈答・送別といった機会詠の詩が、本書には全く採られていないことも注意すべきである。

要するに、世俗的な題材のなかから室町後期によく詠まれていたものを選んだ、題詠・題画詩の集成であると言えよう。

三　注釈の内容——引用文献など

四六首のなかから何首か取り上げてみたい。

1進学軒

家ノ号也。如ニ高君素カ頤軒一ノ。進学字、退之カ有ニ進学ノ解一曰ク「国子先生晨ニ入ニ大学一ニ招ニ諸生一ヲ立ニ館下一ニ、誨テ之曰ク、業ハ精ニ于勤一ニ荒ニ于嬉一ニ」云々。又大学曰「王宮国都ヨリ、以テ及ニ閭巷一ニ、莫レ不レ有レ学フ」。学者学館也。　江西

少年易レ老学難レ成

杜牧「昨日ハ少年今ハ白頭」。本朝九淵和ニ少年ノ試筆ノ詩一「苦シメテ心ヲ須レ学少年ノ時」矣。江西与ハ九淵一阮咸阮籍□（也カ）。

一寸ノ光陰不レ可レ軽

陶侃曰「大禹聖人惜ニ寸陰一、至テハ於凡人一当ニ惜ニ分陰一ヲ」。淮南子ニ「聖人重シテ分寸之陰ヲ而軽ス尺璧ヲ」。論語ニ「学テ而時ニ習レ之」。王粛曰ク「時トハ者学者以レ時誦習シテ、誦習以レ時、学無レ廃スルコト業ヲ」矣。

未レ覚池塘芳草ノ夢　　堦前ノ梧葉已ニ秋声

三ノ句ハ曰レ春、四ノ句ハ曰レ秋。光陰早キ也。宋ノ謝恵連十歳ニシテ能ク属レ文ニ。霊運カ云ク、毎ニ有レ篇章一、対シテ弟恵連ニ得ニ佳語一ヲ。嘗テ於永嘉西堂ニ思レ詩不レ就、忽夢ニ見ニ恵連一ヲ、即チ得下「池塘生ニ春草一」句ヲ上。大以（ここで改丁あり）高宗夢得レ説、使レ百工ヲ営ニ求諸ヲ野一ニ得ニ諸ヲ傅岩一ニ。又云、若歳シ大旱セハ用レ汝ヲ作ニ霖雨一ト。

冒頭の詩は朱子「偶成」として著名な作品であるが、近年の研究で、観中中諦の作の一部改作されたものが五山において伝誦され、それが明治以降朱子の作として流布したことがわかってきた。▼注6 五山においては、明治以降の解釈と同様の、勉学を勧める内容であるという読まれ方と、一方で男色に関わる内容であるという享受のしかたもあって興味深いが、本書では前者の意図を持った詩として冒頭に位置していることは、前章にも述べた通りである。

『翰林五鳳集』では惟肖得巌の作とされているが、本書では江西龍派であるのがさらに興味深い。というのも、惟肖と江西は義堂周信・絶海中津の学問・文学を継承した、室町前期を代表する学僧・詩僧であり、東福寺の学統を除けば、以後の五山の学問や文学において、おおよそこの二人を経由していないものはないと言ってもよいような、重要な存在だからである。▼注7 この詩の作者が惟肖だったり江西だったりするという、その伝承のあり方そのものが、まさにそのような二人の位置を如実に示す現象として捉えられるのである。

注に九淵龍睬（きゅうえんりゅうちん）の詩が引かれている。『九淵遺稿』所収のもので、全文は次の通り。

和少年試毫之韻

苦心須学少年時　　苦心して須らく学ぶべし　少年の時
能読書人得好詩　　能く書を読む人は好詩を得ん
試向風前倚欄立　　試みに風前に向つて欄に倚つて立てば
清香来自有花枝　　清香　花有る枝より来たる

室町時代に入ると、少年僧の試筆（試毫とも。元日に詠む詩）に寺院内外の詩僧が次韻をするという習慣が生まれた。そういった場面では少年に対して勉学を勧める内容のものも出てくるのは当然であろう。▼注8 九淵詩はまさにそれがテーマになっていて、よい詩を作るためにも読書に励め、と激励している。後半は、「桃李もの言わざれども下自ずから蹊を成す」の故事のように、よい詩を作る人には自ずから評判が立つこと、よい香を放つ花の如しである、という比喩的な表現であろう。

「江西と九淵とは阮咸阮籍なり」というのは、阮咸（げんかん）と阮籍（げんせき）がいとこ同士で、ともに竹林の七賢に数えられ、『世説新語』等にその奔放不羈さを示す逸話が伝えられている文人であるのと同様、江西・九淵はともに美濃東氏出身（おじ・おいの関係）であり、幕府からは距離を置いた態度を取り、詩僧として名高い、という共通性を言ったものであろう。▼注9 二人に対するこのような親しみと敬意を込めた喩えにも、編者が建仁寺ゆかりの人物であることを思わせるものがある。

さて、題注の「高君素が頤軒の如し」というのは、黄庭堅の詩集『山谷詩集注』巻一一に収める「頤軒詩六首」を指している。蘇軾の『増刊校正王状元集註分類東坡先生詩』とこれとは、他にもしばしば引用・言及されている（山谷は6・13・17・18・21・33・34、東坡は3・6・8・12・14・15・21・24・25・31・34・41・44・45）。五山僧の作詩の源泉であるから、典拠の指摘という注の役割を考えれば当然ではあるが、この量の多さには、読者である初心者にも、東坡・山谷を読まなくてはいけない、と思わせる効果も期待しているのでないか。その点、杜甫については、母の名が海棠だったため、海棠詩を一首も詠んでいない（11・35…後述）とか、晩年は四川に流浪した（25）といった伝記に関わる事柄で言及されることがあるが、詩の引用は二人に比べると多くない（21・46）。

3贗釣斎　　贗吾晏切、不直也。　　万里

厳糸ハ易レク動呂竿ハ危シ　開闢未レス聞カ真ノ釣磯

猶洒サラ二ス姓名一ヲ煙浪ノ上　白鴎一片棹レテ頭ヲ飛フ

厳子釣ヲ垂二七里灘一ニ、雖レ然出二光武ノ朝一ニ。呂望ハ釣二スス渭水一ニ、起二ツ文王ノ召一ス二。共ニ非二真ノ釣機（ママ）一ニ。雖二真ノ釣一如レ此ノ。況ヤ洒ニ贋釣ト姓名一ヲ、白鴎不レ狎レニ此ノ釣者一、棹レ頭ヲ飛去。白鴎能ク知ニ人ノ機一ヲ者。列子「海上之人好レム鴎ヲ者アリ。毎旦之ニテ海上一ニ従ニテ鴎鳥一ニ遊フ。鴎之至モノ者百数ニシテ而不レ止。其ノ父ノ曰、吾聞鴎鳥ハ皆従レフ汝ニ。好ク取リ来レ、吾玩レハン之ヲ。明日海上鴎舞テ不レ下」。温庭筠皤渓ノ詩「呂公ハ栄達シ子陵ハ帰ル、万古ノ煙波繞ニル釣磯一ヲ、橋上一ヒ通ニシテ名利ノ路一ニ、至レマテ今ニ江鳥肖レテ人ニ飛フ」。

釣りをする隠者として名高い厳光（げんこう）と太公望呂尚（りょしょう）の二人を題材にする。万里集九の別集『梅花無尽蔵』一に収め、その題注には、関東管領上杉定正（うえすぎさだまさ）からの求めに応じて作ったもので、題はその書斎の名であるという内容が記される。自注には「頭」の字を用いたことについて、杜甫の詩に基づいた措辞であることを述べている。

ここでの編者の注は、詩の意味について、厳光は後漢の光武帝、呂尚は周の文王に仕えたのだから、真の隠者ではない、ましてや「贋釣」と偽物であることを明らかにして釣り糸を垂れても、機（老荘でいう無為自然の境地に反するたくらみの心）を持つかどうか瞬時に見分ける鴎たちは寄りつかないよ、と丁寧に説明している。そもそも斎号としてはひねってあるものを、万里は素直に詠んだわけで、真の隠者などこの世にいないのだから、「贋」と名乗るのはいっそ潔い、というニュアンスはあろう。

最後に引かれる温庭筠（おんていいん）の詩は『錦繍段』にあるもので、内容は万里の詩とよく似ているし、韻も同じである。典拠と言ってよいものであろう。

『錦繍段』所収詩も、注によく引かれる（4・11・16・26（三首）・38、他に『続錦繍段』が35にあり）。『三体詩』（1・10・14・16・20・22・39（二首）・43）とともに、初学書としての地位を確立していることの証しであろう。

35　対レシテ花ニ無レ詩

棠恨唐人梅楚人　胡為緘口送残春
野僧不是無吟興　若入悪詩花亦塵

唐杜甫不作海棠詩、義見上。楚屈原見離騒経廿五篇、無梅之字。然離騒云「梅伯受醢、箕子詳狂」。注「梅、音浼、詳、音佯。梅伯紂諸侯也。数諫紂、怒乃殺之、醢其身」云々。柳文十四「梅伯受醢、箕子佯狂」。註「梅、音浼。対云、醢梅奴箕」云々。本朝万里曰「雖非梅花之梅、而其音浼。離騒之中有梅之字証也。韻会上平梅字注、『姓也。殷有梅伯、為紂所醢』。用韻会之義、則其音梅花之梅而上平也。用離騒及柳文対之義、則其音毎而上声。蓋梅有両音歟」。趙君実梅詩「霊均不敢軽題品、誰道離騒忘却梅」。曾蒼山海棠詩「少陵忘却渾閑事、更有離騒忘却梅」。愚謂、雖有離騒梅字、非梅花之梅。本朝江西梅船詩「猶有離騒遺恨在、風吹不到汨羅江」。村菴梅詩「忘却姓名千古恨、一生手未触離騒」。

『楚辞』には梅を詠まず、杜甫は母の名を避けて海棠を詠まなかった、というのは五山禅林において好んで扱われる題材である。[注10] 注に「義　上に見ゆ」とあるのは、11「海棠」を指している。そこでは、酔ってしどけない姿の楊貴妃を玄宗が「海棠の花、睡り未だ足らず」と言ったという故事と並んで杜甫のことが詠み込まれていて、注にその説明がなされているので、ここではもっぱら梅について述べている。

まず万里集九の考証を引き（出典未考）、『楚辞』に梅の字が使われていないわけではない（「天問」の一節）が、それは人の姓としてであり、植物の梅とは声調が異なることを述べた後、中国においても同様の題材が詩に詠まれていたことを示すために、『続錦繍段』所収の趙君実の詩、『韻府群玉』（五山禅林で読まれた元代の類書）巻三「忘却梅」に載せる曾原一（字は蒼山）の詩を引く。ついで五山の詩も二首、江西龍派（『花上集』110）と希世霊彦（『翰林五鳳集』巻六・春所収）を引いている。

この月舟の詩は、『楚辞』や杜甫のように春の美しい花を見て詩に詠まないではいられないのが人情であるが、私のようなへたくそが作ったら、せっかくの花も詩のなかでは塵のようにしか見えないだろう、という内容であろう。ひねった題にさらにひねりを加えて応えたものである。そういった詩そのものの面白さについては言及がなく、『楚辞』と梅の関係についての資料を列挙するにとどまるが中国詩・五山詩両方にわたる引用は、初心者に対してこの題材の重要性を示し、興味を喚起するものであろう。

四　注釈の内容——他の注釈との比較

五山禅林の詩の室町期における注釈としては、本書以外に『花上集鈔』『中華若木詩抄』しか知られていない。27「売花声」と40「松間桜雪」はその両者に収められているのだが、残念ながら本書では注を付していない。そこで、まずは『花上集鈔』と共通する一首を取り上げる。

39読杜牧集

赤壁英雄遺折戟　阿房宮殿後人悲
風流独愛樊川子　禅榻茶煙吹鬢糸

杜牧赤壁詩「折戟沈沙鉄半銷、自将磨洗認前朝」。又阿房宮賦「蜀山兀、阿房出。覆圧三百余里、隔離天日」。卒句「秦人不暇自哀、而後人哀之而不鑑之。亦使後人而復哀後人也」。又酔後題僧院詩「今日鬢糸禅榻畔、茶煙軽颺落花風」。読集之二字着眼。

引用はいずれも有名な作品で、詩二首は『三体詩』に、賦は『古文真宝後集』に収める。末尾「読集の二字に眼を着けよ」というのは含みの多い言い方であるが、敢えて推測すれば、前半二句には歴史を詠みながら現実の社会や政治に対する悲憤慷慨を述べる杜牧、後半二句には若い頃遊興に耽って年老いては仏教に心を寄せた風流な杜牧が描かれ、わずか一首の絶句によって彼の生涯、すなわち『杜牧集』全体を描きっている、との評価であろう。▼注11

『花上集鈔』▼注12は次の通り。

読杜牧集

赤壁ノ英雄遺ス二折戟ヲ一、阿房ノ宮殿後人悲ム、風流独愛ス樊川子（傍注「杜牧ソ」）、禅榻茶煙吹ク二鬢糸ヲ一、一ノ句ハ三体詩ニアル事ゾ。周瑜ガ曹公ト戦タコトゾ。瑜ガ将黄蓋（ガイ）ト云者ガ、船ニ柴ヲツンデ、曹公ガ船ヲ焼タ事ゾ。三体詩ノ時、念比ニ申スコトゾ。英雄ハ、武者スルケナゲ者ドモト云心ゾ。阿房ーー、杜牧ハ唐代（ヨ）ノ者デ以前ノコトヲ推シテ出タホドニ、後人ガコナイタコトゾ。長恨哥モ目連ノ母ヲ尋ルヤウナ、ドシタゾ。此賦ヲ見ル者ガ、見事ナ処ヲカイタ物カナト悲ムゾ。風流ーー、コ、デ転ジタゾ。唐ノ代デ尤愛シツベイ人ハ、杜牧殿テ有ヨ。其ハナンゾナレバ、茶ーー、三体詩ニ有ゾ。若時ハ、僧ギライデ、イヤガラレタレドモ、年ヨツテ、サハナイゾ。老僧ノ榻ノ辺ニ入テ、イツモ語ラル、ゾ。東坡詩ニ「鬢糸只好シ対レ禅榻、湖亭不用張レ水嬉」、年ヨツテ湖州テ小女約束シタヤウナコトヲシタラバ、似合マイカ。茶ーーテヨイゾ。

典拠の指摘は本書と同じであるが、句ごとの内容の説明が詳しい。蘇軾詩は『東坡先生詩』巻一五所収「将に湖州に之（ゆ）かんとして戯れに莘老に贈る」の末尾二句である。説明の通り、若い頃湖州で結婚の約束をしたが久しぶりに尋ねるともう二児の母になっていたという逸話に基づくもので、五山禅林で読まれた詩話集成『詩人玉屑』巻一六「呉興張水戯」には、逸話と共にこの蘇軾の詩が引用されている。なお、ついでながら「三体詩ノ時」というのは『三体詩』の講義の時、の意であろう。読者は当然『三体詩』を勉強しているものという前提で記されていることがわかる。

次に『中華若木詩抄』と共通するもの。

25 識レハ字ヲ憂患ノ始　坡詩ニ「人生識レハ字ヲ憂患ノ始、姓名但記ス可ニシ以テ休一ス」。項籍少時学レ書不レ成、其父怒レ之ヲ。籍ノ曰ク、書ハ足三ラク以テ記ニスルニ姓名一ヲ而已（ノミ）、不レス足レ学。

老杜ハ三洲（州）蘇ハ八州　何人カ世上不レ多レ憂イ

杜流ル三洲（州）ニ、故ニ憂ノミ耳也。謂イル杜甫一生憂。坡作ニ八州ノ督一ト。詩ニ「蚤ク謀ニ二項田一、莫レ待ニ八州ノ督一ヲ」。謂ル八州ハ密・除（徐）・湖・登・杭・潁・揚・定也。

夜船莫レ泛巴江ノ月　聞説ク春波学レテ字ヲ流ル

題は蘇軾詩から採っているが、基づくところは項羽の逸話であるので、まず題注としてそれを記す。詩注に引用するのは蘇軾「前韻を借りて子由が第四の孫斗老を生むを賀す」（『東坡先生詩』巻二二）で、八つの州の刺史を歴任した私のような苦労はさせるな、という孫への愛情を述べた句であるが、ここはその文脈はあまり関係なく、単に「蘇八州」という表現の典拠として挙げたのであろう。後半二句については言及がない。

『中華若木詩抄』▼注13 は次の通り（詩本文を略し、注のみ掲げる）。

此題ハ、人生識レ字憂患初ト云詩ヨリ起コルゾ。人間ニ居テ文字ヲ知ルハ却テ憂イノ端ニテアルト云心也。激シテ云タ心也。一二之句、老杜ハ、杜子美也。文章ヲナシテハ誰カアラウズルゾ。今古第一ナル者ナレドモ、蜀ノ国ニ零落シテ一生不遇也。三川ハ、蜀也。又、東坡ト云者モ七世文章ニテ儒者知識ト云ワレタ者ナレドモ、文字ユヘニ八ケ国ヘ流サレタ也。コレモ、口悪ナル詩ヲ作リタナンドト云テ、禍ニ遇ウタ也。其外何人デマリ、文字ヲスルホドノ人ノ、世上ヲ直ニ渡リタ人ハナイ。何モ多恨多愁デ暮ラス也。三四之句、カヤウニアルホドニ、文字ト云ヘバ一段恐ロシキゾ。カマイテ、夜ル月ガ面白ト云テ巴江ノ辺ヘ船遊ビニカリソメニモ出デゴトハ、無用也。昔ヨリ人ノ云コトハ、巴江ハ学レ字ヲ流ル、ト云ゾ。巴江ハ、巴ノ字ノヤウニ水ガ流ル、ゾ。文字ニ似（アヤカ）リテハサテヂヤホドニ、聊爾ニ巴江ヘ船ニ乗リテ出ベカラズ。此詩、妙ナル作意也。コ、デハ巴ノ字ニハ拘ラヌ也。タヾ字ト云コトマデ也。今ノ世ニハ、文字アル者ヲバ猜ミテ、小人ドモガ朝廷ニ置カズシテ流スホドニ、ソレヲ欝憤シテ作タ詩也。

題の典拠の指摘に続き、各句についての丁寧な解説が行われる点は『花上集鈔』とも共通する注釈態度である。さらに、「妙ナル作意也」「欝憤シテ作タ詩也」と、作者の技量や制作動機にまで踏み込むのは『花上集鈔』にも本書にも見られない点であろう。

典拠あるいは作例の引用を主体とする注釈である本書と、カナ交じり文によって内容の解説や鑑賞のポイントを述べる『花上集鈔』『中華若木詩抄』と比べてしまうと、やはり抄物としての充実度は後者が勝る。しかし、序文で述べていることを信じれば、特定の弟子に向けて、その知識に合わせて執筆されたのであるから、それはそれで十分に目的を果たしているのではなかろうか。

おわりに

本書は所収の作品と作者の傾向や、注釈付きであるということなど、室町中期から始まる五山詩総集編纂の流れのなかで、前の三集と『翰林五鳳集』とを中継するような場所に位置づけられるものであると、一応は結論づけられそうである。

しかし、相前後して成立したと見られる『中華若木詩抄』は、注釈態度が丁寧で、味読に堪える内容・文体を持つ抄物であるのに対して、本書は部分的には作品解釈に言及するところはあるものの、ほとんどは漢詩文の引用のみというそっけない態度である点、好対照をなす。それでも、その引用に中国と五山の両方の作品が用いられている点には、両者を交互に注釈した『中華若木詩抄』との同時代性——五山の作品も作詩の際の規範・参考になっていた室町中期・後期の状況——を感じさせる。

編集の場や三集以外の依拠資料について、また後世への影響については、資料不足のため考証できなかった。今後の課題としたい。

〔注〕

（1）亀井孝『語学資料としての中華若木詩抄（系譜）』（清文堂出版、一九八〇）所収、柳田征司「研究篇」は、『三体詩絶句抄』から正続『錦繡段抄』『花上集鈔』を経て『中華若木詩抄』（さらには近世の『本朝詩仙註』）へと到る系譜のなかでの変化として、（一）日本化（対象が日本人の詩になる）、（二）原典と抄の一体化（抄を前提として、あるいは抄と同時に詩集が編纂されるようになる）、（三）読み物化（内容が整理され、読み物として独立するようになる）、（四）文語体化（漢文と口語体の混合から一定の文体へと変化する）という四点を挙げている。また、朝倉尚『抄物の世界と禅林の文学　中華若木詩抄・湯山聯句鈔の基礎的研究』（清文堂出版、一九九六）は『中華若木詩抄』の啓蒙性について詳細に分析している。

（2）慶應義塾大学附属研究所斯道文庫蔵本のみが知られる。全文の翻刻は堀川貴司『五山文学研究　資料と論考』（笠間書院、二〇一一）に収める。

（3）今泉淑夫『日本中世禅籍の研究』（吉川弘文館、二〇〇四）所収「『花上集』について」は、編者を少年僧文挙契選とする通説を否定、入集の人選に周到な配慮を読み取る。

（4）写本の場合、あらかじめ仮綴じしてから書写する場合が多いと思われるが、書写後に綴じる場合には、乱丁を防ぐため、綴じた後には隠れてしまう（あるいは背を化粧裁ちするとなくなってしまう）紙の端か奥に丁付けを記しておくことがある。これは版心のない和文写本を模した版本にも引き継がれている。本書の場合、裏打ち再製本の際にもう一度化粧裁ちされた可能性があり、ほとんどの丁で丁付けが失われている。

（5）蔭木英雄「『翰林五鳳集』について―近世初期漢文学管見―」（『相愛大学研究論集』四～六、一九八八・三～一九九〇・三）、朝倉和「『翰林五鳳集』の伝本について」（『汲古』五三、二〇〇八・六）、同「国立国会図書館蔵　鶚軒文庫本『翰林五鳳集』巻第五十一の本文（翻刻）」（『広島商船高等専門学校紀要』三〇、二〇〇八・三）など。なお、花園大学国際禅学研究所のウェブサイトの禅籍本文データベース「電子達磨#2」に大日本仏教全書本と同大学所蔵今津文庫本が収められている。

（6）朝倉和「「少年老い易く学成り難し」詩の作者は観中中諦か」（『国文学攷』一八五、二〇〇五・三）ほかの研究があり、岩山泰三「五山の中の「少年易老」詩」（『文学』一一―一、二〇一〇・一）において、五山における勧学詩としての位置づけが検討される。

（7）注（3）書に掲げる『花上集』作者交渉関係図（二二二頁）参照。

（8）注（6）岩山氏論文参照。

（9）堀川貴司「『九淵遺稿』について―室町時代一禅僧の詩集―」（『文学』一〇―三、二〇〇九・五、後に『五山文学研究　資料と論考』笠間書院、二〇一一に収める）参照。

（10）朝倉尚『禅林の文学　中国文学受容の様相』（清文堂出版、一九八五）第一章第四節「「海棠」詩」参照。

（11）内田賢治「大沼枕山と杜牧」（『国語国文』八〇―六、二〇一一・六）参照。

（12）亀井孝『語学資料としての中華若木詩抄（系譜）』（清文堂出版、一九八〇）所収影印本（国立公文書館内閣文庫蔵本）による。句読点・濁点私意。

（13）新日本古典文学大系本による。一部表記を改めた。

〔付記〕

編者性愚守貞に関する資料を見出したため、その関係部分を書き改めた。また3「贋釣斎」の注にある「機」の解釈を、芳村弘道氏のご指摘に基づき訂正した。なお、五山詩の総集については、「日本中世禅僧による日本漢詩のアンソロジー」(国文学研究資料館、コレージュ・ド・フランス日本学高等研究所編『集と断片　類聚と編纂の日本文化』勉誠出版、二〇一四)においてやや詳しく述べた。

第三部　詩集・詩法

第八章　詩法から詩格へ——『三体詩』およびその抄物と『聯珠詩格』（れんじゅしかく）——

一　『三体詩素隠抄』の記述から

室町時代末に成立し、江戸時代には版本になって流布した、『三体詩』[注1]注釈書『三体詩素隠抄』（そいんしょう）の冒頭部分に次のような文章がある。[注2]

『漁隠叢話』に云ふ「同字有る者」とは、所謂詩律の一格なり。『三体』絶句の中に同字有る者、凡そ一十五篇、「華清宮」杜常が二風二入、「黄陵廟」李遠が二黄陵（中略）、七言八句の中に同字有る者、凡そ二十四篇（中略）、五言八句の中に同字有る者、凡そ十二篇（中略）。右、漁隠評する所の律詩の一格なり。（原漢文）

『苕渓漁隠叢話』（ちょうけいぎょいんそうわ）[注3]のなかで該当する記述を強いて挙げるなら、前集巻一七において、韓愈は好んで険韻（属する韻字の数が少ないため用いるのが難しい韻）を用いたため同じ字を二回押韻で用いるという過ちを犯している、というある批判に対して、それは自己の詩思に忠実なだけだ、と反論し、別の詩話を引いて、杜甫にも、またそれ以前の詩にもある、と多くの例を挙げている部分であろうか。これらは古体詩における押韻字の話であり、『素隠抄』言うところの近体詩における詩句中の同字重複とは意味が異なる。『漁隠叢話』の記述に対する誤解あるいは曲解と思われるが、ここで注目したいのは、これを「詩律の一格」だとした点である。この表現は縮めて言えば「詩格」であり、五山文学の世界ではすぐに『聯珠詩格』が連想される。

『精刊唐宋千家聯珠詩格』は元・于済（うさい）、蔡正孫（さいせいそん）編、大徳四年（一三〇〇）序刊の、全二〇巻からなる唐宋の七言絶句の総集である。編者の序文によれば、于済が「絶句中字眼格に合ふ者を拈出し、類聚して之を群分」した三巻本があり、これを元に蔡正孫が「凡そ詩家の一字一意以て格に入るべき者」を博捜し、そこから「凡そ三百類千有余篇を択び、附するに評釈を以てし、増して二十巻と為」したのである（いずれも原漢文）。[注4]

巻一から巻三は、詩全体の構成に関わる分類で、絶句でありながら対句を持つものと、どこかしらで用字が重複しているもの、一首のなかで問答形式になっているものなどを集めている。巻四以降は主として第三句または第四句において用いられる語句、例えば「只今」「今日」「須臾」などに注目して分類集成している。

『素隠抄』の言うような、近体詩の一首中に同字が重複する例を同書に求めると、巻二に「四句畳字相貫」「前三句畳字相貫」「前二句畳字相貫」「後三句畳字相貫」「中二句畳字相貫」「後二句畳字相貫」、巻三に「第一句畳字」「第二句畳字」「第三句畳字」「第四句畳字」「起聯平頭畳字」「起聯四平頭畳字」、巻十九に「用両自字」「用両為字」「用両負字」「用両半字」（「半是……半……」「半……半……」の二種）「用見不見」「用拆開重字」がある。

畳字というのは「蕭々」「洋々」といった同字反復の熟語を指すことが多いが、ここでは連続せずに一首内で重複している場合を言う。巻二の六格はそれぞれが複数の句にまたがっている場合、巻三のはじめの四格はそれぞれ一句の中で起こっている場合、残り二格は第一・二句の第一字が同字の場合と、第一字・第五字ともに同字の場合である。巻十九のはじめの四格は出現の位置に関わらないで重複する場合、残り二格は一句のなかでの重複で、「用拆開重字」は「見不見」と同様、同一の動詞二字の間に「不」「未」を挟んだ疑問形を取るものである。

これら『聯珠詩格』における同字重複の格に収められている詩のうち、三首が『三体詩』と重なっている。[注5] 巻二「前二句畳字相貫」に王駕（おうが）「晴景」（第一・二句「雨前初見花間葉、雨後兼無葉底花」、雨・花・葉の三字が両句に出てくる）、元稹（げんしん）

「重贈商玲瓏兼寄楽天」（第一・二句「休遣玲瓏唱我辞、我辞多是寄君詩」、我・辞の二字が両句に出てくる）、巻三「第四句畳字」に韓偓（かんあく）「尤渓道中」（第四句「不見人煙空見花」、見が重複）があるのがそれである。

このような状況から、『聯珠詩格』でいう「畳字」の格を持つ詩を『三体詩』にも求めたのが、冒頭に引いた記述ではなかったかと想像される。

二　『三体詩』七言絶句の分類

『三体詩』は虚実をキーワードに詩を分類するという「詩法」を編集方針としていることで知られる。七言絶句・五言律詩・七言律詩の三詩体のうち、『聯珠詩格』との関連から、七言絶句を取り上げてみよう。

増註本巻一・七言絶句は次の七部門に分かれている。▼注6

実接……編者周弼（しゅうひつ）は「実事を以て意を寓して接」するもの、と定義する（原漢文、以下同）。ここでの「接」とは、編者が「絶句の法、大抵第三句を以て主と為す」と述べるように、前半二句と後半二句の接続を意味し、その接続の際に要となる第三句に「実事」を述べることを「実接」と呼んでいる訳である。具体的には実景の描写であり、句の構成としては実字（名詞）を冒頭に置くことと見てよいだろう。明確なイメージを持つ語を置くことによって転換を強くする方法である。全一七四首中九五首と約五五%を占めることからも、編者がこの部門を最も重視していることが窺われる。

虚接……「第三句虚語を以て前二句に接」するもの、と説明する。実接と対照的に、心情の描写であり、虚字・助字（動詞・形容詞・助詞等に当たる語）を冒頭に置く。実接に比べると転換が弱く、なだらかにつながる方法である。四四首、二五％を占める。

用事……故事を用いるもの。杜牧「赤壁」、李商隠「漢宮」のような題が故事そのものである場合と、現実の状況に故事を重ね合わせる場合とがある。後者の場合、後半二句に故事を詠み込むことで前半との違いを際立たせているもの（李渉「秋日過員太祝林園」など）であれば「接」に関わってくる。なお、全一一首のうち、前の八首は実接、後の三首は虚接になっている。

前対……前半二句が対句になっているもの。全六首。編者自身「接句虚実の両体を兼ね備ふ」というように、ここも実接二首、虚接二首、実接二首という順で両者が混在している。

後対……後半二句が対句になっているもの。全五首、すべて実接である。

拗体……平仄の規律を守っていないもの。編者は、「奇句を得」た時だけに用いるべきだとする。全七首、うち五首が実接である。

側体……仄声の韻を用いたもの。編者は「其の説、拗体と相類す」とするように、例外的なものという位置づけである。全六首すべて実接で、上声が三首、入声が三首。

実接・虚接で全体の約八割を占めている。虚実による分類こそ本書の中心概念であることが改めて納得される。その他五部門はその二部門とは別のカテゴリーの分類であるが、前対・後対は当然前半と後半の接続を意識させるし、用事も故事の使い方次第では同様である（既に指摘があるように[▼注7]、実接・虚接のなかにも対句を含む詩が混じっている）。残りの二つ、拗体・側体は、接続とは関係のない、全く異なる概念による分類である。

すなわち、全体として実接・虚接による分類がまずあり、そのなかで下位分類として用事、前対・後対、拗体・側体の三種五部門を特立させたものと考えられる。各部門所収の詩に実接が多いのも、実接・虚接部門所収詩の多寡を反映しているのであろう。

三　小部門をめぐる謎

このように、編者自身どのような定義であるかを明確にしている分類以外に、各部門内に設けられた小部門とでも呼ぶべきものが存在する。これはそれぞれの小部門に属する最後の詩の後ろに「已上共幾首」という形で示されているものだが、その「幾首」がどのような意図をもって一グループと見なされたのか、という説明が全くないため、これまでの注釈者を悩ませてきた。

天隠円至はこれが最初に出てくる3「呉姫」末尾で次のように述べる。[注8]

伯弜（周弼）此を立てて其の説を著はさず。余を以て之を観れば、其の例一ならず。絶句の若きは、則ち第三句を以て主と為し、其の句法を以て相ひ似たる、或いは字面相同じうする、或いは第三句第四句を喚ぶ者、或いは喚ばずして第四句其の意を申ぶる者、或いは純ら景物を似す者、或いは景物の中に人有る者、但だ第三句皆な是の如くなれば則ち聚めて一類と為し、「已上若干首」と曰ふ。其の首尾三句は則ち必ずしも同じからず、而れども又必ず篇篇の声勢・軽重相ひ似たり。其れ揣摩・称停すれば、用心の精、細かに忽微に入りて苟然に非ざる者なりと謂ふべし。故に其の旨を顕言せず、観る者をして自得せしめんと欲するなり。

天隠の指摘は、①この分類は第三句に注目したものであり、他の三句はあまり関係ないこと、②句法が似ている、字面が同じである、第三句と第四句の関係が密接かそうでないか、景物のみを描くか景物と人を描くか、といった観点からの分類であること、③いずれも微妙な差異であり、それを読者みずから考究感得させるため、敢えて説明を加えなかったこと、の三点に集約できよう。

天隠自身はこう述べたのみで、個別の説明を試みてはいないが、中世禅僧の抄物はあれこれと推測している。近代以降でも野口寧斎（のぐちねいさい）がこれを取り上げている。ここでは室町中期を代表する学僧月舟寿桂の『三体詩幻雲抄』[注9]と寧斎の『三体詩評釈』[注10]を主に取り上げる。まずは全二〇部門の内訳と、それぞれについての『幻雲抄』の説明（先行する抄物の説を複数挙げている場合がある）を掲げる。

実接
（ア）1～3　ナシ
（イ）4～6　「第三句有十之字」
（ウ）7～30　「第三句喚第四句」「第一句尾三字起第三四句」
（エ）31～38　「第三句不喚第四句而述其心」「第三ハヒトリタチニ、第四ハ自然ニ来ル也」「以天象時節説者也」
（オ）39～42　「第三句有畳字」「純似景物」
（カ）43～45　「或第三句不喚而第四句申其意」「第四以即刻即景結之」
（キ）46～51　「第三句喚第四句」「第三句深入情思」「第三句有怨意」
（ク）52～59　「第三句帰題切近也」「第三句用器用字」「景物中有人」
（ケ）60～64　「一呼一応」「景物中有人」
（コ）65～73　「上下錯綜成其言」「以第三四句而破第一二句之意」
（サ）74～91　「第三句用明朝明日今日他日今宵等字」
（シ）92～95　「第三句有君字」
虚接
（ス）96～105　「一二句順下而至第三句、以第四句結第三句」（諸説多し）
（セ）106～124　「至第三句少雖起意、平穏而前後相承也」
（ソ）125～139　「一二句以喚之、三四句以応之」「第三句有人事、第四句有景物也」（諸説多し）

用事（タ）140〜150「全篇意在末句三字」「奪胎換骨体」「用事体」
前対（チ）151〜156 部門名のまま
後対（ツ）157〜161 同前
拗体（テ）162〜168 ナシ
側体（ト）169〜174 ナシ

四　小部門の内容

これを寧斎の説とともに検討していこう。

（ア）はいずれも宮殿を取り上げる詩で、1と3は第三句冒頭が宮殿名＋上、2は第三句は「太平天子」とあるのみだが第一句冒頭に「金殿」とあるのが共通点で、寧斎も「句法字法の相似たるのみならず、其宮闥（きゅうたつ）に関するの文字相同じ」とする。

（イ）は第三句に数字を用いる。4が「二十五絃」、5が「十二街中」と冒頭に、6は「南朝四百八十寺」と句中にあるという違いはあるが、いずれも強い印象を残す。

（ウ）は二四首と最も多い部門で、明確な共通性が見出しにくい。寧斎も「第三句を以て第四句を喚起するの格なり」と、抄物以来の説（天隠の挙例に倣った言い方）を踏襲する。7から20の一四首や21以降のいくつかは、第三句に地名や建物などが描かれ、その他も時間や状況を述べている。つまり、前半二句とは異なる状況設定がなされ、それを踏まえて第四句が呼び出されるという構造になっているのである。あるいはこれこそ実接における一般的な構成法というべきものなのかもしれない。また、第三句の用字法を見ると、冒頭二字に引き続き、次の二字においても実字が並んでいることが多い。これは（キ）と対照的であろう。

（エ）は寧斎が「第三句に天象時節を用ゆるの格」と言うのが正しいだろう。ただし34のみ第四句冒頭に「夜深」とあるが、第三句も「明月」で始まるので他の作品に準じて考えられよう。なお、後述する（サ）と近いが、（サ）が時間的推移を表現するのに対し、こちらは多く前半二句の描写も包含する形で出てくるようである。

（オ）は『幻雲抄』・寧斎とも第三句に畳字を用いるものと指摘する。正確には、冒頭二字に景物を、第三・四字にその状態を形容する「茫々」などの同字反復の熟語を用いる形式である。

（カ）は寧斎は「第三句、景物中に人境有るの格」と説明する。それぞれ43「煬帝」44「武帝」45「五天」（五天竺のこと）で始まるので、冒頭に固有名詞を置く、というふうに説明する方がよいか。

（キ）も『幻雲抄』が天隠の挙例を用いて説明しようとしているのより、寧斎が「第三句虚字を以て斡旋し去るの格」というほうがわかりやすい。（オ）同様、第三句冒頭二字に実字（48「衆中」は実字一字のみ）を置き、それを46「不及」のように、助動詞の役割を持つ字と動詞との組み合わせで受ける、という形を取って第四句まで続いていく、というものである。第三・四字が後半二句全体のニュアンスを決定しているという意味で「斡旋」という表現を用いたのであろう。

（ク）は『幻雲抄』は諸説挙げるが、最初の説が寧斎の言う「一二句大抵を演じ、第三句に到りて直ちに其事を指さし、以て第四句を出すの格」というのに近いだろう。第三句冒頭に、題と直結する重要な単語を置いて、前半と後半をつなげるという方法である。（キ）と同様の説明をすれば、第三・四字がそれを受けて副詞＋動詞、あるいは動詞＋補助動詞といった組み合わせの二字になっている。

（ケ）は寧斎も「一呼一応」説（第三句で呼びかけ、第四句で答える）を検討したうえで、「結句実事を以て接応するの格なるべし」と別案を提示しているが、「なるべし」とあるように歯切れが悪い。60「春風堪賞還堪恨」61「銀鑰却収金鎖合」62「南去北来人自老」はいずれも第三句内に対句表現があるのが注意されるが、63・64にはそのような表現がなく、統一的な説明がむずかしい。

（コ）は寧斎も「三四錯綜して其意をなし、以て一二に応ずるの格」と言う。両者合わせれば、第三句が情景描写で始まり、前半二句とは別の景物を持ち出してくるというところか。

（サ）は「第三句に明朝今日等の字面を用ゐて一転するの格」と寧斎が言うとおりで、冒頭二字（一部に第三・四字、第五・六字の場合あり）に日時を示す語句を置き、前半との時間的推移を示す。前半と後半とが、過去―現在、現在―未来、現在―過去などさまざまな組み合わせがあり、一首のなかに時間の断絶を設ける手法を用いる点で（エ）と異なる。

（シ）は寧斎も「君字を用ゐて意を強うするの格」と言うように、第三句冒頭に92「勧君」というように動詞あるいは前置詞と「君」の組み合わせを置き、作者と相手との関係がぐっとせり出してくる効果を狙ったものである。第一字は虚字なので先ほどから述べている実接の定義と異なってしまうが、第二字を中心に考えてここに入れたのであろう。

（ス）は『幻雲抄』が説明に苦しみ、寧斎は「第三句喚ばずして第四句其意を用ゆるの格」という難解な言い方をしていて、明解が得られない。おおまかには第三句冒頭が副詞あるいは助動詞と動詞の組み合わせ、という虚接一般の方法ということになろうか。

（セ）はこれも『幻雲抄』が虚接らしくなだらかに接続している、という意味のことしか述べていないが、寧斎は「第三句の出語、虚字を用ゐて呼び、第四句之に応ずるの格」と言うように、第三句冒頭が108「那知」（なんぞしらん）、109「縦然」（たとい）、110「応有」（まさに～あるべし）、111・112「不知」（しらず）、113・120「聞説」（きくならく）、114「曾縁」（かつて～によりて）、115「記得」（きとくす）、116「自是」（おのづからこれ）、117「応被」（まさに～らるべし）、118「唯有」（ただ～あり）、119「定知」（さだめてしる）、121「唯向」（ただ～において）、122「争知」（いかでかしらん）、123「須是」（すべからくこれ～べし）、124「曾従」（かつて～より）といった、（ス）に比べてより抽象的で、二字一体となったフレーズが置かれていることに気づく。「きくならく」のように熟語全体が慣用的な訓を持つもの、「しらず」のように、返り点を用いず、この二字のみ最初に訓んでしまうものなども多く、漢文訓読上の慣習も、これらの二字が頻用され、後半二句全体に関わってくる語句であることを傍証している。

（ソ）も『幻雲抄』は定説を見ない。寧斎は「呼応開合の格、一句呼び、二句応じ、三句開き、四句合するものなり」とするが、これは絶句の起承転結をそのまま述べたに過ぎない。ここも第三句冒頭に注目すると、125・130・132・136が「欲」（～とほつす）で始まり、126が「怪来」（あやしみきたる）、127「無奈」（いかんともするなし）、131が「休」（～するをやめよ）、135・138が「莫」（～することなかれ）、といった具合で、作者の強い意志や感情をストレートに表現する字句が多く用いられている。（セ）がどちらかというと対象と作者との距離感の表明であったり客観的評価であったりするのと対照的であろう。

（タ）から（ト）までは部門の分け方と「已上共幾首」とが一致しており、部門名がそのままこの分類にもなっていると考えてよいだろう。

以上、まとめると、実接においては第三句冒頭に実字を用いるとき、（ア）宮殿、（イ）数字、（エ）天象時節、（カ）固有名詞、（コ）情景描写、（サ）日時、（シ）「〇君」といった特定の語句が用いられることがあり、それぞれを一部門としているほか、第一・二字と第三・四字との関係にも注目し、（ウ）ともに実字、（オ）後半が虚字（畳字）、（キ）後半が虚字（前半の実字が重要）、（ク）後半が虚字（後半の虚字が重要）などに分類し、さらに一句全体では（ケ）句中対を持つ（ただしそうでないものも含むので一応の分類として）、といった点に着目していた。虚接もやはり第三句冒頭が重要で、（ス）一般的な虚字、（セ）客観的な判断を含む虚字、（ソ）主観的な判断を含む虚字、といったおおまかな分類が見られた。
（タ）から（ト）までの扱いをも考え合わせると、まずは実接・虚接による上位分類があり、その下に全二〇部門にわたる下位分類がある、と考えた方がよいだろう。第三句の冒頭二字、またはそれに続く二字の用字に着目し、それらが一首全体のなかでどのような効果を発揮しているか、すなわち起承転結の転句としてどう働いているか、を見ていこうとするのである。実接は強く切れ、虚接はなだらかにつながる、というのが一般的な傾向であるが、実接の場合はその切れる効果をどのような用字によって生み出すか、虚接の場合は何が前後をつなげているのか、これを細かく観察した結果、いくつかのパターンを抽出することに成功したのである。ただし、まだ用字を特定できないものも多く、（ウ）（ス）はその他大勢というような扱いで設けられた可能性が大きいなど、すべてが明確な分類基準を持っていたかどうか明らかでない（こちらが気づかないだけかもしれないが）。

五　三体詩法から聯珠詩格へ

ふたたび『聯珠詩格』に戻ってみる。

巻一から三までは、四句全体か前半二句あるいは後半二句の関係に着目した分類で、『三体詩』の（チ）（ツ）を細分化あるいは拡大したものが多く含まれている。

巻四以降は「用○○字」といった形で示される。巻四「只今」「明日」は（サ）、同「勧君」や巻一一「憑君」は（シ）、巻九「自是」、巻一〇「聞説」「唯有」巻一二「不知」、巻一六「曾」、巻一七「須」「記」は（セ）、巻五の「莫」は（ソ）など、『三体詩』の部門をさらにこまかく分割し、用字を具体的に示した形で部門が立てられていることがわかる。

逆にこのようなやり方では、（ウ）（キ）（ク）のような構成に関わる分類はできない。

しかし、すべての部門について具体的にどのような文字を使えばよいかが明示されてわかりやすくなっていて、それぞれの表現の具体例を見るには便利である。

『三体詩』の七言絶句一七四首のうち、『聯珠詩格』にも収められているのは、冒頭で示した三首を含めて二五首しかない。[注11] その点も考え合わせると、『聯珠詩格』が作品の採録においても、また「詩格」の設定においても、『三体詩』に強い影響を受けたとは言いにくいだろう。しかし、この二つの総集を南宋後半から元代への流れの中に置いた場合、詩の構成法に着目して虚実による分類と、その下位分類として第三句の用字法に着目した『三体詩』の先駆的な試みが、確かに『聯珠詩格』の細分化された「詩格」へと深化していることは間違いないだろう。

この流れは、詩話の変化とも連動していよう。作者別の逸話や作品評が中心で、詩法・句法についての言及もそのなかに包含されている南宋から、理論的な詩法・句法を中心に据えた構成を取ることが多い元代へ、という流れである。『三体詩』が取り上げた「詩法」が元代に一般化したとき、『聯珠詩格』はその先にある「詩格」へと進んでいた、と言えるのではなかろうか。

同時代のこのような中国詩壇の動きを受容した五山禅林は、『三体詩』の隠れた「詩格」を探ろうとした。その痕跡が抄物に残されているのだが、このような探究が作品の解釈や、ひいては自らの創作活動にどの程度活かされているのか、その解明は今後の課題としたい。

〔注〕

（1）正式には『唐賢三体詩法』、南宋江湖派のひとり周弼編。元に入り、釈円至（字、天隠）と裴庾（字、季昌）による注釈が作られ、天隠注単独の箋註本、天隠注に季昌注を増補した増註本、その逆の集註本の三種が現存する。後述する七部門についての周弼の説明は、集註本では天隠注増補部分として載せられているので、現存しない季昌注単独本では省略されていたのであろう。天隠注と季昌注の性格の違いについては堀川貴司『詩のかたち・詩のこころ　中世日本漢文学研究』（若草書房、二〇〇六）を参照されたい。
(2)中田祝夫編、谷澤尚一解説『三体詩素隠抄』(抄物大系、勉誠社、一九七七)所収影印本(国立国会図書館亀田文庫蔵寛永一四年版)による。
(3)宋・胡仔による先行詩話の集大成。前集六〇巻、後集四〇巻から成る。五山版はないが、中世日本の禅林では広く読まれ、抄物にもよく引用される。廖徳明校点本（人民文学出版社、一九六二）による。
(4)本書は中国における流布が少なく、『全宋詩』編集の際の採録対象にならなかったため、同書未収の作品を含んでいる。その資料的価値から近年注目され、卞東波『唐宋聯珠詩格校証』（鳳凰出版社、二〇〇八）が出た。また五山版・朝鮮本・江戸初期刊本についての詳細な書誌学的検討が住吉朋彦「旧刊『聯珠詩格』版本考」（『斯道文庫論集』四三、二〇〇九・二）によってなされている。
(5)大島晃編「古文真宝前集・増註三体詩・瀛奎律髄・聯珠詩格作者篇目総合彙検（稿）」（『上智大学国文学科紀要』一二、一九九五・三）による。
(6)青木正児「詩文書画論に於ける虚実の理」（『支那文学思想史』岩波書店、一九四三、後に『青木正児全集』第一巻、春秋社、一九六九）を踏まえた、村上哲見『三体詩』（新訂中国古典選一六、朝日新聞社、一九六六、後に中国古典選二九、同、一九七八）に詳しい。
(7)前掲書の「前対」の説明部分。
(8)以下、所収作品には通し番号を付す。なお、この表示は三種の伝本すべてに存在するが、いずれも説明はない。裴庾はこれについて言及せず、集註本にはこの天隠の考察は収められていない。
(9)中田祝夫編、坪井美樹解説『三体詩幻雲抄』（抄物大系、勉誠社、一九七七）所収影印本（国立公文書館蔵写本）による。
(10)野口一太郎（寧斎）『三体詩評釈』全三冊（新進堂、一九九三～四）による。寧斎は江戸時代に版本になっている東福寺系統の抄物『三体詩賢愚抄』を参照しつつ説明しているので、ほぼ同時期に成立した建仁寺系統の『幻雲抄』とも共通する場合がある。
(11)注（5）論文によって検索した。

〔付記〕
初出発表の内容を変えずに、本書の形式に準じて書き改めたものである。

第九章 「詩歌合（文明十五年）」について

はじめに

応仁の乱の後、後土御門天皇を中心に、文芸復興とでもいうべき動きが起こったことはよく知られている。宮中において和歌・連歌・和漢聯句等の催しが頻繁に行われ、同時に焼失した古典の探索と書写も進められた。漢文学の分野では五山僧がさまざまな形で公家社会との交流を深めていく。特に文明年間後半、『文明易然集』や「詩歌合（文明十四年）」は、「漢」の担い手としての五山僧の存在を伝統的な王朝文芸の中に定位したものと言えるだろう。[注1]

本章で取り上げる「詩歌合（文明十五年）」は、宮中ではなく、和歌に熱心であった室町幕府九代将軍足利義尚の主催した詩歌合である。前年の詩歌合を意識しつつ、規模を拡大して行われたこの催しは、判詞を伴うこと、成立の経緯を伝える周辺資料に比較的恵まれていること、また出詠者自筆本を含む古写本等、由来の確かな伝本があることなど、当時の文学状況を見るのに重要であるだけでなく、詩歌合あるいは歌合一般について考えるための参考にもなるのではないかと思われる。

一　主要伝本の概要

本作品の伝本は、群書類従刊本を除き、写本二四本を数える（2）。いまだ悉皆調査を果たし得ていないが、大きく二つの系統、すなわち結番され判詞も記されているもの（A結番系）と、題ごとに詩・歌それぞれが列挙されるのみで、結番されず判詞もないもの（B非結番系）に分かれることがわかった。

A結番系

天理大学附属天理図書館蔵本（兼致筆本）〔室町中期〕写（吉田兼致（よしだかねむね））　袋綴改装巻子本一軸　911.29/イ35

改装灰色地金泥草花霞下絵（ただしほとんど剥落）鳥の子紙表紙（二五・五×二八・二糎）。外題なし、後筆にて打付墨書「□（兼）致朝臣御筆」とあり（表紙折返部分にも同文あり、同筆か）。水晶軸頭、本文料紙楮打紙。見返浅葱色地具引金銀揉箔銀野毛散らし（剥落および酸化多し）。

巻首題「詩歌合」に続き、改行して「一番雪中鶯／　左（隔五格）関白／春天灑雪未吹晴更刷金衣正月鶯／従是東風送寒去花中百囀管絃聲／　無指詮之由申之／　右（隔五格）女房／うくひすの雪にこつたふ羽風にやさきあへぬ梅もはなはちるらん／　をの〳〵殊勝のよし申之／二番／……」とあり。

無辺無界一紙一六行、一行字数は詩一四字、歌一五字前後、ともに一首二行書、字高二一・三糎、各紙中央に折り目、奥（ただし最終丁のみ折り目）ほぼ中央に丁付あり。全三八紙、各紙四〇糎前後。第三八紙のあとに軸を繋ぐために別紙一〇糎を継ぐ。本文第三四紙第七行まで、ついで改紙して題・作者等一覧を付す。「　題／雪中鶯　江畔柳　山家梯／作者／　左方／関白／左大臣／……／右方／女房（台頭）／無品親王／……／沙弥宗伊／（隔一行）／読師／　左　権大納言高清／　右　従一位通秀／　講師／　左　秀才菅原和長／　右　散位源尚氏／　判者衆議／　文明十五季正月十三日」。三題各二十番、計六十番百二十首から成る。判詞は詩歌それぞれに記され、勝負付はない。全体に水損あり（改装後のもの）。一部に虫損裏打。藍色布貼函帙の外題題簽墨書「文明詩歌合文明永正頃古寫本」（〔森銑三〕）、昭和三四年六月二五日登録（423718）。

一条兼良自筆本を吉田兼致が写した旨の書写奥書を有する慶應義塾図書館蔵『古今和歌集秘抄』（110X/89/1）と見比べると、本書も兼致筆と断定できる。出詠者による自筆の写本ということになる。

宮内庁書陵部蔵本（御所本）〔江戸前期〕写　袋綴一冊　501-630

原装萌黄色小桐文散らし（刷）表紙（二八・二×二〇・七糎）。外題左方原題簽（黄色地龍文蝋箋）「詩哥合文明十五年将軍家」（霊元天皇）。押八双あり。本文料紙楮打紙（礬砂引カ）、ややチリが多い。

前遊紙一丁あり、巻首題「詩歌合」。

無辺無界一〇行、詩一六字（句と句を隔二格分かち書き）、歌一五字前後、ともに一首二行書、字高二三・二糎（一オ4）。墨付三一丁。題・「左」「右」・判詞低一格、作者「左」「右」下に隔七格にて記す。題・判詞等朱合点あり。十八番左第三・四句貼紙にて追筆。四十三番ほか九首の和歌の行頭に縹色不審紙を貼付してある。本文二七丁、題・作者等一覧三丁。作者には「関白近衛殿政家公」のごとき人名注を付し、さらに朱の加筆もある。第一四・一五丁の間に「永正元八十七／御点取」と墨書のある紙片が挿入されているが、これはもともと本書と無関係か。

三一オに本奥書「文禄二年九月廿二日夕俄尓染筆至四十一番昏／則秉燭終之病後始而執筆耳則逐一校了（隔五格）也足叟／（以下低二格）此本二階堂山城入道行二筆也此人作者之病（ママ）藤原政行是也／常徳院殿御代於殿中被行之歟女房者後土御門院御製／無品親王者後柏原院也共御懐帋被出之歟」。すなわち文禄二年（一五九三）に中院通勝が二階堂政家筆本を写した本をさらに霊元天皇が令写したものである。『図書寮典籍解題　続文学篇』（養徳社、一九五〇）一五二頁に解題を著録する。本書も出詠者による自筆本を源流とし、来歴の確かな伝本として重要である。ただし、作者一覧の注記は元来行二自筆本にはないはずで、それ以後のどこかの段階における加筆であろう。

京都女子大学図書館蔵本（谷山茂旧蔵本）　〔江戸前期〕写　紙縒綴一冊　090/Ta88/373

本文共紙表紙（二六・一×二〇・七糎）。外題左肩打付墨書「詩歌合」（本文同筆）。紙縒綴、本文料紙楮打紙。裏表紙は別料紙（楮紙）を貼付する。

前遊紙一丁あり、巻首題「詩歌合」題下に「逍遙院實隆卿」とあり。

無辺無界一二行、詩一六字（隔二格分かち書き）一首二行書、歌二六字前後一首一行書、字高二一・六糎。墨付二三丁。「左」「右」・判詞低一格、作者「左」「右」下に隔八格にて記す。本文二〇丁、題・作者等一覧三丁。人名注が御所本よりも詳細である。

印記「谷山／藏書」（朱陽方、二・一糎、冊首）。最終丁裏に「倉橋家旧藏本也」との墨書あり。旧蔵者谷山茂（たにやましげる）による書き入れか。

人名注の増加は親本がやや下った書写であることを示していよう。また、歌が一首一行書となっているのも、もとの姿ではあるまい。しかし冒頭の「逍遙院實隆卿」が書写者についての注記だとすれば、これまた出詠者自筆本からの流れであることを示している。

徳川ミュージアム彰考館文庫蔵本（彰考館A本）　〔江戸前期〕写　袋綴一冊　辰八・06576

所蔵者の規定によりマイクロフィルムのみの閲覧により記す。表紙約二七×二〇糎、外題左肩打付墨書「詩歌合文明十四年」。「詩歌合（文明十四年）」「文安詩歌合」との合綴本。

「詩歌合（文明十四年）」は全一二丁、巻首題「詩歌合文明十四年」（小書部分は別筆か）。「右之詩哥合竹内俊治卿以自筆／本令書寫者也／（低六格）一校了／延寶六年仲秋日（隔五格）實陰」との奥書あり。書写奥書であろう。「文安詩歌合」は全二七丁、巻首題「詩詞合文安三年九月　日」、冒頭に題・作者一覧あり。「以藤谷中将為教朝臣本令家僕遂書功予比校了／（低八格）特進藤判」との本奥書あり。

本作品は巻首題「柳営詩哥合」、無辺無界一〇行、詩一五字（隔一格分かち書き）歌二三字前後、ともに一首一行書、字高約二二糎。墨付二六丁。「左」「右」低一格、判詞低二格、作者「左」「右」下に隔七格にて記す。本文二四・五丁、作者一覧一・五丁。他伝本と異なり、題・読師・講師・判についての記述はない。末尾（六五ウ）に次のような本奥書がある。「文明十五年正月十三日将軍家有詩哥合江湖僧等／相交仍詩者僧中評之哥者公卿判之合而不分詩哥之／勝劣無披講只讀耳左者予讀上之右者尚氏讀上之／後経数日書寫之不得官暇之間於燈下叨執筆扣硯頻／只期後日之清書矣／本云文明十六年四月七日書寫／（前行と本行の中央下低一三格）侍従和長」。さらに裏見返に貼紙して、横川・周麟・周全・同山・蘭坡・桃源の略歴を「イ」として記す。英甫筆本などと同内容である。

本書も出詠者かつ講師を務めた東坊城和長（ひがしぼうじょうかずなが）自筆本を源流にしているが、巻首題と巻末の附録は他伝本にはない、独自のものである。

熊本大学附属図書館寄託細川家北岡文庫（永青文庫）蔵本（英甫筆本）　〔室町末近世初〕写（英甫永雄（えいほようゆう））　袋綴一冊

107-36-5c

改装浅葱色無地表紙（二五・七×二〇・二糎）。外題左肩後補題簽無辺素紙墨書「詩歌合文明十五年将軍家」。本文料紙楮紙。

前遊紙一丁あり、巻首題「詩歌合」。

無辺無界一〇行一五字前後、詩歌とも一首二行書、詩は隔一格分かち書き。字高二一・一糎。墨付二八丁。題をしるす番を除き、番数と「左」を改行せず隔半格にて続け、隔五格にて作者名を記す（「右」と作者名も同じ）。「右」および判詞低二格。詩には墨書の返り点・送り仮名・竪点および朱書の朱引を詳密に加える（本文同筆）。本文二四・五丁、題・作者等三丁（二五ウより二八オまで）。

最終丁裏に「幽斎玄旨（花押）」墨書あり。細川幽斎の所蔵識語であろう。

筆跡は中国元代の禅僧中峰明本に学んだ英甫の特徴ある書風がはっきりと出ており、英甫と幽斎の近しさから考えても間違いないであろう。二人は通勝とも親密であるが、本文は御所本と異なる部分が見受けられるので、直接の書承関係はないだろう。

国立公文書館内閣文庫蔵本（鵞峰旧蔵本）〔江戸前期〕写　袋綴一冊　201-197

原装カ縹色無地表紙（二五・八×一八・八糎）。外題左肩原題簽カ無辺素紙小片（九・九×二・一糎）「文明六十番詩歌合」。本文料紙楮打紙。

前遊紙一丁あり、巻首題「詩哥合」。

無辺無界一〇行、詩一六字（隔二格分かち書き）一首二行書、歌二六字前後一首一行書。字高二〇・五糎。「左」「右」および判詞低一格。本文二四・五丁、題・作者等三丁（二五ウより二八オまで）。末尾が「文明十五年正月十三日将軍義尚亭」と「将軍義尚亭」の五字を伴う点、他の伝本と異なる（後述の松平文庫蔵本と一致）。

印記「弘文學士院」（朱陽長方、五・六×一・六糎、巻首）（林鵞峰）「林氏／藏書」（朱陽方三・四×三・三糎、同上）「昌平坂／學問所」（黒陽長方四・六×三・〇糎、表表紙および最終丁裏）「淺草文庫」（朱陽長方双辺、七・三×二・〇糎、巻首）

羅山を嗣いで林家二代目となった鵞峰の旧蔵で、林家から昌平坂学問所、浅草文庫を経て内閣文庫に入ったものである。

同じく鵞峰旧蔵の「詩歌合（文明十四年）」も内閣文庫にあり（201-201）、後補外題を「文明三十六番詩歌合」、見返裏の元表紙（本文共紙）の打付書は「文明（三十六番）詩歌合」、内題は「詩哥合（文明三十六番）」となっている。これは、万治三年九月の日付けのある無署名の跋文（鵞峰であろう）に、本作品の年時考証が記され、作者の官位から文明年間の催しと推定、「故に今号して文明三十六番詩歌合と曰ふ」（原漢文）と結論づけていることの反映である。本書についても、外題の「文明六十番詩歌合」と冠することや、末尾に「将軍義尚亭」と加えることは、「詩歌合（文明十四年）」に関する考証をふまえ、三十六番ではなく六十番、宮中ではなく将軍家、というように両者を区別する意識から記されたものと考えられよう。外題の書写年時は特定が難しいが、松平忠房（まつだいらただふさ）や榊原忠次（さかきばらただつぐ）の旧蔵本歌書によく見られる小片を用いているのは、その同時代（すなわち江戸前期）という傍証になろうか。

肥前島原松平文庫蔵本（松平文庫本）　〔江戸前期〕写　袋綴一冊　150-36

原装薄縹色雷文繋蓮華唐草艶出表紙（二七・三×二〇・〇糎）。外題左肩原題簽（一五・二×三・二糎）無辺素紙墨書「文明詩哥合」。本文料紙薄手楮打紙（全面裏打）。

扉左肩に「□明詩歌合」とあり。仮綴状態での本文共紙表紙で、現在の表紙が掛けられると見返紙になるべきものが剥離したか。

巻首題「詩歌合」。

無辺無界一〇行、詩一六字（隔二格分かち書き）一首二行書、歌二六字前後一首一行書。字高二〇・八糎（一オ7和歌）。墨付二八丁（扉を含めない）。「左」「右」低一格、作者隔七格。判詞低二格。本文二四・五丁、題・作者等三丁（二六ウより二八オまで）。印記「島原秘蔵」（朱陽方双辺、四・一×一・六糎、冊首内題下および冊尾最終行左脇にそれぞれ文字にかかるように捺印する）。

本文と題・作者等の部分とで筆跡が異なり、本文中に書き入れられる見せ消ちや異本注記は題・作者等の部分と同筆だと思われる。異本注記で「イ」として書き入れられている本文はほぼ内閣文庫蔵林鵞峰旧蔵本と一致すること、また題・作者等の末尾、催行の日付を記す部分が「文明十五年正月十三日将軍義尚亭」となっていて、やはり鵞峰旧蔵本と一致することから、これらは同本を参照して付加されたものと考えられる。

天理大学附属天理図書館蔵本（為経筆本）　延宝七年（一六七九）写（冷泉為経（れいぜいためつね））　袋綴一冊　911.29/イ31

原装格子刷毛目地団扇絵刷表紙（二八・七×二〇・〇糎）。五つ目綴。外題左肩蘭下絵柿色蝋箋料紙題簽墨書「詩歌合（文明十五年）」（本文別筆）。本文料紙楮打紙。

前遊紙一丁あり、巻首題「詩歌合」。

無辺無界一三行、詩一九字（隔二格分かち書き、下部三格アキ）一首二行書、歌二五字前後一首一行書。字高二三・八糎（一オ九行目の和歌）。墨付一八丁。「左」「右」低一格、判詞低二格（やや小字）、作者隔九格。本文一七丁。題・作者等なし。一八オ四行目に「文明十五年」とあるのみ。書写奥書一八オ一〇行目「延寶七年冬十月十一日――右中将藤原朝臣」（末尾二字上に朱陰方印（三・〇糎）「爲／經」）。印記「冷泉藏書」（朱陽長方、三・二×一・二糎、巻首題右）。裏表紙裏貼に「梅園」某宛て「水野」某書状を使用。帙外題「（冷泉家本）文明十五年詩歌合（冷泉爲經自筆 延寶七年寫）」（〔森銑三〕）。

書写態度に慎重を欠くのか、誤脱・誤写が多い。特に、三十五番右と三十六番左を欠き（三十五番・三十六番右歌がともに「かけ（影）」で始まることによる目移りであろう）、四十六番右・五十二番右・五十五番右・六十番左の判詞を欠くのは重大な欠陥である。

B非結番系

熊本大学附属図書館寄託細川家北岡文庫（永青文庫）蔵本（幽斎本）　慶長五年（一六〇〇）写　「詩歌合（文明十四年）」と合写　袋綴一冊　107-36-5b

改装浅葱色無地表紙（二五・六×二〇・〇糎）。外題左肩後補龍文蝋染料紙題簽墨書「詩歌合文明十四同十五」（本文別筆）。前遊紙一丁あり、巻首題「詩哥合」に続き、改行して「一番〈山中紅葉〉／左（隔六格）従一位源通秀／楓葉……」と『詩歌合（文明十四年）』を書写。無辺無界九行、詩一五字（隔一格分かち書き、同筆の墨返り点・送り仮名・竪点および朱引を詳細に付す）、歌一七字前後、ともに一首二行書。字高二一・〇糎。一五丁。

改丁して巻首題「将軍家詩歌合」に続き、改行して「　雪中鶯／春天灑雪未吹晴　更刷金衣正月鶯／従是東風送寒去　花中百囀管絃聲（二行中央二）政家／……」。

無辺無界一〇行、詩一七字（隔一格分かち書き）、歌一九字前後、ともに一首二行書、作者名をその二行中央下部に記す。作者名はAと異なり、原則として諱のみ。ただし吉田兼致と東坊城和長のみ姓（本姓の卜部・菅原）も記す。禅僧は、道号を法諱の左に小字注記する。一三丁。

二八オ末下部に「慶長五　四　廿三日／一校畢」、同ウに大きく「以　勅本奉書写／校合訖／（隔一行）／慶長五年仲夏中澣　玄旨（花押）」とあり。後遊紙一丁あり。

水損あり。第二八丁袋内に小札「墨付弐拾八枚」とあり。

この年、幽斎は周囲を動員して禁裏蔵書の歌合類をまとめて筆写させており、本書のその一つである。奥書には人に写させたことが明記されているものと、本書のようにそうでないものとがあり、全体として幽斎令写本と見なせるようである。▼注3 ここでも幽斎筆とはせず、幽斎本とした。

これらの伝本のなかで、大きな本文異同はほとんどないが、明確な対立としては次のような例がある。（以下、

兼致筆本を底本とする）

＊六番右・第五句「きゐるうくひす」の「ゐ」字を、
「ゐ」に作り、右傍に「ぬイ」と注記するもの……彰考館Ａ本・松平文庫本（他に彰考館Ｃ本）
「ぬ」に作るもの……鷲峰旧蔵本・為経筆本

＊七番左・第一句「微雪欲晴初聴鶯」の「欲」字を「吹」字に作るもの
英甫筆本・鷲峰旧蔵本・松平文庫本（他に書陵部松岡本・南畝旧蔵本・群書類従本・温故堂旧蔵本）

＊七番右・第二句「こゑまたおいぬ」の「い」字を、
「ひ」に作るもの……御所本・英甫筆本・鷲峰旧蔵本（他に河野美術館本・温故堂旧蔵本）
「は」に作るもの……為経筆本（彰考館Ｃ本は「は」右傍に「ひ歟」と注記）
「は」に作り、右傍に「いイ」と注記するもの……松平文庫本

＊十二番左・第三句「綿蛮若効鄒陽律」の「鄒」を「雛」に作るもの
御所本・谷山茂旧蔵本・為経本・幽斎本（他にノートルダム本）

＊二十一番左・判詞「事之由」を「事由」に作るもの
彰考館Ａ本・英甫筆本・鷲峰旧蔵本・松平文庫本（他に温故堂旧蔵本・彰考館Ｂ本）

＊五十四番左・第一句「山巓民屋与雲斉」の「雲」について、
「民」に作るもの……英甫筆本・鷲峰旧蔵本（他に書陵部松岡本・温故堂旧蔵本）
「民」に作り、右傍に「天イ」と注記するもの……松平文庫本（彰考館Ｂ本は本文を「天」に作る）

＊題・作者等一覧のうち、読師の欄の通秀に「依有　御製被用上首歟」と注記するもの
鷲峰旧蔵本・松平文庫本（他に南畝旧蔵本・群書類従本・温故堂旧蔵本）

A結番系においては、彰考館A本・英甫筆本・鷲峰旧蔵本・松平文庫本が近しい関係にあることがわかる。特に二十一番左・判詞のような、内容に全く関係のない部分での一致(かつ他伝本との対立)は、書承関係の近さを物語るものであろう。ただし、全体的には彰考館A本は七番右・十二番左・五十四番左のように他三本が誤写と見られる部分では底本と同一の正しい本文を保っている一方、巻首題や巻末附録部分が大きく異なるので、直接の書承関係は考えにくい。その部分に関しては彰考館A本独自の改変であろうか。

ちなみに、群書類従本は一部で英甫筆本以下三本に近い本文を有しており、この流れに位置するものの、他本によって校訂を加えた可能性もある。

概要を掲げた八本においては、兼致筆本・御所本・谷山茂旧蔵本・彰考館A本が当初の姿を保っている善本、英甫・鷲峰の二本はやや変化、特に鷲峰は意図的な改変も窺われる。為経筆本はさらに変化(劣化)したもの、松平文庫本は為経に近い本文を鷲峰旧蔵本によって校合・補写したものと言えよう。ただし近世写本にはこれら四本に近い本文が多く、作品の流布という面では軽視できない。

B非結番系には判詞や末尾の題・作者等一覧がないが、詩歌本文のみで比較した場合、Aの兼致筆本以下三本に近く、書写奥書に言う「勅本」が作品成立当時の本文を伝えるものであったことを窺わせる。

二 成立の経緯

義尚は文明一〇年頃から月次歌会を開き、一三年以降は歌合をたびたび催している。[注4] 本作品はその流れを承け、また前年の宮中における詩歌合に刺激されて発起したものであろう。前年は三題三六番、左右各一二人だったものを、三題六〇番、各二〇人とし、詩人には五山僧を、歌人には武家を増やしているのが特徴的である。

関係資料は『大日本史料』文明一五年正月一三日条に集成されている。その後刊行された個別の校訂本や影印本がある場合はそれによりつつ、成立の経緯を辿ってみたい。[注5]

正月四日、将軍足利義尚は使者をもって、公家たちに来る一〇日までに詩歌合のための詩歌を詠進するよう命じた。

近衛政家（このえまさいえ）は使者武藤某によって題を賜るとともに詠進を命じられ、「何様詠進すべし」と返答した。詩歌合を行う予定であることは事前に内々知らされていた。

中院通秀（なかのいんみちひで）には千阿弥（せんあみ）が使者として「御会詩歌合」の題が伝えられた。対面して「日数無きの条迷惑」と返答したものの、「折紙」には「奉」と書いた。この「折紙」とはいわゆる回状（回文）であろう。用件の後に宛名を列挙し、諾否の返事を書いて次へと廻していく文書である。承諾の場合「奉」と記すのが通例である。

甘露寺親長（かんろじちかなが）は日記に、「詩歌合御題」を下さり、和歌の詠進を命じられたと簡略に記している。

三条西実隆には使者雄阿（ゆうあ）がやってきた。三首の題を賜り、短冊をもって詩を献ずべき由命じられ「奉」と答えた。日記には題に続いて「御人数」（参加者）が列挙されている。（カッコ内は引用者注記）

雪中鶯　江畔柳　山家梯（短冊）

詩

中院殿（通秀）

勧修寺殿（教秀（のりひで））

海住山殿（高清（たかきよ））

哥

甘露寺殿（親長）

詩
日野中納言殿（広光）
侍従中納言殿（実隆）
哥
滋野井殿（教国）
侍従宰相殿（下冷泉政為）
右衛門督殿（冷泉為広）
詩
兼致（吉田）

わざわざ詩歌を細かく区別しているのは、通秀から高清までが権大納言、親長から実隆までが権中納言、教国から為広までが参議（いずれも前官を含む。それぞれの内部では位の高い順に並ぶ）、兼致が蔵人、という官位に従っているためで、すなわち実隆のところに廻ってきた回状の宛名をそのまま写したものと考えられる。政家ほか大臣以上の公家には個別に使者が立ったのであろう。実隆はこの記述の下部余白に「此の外の御人数等追つて之を注すべし」「追加の事等之れ有り、此の如しと云々」として詠進者全員を記しているが、原本画像を見る限り、上部の筆跡とはやや墨付きが異なり、同時ではないように見える。その序列は作品伝本末尾の作者一覧とは異なっていて、「哥方」（結番では右）を「詩方」（左）より先に記し、またそれぞれの内部にも異同があるので、証本の転記ではなく、どこかの段階で情報を得て記したものと思われる。内裏のさまざまな文雅の催しに深く関わっていた記主の、この催しに対する強い興味が窺われる。

禅僧横川景三のところへは、五日に義尚自ら題を記した書状がもたらされた。横川は題について「本朝歌宗飛鳥井氏出だす所の和歌題なり」と記している。『五山文学新集』は傍注に「(雅親)」と記すが、雅親は出詠していない。雅康は出詠者だが前年に出家しており、若年ではあるが歌道家当主たる雅俊であろうか。

横川は「昔後鳥羽院の御宇に此の宴有りと云ふ、一時の嘉会なり」とも記す。本格的な詩歌合の嚆矢である「元久詩歌合」が想起されているのであるが、これは「と云ふ」と伝聞の形になっているので、当日誰かから聞いたのかもしれない。それはともかく、伝統的に詩歌合の題は「元久詩歌合」の「水郷春望」「山路秋行」以来、四字の結び題がほとんどであった。本作品に近い文安三年（一四四六）の「文安詩歌合」（一条兼良主催・判）は「野外秋望」「仙家見菊」「松声入琴」の三題各一一番（一番左の判詞で「元久詩歌合」に触れる）、前年の「詩歌合（文明十四年）」も「山中紅葉」「田家秋寒」「鶴伴仙齢」の三題各一一番で、四字題、うち当季二題、雑（賀を含意するもの）一題という組み合わせも共通する。五山内部の詩会における題も四字のものが多く、季節の景物を含むものの場合、歌題とそれほどの相違はない。[注6] それが今回三字の題であったのでわざわざ「和歌題」と記したのであろう。

さらに、詠進者については「予　北等持(蘭坡)・京等持(桃源)とともに賦詩の員に備ふ」と言っている。禅僧の参加者は他にもいたが、他は詩僧としてではなく、出自の関係（皇族・将軍およびその側近の血縁者）で選ばれているようで、後述するように、一三日当日に行われた褒貶においても、この三人が詩については中心的な役割を果たしたものと思われる。

ここから一〇日までの間、それぞれ詠作に取り組んだのであろう。それに関する記事は乏しいが、政家と通秀が添削に関して記している。

通秀は、八日に建仁寺の僧天隠龍沢と「談合」することを実隆を通じて依頼、翌九日に添削が到来した。彼は前年の内裏詩歌合のときも天隠に添削を受けている（『十輪院内府記』文明一四年九月二六日条）。[注7] なお、九日には兼致が訪ねてきており、これも何らかの相談であったかもしれない。

政家は、九日に二人の禅僧、要西堂（竺関瑞要）と湜首座（しょくしゅそ）を招いて「談合」している。竺関は近衛家において和漢聯句の出詠や東坡詩の講釈を文明一二年頃から行っており、政家にとって最も身近な禅僧であった。[注8]

政家の詩の草稿が、『後法興院記』文明一四年の冊の後遊紙に使われている。すべて自筆と見られるが、影印で見る限り、字の大きさや墨の付き具合により、何度かに分けて書かれたものではないかと想像される。大まかに推敲の経過を上中下段に書き分けて示してみる（「■」は墨滅により判読不能の文字、「↓」はミセケチ・墨滅による訂正、「…」は別案傍記）。

〈上段〉 〈中段〉 〈下段〉

大樹詩歌合題

A　雪中鶯

1 韶光未遍雪堆銀
2 整々斜々灌■頻 「灌■」↓「相潑」、「潑」↓「洒」
3 幽谷不聴黄鳥語
4 朝来争可解知春

5 春天灑雪未吹晴
6 更刷金衣正月鶯

7 従是東風送寒去
8 花中百囀管絃声

B　**江畔柳**

1東風飜暖曲**江頭**　「東風飜暖曲」→「**千條楊柳繞**」

2楊柳千條春色浮　「浮」→「収」、「楊柳千條春色収」→「**鴨緑鵞黄弄春稠**」

3緑**水■絲釣**磯測　「緑」→「**春**」、「**■**」→「**涵**」、「磯測」→「**磯暮**」

4**却疑漁客有抛鈎**

C　**山家梯**

1崎嶇山路架危梯→「吟行相望夕陽西」

2山路崎嶇横一梯

3知是陰々白雲外　「陰々」…「重畳」、「外」…「裏」

4白雲深處有幽栖　「白雲」→「翠微」

5**元是青雲不可梯**

6山渓**深処卜幽棲**　「山渓」→「**渓山**」

7**苔封小徑無人過**

8**暗水声中日又西**

原文は句ごとに分かち書きで二句一行に記すが、説明の都合上一句ごとに改行して示し、題と各句に記号を付した。

まず、ＡＢＣの題は、他に比べ、墨をたっぷりと含んだ大字である。冒頭にそれより小さい字で「大樹詩哥合題」

とあるように、「大樹」すなわち将軍義尚から詩歌合の題が知らされた段階で、まずは冒頭一行および題のみを記したのであろう。これを第一段階とする。（上段太字部分）

詩本文ではA1～4、B1～4、C4は題に次いで大きな字である。Aの第一首の初案、Bの初案、Cの第一首の第四句の初案のみがまず詠出されたのであろう。さらに、A2の訂正もほぼ同じ大きさの字であるので、これも含めて第二段階とする。（上段）

次からは微妙な差であるが、A5・6、C1・3・4訂正・7・8がそれに次いで大きい。別案として第一・二句のみを作っておいたものであろう。これを第三段階とする。（中段）

残りの、A7・8、Bの訂正、C2・5・6および訂正が最も小さく、また線もやや細い。これらは最終段階で記され、結局提出されたのはAの第二案、Bの訂正後の形、Cの第二案であった。これを第四段階とする。（下段）（最終的な本文を太字で示す）

Aの第一案は「未」「不」「争」と否定的な助字が連なり、春まだ浅い様が強調されすぎている。題の「雪中」を強く表現しすぎているのである。この年は元日に雪が降り、政家は「万福幸甚々々」、実隆は「四海昇平の春、一朝再興の時、尤も珍重々々」と記すように、予祝と捉えられていて、題の選定もそれを踏まえていよう。そういう気分は第二案のほうがうまく表現されている。前半では冬の名残の寒さを言い、後半ではそれを春風が吹き飛ばしてくれるだろう、と展開しているのである。

Bは水辺に枝垂れる柳を漁人の釣り糸に喩える常套表現であるが、それなりにまとまっており、語句を入れ替える程度でそれほど大きな変更なしに完成している。

Cは最も難渋した様子が窺われる。第一案は吟行して山の麓にやってきた人物の視点から、山中白雲の彼方に住むであろう隠者の存在を思いやっている体であるが、第一段階では「白雲深き処幽栖有り」の一句しか思い浮かばなかったようである。そこから「白雲」を切り離し、それを中心に第三句を作り、第一句として題字から「山」「梯」を用いた句作りを試みて、それを第二句に移動、別に第一句を案出して何とか絶句に仕立てたのである。

しかしこれでは傍観者の立場での詠で、実感に乏しいと考えたのではないか。改めて山中に住む隠者の立場から作り直したのが第二案である。第一句では「梯」を動詞として用い、いきなり「もともと雲には昇れないものだ」と切り出して、しかし山ならば深いところにも人は住めるのである、と第二句で承ける。第三・四句は実景に転じて、人も通わず、道が苔むしている様子、渓谷の水の音のみが聞こえていつの間にか今日も日が暮れる、という幽棲のさまが描かれる。『三体詩』には隠者や僧侶が作者あるいは詩を贈られる相手としてたびたび登場するが、そういう世界をうまく取り込んでいる。

全くの推測であるが、提出日前日に行われた禅僧による添削では、おおよそ第三段階以降が書き加えられたのではなかろうか。ただし、筆跡はすべての段階とも政家のものなので、対面・談合して、その結果を自ら筆を執って書き入れていったのであろう。

一〇日、それぞれに詠作を提出した。政家・通秀は年始の挨拶のため将軍の御所に参じている。通秀は提出後対面していて、「聊か御会釈か」と記している。詠進へのお礼の意味であろうか、と推測しているのであろう。ところがその後宗山等貴（しゅうざんとうき）（伏見宮貞常（ふしみのみやさだつね）親王の子、相国寺常徳院万松軒の僧）を訪ねて詠作のことを聞かれ、話しているうちに韻字を誤ったことに気づいて、翌一一日に高清を通じて改訂を申し出、また建仁寺に向かう途中の実隆を捕まえて相談している。再び天隠の助言を得ようとしたものか。

一一日、親長と実隆に対して、明後日に褒貶を行うので出席するよう義尚からの命が伝えられた。

親長には頼阿弥（らいあみ）が義尚自筆の回文を持参、これに対して「詩の披講に於て覚悟無きの間祗候し難し」と答えたが、晩になって再度使者が来て、披講しなくてよいから祗候せよとのことで承諾した。これによれば、親長を詩の講師とするつもりであったのだろうか。

実隆のところへは緒阿（しょあ）が使者としてやってきた。「難治」と答えたが、再び仰せがあり、やむなく了承している。

三　当日の様子

政家は参加していないので、親長・実隆および横川の記述によって見てみよう。

当初詩人・歌人を問わず衆議により勝負を決めようと義尚が提案したところ、詩人は歌がわからない、歌人は詩がわからない、と皆が難色を示したため、結局詩と歌とそれぞれ分かれて褒貶することとなった。読師は詩が高清、歌は当初親長が勤めるよう人々が勧めたが断ったため通秀になった。講師は詩が東坊城和長だったが講頌のしかたを知らず、ただ二回読み上げるのみだったため、歌の講師大館尚氏（おおだちひさうじ）も同様に行った。

実隆はこのことについて二点批判している。一つは、歌には御製が含まれているから、尚氏ではなく雅俊が講師を務めるべきだ、というもの。もう一つは、講頌を行わないのであるから、読師は不要で、読み上げる人間が自分で短冊を取り上げればよい、というものである。前者に関しては、参加者最上位の通秀が、詩人であるにも関わらず歌の読師になっていることについて、鷲峰旧蔵本ほかに、御製などがあるからだろうか、との注記があることは前節に述べた。確かにそのような配慮が講師にまで及ばなかったことは、実隆には不用意と思えたであろう。後者は合理的な考え方だと評価できよう。なお、親長も「凡そ今日の儀、其の法度無きは如何、例と為すべからず」と酷評している。

参加者の配置は横川が記している。それによると、御簾の奥に義尚と日野富子がいて、「主位」に横川ほか三人の禅僧、その次に他の禅僧が並び、「賓位」には公卿大臣、その次に「諸寮」としている。「賓位」には禅僧以外の詩人・歌人がすべて並んでいたのであろう。その中央に詩歌講師が跪坐し、その前に文台が置かれ、詩も歌も作者の署名部分を糊付けして見えないようにして積んである。

まず詩の講師が「左第一番、雪中鶯詩」と始めて詩を二度読み上げ、ついで歌の講師が「右第一番、雪中鶯歌」と始めて歌を数度読み上げた。続いて褒貶が始まり、その結果は詩については兼致が、歌については二階堂政行が、それぞれ「紙尾」（短冊の余白、あるいは裏であろうか）に書き入れた。

詩の褒貶は蘭坡・横川・桃源・景徐周麟・功叔周全（こうしゅくしゅうぜん）・就山永崇（じゅざんえいすう）・宗山等貴が行った。このうち就山は出詠していないが、前年の詩歌合の作者であり、宗山の同母兄、同じ相国寺常徳院の聯輝軒に住し、宮中の和漢聯句会の常連でもあった。景徐は大館持房（もちふさ）（尚氏祖父）の子で、このとき相国寺の蔵主であった。功叔は兄が足利義政の側近南堂居士（なんどうこじ）で、やはり相国寺に在籍していた。なお、作者としてはもう一人、同山等源（どうざんとうげん）が出詠している。この年三月二四日に一九歳で没してしまう僧侶で、『大日本史料』同日条ではいくつかの史料をもとに、義政の子、すなわち将軍義尚の兄としている。病弱のためか、当日参加しなかったのであろう。

前年の詩歌合の詩作者で禅僧は就山・宗山・蘭坡ともう一人、宮中和漢聯句会常連で庭田家出身、就山・宗山兄弟と従兄弟の関係になる文苑承英（ぶんえんじょうえい）であった。武家にはなじみの薄い文苑を外し、詩名の高い横川・桃源と武家に近しい二人を加えたというところであろう。

横川は詩の褒貶について「予過半有善称之、不録小疵。庶幾使人々無芙蓉未開之怨耶」と記している。「芙蓉未開」は『聯珠詩格』巻一巻頭近くに収める高蟾（こうせん）「高侍郎に上る（たてまつる）」の後半二句「芙蓉生在秋江上、不向東風怨未開」に基づく表現であろう。この詩は作者が科挙落第の心情を詠んだもので、「秋の川のほとりにあるのだから、春風が吹かないから花が開かないなどと言って恨むことはすまい（今は雌伏の時だから、あなたの御推挙がないからと言って恨まない）」という意である。下手に欠点をあげつらって作者の怨みを買うようなことはしたくない、との心情を述べたものである。

一方、歌の褒貶は、歌人で参仕していた親長・政為・為広・雅俊のほか、詩人だった通秀・高清・広光・実隆・基綱も加わっているようである。実隆が「所詮詩に於ては一向僧衆評を加ふ、俗衆助言□無し、哥方に於ては此の如き間褒貶に加ふべきの由なり」と書いているのは、俗人の詩人は歌の褒貶に加わりなさいとの義尚の命があった、と解釈できよう。また、政家は参仕者を列挙する中で、高倉永継（たかくらながつぐ）に「御人数に非ず」と注記している。これは、出詠者として当日出席はしたものの、特に披講・褒貶という一連の行事の中で役割がなかった、という意味であろう。彰考館A本の和長奥書に「哥者公卿判之」とあるように、武家歌人は進行の手助けを行う役割に徹して、褒貶には加わらなかったようである。

当日は披講の後、酒飯を振る舞われた。禅僧たちは別に座を設けられ、帰りも明かりを灯した乗り物で送られた。義尚が終始彼らを厚遇している様が見て取れる。翌朝、横川のもとに二階堂政行が来て、詳しい経緯を聞いたところ、横川の詩と義尚の歌、蘭坡の詩と後土御門天皇の歌が番われた（江畔柳題の二十一番と三十二番）のは義尚が決めたことだとのことであった。「元久詩歌合」において後鳥羽院が藤原親経（ふじわらのちかつね）（侍読、『新古今和歌集』真名序作者）との結番を望んだという先例（『明月記』元久二年五月四日条）に倣ったものであろうか。将軍家にゆかり深い相国寺を代表する詩僧横川を自分に、宮中参仕の多い蘭坡を天皇に、という趣向である。

最後に、出詠者および当日参加者の全員を掲げておく（順序は作品末尾の作者一覧に従う。太字は当日の参加者、傍線は前年の詩歌合出詠者を示す。ただし基綱は前年は歌人として出詠）。

詩人

近衛政家・西園寺実遠（さいおんじさねとお）・徳大寺実淳（とくだいじさねあつ）・同山等源・**宗山等貴**・**中院通秀**（**和歌読師**）・勧修寺教秀（かじゅうじのりひで）・**海住山高清**（うつやまたかきよ）（**読師**）・

一条冬良・勧修寺経茂・**町広光**・**三条西実隆**・**姉小路基綱**・**蘭坡景茝**・**横川景三**・**桃源瑞仙**・**景徐周麟**・**功叔周全**・**吉田兼致**（執筆）・**東坊城和長**（講師）

歌人

後土御門天皇・勝仁親王・伏見宮邦高親王・二条持通・**日野富子**・青蓮院尊応・実相院増運・**足利義尚**・三条実量・大炊御門信量・**甘露寺親長**・**高倉永継**・**飛鳥井宋世**（雅康）・滋野井教国・**下冷泉政為**・**冷泉為広**・**飛鳥井雅俊**・**大館尚氏**（常興）（講師）・**二階堂政行**（行二）（執筆）・宗伊（杉原賢盛）

当時の歌壇の主要メンバー（たびたび言及している宮中和漢聯句会の常連たち）を網羅しつつ、五山僧・武家歌人を新たに加えた構成により、将軍主催の詩歌合らしい顔ぶれになっている。

おわりに——伝本と催行との関係

左右の褒貶の執筆が兼致と政行であることと、兼致筆本、および政行筆本を源流とする御所本が存在することは偶然ではないだろう。それぞれが短冊に褒貶を書き入れた後、通常の歌合証本と同様の形で、番ごとに排列書写され、末尾に題・作者一覧等が記された写本が作成されたはずである。その作業に引き続きこの二人が関わるというのは自然な流れであろう。主催者のもとには政行筆本が残り、兼致筆本はたとえば天皇を含む当日不参加の宮中関係者に披露された、といったことが考えられる（なお、政家は日記の一五日条に「伝聞、一昨日於大樹亭詩哥合、詩衆歌衆各有褒貶之儀云々」と記すのみ）。

また、このような催しに強い関心を持っていた実隆も、専門家である和長も、その写しを作って手元に備えていたことは十分あり得るだろう。その痕跡が谷山茂旧蔵本や彰考館A本に見られるのではなかろうか。

一方、B非結番系の存在はどう考えればよいだろうか。経緯から見て、一〇日の作品提出から一三日の褒貶の間に作品の排列・結番が行われたはずである。横川が記すように、本来は衆議判によって勝負を付けるはずだったし、披講も「左第一番」などと結番された形であるからである。一三日の直前には、題ごとに詩歌を結番どおりに排列し終わっているはずで、その全体を書写したものが念のため作成されたのではなかろうか。これが証本とは別に流布し、B非結番系の伝本となったのであろう。

これら伝本には、詩歌の下部に作者名が諱のみで記される。英甫筆本では詩歌ともに二行書の中央下に、他伝本では二行目末尾に、という位置の違いはあるが、いずれも官位や姓氏を記さない（例外は兼致・和長）のは短冊の署名をそのまま写し取ったためであろう。この点も証本以前の段階で成立したことを示している。

横川が褒貶について述べていることは、確かにその通りである。詩全六〇首のうち、「宜」とされたのが二八首、「無難」「無指詮」「無殊事」「無殊難」が計九首ある。さらに高い称賛の語句として、「殊勝」が六首、「尤宜」が九首、「尤殊勝」が二首にそれぞれ記されている。明確に否定的な評があるのは一〇首で、そのうち四首は「宜」を伴ってであるから、貶のみというのはわずか六首となる。用語が不穏当である、表現が重複している、題意を十分表現できていない、前半と後半で意味がつながらない、といった指摘がなされている。

高く評価された一七首のうち、禅僧の作品が一四首を占めるのは身内びいきの面もあろうが、やはり彼らが普段慣れ親しんでいる詩の構成や用語があり、自然とそれらに評価が集まったのではなかろうか。その具体的な分析は次章に譲る。

〔注〕
（1）禅僧に注目した研究としては朝倉尚「禁裏連句連歌御会と禅僧―文明後半・長享・延徳・明応期を中心として―」（金子金治郎博士古稀記念論集編集委員会編『連歌と中世文芸』角川書店、一九七七）がある。
（2）中世歌合研究会編『中世歌合伝本書目』（明治書院、一九九一）による。その他の伝本は以下の通り。（書名は所蔵者整理書名による。△はマイクロフィルムまたは画像による閲覧）

A結番系

詩歌合　彰考館文庫・辰八 06577　彰考館B本　〔江戸前期〕写　△
「内裏詩歌合（建保元年）」と合綴。外題「詩歌合　内裏詩歌合　全」、内題「詩歌合」。巻末の題・作者等を欠く。書写奥書「以畠山傳庵之本梶間権右門写之」。本文は松平文庫本に近い。

文明十五年詩歌合　彰考館文庫・辰八 06578　彰考館C本　延宝六年（一六七八）写　△
「五十四番詩歌合」と合綴。外題「〈文明十五年〉詩歌合〈五十四番〉歌合　全」、内題「詩謌合」。巻末の題・作者等を欠く。書写奥書「以山本春正家蔵本寫之／延寶戊午　京師新謄本」。異本注記多し。本文は為経筆本に酷似する。

［詩歌合］（文明詩歌合）　立教大学図書館・895.6123 S55　〔江戸前期〕写
外題「文明詩歌合」。冒頭一丁欠。本文は英甫筆本に近い。

禁中詩歌合　書陵部・206-500　松岡本　延宝四年（一六七六）写
内題「文明十三年正月十三日於　禁中詩歌合」（原文ノママ）。本文は英甫筆本に近い。

詩歌合　山口大学附属図書館棲息堂文庫・M911.1-B10　元禄一六年（一七〇三）写　△
外題なし。「賦光源氏物語詩」他と合写。題・作者等一覧を欠き、本文は為経筆本に近い。

詩歌合　内閣文庫・201-240　和学講談所本　〔江戸中期〕写
外題「六十番詩歌合」、末尾の題・作者等を欠く。本文は為経筆本に酷似。

六十番詩歌合　刈谷市中央図書館・貴 1406　大田南畝旧蔵　〔江戸中期〕写
内題「六十番詩歌合　文明十五年正月十三日」。寛政五年（一七九三）に林読耕斎蔵本をもって校合した旨の南畝識語あり。また横川景三『補菴京華別集』から関係記事を抜粋したもの（南畝筆）が附録として記されている。

六十番詩歌合　神宮文庫・三―二一　村井敬義奉納本　〔江戸中期〕写　△
外題「文明詩歌合」内題「詩歌合」。「春日社法楽詩歌」「文明御屏風詩歌」（文明易然集）と合写。本文は英甫筆本に近いか。

詩歌合　神宮文庫・三―九七一　村井敬義奉納本　〔江戸中期〕写　△
外題「詩哥合」内題「詩歌合」。「句題歌（竹内僧正家）」「和歌十体」と合写。末尾の題・作者等を欠く。本文は為経筆本に近いか。

文明十五年詩歌合　東京大学史料編纂所・4131-44　温故堂文庫旧蔵　明治一二年（一八七九）写
内題「詩歌合」。鷲峰旧蔵本の転写本と見られる。

B非結番系

将軍家詩歌合　三康図書館・5-1660　〔江戸中期〕写
内題「将軍家詩歌合　文明十五年正月十日」。

将軍家詩歌合　文明十五年正月十日　ノートルダム清心女子大学図書館・G69　〔江戸初期〕写　△
黒川本『歌合類聚』のうち。内題同前。

将軍家詩歌合　文明十五年正月十日　京都女子大学図書館・N911.18・u96〔江戸中期〕写
小沢蘆庵監督書写『歌合集』のうち。内題同前。

将軍家詩歌　文明十五年正月十日　今治市河野美術館・123-958　〔江戸中期〕写　△
小沢蘆庵監督書写『歌合集』のうち。内題同前。

未見伝本

将軍家詩歌合文明十五年　穂久邇文庫・2-2-111　〔江戸初期〕写

（3）徳岡涼「細川幽斎の蔵書形成について」（森正人・稲葉継陽編『細川家の歴史資料と書籍　永青文庫資料論』吉川弘文館、二〇一三）。

（4）井上宗雄『中世歌壇史の研究　室町前期』（風間書房、改訂版一九八四）二七一頁以下。

（5）近衛政家『後法興院記』……陽明叢書記録文書篇八（思文閣出版、一九九〇）、中院通秀『十輪院内府記』……史料纂集（続群書類従完成会、一九七二）、甘露寺親長『親長卿記』……史料大成（内外書籍、一九四一）、三条西実隆『実隆公記』……『同』巻一下（続群書類従完成会、第四刷二〇〇〇、なお原本画像が東京大学史料編纂所ホームページより公開されているのを参照した）、横川景三『補菴京華別集』……五山文学新集一・横川景三集（東京大学出版会、一九六七）。なお、朝倉尚『就山永崇・宗山等貴　禅林の貴族化の様相』（清文堂出版、一九九〇）八七頁以下に、既に経緯について述べられているが、伝本との関連を探るため、重複を厭わず記した。引用は適宜読み下した。

（6）朝倉尚『禅林の文学　詩会とその周辺』（清文堂出版、二〇〇四）第一部第一章　詩会の実態、における挙例参照。
（7）実隆と天隠の関係については第一一章「三条西実隆における漢詩と和歌―瀟湘八景を中心に―」参照。
（8）注（1）朝倉尚論文参照。

〔付記〕
初出時、非結番系の永青文庫蔵本を幽斎筆本としていたが、注（3）徳岡氏の論文に従って改めた。

第一〇章　定型としての七言絶句――「詩歌合（文明十五年）」を例に――

はじめに

中国唐代に厳しい韻律の規則を伴って定型化された漢詩を近体詩と呼ぶが、これを受容した古代日本は、一〇世紀半ばに至って句題詩という独特の題詠方法を編み出した。[注1] 五言句を題とし、七言律詩を用いて詠まれるこの方法は、およそ鎌倉時代末頃まで続くが、平安末鎌倉初に二句一聯を独立させる詩歌合の詩（一句詩）が生まれ、さらに南北朝以降は中心的な詩型が七言絶句へと変化していくことにより、その役割を終えたかに見える。

一方、宋元代の文学を母体として生まれた五山禅林の文学のなかでも、五言句には限定されないが、さまざまな詩句（およびその一部）を題にした題詠が、主として七言絶句を用いて行われてきた。

両者に直接的なつながりはないと見られるが、五山僧たちに独自の題詠方法が存在したのかどうかはまだ解明されていない。[注2]

応仁の乱前後から、漢籍の講読や和漢聯句などを通じて、公家と五山僧の交流が密になり、詩作の場での同席ということも増えてくる。そういう場では、それぞれがどのように与えられた題を詠みこなしていたのか、何か詠法に違いが見られるのか、といった点について、室町幕府第九代将軍足利義尚が主催した「詩歌合（文明十五年）」（文明六十番詩歌合、将軍家詩歌合とも）を題材に考えてみたい。▼注3

一　題意の表現

この詩歌合は正月一三日に行われ、題は「雪中鶯」「江畔柳」「山家梯」の三題であった。当季（初春）二題と雑一題という構成である。左が漢詩（七言絶句）、右が和歌の結番であるのは詩歌合の通例である。▼注4 題は和歌の結題で、当季二題は春の代表的景物である鶯と柳をそれぞれ雪と川に取り合わせ、雑題は深い山奥に住む樵者あるいは隠者をイメージさせるものになっている。

まず「雪中鶯」について見よう。第一番、近衛政家の詠である。▼注5

春天灑雪未吹晴　　春天　雪を灑(そそ)きて未だ晴を吹かず
更刷金衣正月鶯　　更に金衣を刷(かいつくろ)ふ　正月の鶯
従是東風送寒去　　是より東風　寒を送り去る
花中百囀管絃声　　花中の百囀　管絃の声

（春は雪を注ぎ降らすがまだ晴天を吹き送ってこない。またも雪にまみれた金色の衣をつくろっている正月の鶯よ。これからは春の暖かい風が寒さを送り出して、盛んに花開いた梅の枝で、管弦さながらの美しい鳴き声を聞かせてくれることだろう――「金衣」は、玄宗皇帝が鶯を「金衣公子」と呼んだという逸話（『開元天宝遺事』）による表現で、美しい羽を指す）

題の「雪」は第一句、「鶯」は第二句に使われている。降り注ぐ雪を落とす動作を第二句で描くことにより「中」が表現されている。

この題の場合、単に雪と鶯とを描けば題意が満たされるというわけではなく、現在雪が降っており、その中に鶯がいる、という状態を表現しないといけないようで、現に第二番、西園寺実遠の詠、

満庭残雪樹梢傾　満庭の残雪　樹梢　傾く
出谷嬌鶯金羽軽　谷を出づる嬌鶯　金羽　軽し
恰似嵩山呼万歳　恰かも　嵩山（すうざん）の万歳と呼ばふに似たり
新年先報両三声　新年　先づ報ず　両三声

（庭一面残雪で木の枝もたわんでいるが、谷を出て里に来た鶯は美しい羽を軽々と羽ばたかせて鳴いている。まるで漢の武帝に対して嵩山が万歳三唱したかのように、新年まずこの将軍邸にやってきて春の訪れを告げているのだ）

に対して「雪中之意頗不足歟」（雪中の意頗る足らざるか）という判詞が記されている。「残雪」すなわち雪は降ってはいず、鶯はすでに山から平地へ下りてきて鳴き始めているという、題が意図した状況よりも進んだ段階を描いてしまったのである。

詩についての判詞はすべて五山僧の衆議によるもので、題意の表現については公家も五山僧も認識を共有していたと思われる。

二　一首の構成

政家詠については彼の日記『後法興院記』にその草稿が残されている。[注6] この詩は初案が次の通りであった。

韶光未遍雪堆銀　韶光　未だ遍からず　雪　銀を堆む
整々斜々相洒頻　整々　斜々　相ひ洒（そそ）くこと頻りなり

幽谷不聴黄鳥語　　幽谷　聴かず　黄鳥の語
朝来争可解知春　　朝来　争か解く春を知るべき
（春の光はまだ行き渡らず、雪は銀色にうずたかく積もり、まっすぐにまた斜めにと止むことなく降り注いでいる。深い谷間でも鶯の声は聞こえないのだから、まして里のわれわれには、新年の朝になったとてどうやって春の訪れを知ることができようか）

第二句「相洒」の部分のみ二度の訂正があり、ここでは訂正後の形で示した。この「洒」（＝灑）が第一句に残っているだけで、ほとんどの表現・内容を一新しているのがわかる。初案だと前半二句で雪を、第三句で鶯を描き、第四句に寒さに閉じ込められている作者を登場させている。すなわち、四句全体で題意を表現していることになる。

一方、詠進された形では、題の指し示す情景が前半のみで十分描かれている。後半は、これからの春の訪れを具体的な情景描写によって彷彿とさせる内容になっている。初案の第四句も間接的には春の到来を暗示しているのだが、「争か〜」と反語表現で否定的に描いては予祝の意図が伝わらない。

すなわち、「雪中鶯」の題において、題の字句どおり雪がふりしきる中の鶯を描けばそれでよいというのではなく、その先にある来たるべき春の姿を待望する気持ちが何らかの形で描かれないと、本当に題意を満たしたことにはならないのであろう。

提出作は、前半に現状を描き、第三句の冒頭に「従是」というつなぎのことばを置いて、後半がこれからやってくるであろう未来の情景であることを明確にしている。いわゆる起承転結の転句が利いている。第二句から第三句へ、似たような描写が続く初案とは、一首の構成という面でも大きく異なるのである。

また鶯の形容として「金衣」という中国皇帝の逸話に由来する語句を用いている点も注目される。「金衣」は、一般的に黄色い羽の鳥の形容に用いられるが、特に鶯と結びつくのは玄宗の逸話があるためである。ちなみに第二番の実遠詠はもっとあからさまで、義尚を武帝に擬えていると言ってもよい表現になっている。そういった主催者への祝意も初案には欠けていたと言わざるを得ない。

なお、改作の過程で、近衛家出入りの五山僧の添削があったことは政家の日記に見えるが、具体的にどの段階でそれが行われたかはわからない。ただし、この詩の場合は、第二句を除き、一気にがらりと変わっているので、五山僧がほとんど全体を改作した可能性もあろう。

このような詠作の方法が参加者におおよそ共有されていることは、次の作を見るとよくわかる。第七番、勧修寺教秀詠である。

微雪欲晴初聴鶯　　微雪　晴れんと欲して　初めて鶯を聴く
又知春満九重城　　又た知る　春　九重の城に満つることを
東風料峭遷喬処　　東風　料峭　喬（たか）きに遷る処
幽谷寒残歌未成　　幽谷　寒　残りて　歌　未だ成らず

（かすかな雪も止もうとしているとき、初めて鶯を聴いた。もう春は都全体に来ているのだなあ。鶯が深い谷を出て高い木の枝（＝将軍邸）に移っていくべき今も、まだ春風は冷たく、寒さは残り、まだちゃんとした鳴き方もできないでいる）

この詩には「一二之句与三四之句、意頗相違歟」（一二の句と三四の句と、意頗る相ひ違ふか）という判詞が付されている。たしかに、前半ではもう都には春がやってきて鶯も鳴いている、と言っておきながら、後半ではまだまだ余寒厳しい様を「料峭」という畳韻語（母音を同じくする二字を重ねたオノマトペ）で表現しており、時間が逆戻りしたかのような印象を与える。なお、「遷喬」は谷を出た鶯が枝に止まる様子だが、出世の譬喩としても用いられる表現なので、ここでは主催者将軍邸を指すものと考えた。

作者としては、前半が春らしい都の様子、後半がまだ冬のような山間部を描いたのだ、と言いたいのかもしれないが、それなら「雪中鶯」は山間部に登場させないと題意とずれてくる。それを他の詩と同様前半に出してしまったため矛盾が生じたのであろう。

すなわち、配置や時間の経過の設定に失敗してしまったものの、寒暖の対比という内容を、前半と後半に分けて描写しようという点は第一番、あるいは第二番とも共通しているのである。

政家の第一番詩は「無指詮之由申之」（指(さ)したる詮(せん)無きの由之を申す）と評されている。取り立てて良いところはない、の意であろう。▼注7 これと番われた後土御門天皇詠への称賛「をのをの殊勝のよし申之」を強調するため、意図的になされたのかもしれないが、このレベルが、取り立てて難癖を付けるほどでもない、標準的な詠みぶりと見てよいのだろう。ちなみに右歌は次の通り。

　うぐひすの雪にこづたふ羽風にやさきあへぬ梅もはなはちるらん

枝を渡りながら飛ぶ鶯、その羽ばたきによって散り落ちる雪を白梅の花びらに見立てている。詩よりも圧倒的に少ないことば数のなかで、見立ての手法によって現在の雪（余寒）と未来の梅（春らしさ）を一挙に表現し得ている。下の句は「心ざし深くそめてしをりければ消えあへぬ雪の花とちるらん」（古今・春上・七、よみ人しらず）を学んだか。

これに似た見立て表現が第三番の徳大寺実淳詠にある。

余寒谷合雪堆々　　余寒　谷　合して　雪　堆々(たいたい)
一曲未歌春未回　　一曲　未だ歌はず　春　未だ回らず
寄語東風吹着意　　語を寄す　東風　吹きて意を着けよ
金衣猶宿去年梅　　金衣　猶ほ宿す　去年の梅

（冬の寒さが残る谷間は降り積もる雪に閉ざされており、鶯はまだ一声も鳴かず、春もまだやってこない。東風よ、早くやってきて、注意深く吹き払ってくれ。鶯の金の羽にはまだ去年の梅の花かと見まごう雪が残っているのだから）

「鶯」とは言わず、第二句でその動作を描くことにより間接的に表現している。前半は雪に閉ざされた谷の鶯、後半で春風を擬人化し、それに呼びかける形で春の到来を待ちわびる気持ちを表現する。ここに雪を梅の花びらに見立てる手法が使われるが、それをまだ咲かぬ今年の梅ではなく、去年から残っていた梅なのだ、と言うことによって、より一層待ち遠しい春を印象づけている。また、第二句に句中対（一句の中で四字と三字の対を作る手法）を用い、第三句の命令形とともに詩にリズム感をもたらしている。

この詩への判詞は「各申宜之由」（各宜しき由を申す）であった。

三　表現上の工夫

表現に工夫のある例を見よう。十一番の町広光（まちひろみつ）詠である。

臘雪残時春雪添　　臘雪　残る時　春雪　添ふ
余寒料峭懶鉤簾　　余寒　料峭として　簾を鉤するに懶し
嫩鶯不怯金衣薄　　嫩鶯（どんあう）　怯れず　金衣の薄きを
猶有歌声破黒甜　　猶ほ歌声の黒甜（こくてん）を破る有り

（去年の雪が残る中、新年の雪も降り積もる。冬の余寒はまだ厳しく、簾を巻き上げるのも気が進まない。しかし若い鶯は金の衣が薄いのも気にせず、盛んにさえずっては私の昼寝の夢を破るのである）

前半に雪と鶯を両方描く、これまで取り上げた諸詠とは異なり、前半が雪、後半が鶯と、二つの題材を振り分けている。「雪中鶯」題二〇首のうち、前半に雪と鶯（またはその同義語）の一方しか詠み込まないのは、この詩と第八番の海住山高清詠の二首に過ぎないから、これはかなり例外的だと言える。ただし、第三句を境に二分するところは共通している。

この詩の場合、雪を見る、あるいは鶯の声を聴く人物が前面に出た描写になっているが、これは白居易の著名な作品、「（香鑪峯下新卜山居草堂初成偶題東壁五首）重題（その三）」（『白氏文集』巻一六・0978）前半を踏まえているからである。

日高睡足猶慵起　日高く　睡り足りて　猶ほ起くるに慵し
小閣重衾不怕寒　小閣　衾を重ねて　寒を怕れず
遺愛寺鐘欹枕聴　遺愛寺の鐘は枕を欹てて聴き
香鑪峯雪撥簾看　香鑪峯の雪は簾を撥げて看る

山居を構えた主人公は、日が昇ってからも蒲団にくるまってぬくぬくと寝坊し、部屋の中から鐘の音を聞き、また時には冠雪の山の姿を見る。広光詠のほうは、あまりに寒いため、蒲団から出ることができず、簾を下ろしたままで、鐘の音ならぬ鶯の声にはっと目覚めて、春の訪れを知ったのである。『和漢朗詠集』巻下・山家にも取られた第三・四句の固有名詞は用いず、その状況のみを巧みに換骨奪胎している。

第四句末の「黒甜」は、蘇軾の「発広州」（広州を発す、『東坡先生詩』巻二）に「三杯軟飽後、一枕黒甜余」とあって、蘇軾自ら「俗謂睡為黒甜」（俗に睡を謂ひて黒甜と為す）を注記している、珍しい語で、恐らくはここから五山に広まり、それを広光も学んだのであろう。

判詞はこれも「各申宜之由」である。

ここまでで公家の詩についてまとめてみよう。

実は、平安時代にもわずかながら句題の七言絶句が作られていて、句題詩の詠法に詳しい『王沢不渇鈔』では「其体以発句落句成一首」（其の体発句・落句を以て一首を成す）と説明している。すなわち、首聯と尾聯を合わせて一首とするような詠み方をせよとの意で、前半二句で題字を詠み込み、後半二句で思いを述べる、ということに

なる。▼注8

本作品は和歌題なので、そのままこれを通用させることは危険かもしれないが、前半二句に題字のうち実字（実体のあるものを表す字）一字を詠み込み、後半ではそれを展開させ、何らかの思いを述べるというところは、ほぼ共通するのではなかろうか。ただ、後半に関しては、王朝漢詩の場合、主催者への賛美か、自己の才能や地位についての謙辞（あるいは出世への期待）が明確に打ち出されるのに対し、本作品を見る限り、一部には見られるものの、むしろ題意を補足するような内容が多い。彼らに句題詩の詠法を継承しているという意識があったかどうか、宮中の公宴などで詠まれる五言句の正しい意味での句題詩を集成分析してみないと何とも言えないが、少なくともここではあまり明確ではないと言えよう。

なお、広光のように、五山禅林によってもたらされた新しい表現を取り込もうという意欲が感じられる作品もあった。表現のレベルにおいても両者の交流が窺われる事例である。

四　五山僧の作品

それでは五山僧の作品はどうであろうか。まずは第一四番、蘭坡景茝詠である。蘭坡は『三体詩』などの禁中講義を行っていた南禅寺の学僧であった。

雪自掖垣連野橋　　雪は掖垣（えきえん）より野橋に連なる
出幽黄鳥未遷喬　　幽を出づる黄鳥　未だ喬に遷らず
余寒料峭花間路　　余寒　料峭（れうせう）たり　花間の路
打湿金衣吹不消　　打湿せる金衣　吹けども消えず

（雪はこの将軍邸から郊外の川の橋まで連なって、谷を出た鶯はまだ高い枝に昇っていない（こちらまで来ていない）。彼らが戯れるべき邸内の花園の道もまだ寒さは厳しく、金色の羽を湿らせるようにふりかかった雪は、吹き払っても消えない）

「掖垣」は本来宮殿の垣、転じて宮中そのものを指す語だが、ここでは主催者たる将軍の邸宅を意味するだろう。前半二句では都も山間も白一色という大きな風景を詠み、後半二句で鶯に焦点を当て、羽にうちかかる雪を描く。『和漢朗詠集』上・鶯・七一の「西楼月落花間曲」（菅原文時）を意識しているのであろうか。「花間路」がミセケチのようにして来たるべき春の花園を幻出させている。「打湿」は口語的表現で、五山では詩語としても使われる。[注9] ここでもし「うちしめり」と訓読みすれば、「うちしめりあやめぞかをるほととぎす鳴くや五月の雨の夕暮れ」（藤原良経・新古今・夏・二二〇）などの歌語にも通じる表現になる。

判詞は「各申殊勝之由」（各殊勝の由を申す）であった。

第一五番、横川景三詠は次の通り。横川も相国寺を代表する詩僧の一人である。

年後雪深花自遅　　年後　雪　深くして　花　自づから遅し
初知春在着鶯枝　　初めて知る　春は鶯を着くる枝に在ることを
余寒不鎖一声暁　　余寒　鎖さず　一声の暁
近聴為歌遠聴詩　　近く聴けば歌を為し　遠く聴けば詩

（年が明けても雪はまだ深く、花の咲くのはおのずと遅い。そんな中、鶯がやってきて枝に止まり、初めて春の訪れを実感した。居座る寒さも何のその、明け方に聞こえてきた一声に心を動かして、近くで聴いた皆さんは歌を作り、遠くで聴いた私どもは詩を作ったのだった）

ここでは雪の深さ、まだ残る寒さを、他の作品同様描きながらも、負けずに春の訪れを告げる鶯の初音を強調し、第四句へとつなげる。第四句は句中対で、近―遠、歌―詩を対比させる。鶯がここ将軍邸[注10]で鳴いたとすれば、近・遠は将軍との距離を示すことになる。義尚の許に出入りしている公家たちへの挨拶であろうか。ともかく詩歌合の場という当座性を巧みに作品に織り込んだ点が光っている。これも判詞は「各殊勝之由申之」だった。

続けて、第一六番、桃源瑞仙詠を見よう。桃源は横川と親しい学僧で、清原家など公家の学問との交流も深い。

十日東風吹雪残　　十日の東風　雪を吹き残す
暁鶯声湿晩鶯乾　　暁鶯　声　湿ほひ　晩鶯　乾く
金衣漸暖宮花底　　金衣　漸く暖かなり　宮花の底
和気入歌春不寒　　和気　歌に入りて　春　寒からず

（五風十雨また十風五雨というが、春風が十日に一度、雪を吹き散らし、明け方まで湿りがちだった鶯の声も、夕方にはからりと乾いていた。金色の羽も邸内の花園で暖められると、春の穏やかな雰囲気が鳴き声にも反映して、それを聴くと寒さも感じないほどだ）

五風十雨（十風五雨）は天候が順調であること、和気も春らしい穏やかな天候で、ともに為政者の徳を反映したものである。雪に縁のある「湿」「寒」を使いながら、それの対義語である「乾」「暖」も用いて、もはや春へと動いていく自然をこの邸内ではいち早く先取りしている、と詠む。第二句にやはり句中対が用いられている。判詞は「中殊勝之由」。「暁鶯」にはやはり『和漢朗詠集』の文時句の題「宮鶯囀暁光」が踏まえられていよう。

三首とも、前半二句に「雪」「鶯」を用いている点は他と共通する。ただし前半と後半でくっきりと二分されるような構成かというと、むしろ後半にも「余寒」「金衣」といった題字の言い換え語を用いて、描く世界を連続させているように見える。しかしそこに蘭坡は「花間」、横川は「不鎖」と春への期待を詠み込み、桃源はもっとあからさまに「漸暖」「不寒」と言い切った。後半で春への期待をこめる、という点においては前半と微妙に区別しているのである。

それよりも、横川・桃源における句中対表現、横川の詩歌合への言及や蘭坡・桃源の『和漢朗詠集』利用のような、公家を意識した措辞、すなわち場に即した表現、といった点に五山僧の作品の特徴を見るべきであろう。それは、題意を詠み込むまでで精一杯のように見える大方の公家の詩から一歩前へ踏み出した余裕ある詠みぶりという風にも言えるが、通常の構成のなかに、もう一つ何かアイディアを盛り込んで、それを一首の眼目とする、特にそれが当座性を帯びるものであればなお良い、という五山禅林の詩の特徴の表れと捉えることもできよう。▼注11

五　「雪中鶯」以外の作品

他の二題についてもざっと見ておこう。

「江畔柳」でも、前半二句に「江」「柳」字を詠み込み、後半では枝垂れる柳の枝を釣り糸や舟のもやいに喩えたり、漁船や漁師を点景として描くものが多い。

「雪中鶯」で批判された実遠の第三九番詠は次の通り。

薄暮江村隔彩霞　　薄暮　江村　彩霞を隔つ
柳条風暖未吹花　　柳条　風　暖かにして　未だ花を吹かず
遺賢応詔太平日　　遺賢　詔に応ず　太平の日
影似釣糸抛水涯　　影は釣糸の水涯に抛つに似たり

（夕暮れが迫った水辺の村は夕焼け雲の向こうにある。柳の枝を暖かな春風が揺らすが、まだ花びらは吹き散らさない。在野に隠れていた賢人も、太平の世となり、君子に召し出されていった。枝垂れた枝の影は、彼がもう使わなくなって水辺に捨て置

いた釣り竿の糸のようである）

徳の高い君子が治める世は「野に遺賢無し」で優れた人材が中央に集められる。枝を釣り糸に喩えるだけでなく、それを遺賢（太公望や厳光が連想される）の釣り竿の糸としたところが工夫で、為政者義尚を称賛する内容になった。判詞は「中宜之由」。

桃源の第二六番詠を見てみよう。

鴨緑江東柳已糸　　鴨緑江東　柳　已に糸
金狨繋馬雨晴時　　金狨（きんじゆう）　馬を繋ぐ　雨　晴るる時
祇今行楽離人少　　祇（た）だ今　行楽　離人（りじん）　少（ま）れなり
不向春風折一枝　　春風に向かひて一枝を折らず

（緑の水の流れ、それは糸のように枝垂れた柳がいっぱいに開かせた葉の色が映ったもので、雨上がりの川辺、そこに馬を繋ぐ官人もいる。今の太平の世、春の行楽に出る人はいても遠くへ旅立つ人はまれで、春風の中、誰も別れの印として柳の枝を折り取る人はいない）

旅立つ人を送るとき柳の枝を贈る「折楊柳」は中国では楽府題（がふだい）（民間歌謡的な題材・詠風の詩のテーマ）として親しまれ、多くは戦乱などによって、無理に引き裂かれ、再会も覚束ないような別れを詠むものであった。そのような悲しみを味わう人もいない、春の川辺の平和な情景を描き、これまた為政者への賛美になっている。「金狨」はオナガザルの金色の毛皮で作った馬の鞍のことで、蘇軾と並んで五山においてよく読まれた黄庭堅の詩に見られる語である。▼注12 本作品では第三六番・同山▼注13にも使われている。判詞は「中殊勝之由」である。

「山家梯」は第四二番、蘭坡の作のみ掲げる。

人家深住白雲隈　　人家深く住む　白雲の隈（くま）

雪尽高梯滑似苔　雪　尽きて　高梯　苔よりも滑らかなり
日暮帰樵攀嶮去　日暮　帰樵　嶮を攀ぢ去る
担頭斜挿数枝梅　担頭　斜めに挿む　数枝の梅
（白雲たちこめる深山の中に人家がある。雪は消えたが梯子のような険しい山道は苔よりも滑りやすくなっている。日暮れ、家に帰る木こりが山道を登っていく、その背中には薪に挿した数本の梅の枝が見える）

人里離れた山中の様子を描く前半、そこに登場した木こりを描く後半に分かれるが、眼目はその「担頭」（荷物）に挿された梅である。雑の題に当季の景物をあしらい、和歌の世界でいうところの「山がつ」にも風雅な心がある、とする趣向が利いている。判詞は「尤殊勝之由申之」。

おわりに

政家詠について述べたように、公家の作品であっても五山僧の添削が行われている可能性があり、あまり対立的に捉えるのも危険かもしれないが、先述のように、横川ら手練れの五山僧の作品には、通常の構成や題の敷衍に加えて、何か一つ、興趣を感じさせる工夫が加えられている場合が多いように思われる。それは日頃から、詩作の際に意識的に行われていることではなかろうか。

公家の作品では「雪中鶯」の広光詠はそれに近いように思うが、それほどの高評価ではなかった。判者の五山僧たちにはあまりピンとこなかったのであろうか。そのあたりをさらに追究していけば、五山僧の詩の評価のポイントが一層明確になるのかもしれないが、現在のところはここまで述べてきたことを一応の結論としたい。

〔注〕

（1）句題詩の成立およびその詠法については佐藤道生「句題詩概説」（同編『句題詩研究』慶應義塾大学出版会、二〇〇七）にまとめられている。首聯（第一・二句）で題の字をそのまま詠み込み（題字という）、頷聯（第三・四句）および頸聯（第五・六句）ではそれぞれ言い換えた表現で詠み（破題という）、尾聯（第七・八句）では作者の思いを述べる（述懐という）、というのがその概略である。稿者も『詩のかたち・詩のこころ—中世日本漢文学研究—』（若草書房、二〇〇六）の総説において触れた。

（2）王京鈺「五山句題詩の特徴」（『日本中国学会報』五七、二〇〇五・一〇）は主に杜甫の詩句を題とした五山の句題詩を分析し、平安の句題詩のような規則がないことを実証している。ただし、その現象を、王氏は平安句題詩の詠法が変化したと捉えるが、むしろ直接の関係がないから詠法が継承されていないと考えるべきではなかろうか。

（3）諸本および成立の経緯については前章「「詩歌合（文明十五年）」について」を参照されたい。

（4）詩歌合の歴史については堀川貴司「詩合・詩歌合について—平安から室町まで—」（『斯文』一二二、二〇一三・三）を参照されたい。

（5）以下、引用は天理図書館蔵〔吉田兼致〕筆本により、漢字は通行字体に改め、和歌には濁点を補った。また読み下しは熊本大学附属図書館寄託細川家北岡文庫（永青文庫）蔵〔英甫永雄〕筆本の訓点を参照した。なお、群書類従和歌部に収められる本文とは小異がある。

（6）全体については前章において引用し、推敲の過程を推測した。

（7）紙宏行「「詮とおぼゆる詞」について」（『文教女子短期大学紀要』三七、一九九三・一二）

（8）佐藤道生「平安後期の題詠と句題詩—その構成方法に関する比較考察—」（『和歌文学研究』九一、二〇〇五・一二、のち注（1）編著に修正の上収録）はこの記述に触れた上で実例を分析し、前半二句では題字そのままではなく、一部に言い換えの語句も用いられていることを指摘している。なお『王沢不渇鈔』の引用は真福寺善本叢刊一二『漢文学資料集』（臨川書店、二〇〇〇）所収真如蔵蔵本影印による。

（9）市木武雄『五山文学用語辞典』（続群書類従完成会、二〇〇四）は「シツをうつ」として立項、「しめり気を払う。水気を払う」との解釈を与えているが、打は打開などと同様、動詞の前に付く接頭辞で、意味は「湿」（しめらせる）に同じであろう。

（10）このときの義尚は小川（おがわ）御所（現在の宝鏡寺）にいた。『蔭涼軒日録』延徳三年（一四九一）五月二三日条に記主が横川の作品の草案を反故中から見つけるという記事があり、そこに「曾於小河御所有詩歌御会、蘭坡・横川・桃源三老陪御宴、各作三題」などと記されている。なおこの記事については今泉淑夫『禅僧たちの室町時代』（吉川弘文館、二〇一〇）一〇五頁以下に言及があることによって知った。

（11）当座性についてはは聯句のそれを追究した朝倉尚『抄物の世界と禅林の文学』（清文堂出版、一九九六）がある。また、趣向を立てる詠法を室町後期から江戸前期に至る日本漢詩の特徴と考えた堀川貴司「中世から近世へ―漢籍・漢詩文をめぐって―」（注（1）前掲書所収）がある。

（12）『山谷詩集注』巻九「次韻宋楙宗三月十四日到西池都人盛観翰林公出邀」に「金狨繫馬暁鶯辺、不比春江上水船」とある。その注には、オナガザルの毛が金色であることからこの名があり、「禁従」（皇帝に仕える人、特に翰林学士）は皆これを用いた、とある。

（13）『大日本史料』第八編十五、文明一五年三月二三日条に死亡記事が見え、それによると天龍寺の僧で、法諱は等賢または等源、足利義政の子で、義尚と同年か（政家の日記に「今年十九歳云々」とある）。

第一一章　三条西実隆における漢詩と和歌――瀟湘八景を中心に――

一　漢詩初学期と天隠龍沢

三条西実隆（一四五五～一五三七）の日記『実隆公記』[注1]の長享三年（＝延徳元年〈一四八九〉）二月三日条に次のような記事がある。

抑大昌院、前左府〈西園〉屏風画図瀟湘八景之内、漁村夕照賛并其図等只今可持向也、可令一見由被命。団扇面之画図也。芸阿筆也。無双之丹青也。賛云、

落日懸雲〈此四字忘却如此歟可尋〉半嶺紅　落日　雲に懸かり　半嶺　紅なり
晩潮声度葦林風　晩潮の声は度る　葦林の風
漁翁捨棹忙帰去　漁翁　棹を捨てて帰去に忙はし
不曝蓑衣不掩篷　蓑衣を曝さず　篷（篷カ）を掩はず

大昌院は建仁寺の塔頭で、ここでは院主天隠龍沢（一四二二～一五〇〇）を指す。西園寺実遠邸の屏風に貼り交ぜるため、芸阿弥が団扇に瀟湘八景を一景ずつ描いた。恐らく、それぞれ別の詩人に賛を頼んだのだろう、漁村夕照図が天隠のもとに来たのを実隆にも見せてやろうと持参した。実隆はその賛詩を覚えて日記に書き付けてい

る（ただしこの詩は天隠の詩集『黙雲藁』には見えない）。

鎌倉時代後期に日本にもたらされた瀟湘八景は、室町時代中期になると、水墨画において定番の画題となり、五山僧の多くがそれに着賛し、また歌人たちもその動きに参加するようになって、さまざまな形で広く知られるものとなっていた。そうした文化現象の一こまではあるが、これを実隆の漢学や漢詩への関心を示す一事例として見た場合、ここに登場する天隠龍沢が重要な意味を持ってくる。

『天隠和尚文集』（五山文学新集五所収）には実隆の聴雪という斎号について記した「聴雪斎記」がある。実隆が避難先の鞍馬から帰京した年の冬（文明五年〈一四七三〉か）に書かれた。

三条羽林郎実隆公、累代襲相国之爵也、稟性聡利、生知読書、年未及志学、蚤有老成之誉、搢紳先生、指目以為神童也、応仁之乱、寓余東山隠廬者数月、人以為謝丞相高臥也、公晨有琅々諷詠、余益信神童之言也、

（太政大臣にまで進む家柄（本家の正親町三条家のことだろう）の出である近衛少将実隆は、生まれつき聡明で、幼くして読書し、一五歳にもならないうちから「老成している」との評判で、公家たちの間では「神童」と目されていた。応仁の乱が起こり、わが隠居所（東山建仁寺大昌院）に数か月滞在したときは、かの晋の謝安が東山に隠棲したことに擬する人もいたくらいだ。彼は朝早くから朗々と詩を吟じ、私は「神童」であることを確信した）

三条西家と大昌院は、所領支配を通じて経済的な関係があった。[注2] その縁で避難先に選んだのであろう。滞在中、実隆は天隠に書斎の扁号を求め、天隠は、冬になればきっと雪の降る音を聞くことになるだろうと「聴雪」の二字を与えた。その後東山にも戦火が迫り、実隆は鞍馬に避難、そこで実際に雪に閉じこめられる生活を送ることになる。

『黙雲藁』には次のような詩が見える。

次三条西殿韻

憶昨洛東松竹廬　憶ふ昨（きのふ）　洛東の松竹廬に
春初分席及秋初　春初より席を分けて秋初に及びしことを
青雲他日登台輔　青雲　他日　台輔に登らん
可記山窓夜読書　記（き）すべし　山窓　夜に書を読むことを

配列から文明元年冬の作と見られる。第二句は、実隆の建仁寺滞在が春から秋にかけてだったことを言う。鞍馬からの近況を伝える贈詩に対して、今の苦しい境遇での勉学が、後日きっと宮中での活躍につながるだろう、と励ます内容の答詩になっている。

次の詩は文明四年頃であろうか。避難中も宮中には必要に応じて出仕していたので、その合間に東山を訪ねたのだろう。

夜謝三条羽林郎来

簷雨蕭然夜色移　簷雨（えんう）　蕭然として　夜色　移る
幽廬豈謂卜佳期　幽廬　豈に謂はんや　佳期を卜すと
清談剪落西窓燭　清談　剪り落とす　西窓の燭
不覚斯身在乱離　覚えず　斯の身の乱離に在ることを

騒然たる世情のなか、年若き話し相手を得た喜びに時間を忘れる様子が窺える。

文明六年には、実隆の新年試筆詩に唱和している（『実隆公記』同年元日条に「試筆大昌院之和韻到来」とあるそれだろう）。

和三条羽林郎試毫韻

天門日上暁寒消　天門に　日　上りて　暁寒　消ゆ
颪送履声知退朝　颪　履声を送りて　退朝を知る

白首臣僧祈聖寿　　白首の臣僧　聖寿を祈り
炉香持呪望春霄　　炉香　持呪　春霄を望む

この年は正式の行事はなかったものの、年頭の参賀も一応行われ、戦乱から平和へと復帰しつつある時期であった。実隆の詩は、自身の帰京が叶ったこととともに、そういった喜びを記したものだったのであろう。天隠は、私は東山にいて、洛中の様子を風の便りに聞きながら、天子の長寿を祈るだけだ、と応じている。

このあと、後土御門天皇歌壇は、五山僧を積極的に取り込んで、和漢（詩歌）融合の試みを行っていく。公家歌人に中国の人名・地名を、五山僧に日本のそれを詠進させた『文明易然集』（文明一一年）、将軍義尚主催で行われた「詩歌合　文明十四年」（文明三十六番詩歌合）、宮中での文雅の催しに初めて五山僧を参加させた「詩歌合　文明十五年」（文明六十番詩歌合、本書第九章参照）のいずれにも実隆は出詠、『文明易然集』では企画段階から諮問に与り、両度の詩歌合では詩人方で参加している。晴の行事であるためか、現役の住持ではない天隠は参加していないが、文明一四年の詩歌合に関わって、中院通秀の『十輪院内府記』同年九月二六日条に「詩草談合天隠」とあるのは、通秀が天隠に添削を求めたのであろう。詩歌合では通秀が一番左で、右の女房（後土御門天皇）と番えられている。この時期の『実隆公記』が失われていて確認できないが、実隆の仲介、あるいは彼自身も添削を受けていた可能性もあろう（何のための詩かは不明だが、『実隆公記』文明一一年春夏紙背文書には天隠に詩の添削を求めた勘返状がある）。『黙雲藁』の文明一四年頃と思われるあたりに、次の詩があり、交流は続いていたことが確認できる。

和聴雪軒主秋風屋破韻

遥思杜甫在成都　　遥かに思ふ　杜甫　成都に在りて
破屋風吹茅亦無　　破屋　風　吹きて　茅も亦た無きことを
挑尽孤燈閑聴雨　　孤燈を挑げ尽くして閑かに雨を聴く

　　乾坤何処不吾廬　　乾坤　何れの処か吾が廬ならざらん

漢詩詠作という公家の世界においても伝統的な教養であるものが、実隆においては五山僧天隠龍沢を師匠（の一人）として学習されたことを確認して、彼の創作活動へと筆を進めたい。

二　瀟湘八景和歌その一

明応四年（一四九五）八月二九日、実隆は山名氏被官の後室の依頼で、正広の瀟湘八景和歌を染筆している。恐らく『松下集』に見えるものであろう。また同七年の閏一〇月二八日には惟肖得巌の瀟湘八景詩を宗祇の仲介で色紙に書いていることがわかる記事がある。[注3] このように、能筆の評判からか、詩歌染筆の依頼は多く、その一つの題材が瀟湘八景であった。それは画題として普及していて、そこに合わせる詩歌が求められたことと関係するだろう。

そして明応一〇年（＝文亀元年、一五〇一）、いよいよ自らも瀟湘八景を和歌に詠ずることになる。『再昌』の詞書は次の通り。[注4]

　宗祇法師、屏風にをすべしとて、瀟湘八景の歌みづからよみて、則色紙にかきてと、（国より）申のぼせたりし、たび〳〵いなびしかども、しゐて申せしかば、よみてかきてつかはし侍し、詩は故天徳（隠カ）和尚の詩をなむかき加へ侍し

『実隆公記』の同年三月一二日条に「宗祇法師青蚨・鳥子等送之」、一八日条には「宗祇所望八景詩歌色紙書之」とある。このとき宗祇は越後上杉氏のもとに滞在していた（「国より」というのは地方から、の意であろう）。[注5] 依頼主がわざわざ「みづからよみて」と自作であることも要求して、謝礼（青蚨＝銅銭）と料紙（鳥の子紙）を宗祇に送らせ

たのである。実隆は六日間で詠作と揮毫を済ませたことになる。

詞書の「天徳」は天隠の誤写、すなわち天隠龍沢を指すであろう。その瀟湘八景詩は『黙雲藁』（同前所収）に収める。前後の配列から、文明一二年（一四八〇）頃の作と見られる。

これについては『実隆公記』明応七年（一四九八）九月一六日条に
天隠和尚入来、瀟湘八景詩依予所望写給之。

とあって、わざわざ書いてもらい、手元に保管していたことがわかる。

どのような詠みぶりであろうか。画面上では詩と歌がそれぞれ色紙に書かれ、景ごとに並んで押されたと思われるので、ここでも並べてみたい。（詩の順番は歌に合わせる）▼注6

山市晴嵐
山郭迎春颭酒旗　　山郭　春を迎へて　酒旗　颭ぐ
市人半散樹陰移　　市人　半ば散りて　樹陰　移る
渓橋欲晩馬蹄鬧　　渓橋　晩れんと欲して　馬蹄　鬧し
要及帰雲未合時　　帰雲　未だ合せざる時に及ばんことを要す

7山かぜのたつにまかせて春秋のにしきはおしむ市人もなし
天隠は春風にはためく酒屋の旗のもと市に集う人々が夕暮れまでも途絶えずにぎやかな様を描くのに対し、実隆は、花や紅葉の美しさには目もくれず、実利のみを逐う商人たちを批判する。実隆の詠みぶりはそれまでの八景和歌にはないものだが、五山詩では応仁の乱前後になると一般に見られる内容で、実隆の学習の跡を知ることができる。

漁村夕照

茅屋参差簷不斉　　茅屋　参差　簷　斉しからず
沙村竹樹路常迷　　沙村　竹樹　路　常に迷ふ
漁翁酔著未収網　　漁翁　酔著して未だ網を収めず
山遠斜陽西又西　　山は遠し　斜陽　西　又た西

8あまの家のむら〳〵みえて蘆の葉に入日すくなき夕霧の空

天隠はのどかな漁村の桃源郷的な風景を描写し、実隆はほぼ同様の風景に「蘆の葉」を点描してアクセントを付けている。「むら〳〵みえて」や「入日すくなき」はあまり用例のない特異な表現で、実隆は「川かぜにふかれてのぼる霧の跡にむらむらみえておつる山水」（雪玉集4731・河霧）「夕なぎをまちいづる浦の釣舟は入日すくなき名残をや思ふ」（同2367・漁父出浦）と、他の歌でも似たような情景の描写に用いている。

　煙寺晩鐘

孤塔雲埋古梵宮　　孤塔　雲は埋む　古梵宮
疎鐘幾杵落山風　　疎鐘　幾杵ぞ　山風に落つ
明朝定可江村雨　　明朝　定めて江村に雨ふるべし
声噎濛々煙霧中　　声は噎ぶ　濛々たる煙霧の中

9ながめ侘ぬ尾上の寺の夕けぶり霜夜はまれの夢もありしを

山上の雲と霧に埋もれてとぎれとぎれに聞こえる鐘の音から、明日は平地が雨になるだろうと予想される、と詠む天隠に対し、実隆は『三体詩』に収められて当時既によく知られていた張継「楓橋夜泊」の「月落烏啼霜満天、江楓漁火対愁眠、姑蘇城外寒山寺、夜半鐘声到客船」の寺・鐘・霜・愁眠（寝付かれない）の取り合わせに学んでいる。初句「ながめ侘ぬ」は新古今歌人愛用のフレーズで、作中人物の愁情を強く印象づける。この歌にも「松さむき尾上の寺のほのぼのと霜夜明けゆくかねのこゑかな」（雪玉集2317・古寺鐘）という類似歌（ただし時間設定は暮れ方と明け方で異なる）がある。

瀟湘夜雨

班竹叢辺夜雨声　班竹叢辺　夜雨の声
湘江漁父夢頻驚　湘江の漁父　夢　頻りに驚く
船窓濯足聴蕭瑟　船窓　足を濯ひて蕭瑟を聴く
惆悵滄浪水未清　惆悵す　滄浪の水　未だ清らかならざることを

10竹の葉の色そめかへし涙をも夜なが(ふかき)き雨のまくらにぞしる

「班（斑）竹」は、瀟湘の地で客死した舜の妃たちの涙のため、この地の竹にはまだら模様があるという伝説に基づく表現。天隠は『楚辞』「漁父辞」に登場する屈原を諫める漁父に作中人物を重ね合わせる。実隆は伝説そのものと作中人物の心情を一体化させている。瀟湘夜雨歌で竹を詠み込むのは、実隆以前では賢良（景南英文勧進八景詩歌）と心敬に限られていて、これも五山詩の詠みぶりをよく消化したものと言える。

遠浦帰帆

天際春連何処山　天際　春は何処の山に連なれる
帰帆浦遠却如閑　帰帆　浦　遠くして却つて閑かなるが如し
風蒲十幅弓彎影　風蒲　十幅　弓彎の影
万里東呉一餉間　万里　東呉　一餉の間

11はるかにも漕かへるかな蜑小舟猶この峯を思ふかたとて

ひろびろとした湖の静かな絵のような風景、しかし帆風をいっぱいに受けていつの間にかぐんぐんと進む舟の様子を天隠は鮮やかに描く。実隆は「はるかにも〜かな」とスケールの大きな詠みぶりで題意を満たそうとする。後に永正三年（一五〇六）五月宮中月並和歌で「はるかにも思ひけるかなわたの原もろこし舟もやすき往来（ゆきき）を」（雪玉集2414・海路）と類似の表現を用いて、日明間の往来を詠んでいる。

　　洞庭秋月
岳陽楼上倚欄干　　岳陽楼上　欄干に倚れば
万頃滄波孤月寒　　万頃の滄波　孤月　寒し
呉楚東南随水去　　呉楚東南　水に随ひて去る
怪看七十二峯残　　怪しみ看る　七十二峯の残れるを

12　月影の夜のさゞ波しづかにてこほりの千（ち）さと秋かぜぞふく

「呉楚東南」は杜甫の「登岳陽楼」の第三句「呉楚東南坼」を用いたもの。「万頃」（頃は面積の単位。果てしない広がりをいう）や「七十二峯」（湖の南にある衡山の別名）は洞庭秋月詩にはよく見られる語。実隆は広々とした湖の水面に月光が反射するさまを『和漢朗詠集』秋・十五夜の「秦甸之一千余里、凛々氷鋪」を和らげて「こほりの千さと」と表現した。湖の広さと月光の美しさとを同時に表現できるフレーズを、五山詩ではなく朗詠から作り出したのである。後に貞敦親王が「すはの湖や氷のちさと影はれて秋なき波に月ぞやどれる」（貞敦親王御詠448・永正十六年三月着到和歌）と実隆詠に学んでいる。

　　平砂落雁
渺々平沙蘆葦風　　渺々たる平沙　蘆葦の風
幾行旅雁渡秋空　　幾行の旅雁か　秋空を渡る
前群欲下却驚起　　前群　下らんと欲して却つて驚起す

初月雲間影似弓　　初月　雲間　影　弓に似たり

13等閑にかへらむなみのみぎはかは友よぶかりも心ありけり

弓張り月を本当の弓と間違えて驚く雁、というユーモラスな表現は、同時期に横川景三詩にも見られるが、全体としては少ない。実隆は雁を擬人化し、「友よぶ」と表現した。通常は千鳥の描写でよく用いられるもので、ただし西行が鳩に用い（新古今1676）、それを学んだ後鳥羽院が「ながむればかり田の雪にゐる雁の友よぶこゑの寒き明ぼの」（後鳥羽院御集1340）と詠んでいるのが雁の先行例としては唯一のものか。五山詩では雁陣や雁の群れを詠むものはあるが、「友」という表現は見られない。

江天暮雪

江天欲暮雪霏々　　江天　暮れんと欲して　雪　霏々（ひひ）たり

罷釣誰舟傍釣磯　　釣を罷めて　誰が舟か釣磯に傍ふ

沙鳥不飛人不見　　沙鳥　飛ばず　人　見えず

遠村只有一簑帰　　遠村　只だ一簑の帰る有り

14いつも見る入江の松のむら立もたゞ夕波の薄雪の空

天隠は白一色、鳥とていない中に釣りを終えて帰る一人の漁師を描く。柳宗元「江雪」の「千山鳥飛絶、万径人蹤滅、孤舟蓑笠翁、独釣寒江雪」を踏まえるこのような表現は五山詩では常套のもの。人や鳥の動きが描かれる「山市晴嵐」「漁村夕照」「平沙落雁」との対照性も意識にあるだろう。実隆は人物を登場させず、夕方、雪模様のなかに見える水辺の松を描く。「いつも見る」風景が、他の要素のために新鮮に目に映るというのは「いつもみる月ぞとおもへどあきのよはいかなるかげをそふるなるらん」（後拾遺集・秋上256・長能）ほかに見られる表現で、彼自身「朝夕にいつもみるともいかならん山ははつ雪のべはうす霧」（雪玉集3442・眺望）と「はつ雪」「うす霧」のかかった山の風景を詠んでいる。

このように、先行する天隠詩および他の五山詩の表現に学びつつも、他の漢文学作品も利用して、和歌独自の表現を工夫し、個性的な詠みぶりになっている。また、先後関係は不明な場合が多いが、類似する題を詠む自身の歌と表現の共通性が見られ、いわば実隆の作歌活動における実験的な場にもなっていると言えそうである。

三　禁裏屏風瀟湘八景詩

文亀三年（一五〇三）、実隆は後柏原天皇より、禁裏の屏風に押すための瀟湘八景詩の染筆を命じられた。『実隆公記』には次のような記事がある。

八景詩事為被押御屏風有被仰談之子細。（三月二日条）

八景詩事有被仰下之旨。（三月二六日条）

禁裏御屏風八景賛色紙形詩〈日本人、故人詩也〉、依仰今日染筆進上之。（五月一六日条）

八景御屏風画図・色紙等可被押之寸法等被仰談。愚存分申入之。（五月一七日条）

八景御屏風画図・色紙等悉被押之。不遠院宮・万松軒等参入御拝見、尤有興。（五月一八日条）

ここではじめから瀟湘八景の詩のみが話題になっていて、実隆はその選定も任されたのであろう。一月半ほど後「日本人、故人詩」を書いて進上し、翌日、絵（次に掲げる資料により、団扇絵だったことがわかる）と色紙をどのように貼るかの相談があり、その翌日完成した屏風を尊伝法親王（後柏原天皇弟）や宗山等貴（伏見宮家出身の禅僧）とともに拝見した。この色紙の詩を別にまとめて一紙に記した実隆自筆のものが現存する。[注7]

山市晴嵐　〈景南（英文）　一三六五〜一四五四〉

一刻千金春夜月　寸陰尺璧暮山嵐　市人只競日中利　豈識奇珍在不貪

漁村夕照　〈雲章（一慶）一三八六～一四四三〉

村路人稀夕照幽　寒鴉落木水悠々　遺賢已作朝家佐　臥揖衣生旧釣舟

瀟湘夜雨　〈惟肖（得巌）一三六〇～一四三七〉

九疑山上雨雲生　二女廟前蕭瑟声　今夕孤篷投宿客　明朝白髪幾茎々

遠浦帰帆　〈竺雲（等連）一三八三～一四七一〉

孤帆遠帯夕陽帰　西浦風生去似飛　翠竹白沙新月下　漁童相待倚柴扉

煙寺晩鐘　〈瑞岩（龍惺）一三八四～一四六〇〉

煙際招提暮靄寒　疎鐘杳々度重巒　何如長楽退朝後　花外斜陽数杵残

洞庭秋月　〈東沼（周曮）一三九一～一四六二〉

花於京洛独誇古　月到洞庭初是秋　八百里波風不起　君山如画岳陽楼

平沙落雁　〈江西（龍派）一三七五～一四四六〉

浅草平沙湘岸西　秋風落雁影高低　勁翰前到弱翰後　雲路飛騰力不斉

江天暮雪　〈瑞渓（周鳳）一三九一～一四七三〉

漫天風雪暮江湾　飛鳥行人無往還　山共湘娥愁底事　無端白尽翠螺鬟

右禁裏画屏〈団扇／絵〉色紙蒙勅命書此詩也／文亀癸亥夏五十七

『実隆公記』にあるように八人ともこのとき故人である。天隠龍沢も既にこの世にいないが、それよりさらに一～二世代前の、義持・義教時代、あるいは遅くとも応仁の乱以前に活躍していた詩僧の作品を集めている。横川景三編『百人一首』に含まれている瀟湘八景詩八首のうち四首が重なる（景南・雲章・竺雲・瑞岩）。また宮内庁書陵部蔵『待需抄』所収の瀟湘八景詩一組とも同じ四首が重なる。ちなみに『百人一首』と『待需抄』所収詩とは、この四首以外に二首が重なっている。将軍家などの依頼によって、禅僧が一人一景ずつ、八人で八首を詠進し、それが屏風や障子を飾るということがしばしばあった。[注8]『待需抄』のものはそういったうちの一組であろうか。また、東沼の詩は彼の別集『流水集』（五山文学新集三所収）に「江天暮雪〈相公色紙〉」以下六景（山市晴嵐と漁村夕照を欠く）が並ぶうちの一首で、この場合は将軍の求めに応じて一人ですべて詠じたのだろう。

そういったいくつかのセットの蓄積があり、そこから『百人一首』は作者が重ならないように組み合わせて選択し、実隆もまた『百人一首』を参照しつつ、同様に選択したのであろう。「山市晴嵐」の利を貪る市人、「瀟湘夜雨」の舜妃、「遠浦帰帆」のスピード感、「煙寺晩鐘」の疎鐘、「洞庭秋月」の広々とした湖面、「江天暮雪」の鳥も人もいない白一色の風景――これらは先の天隠詩あるいは五山の瀟湘八景詩一般の傾向として述べたところである。

このセットのなかで特筆すべきは、宮中に飾られることを意識した内容の詩を選択している点にある。「煙寺晩鐘」で山寺の鐘と比較されている長楽宮の鐘は『和漢朗詠集』春・雨の「長楽鐘声花外尽、龍池柳色雨中深」で知られる漢の宮殿で、この句を踏まえた表現になっていることは、天皇はじめ公家たちには一目瞭然であったろう。「洞庭秋月」では洞庭湖の月と都の花とが、つまり中国と日本とが対比される。

また、「漁村夕照」は、乱世を避けて漁翁として野に埋もれていた賢人も、平和な世となって天子に仕えている、という「野に遺賢無し」の治世を賛美する。権力者の居所を飾る作品にはしばしば見られることで、もとは将軍家のための作品であったかもしれない（雲章は別集が伝わらないため詠作事情は不明）。それを転用したのである。

このように、実隆が瀟湘八景詩をよく理解し、目的に応じて選択していることが見てとれる。

四　永正年間の詩会

実隆が漢籍の学習に熱心で、五山僧や博士家の学者からさまざまな講義を受け、自ら書写や付訓を行い、さらには息子の公条にも学ばせていたことはよく知られている。[注9]

漢詩の詠作もそれに並行して熱心に行われた。『再昌』を見る限り、特に永正年間（一五〇四〜二〇）の前半は密度が濃い。別表に示したとおり、永正三年二月以降、毎月二五日に自邸で、四年正月からは二九日前後に禁裏で、月並の詩会が行われている。これ以外に、久しく絶えていた釈奠を復活させ、年二回、二月と八月に自邸にて行ったのもこの時期である。[注10]

ここまで、実隆の漢詩詠作には五山僧の影響が強いと述べてきたが、この詩会の周辺資料を見、開催の動機を推測すると、やはり公家社会の基盤としての漢学と、それと密接不可分の漢詩を学ぼうという意識が強いように思われる。自邸の詩会が二五日に定められているのは、始まりが聖廟法楽であり、学問の神様である菅原道真の命日に行って、その加護を願う気持ちがあろう。また、永正三年二月から始まったのには、この月五日に念願の内大臣に任じられて父公保の極官に到達し、これを息子公条へと継続させるために、和漢の学問に通じた三条西家の存在意義を一層強固にする、という目的があったのではないか。

詩会の開催について助言をしているのが、やはり若い頃から誼を通じている徳大寺実淳である。『実隆公記』永正三年二月紙背文書に、

兼亦来廿五日御張行面白候。出題事聖廟法楽事候間、菅家輩可然候歟。以後御張行候者、宜竹出題可被相交候。

とある。[注11]実際、このときの出題は高辻章長で、三月は宜竹こと景徐周麟、その後この年は東坊城和長・五条為学（ごじょうためざね）・一条冬良・徳大寺実淳・近衛政家・高辻長直が交代で行っている。摂関・清華で学芸に深い関心を寄

せる人と菅家諸流の人、そこに五山の学僧が加わるという構成である。四年以降は出題者が注記されていない場合が多いが、以上のメンバーに加えて、月舟寿桂の名が見られるのは、天隠亡きあと、最も親しく往来していた五山僧だからであろう。なお、『実隆公記』には、

月舟和尚来年中詩題今日書賜之。（永正五年一二月二三日条）

月舟和尚来臨。来年々中詩題被書来之。（永正六年一二月二三日条）

とあるのが、それぞれ六・七年の自邸月並詩会全回の詩題を記したものと考えられ、持ち回りではなく、月舟一人に出題を任せるようになったことがわかる。[注12]

詩会そのものは実際に開かれたのであろうか。『実隆公記』の当該日の記事には、実際に出詠者が揃って披講したというような記事は見られず、それどころか詩会そのものに触れていないことが多い。紙背文書には詩を送ってきたときの添え状や、実隆が実淳に添削を求めたときの返答（永正四年から七年にかけて多い）などがあり、多くは作者が参加しない、作品のみを取り集める形だったようである。ただし、同日に和漢聯句が行われていることもあり、そういう場合は、皆の作品を披露したようなこともあっただろう。禁裏の詩会は、七夕・中秋・重陽などの節目に正式な公宴が行われるため、月並詩会は恐らく実隆邸と同様の方式だったろう。ただし、正月は懐紙での詠進が通例だったようで（ふだんは短冊）、やや重みを持たせていたことがわかる。

題は、多くはそれぞれの時節に合わせた天文や動植物を題材としたものであるが、それに混じって特徴的なものがある。[注13]

ひとつは「読……」という形の題で、列挙すると「読愛蓮説」（三年五月自邸）「読欧陽（修）秋声賦」（四年七月自邸）「読老杜北征詩」（六年閏八月自邸）「読孟郊詩」（七年七月自邸）「読宋玉風賦」（八年六月禁裏）「読元次山大唐中興頌」（八年九月自邸）「読杜甫麗人行」（九年三月禁裏）となる。「愛蓮説」「秋声賦」「大唐中興頌」は『古文真宝後集』に収

める文章、「北征」「麗人行」は杜甫の長篇詩、「風賦」は『文選』にある。

たとえば六年四月七日から、月舟寿桂による杜詩講義が自邸で始まり六月に中断、一一月からは宮中で再開しているのと、この年閏八月の自邸詩会で杜甫の「北征」詩が出題されたのとは関係があるだろう。『古文真宝』は永正三年八月から公条が相国寺常徳院万松軒の鸞岡省佐（らんこうしょうさ）のもとに出向いて聴講している。『文選』は八年の段階で公条が一通りの修得を終えている。

「孟郊詩」とは何を指すのだろうか。実隆の詩は次の通り。

1811
燈下読書無古今　　燈下に書を読むは古今無し
酸寒始覚孟郊心　　酸寒　始めて覚ゆ　孟郊の心
鴛鴦零落菰蒲裏　　鴛鴦　零落す　菰蒲の裏
便是風流郷貢吟　　便ち是れ風流郷貢の吟

孟郊は中唐の詩人で、蘇軾から「郊寒島痩」（孟郊は寒々しく、賈島はやせっぽち）と評された苦吟の詩風で知られる。経済的にも苦しく、自らの貧窮を詠んだ詩もある。これらのことは当時五山で流布していた詩人の伝記集『唐才子伝』や宋代の詩話を集成した『詩人玉屑』などでよく知られていた。実隆の詩は次の孟郊詩に拠るものであろう。

送淡公十二首（其の五）
射鴨復射鴨　鴨驚菰蒲頭　　鴨を射　復た鴨を射る　　鴨は驚く　菰蒲の頭
鴛鴦亦零落　彩色難相求　　鴛鴦も亦た零落す　　彩色　相ひ求め難し
儂是清浪児　毎踏清浪游　　儂（われ）は是れ清浪の児　　毎に清浪を踏みて游ぶ
笑伊郷貢郎　踏土称風流　　笑ふ伊（か）の郷貢の郎　　土を踏みて風流を称することを
如何丱角翁　至死不裹頭　　如何なるか丱角（かんかく）の翁　　死に至るまで裹頭（かとう）せず

（『孟東野詩集』巻八）

水の上に暮らし、水鳥を射て生計を立てる猟師（「儂」）が、田舎から都に出て科挙に合格し、風流才子を気取っていつまでも大人になれない男（作者自身）をあざ笑うという内容である。実隆は第三・四句でこの詩の語句を取り込んでいる。「夜、燈火のもと読書するのは昔も今も変わらない。貧しく寒い中でそうやってこそ、初めて孟郊の気持ちに共感できる。彼は「美しい羽を持つおしどりも、水辺の草のなか、猟師に射落とされてしまう」と歌っているが、これこそ田舎から出てきて風流才子を気取っても貧窮から抜け出られなかった彼自身の姿なのだ」といったところか。

この詩は当時流布していた中国詩のアンソロジーや詩話には見えない。むしろ、蘇軾に「読孟郊詩」と題する詩が二首あり、二首目に「不憂踏船翻、踏浪不踏土」という、この詩を踏まえた表現があり、中世流布した蘇軾の別集『増刊校正王状元集註分類東坡先生詩』巻二五の当該詩句の注にはこの孟郊詩が全文引用されているので、これによって見たと考えるのが妥当だろう。題そのものも、他の例が具体的な作品を挙げるのに対して、単に「作者名＋詩」という形になっている点から考えても、蘇軾の詩の題をそのまま用いたと考えた方がよいかもしれない。東坡詩も永正年間前半に公条が実隆や鸞岡から講義を受けている。[注14]

このように、「読……」という題の設定には、漢籍の学習と漢詩の詠作を一体のものとして振興させようという実隆の意図が働いていると見てよいのではないか。

もうひとつは「……図」という題で、「沙際落雁図」（四年八月禁裏）「秋山平遠図」（五年八月禁裏）「蓬莱春暁図」（六年三月禁裏）「屈原塔図」（六年五月自邸）「桃源図」（七年三月禁裏）「邵堯夫天津橋上聞杜鵑図」（七年四月自邸）「王維初雪屏風」（七年一一月自邸、「図」ではないが同様のものと考えた）「子猷尋戴図」（七年一一月禁裏）「貞観職貢御図」（九年正月禁裏）である。こちらは禁裏での詩会に多く、出題者は記されない。

「沙際落雁図」の実隆詠を見てみよう。

1129雁落平沙秋水浜　　雁は落つ　平沙秋水の浜
　芦花吹雪晩風頻　　芦花　雪を吹きて　晩風　頻りなり
　霎時恐令翅翎湿　　霎の時　翅翎をして湿らしめんことを恐る
　想有他郷繋帛人　　想ふ　他郷に帛を繋ぐ人有らんことを

まさに瀟湘八景の平沙落雁の世界そのものである。雁と寒さから、漢の蘇武の雁書の故事を連想し、詩に織り込むのも、五山詩での常套である。

「邵堯夫天津橋上聞杜鵑図」はどうか。

1779天津橋上雨晴時　　天津橋上　雨　晴るる時
　行客何愁攢両眉　　行客　何の愁ひぞ　両眉を攢むる
　疑是杜鵑成鳳鳥　　疑ふらくは是れ　杜鵑　鳳鳥と成りて
　熙寧天下亦来儀　　熙寧の天下　亦た来儀することを

邵堯夫は邵雍（康節）。北宋の道学者で、南方の鳥であるホトトギスが北方の洛陽にいることを訝り、南方の人間がやってきて天下を乱す予兆だとした。これが王安石の出現を予言したとされた。この故事は、五山においては天隠龍沢編『錦繡段』に収める曾茶山（曾幾）の「鍾山」詩によっても知られる。

　致君堯舜事何難　　君を堯舜に致す事　何ぞ難き
　投老鍾山賦考盤　　老を鍾山に投じて考盤を賦す
　愁殺天津橋上客　　愁殺す　天津橋上の客
　杜鵑声裏両眉攢　　杜鵑の声裏　両眉　攢む

鍾山は王安石隠棲の地。堯舜の治世を目指した理想は破れ、隠棲して詩作の日々を送ったが、その前に彼は邵堯夫に眉をひそませていたのだった、というもの。実隆はこの詩の後半二句をほぼそのまま前半二句に用い、王安石の新法が行われた熙寧年間には、ホトトギスが鳳凰の偽物として威儀を正しているかのようだ、と詠ずる。三益永因『三益詩』に「邵堯夫天津橋杜鵑図」、『翰林五鳳集』には「天津橋図」と題する春沢永恩の詩があり（巻六一・支那人名部）、画題として流布していたことが窺われる。

「桃源」「子猷尋戴」は王朝以来馴染みの故事、「貞観職貢」も唐の太宗のもとに異民族から朝貢の使節が訪れる様子で、正月の禁裏にふさわしいおめでたい画題である。このようなものも取り混ぜつつも、特に自邸においては五山からもたらされた新しい画題を詩題とし、漢学の幅を広げる努力を怠らない様がよくわかる。

五　瀟湘八景和歌その二

『実隆公記』には永正七年（一五一〇）六月二三日、同一七年二月一四日・一六日、大永三年（一五二三）八月八日、同六年二月五日・八月二九日、同七年一二月二〇日、享禄二年（一五二九）一一月二六日、同四年五月一四日・閏五月八日、同五年五月一三日、天文元年（一五三二）一一月一日、同五年正月二四日と、実に多くの瀟湘八景和歌あるいは詩歌の染筆の記事がある。このうち、大永六年八月二九日には、越後上杉家の家臣、神余昌綱（かなまりまさつな）が所望した八景歌を書いているが、福井県立図書館松平文庫蔵『集書』に収める実隆の八景和歌二組の後に、次のような跋文が付されているのと符合する。

右八景和歌去文亀元年比故宗祇法師こしの国に侍しが、屏風にをすべし、身づから歌よみてかきて、と色紙をのぼせたりしに、いなみがたくて書つけ侍し。いまみればことにあやしきことのはに侍を、この比神余□□昌綱いたはる事ありてこもりゐたるつれづれにみ給べきよし申をこせしかば、筆を染侍ぬる。いとかたはらいたくこそ。

大永第六／仲秋廿九日　〈七十二才〉桑門堯空

かつて宗祇の仲介で依頼があって詠作したことを回顧した文章で、このときはその一組のみを書いたのである。画賛としてではなく、和歌と筆跡を鑑賞するためであろう。

享禄二年（一五二九）には、父と自らの墓がある二尊院の恵教房（えきょうぼう）からの依頼で、二組目の和歌を詠んだ。『実隆公記』の関係記事は次のように簡略である。

八景歌書之〈恵教房所望〉。（一一月六日条）

恵教房斎食相伴、串柿二連被携之。（一一月一四日条）

『再昌』では御所本にのみ記載がある（五七七〜五七九）が、八首中五首の本文が初句のみ略記されているため、全文は『雪玉集』から引く。

山市晴嵐

6341 真柴とり草かるをのこをのれさへ今朝の市にと行山路かな

漁村夕照

6342 夕けぶり木がくれふかき一むらの入日にかはるいさりびのかげ

煙寺晩鐘

6343 世中をおどろくべくはおきつなみかゝるところの入あひのかね

瀟湘夜雨

6344 梶枕とまもる雨やふるき世をしのぶることのねに残るらん

遠浦帰帆

6345 ゆく〳〵も猶夕なぎやあかざりし帰もやらぬあまの釣ぶね

洞庭秋月

6346 いく千里光を花とにほてるや浪にはてなき秋のよの月

平砂落雁

6347 行かたもわすゝ、貝にまじりゐて清きなぎさをあさるかり金

江天暮雪

6348 ふりくらす山もさながら影しあれば雪のそこなる四方のうらなみ

ここでは、題意とは直接関係のない題材や表現——「草かるをのこ」「いさりびのかげ」「おきつなみ」「わするゝ貝（忘れ貝）」など——を交えて、和歌独自の世界を作ろうとする工夫が中心になっている点、一組目と様相を異にする。「をのれさへ」「木がくれふかき」「おどろくべくは」「ふるき世をしのぶる」「はてなき」「わするゝ」「ふりくらす」といった語句からは、叙景的な表現を通じて、あるいは直接に心情的な表現を用いて、瀟湘八景の世界にもう少し奥深い時間や空間を構築しようという意識が見てとれる。詩の世界を十分知った上で、そこからやや離れて、題に囚われない自由な詠みぶりと言ってもいいかもしれない。

このような方法は、聯句・連歌における和漢の融合、あるいは付合の呼吸などとも関係があるかもしれないが、本稿ではそこまで踏み込む余裕がなかった。今後の課題としたい。

〔注〕

（1）『実隆公記』の引用は続群書類従完成会刊第四刷（二〇〇〇）により、句読点を分かつ。また、記事の検索について『実隆公記　書名索引』（同、二〇〇〇）を活用した。実隆の伝記について、基本的事項は芳賀幸四郎『三条西実隆』（吉川弘文館、一九六〇）に依るところが大きい。

（2）芳賀幸四郎「中世末期における三条西家の経済的基盤とその崩壊」（芳賀幸四郎歴史論集Ⅳ『中世文化とその基盤』思文閣出版、一九八一）に指摘がある。

（3）鶴崎裕雄「連歌師の絵ごころ―連歌と水墨山水画、特に瀟湘八景図について―」（『芸能史研究』四三、一九七三・一〇）に言及がある。

（4）引用は郡山城史跡柳沢文庫保存会蔵『再昌』を用い、『私家集大成』翻刻の鷹司本・御所本により番号、本文を補う。なおこの文亀元年の部分は伊藤敬校注『再昌』（和歌文学大系六六『草根集　権大僧都心敬集　再昌』明治書院、二〇〇五）に含まれており、参照した。他の部分に関しては『私家集大成』に依り、桂宮本叢書の翻刻を参照して適宜本文を訂正した。なお、『雪玉集』については新編国歌大観の番号を付した。

（5）金子金治郎『宗祇の生活と作品』（桜楓社、一九八三）一九頁。なお第五節に引く実隆の文章からも確認できる。

（6）瀟湘八景詩の表現については朝倉尚『禅林の文学―中国文学受容の様相―』（清文堂出版、一九八五）第一章第一節「「瀟湘八景」詩」を参照した。なお、他の歌人の和歌作品については堀川貴司『瀟湘八景―詩歌と絵画に見る日本化の様相―』（臨川書店、二〇〇二）および「瀟湘八景図と和歌」（『五山文学研究　資料と論考』笠間書院、二〇一一）を併せ見られたい。

（7）『図説日本文化史大系』七（小学館、一九五七）図二六四「瀟湘八景賛」による。ただし、作者名はそれぞれの詩の第一句右肩に道号のみあるのを変更した。なお堀川貴司「瀟湘八景について」（『詩のかたち・詩のこころ―中世日本漢文学研究―』若草書房、二〇〇六）にも全文を読み下し付きで紹介した。

（8）同前堀川論文。

（9）芳賀幸四郎注（1）書、また『東山文化の研究』（河出書房、一九四五、『芳賀幸四郎歴史論集』一・二、思文閣出版、一九八一）に詳しい。

（10）翠川文子「三条西実隆の釈奠詩会―三条西家所蔵釈奠詩懐紙の紹介を兼ねて―」（『文学・語学』五七、一九七〇・九）に、両所の詩会と釈奠詩会とが同時期に開始・終了していることの指摘がある。

（11）同前翠川論文にも指摘されている。

（12）朝倉尚『抄物の世界と禅林の文学』第二章第一節「月舟和尚小論―一華軒の学風」一三三頁に指摘がある。

（13）本間洋一「中世私家集の世界と漢文学―その一表現層をめぐって―」（『新古今集と漢文学』和漢比較文学叢書一二、汲古書院、一九九二。後に『王朝漢文学表現論考』和泉書院、二〇〇二に収める）は、『再昌』に見える歌会の題や詩句を分析して、『和漢朗詠集』『白氏文集』の表現を取り入れていたことを詳細に跡づける。ここではそれ以外の要素に注目した。

(14)『実隆公記』には「聯輝軒」に出向いたとしか記されないが、『古文真宝』同様、鸞岡による講義であることは、朝倉尚『就山永崇・宗山等貴―禅林の貴族化の様相―』(清文堂出版、一九九〇)二五四頁に指摘がある。

〔付記〕

今回、「和聴雪軒主秋風屋破韻」を補った。

『再昌』所収実隆邸・禁裏月並詩会一覧(永正三年~九年)

月日	場所	題	出題者	番号
永正三年(一五〇六)				
二月二四日	実隆邸	鳥管隔花	高辻章長	解265
三月二五日	実隆邸	花底退朝	景徐周麟	解289
四月二五日	実隆邸	官暇茶話	東坊城和長	解302
五月二五日	実隆邸	読愛蓮説	五条為学	解316
六月二五日	実隆邸	柳陰聞蝉	一条冬良	解326
七月二五日	実隆邸	微涼生桐	徳大寺実淳	解344
八月二五日	実隆邸	金籠蟋蟀	近衛政家	解358
九月二六日カ	実隆邸	池上芙蓉	東坊城和長	解372
十月二五日	実隆邸	碧瓦初寒	高辻章長	解376
一一月二五日	実隆邸	喜雪	五条為学	解393
閏一一月二五日	実隆邸	寒江釣舟	高辻長直	解406
一二月二五日	実隆邸	御臘衣		解414
永正四年				
正月二五日	実隆邸	花迎剣佩		1011
正月二九日	禁裏	掖墻新柳	東坊城和長	1037
二月二五日	実隆邸	語燕窺硯		1035
二月二九日	禁裏	鶯琴隔花		1038
三月二三日カ	実隆邸	踏青履		1056
三月二九日	禁裏	暮春景		1062
四月二五日	実隆邸	梅残紅葉遅		1077
四月三〇日	禁裏	上林聴鵑	高辻章長	1078
五月二五日	実隆邸	(不明)		1083
五月二九日	禁裏	扇市	高辻章長	1085
六月二五日	実隆邸	蚊雷		1094
六月二九日	禁裏	夜涼疑有雨		1095
七月二五日	実隆邸	読欧陽秋声賦		1111
八月二五日	実隆邸	浙江八月潮		1128
八月二九日	禁裏	沙際落雁図		1129
九月二五日	実隆邸	采迎春菊		1144
九月二九日	禁裏	楓橋暮煙		1145
一〇月二五日	実隆邸	楓林停車		1161
一〇月二九日	禁裏	寒江釣舟	鷹本「益長」桂本「章長」	1162
一一月二五日	実隆邸	冬山如睡		1182
一一月二九日	禁裏	賛李白	高辻章長	1183
一二月二五日	実隆邸	寒村探梅		1204
永正五年				
正月二五日	禁裏	官梅詩興	高辻章長	1225
正月二五日	実隆邸	迎春松得寿	一条冬良	1226
二月二五日	実隆邸	社后燕未来	徳大寺実淳	1249
二月二九日	禁裏	池塘春雨	高辻章長	1251
三月二九日	禁裏	移灯見海棠	高辻章長	1269
四月某日	実隆邸	雨後薔薇	近衛政家	1306

月日	場所	題	出題者	番号
四月三〇日	禁裏	緑陰覓残紅		1280
五月二五日	実隆邸	開軒納微涼	三条西実隆	1307
五月二九日	禁裏	採蓮舟	東坊城和長	1308
六月二五日	実隆邸	瓜期思人	高辻章長	1316
六月二九日	禁裏	避暑閣		1315
七月二六日	実隆邸	槿籬露		1326
八月二五日	実隆邸	江月不去人	東坊城和長	1346
八月二九日	禁裏	秋山平遠図		1347
九月二五日	実隆邸	晩秋即事	一条冬良	1368
一〇月二五日	実隆邸	子春話梅	近衛政家	1379
一〇月二九日	禁裏	冬日蛍	東坊城和長	1381
一一月二五日	実隆邸	寒炉焼葉		1387
一二月二五日	実隆邸	禁林暁雪	月舟寿桂	1406
永正六年				
正月二五日	実隆邸	太平有象	（月舟寿桂）	1434
正月二九日	禁裏	新鶯語如糸		1437
二月二五日	実隆邸	花気穿簾	（月舟寿桂）	1459
二月二九日	禁裏	玉堂花	東坊城和長	1462
三月二五日	実隆邸	繍蝶	（月舟寿桂）	1489
三月二九日	禁裏	蓬莱春暁図		1491
四月二五日	実隆邸カ	夏浅勝春	（月舟寿桂）	1507
四月二九日	禁裏	雨後薔薇		1509
五月二五日	実隆邸	屈原塔図	仰之梵高カ	1522
五月二九日カ	禁裏	詠史		1524
六月二五日	実隆邸	松風石	（月舟寿桂）	1523
六月二九日	禁裏	涼夜撲蛍		1525
七月二五日	実隆邸	晩涼洗馬	（月舟寿桂）	1557
八月二五日	実隆邸	露珠	（月舟寿桂）	1588
八月二九日	禁裏	金闕宴月		1589

月日	場所	題	出題者	番号
閏八月二五日	実隆邸	読老杜北征詩	（月舟寿桂）	1619
閏八月二九日	禁裏	促織		1620
九月二五日	実隆邸	薔薇菊	（月舟寿桂）	1632
一〇月二五日	実隆邸	書窓短日	（月舟寿桂）	1641
一〇月二九日カ	禁裏	雪信	詠進せず	
一一月二五日	実隆邸	雪夜喜故人来	（月舟寿桂）	1655
一一月二九日	禁裏	菊残梅早	東坊城和長	1657
一二月二五日	実隆邸	凍鶴	（月舟寿桂）	1675
永正七年				
正月二五日	実隆邸	宮鶯	月舟寿桂	1704
正月二九日	禁裏	江山春意		1709
二月二五日	実隆邸	春睡賞晴	（月舟寿桂）	1733
二月二九日	禁裏	社村酔帰		1744
三月二五日	実隆邸	落花如雪	（月舟寿桂）	1761
三月二九日	禁裏	桃源図		1760
四月二五日	実隆邸	邵堯夫天津橋上聞杜鵑図	（月舟寿桂）	1770
四月二九日	禁裏	夏鶯囀杜鵑枝	東坊城和長	1772
五月二五日	実隆邸	扇市	（月舟寿桂）	1776
五月二九日	禁裏	黄葵花		1779
六月二五日	実隆邸	蓮塘歩月	（月舟寿桂）	1799
六月二九日	禁裏	洗竹迎涼		1800
七月二五日	実隆邸	読孟郊詩	（月舟寿桂）	1811
七月二九日	禁裏	秋江敗荷		1812
八月二五日	実隆邸	雁奴	（月舟寿桂）	1827
八月二九日	禁裏	（不明）		1828
九月二五日	実隆邸	子瞻掛帽	（月舟寿桂）	1838
九月二九日	禁裏	寒叢蛬雨		1839
一〇月二五日	実隆邸	冬嶺孤松	（月舟寿桂）	1854
一一月二五日	実隆邸	王維初雪屏風	（月舟寿桂）	1864

月日	場所	題	出題者	番号
一一月二九日	禁裏	子猷尋戴図		1866
一二月二五日	実隆邸	合歓橘	（月舟寿桂）	1882
一二月二九日	禁裏	凍硯		1884
永正八年				
正月二五日	実隆邸	万寿盃		1922
正月二九日	禁裏	梅春信始	高辻章長	1929
二月二五日	実隆邸	花気湿衣		1946
二月二九日	禁裏	花無深巷		1963
三月二五日	実隆邸	茶戸細雨		1971
三月二九日	禁裏	夜遊餞春		1973
四月二五日	実隆邸	老鶯		1985
四月二九日	禁裏	新竹		1986
五月二五日	実隆邸	扇面放翁		1939
五月二九日	禁裏	山館杜鵑		1940
六月二五日	実隆邸	松潮		2009
六月二九日	禁裏	読宋玉風賦		2006
七月二五日	実隆邸	賛邵平		2019
七月二九日	禁裏	秋后暑		2020
八月二五日	実隆邸	蛩辺有夢		2033
八月二九日	禁裏	鱸魚竿	東坊城和長	2029
九月二五日	実隆邸	読元次山大唐中興頌		2034
九月二九日	禁裏	感蘭		2055
一〇月二五日	実隆邸	十月菊		2058
一〇月二九日	禁裏	清渓寒月	高辻章長	2059
一一月二五日	実隆邸	凍雨成雪		2067
一一月二九日	禁裏	灞橋詩思		2068
一二月二五日	実隆邸	別歳		2114
一二月二五日カ	禁裏	惜暮年		2116
永正九年				

月日	場所	題	出題者	番号
正月二五日	実隆邸	貞観職貢御図		2141
正月三日	禁裏	春光照衣冠		2144
二月二五日	実隆邸	柳糸		2176
二月二九日	禁裏	（不明）	高辻章長	2177
三月二五日	実隆邸	三月芙蓉		2203
三月二九日	禁裏	読杜甫麗人行	高辻章長	2204

第一二章　文学資料としての詩短冊——三条西実隆とその周辺——

はじめに

南北朝時代に始まったとされる和歌短冊は、懐紙の簡略版として歌会の詠進に用いられたほか、筆跡を求める人に既成の自詠または古歌を書き与えるためにも活用され、多くの作品が残存している。室町時代には漢詩も、安土桃山・江戸時代には連歌発句、俳諧発句、狂歌の作品にも対象が広がり、また『慶安手鑑（けいあんてかがみ）』をはじめ模刻出版も行われるほどの人気を博した。近代に至っても手軽な収集対象として好事家にもてはやされている。▼注1

研究対象としては、歌人・連歌師・俳諧師らの筆跡の見本として扱われることが多いように思う。題・作品本文・署名（諱または雅号・法名）のみという情報量では、文学資料としてその作者の文業や文学史の流れのなかに位置づけることは難しく、別に詠草や作品集があり、それとの照合によって制作年代が判明し、作品成立当初の本文の姿として参照される、というところがせいぜいではなかったか。

しかし、まとまった作品を残していない作者の場合、それ単独でも貴重な作品本文である。特に稿者の専門である漢文学の分野では、中世に入ると五山僧以外のまとまった漢詩集はほとんど現存しないため、作品集成という意味からも、現存する詩短冊を活用する必要性が高い。

本稿では、三条西実隆の日次詠草『再昌』とその周辺資料によっていくつかの詩短冊の成立年時を推定し、室町中期公家の漢文学世界を覗いてみたい。

一　作品の例

実隆は永正三年（一五〇六）一月から同九年三月まで毎月二五日に自邸で月次詩会を催した。また同四年正月からは毎月二九日に禁裏においても行われ、両者への出詠作品が『再昌』に収められる。[注2]この二種の詩会の詩題を通覧すると、重複するのはわずかに二例、永正三年閏一一月二五日実隆邸と翌年一〇月二九日禁裏の「寒江釣舟」、永正五年四月某日実隆邸と翌年四月二九日禁裏の「雨後薔薇」である。いずれも今回取り上げた資料にはない。

そこで、作者がこの時期の詩会の常連であること、詩題が『再昌』のものと一致すること、この二点が満たされれば、その詩短冊はその詩会に詠進されたものと見なすことができると考え、また、一部詩題の記されない短冊についても内容から詩題すなわち詩会を特定して、それぞれ『再昌』所収の実隆詩と並べて考察を試みる。

＊永正三年五月二五日実隆邸

読愛蓮説（解題三二六）

蓮出淤泥独自清　　蓮は淤泥（おでい）より出でて独自に清し

花中君子有誰争　　花中の君子　誰と争ふこと有らん

光風霽月灑渓水　　光風　霽月　渓水に灑（そそ）く

取愛甚勝霜後英　　取りて愛すること甚だ勝る　霜後の英に

題は『古文真宝後集』巻二所収、周茂叔（敦頤）「愛蓮説」を読んで、の意。出題は五条為学。この文章は、陶淵明が菊の隠逸を愛し、また唐代以来人々が牡丹の富貴を愛したが、私は蓮の清らかさ、君子たるところを愛する、と述べたものである。「出淤泥」「君子」は文章の表現をそのまま借りて用いる。「霜後英」は秋の終わりまで花を咲かせる菊を指す。第三句は宋代の詩人黄庭堅が「濂渓詩」の序で作者のことを「舂陵の周茂叔は人品甚だ高く、胸中灑落たること光風霽月の如し」（原漢文）と述べた譬喩表現を、渓谷に咲く蓮に雨上がりのうららかな風と月光が降り注ぐ実景の形容とし、蓮を愛する作者を思いやる。

これと同題の甘露寺元長詩短冊がある。個人蔵、藍紫内曇斐紙、三六・二×五・五糎、上部中央および右上端の二カ所に穴あり。

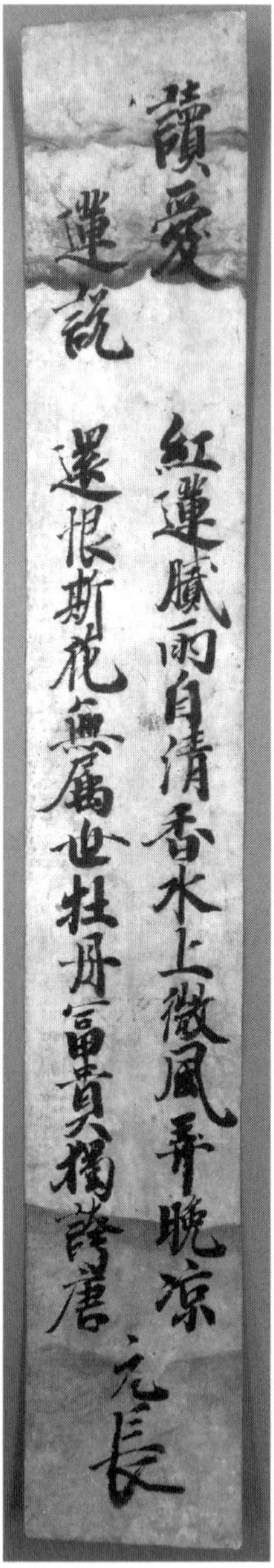

紅蓮膩雨自清香　　紅蓮　雨に膩して自づから清香
水上微風弄晩涼　　水上の微風　晩涼を弄ぶ
還恨斯花無属世　　還つて恨む　斯の花　世に属すること無く
牡丹富貴独誇唐　　牡丹の富貴　独り唐に誇るを

前半は架空の情景描写、後半は文章の内容を踏まえ、世人がこの花を顧みないことを恨む、との内容である。実隆があくまで文章に沿って詠むのに対し、元長は自分自身の感想を述べているように読める。

『元長卿記』には禁裏詩会に関する記事が多いが、実隆邸に関してはこの年二月七日条に、尺奠詩会に出詠した記事があり、三月二五日条には「内府亭会、詩短尺不得吟味之間、未遣」とあって、推敲が不十分のため短冊を提出しなかったと記している。残念ながら五月の記事は失われている。

＊永正三年一一月二五日実隆邸

喜雪（解題三九三）

山隔黄雲吹雪来　　山　黄雲を隔てて雪を吹き来たる
賞心喜気四筵開　　賞心　喜気　四筵に開く
不須行雨龍公手　　行雨　龍公の手を須(もち)ひず
吟取風前柳絮才　　吟取す　風前　柳絮の才

出題は同じく為学。稲穂が揺れる田んぼ（黄雲）を越えて、山から初雪がもたらされ、来年の豊年の瑞兆と満座の人々が喜び誉め称えた、というのが前半。「龍公手」は『東坡先生詩』巻七「聚星堂雪并序」に記される、張龍公が雨乞いをしたら雪が降ってきた、という話に基づくもの、「柳絮才」は同じく巻七「謝人見和前篇二首」その一の「柳絮才高不道塩」（晋の謝安はある雪の日、子供たちを集めて、これを何かに喩えてごらん、と問いかけたところ、息子の一人が塩に喩えたのに対し、娘が柳絮（春に飛ぶ綿毛）に喩えた、という『世説新語』の逸話を詠んだ句）を踏まえる。蘇軾の作品から雪にちなんだ表現を二つ借りてきたのである。

同内容の短冊が小松茂美編『日本書蹟大鑑』九（講談社、一九七八）一一六番に掲載される。岡山美術館蔵、内曇（色不明）、法量不明、上部中央穴あり。題は記されず。

山隔黄雲吹雪来賞心喜気四筵開 不須行雨龍公手吟取風前柳絮才　実隆

＊永正四年二月二五日実隆邸

語燕窺硯（一〇三五）

社后窺窓燕語宜　社后　窓を窺ひて　燕語　宜し

一庭花柳午陰遅　一庭の花柳　午陰　遅し

硯也元是出銅雀　硯や　元と是れ銅雀より出でたり

疑使春魂既旧時　疑ふらくは春魂をして既に旧時たらしめしかと

題は『東坡先生詩』巻二「庚辰歳人日作詩、聞黄河已復故流、老臣旧数論此、今斯言乃験」の句「新巣語燕還窺硯」（巣作りしたばかりの燕は啼きながらまた今年も机の硯をのぞきに来る）から取る。このとき蘇軾は南方に流罪になっていた。この句は「旧雨来人不到門」（昔からの友人たちは誰も尋ねてこない）と対になっていて、かつて都で華々しく文筆を揮っていたときと違って硯も使われず、燕が来て机で遊んでいるが、全く寄りつかなくなった友人よりはましだ、私に慣れ親しんでくれているから、の意。

実隆は、春になって南方からやってきて巣を作った燕が楽しげに飛び回る春の午後の庭を前半で描写、後半は、硯がもと魏の武帝が築いた銅雀台の瓦で出来ているもの（銅雀硯という）なので、燕たちはそれを見て懐旧に耽っているのだろう、という。

これと同題の近衛尚通詩短冊がある（藍紫内曇斐紙、三四・一×五・二糎、上部中央穴あり、個人蔵）。

> 語燕　朱雀橋辺花遶楼春来迎燕一簾鉤
> 窺硯　老坡去五百年後窺得袖中東海不
> 尚通

朱雀橋辺花遶楼　　朱雀橋辺　花　楼を遶る
春来迎燕一簾鉤　　春来　燕を迎ふ　一簾鉤
老坡去五百年後　　老坡　去りて　五百年の後
窺得袖中東海不　　袖中の東海を窺ひ得たるや不や

朱雀橋は、六朝時代の都建康（南京）の橋で、劉禹錫「烏衣巷」（『聯珠詩格』巻一二）に「朱雀橋辺野草花」とある。劉禹錫詩は、かつて貴族の邸宅が建ち並び、そこに出入りしていた燕たちも、今は庶民の家に巣くっている、と詠む。尚通は、その表現を借りながら、むしろ高殿があり、窓には簾がかかる貴族の邸宅をイメージしている。後半、「袖中東海」は、『東坡先生詩』巻八「文登蓬萊閣下石壁千丈（下略）」に「我持此石帰、袖中有東海」（海沿いに立つ蓬萊閣の壁石が崩れ落ち、波に洗われて丸くなったこの石を持って帰れば、袖の中に東海海上の蓬萊＝仙境を丸ごと収めたような気持ちになれる）とあるのを踏まえる。蘇軾詩ではこの石を盆に敷き詰めて石菖蒲を植えているが、尚通はこれを加工して硯にしたものが今も伝わっていて、その硯をのぞきにやってきた燕が、これがあの「袖中東海」かと感慨に耽るだろう、とする。東坡詩の別の表現を組み合わせるところは実隆の詠法に似ている。

『後法成寺関白記』には詩会に関する記事が多くあり、実隆邸詩会に関しては永正三年二月二五日の第一回から出詠、七月までは日記中に自作を短冊の形態どおりに書き写している。また、四月二四日条には、徳大寺実淳や禅僧に添削を依頼していることも記される。ただしこの四年二月の詠については二五日条に「前内府詩遣之」とあるのみ。

＊永正四年一〇月二五日実隆邸

楓林停車（二一六一）

楓林陰中停雅輈　楓林陰中　雅輈（がちう）を停む
錦耶不錦満林秋　錦なるや錦ならずや　満林の秋
耀前富貴都如此　耀前の富貴　都（すべ）て此の如し（前字不審）
下沢尤憐馬少游　下沢　尤も憐む　馬少游

題は杜牧「山行」（『三体詩』巻一）の「停車坐愛楓林暮」から取る。「輈」は小さい車のながえ。ここでは車そのものを指し、押韻の関係でこの字を用いたものか。錦秋の名に恥じない紅葉の林から、「富貴にして（故郷に）帰らざるは、錦を衣（き）て夜行くが如し」という故事を連想し、しかし私は、漢の馬援の従弟少游が、「田舎暮らしをして小さい車（下沢車）に乗り、人々に善人だと言われるのが望みだ、出世など望まない」と言ったのに心引かれる、とする。

これと同じ題で詠んだと思われる清原宣賢の詩短冊が『思文閣古今名家筆蹟短冊目録』七（一九九一・九）六〇番に白黒写真で掲載されている。内曇（色不明）、三四・三×五・五糎（目録の記載による）、上部中央穴あり。現蔵者不明。題が記されていない短冊なので、あくまで内容からの判断である。

停車山径興無窮浅碧深紅樹々楓
酔眼朦朧残照外却疑身在錦機中
宣賢

停車山径興無窮　車を山径に停むれば　興　窮まり無し
浅碧深紅樹々楓　浅碧　深紅　樹々の楓
酔眼朦朧残照外　酔眼　朦朧たり　残照の外
却疑身在錦機中　却つて疑ふ　身は錦機の中に在るかと

第三句は白居易の「林間煖酒焼紅葉」（『和漢朗詠集』上・秋・紅葉）も踏まえるだろう。酔っ払った人間の眼には、自分がまるで錦を織っている機織りの中にいる（織物の模様の一部になっている）かのように見える、というもの。

＊永正五年二月二九日禁裏

池塘春雨（一二五一）

水闊氷流昨夜風　水　闊く　氷　流る　昨夜の風
池塘漠々雨濛々　池塘　漠々たり　雨　濛々たり
暮煙彷彿随堤縁　暮煙　彷彿として堤の縁に随ふ
鴉色未乱垂柳中　鴉色　未だ乱れず　垂柳の中

昨夜は春風が吹いて氷も砕け流れる音が聞こえてきた。その翌日の、春雨にけぶる池、夕方のもやが漂う中、堤に植えられた柳に鴉たちがじっとしている、水墨画のような風景を描く。

この時のものと思われる出題者高辻章長（たかつじあきなが）の詩短冊がある。個人蔵、藍紫内曇斐紙、三三・八×五・五糎、穴なし。

これも題がなく、内容より判断した。

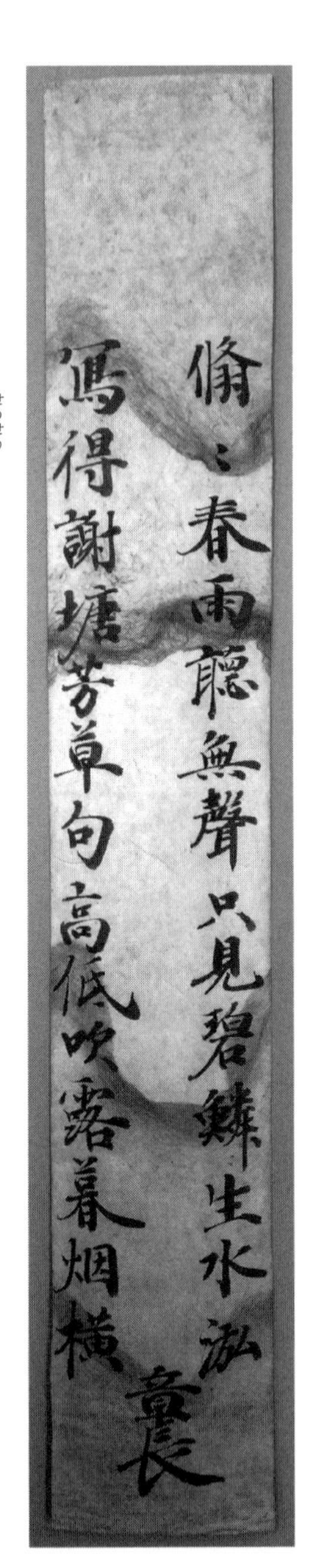

倏々春雨聴無声　　倏々(せうせう)たる春雨　聴くに声無し
只見碧鱗生水泓　　只だ見る　碧鱗の水泓(すいわう)に生ずるを
写得謝塘芳草句　　写し得たり　謝塘芳草の句
高低吹露暮煙横　　高低　露を吹いて　暮煙　横たはる

音もなく静かに降る春雨、そのなかで時折水面を跳ねる魚の姿が見える――そういった絵を見て詠んでいるという設定なのだろう。第三句は謝霊運の詩句「池塘生春草」のことで、その世界をよく絵画化している、と称賛する。第四句は実隆の同様、夕暮れのもやと露を描いて、朦朧とした水墨画のさまを表現しているのであろう。

もう一枚、伏見宮貞敦(ふしみのみやさだあつ)親王のものは、『短冊手鑑』（伏見宮家旧蔵）（日本古典文学影印叢刊一六、貴重本刊行会、一九七八）四三〇番に掲載され（白黒写真）、こちらは題が明記される。内曇（色不明）、法量不明、穴は見えない。

池塘　細雨春深方断腸跳珠千点砕池塘
春雨　晩来徒倚画欄看燕掠芹泥迷緑楊
貞敦

細雨春深方断腸　　細雨　春　深くして　方めて断腸す
跳珠千点砕池塘　　跳珠　千点　池塘に砕く
晩来徒倚画欄看　　晩来　徒らに画欄に倚りて看れば
燕掠芹泥迷緑楊　　燕　芹泥を掠めて緑楊に迷ふ

春の物思いに耽りつつ、雨粒が水面を跳ねるように降り注ぐ池を、そのほとりの建物から眺めていると、夕方、巣作りのために泥や草を運ぶ燕が柳のあたりを飛び交っているのが見えた、というもの。燕を持ち出したのはユニークだが、そのぶん題意から離れて、焦点が二つ出来てしまった感がある。

珍しく三人の作が拾えたケースであるが、禁裏での詩会ということを意識してか、平易で穏やかな表現という点で共通している。

＊永正五年八月二五日実隆邸

江月不去人以鴎為韻（一二四六）

楓葉芦花江上秋　　楓葉　芦花　江上の秋
幾随明月棹扁舟　　幾たびか明月に随ひて扁舟に棹さす
遠波風穏忘機処　　遠波　風　穏やかなり　忘機の処
一夜我閑於白鴎　　一夜　我は白鴎よりも閑なり

題は素直に読めば「江月　人を去らず」であろう。出題は東坊城和長。実際は、川の上の月があまりに美しく、見ている人が去りがたい思いをする、という意であろう。

紅葉した楓、白い花を咲かせた芦、それらを照らし出す秋の月を見たくて、何度も小舟を川に浮かべたが、今宵もこうして同じく月を見ている。波も風も静かな水上、白鴎は俗念を持たない「忘機」の象徴というが、今の私は鴎よりも清らかで落ち着いた心でいる、という。白鴎のモチーフは五山詩でしばしば詠まれるもの（本書第七章第三節参照）で、韻字に指定しているのは、そのモチーフを詠み込むことを期待してのことだろう。

同題の高辻章長の詩短冊がある。個人蔵、藍紫内曇斐紙、三四・三×五・二糎、上部中央穴あり。本作品も韻字に「鴎」を用いている。

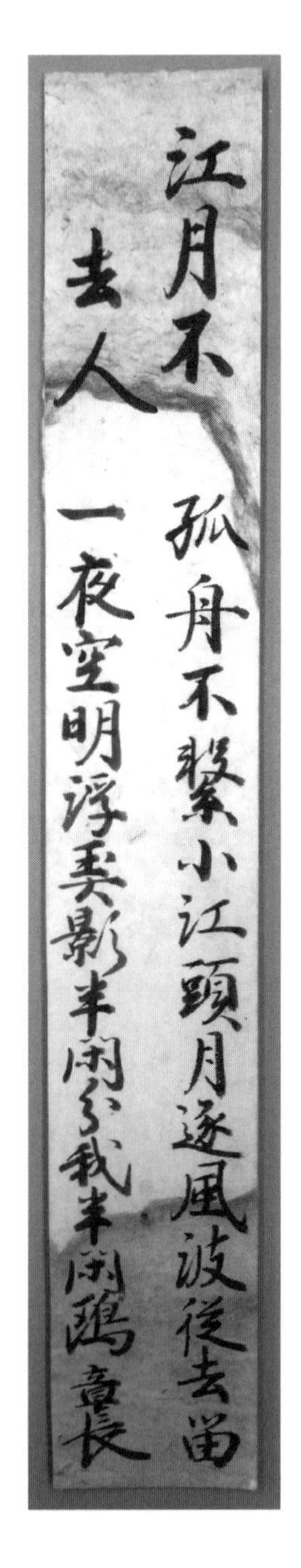

孤舟不繋小江頭　　孤舟　繋がず　小江頭
月逐風波従去留　　月　風波を逐ひて去留に従ふ
一夜空明浮弄影　　一夜　空　明らかにして影を浮弄す
半閑分我半閑鴎　　半閑は我に分かち　半閑は鴎

川の畔に舟を止め、月光が水面の波に従って揺らめくのを眺めている。章長は忘機の語は用いず、「閑」のみであるが、これを鴎から半分分けてもらい、一緒に心静かな時を送る、と詠む。

＊永正六年三月二九日禁裏

蓬莱春暁図（一四九一）

紫翠画成鼇有山　　紫翠　画　成りて　鼇（がう）に山有り
朦朧曙色水煙間　　朦朧たる曙色　水煙の間
花香月淡五雲裏　　花　香り　月　淡し　五雲の裏
自是長生春裡顔　　自づから是れ　長生　春の裡の顔

中国の東方海上に浮かぶという仙境で、鼇（大亀）の背中に載っているという。蓬莱・方丈・瀛洲の三神山があるうちの一つ。その春の曙の様子を描いた絵を詠む。靄のかかるなか、花は咲き、朧月は空に残り、おめでたい五色の雲がたなびく、不老不死の世界を描く。

同題の東坊城和長詩短冊がある。個人蔵、藍紫内曇斐紙、三四・五×五・四糎、穴なし。

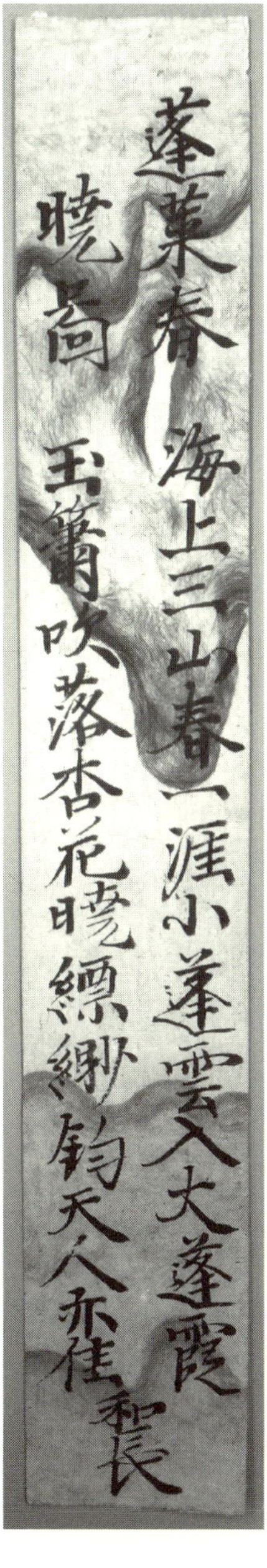

海上三山春一涯　　海上の三山　春の一涯
小蓬雲入大蓬霞　　小蓬は雲に入り　大蓬は霞
玉簫吹落杏花暁　　玉簫　吹きて落つ　杏花の暁
縹渺鈞天人亦佳　　縹渺たる鈞天（きんてん）　人も亦た佳なり

三神山が描かれていて、それらを総称して蓬萊と呼んでいるようである。鈞天は天帝の住む天上界、妙なる音楽が流れる場所である。その玉簫の音が地上に流れ落ち、人間も心地よい気分になれる、この絵を見るとそんなイメージが湧いてくる、という意味か。

＊永正六年一一月二九日禁裏

　菊残梅早

菊残梅早似相争　　菊は残り　梅は早し　相ひ争ふに似たり
胡蝶那知有此栄　　胡蝶　那んぞ知らん　此の栄有ることを
満地清香傲霜処　　満地の清香　霜に傲る処
於花休道是為兄　　花に於いて　道ふを休めよ　是れ兄たりと

冬枯れの季節、秋の名残の菊は咲き残り、梅はまだ咲かない、春の盛りに飛び回る蝶には知り得ない世界だ、霜の降りるのにも耐えて清らかな香をふりまく姿はすばらしく、春にならないと咲かない梅を花の兄などと呼びたくはないものだ、という。出題は和長。第四句の表現は、黄庭堅が水仙を詠んだ詩のなかで、梅を兄、水仙（山礬）を弟と呼んだことに基づく。

同じ作品が『短冊手鑑』七六番に載る。内曇（色不明）、法量不明、穴なし。

菊残梅早似相争胡蝶那知有此栄 満地清香傲霜処於花休道是為兄 実隆

＊永正七年三月二九日禁裏

桃源図（一七六〇）

一葉漁舟遠載春　　一葉の漁舟　遠く春を載す
武陵渓水隔紅塵　　武陵の渓水　紅塵を隔つ
却嫌松在大夫爵　　却つて嫌ふ　松の大夫の爵に在ることを
両岸桃花不識秦　　両岸の桃花　秦を識らず

陶淵明「桃花源記」に基づいた絵画である。川で魚を捕る漁師が、両岸に桃の花が咲き乱れるところを遡ると、別世界に出た、そこは秦末の混乱を逃れてきた人々が、世間と隔絶して何世代も暮らしていた所であった、という話である。『古文真宝前集』に韓愈の「桃源図」と題する詩を収めるが、これとは直接関係なさそうである。

実隆は絵画の内容を前半で描写した上で、後半、始皇帝が松に五大夫の爵位を授けた故事を持ち出し、貞節の象徴として尊ばれる松も、暴君である彼から爵位を受けた点はよろしくない、その点、桃源郷の桃たちは爵位どころか秦王朝そのものも知らないのがよい、と述べる。

同題の中御門（なかみかどのぶひで）宣秀詩短冊がある。個人蔵、藍紫内曇斐紙　三五・一×五・二糎、穴なし。

紫霞翠靄浩無辺　　紫霞　翠靄　浩として無辺なり
源上桃花紅更鮮　　源上の桃花　紅　更に鮮やかなり
吟裹幾春失郷念　　吟裹　幾く春か郷念を失する
徒迷仙路逐漁船　　徒だ仙路に迷ひて漁船を逐ふ

靄がかかって広大無辺に見える桃源郷、桃の花はいよいよ鮮やかである。いつのまにか、故郷へ帰ろうという気もなくなって何年も過ごしてしまった漁師のように、見ている私も詩を吟じながらいつの間にか同じ気持ちになって漁船の行方を眼で追っている、という。

＊永正七年四月二九日禁裏

夏鶯囀杜鵑枝（一七七二）

緑樹陰中留老鶯　　緑樹陰中　老鶯　留まる
残紅落尽夏山明　　残紅　落ち尽くして　夏山　明らかなり
杜鵑枝上好看月　　杜鵑枝上　好し　月を看よ
莫向東風約此声　　東風に向かひて此の声を約すること莫かれ

和歌の世界において春の鶯と夏の時鳥はそれぞれ代表的な景物であるが、鶯が早春から晩春まで、山中での幼い鳴き声から始まって市中でも盛んに鳴くようになって、次第に老い衰えるのに対し、時鳥は夏の短夜、明け方近くにだけ、しかも山中においてしか聞けない、という希少価値がある。せっかくの時鳥を期待して出かけたらまだ鶯が啼いていた、というずいぶん皮肉な題である。出題は東坊城和長。

実隆は、もう夏なのだから、春風が吹いてきたと思って啼いてはいけない、月でも眺めていなさい、とたしなめている。「老鶯」に対して手厳しい言い方である。
同題の甘露寺元長詩短冊が『短冊手鑑』二六二番に載る。内曇（色不明）、法量不明、穴見えず。

夏鶯囀　　夏鶯囀処景光宜緑樹陰深遶小池
杜鵑枝　　今夕更添断腸涙一声彷彿杜鵑枝　元長

夏鶯囀処景光宜　　夏鶯　囀る処　景光　宜し
緑樹陰深遶小池　　緑樹　陰　深くして　小池を遶る
今夕更添断腸涙　　今夕　更に添ふ　断腸の涙
一声彷彿杜鵑枝　　一声　彷彿たり　杜鵑の枝

元長は、昼間、照りつける太陽と池の周りの緑が濃い樹木という、夏らしい季節感あふれるなかで場違いに啼く鶯を前半で描き、後半、夜にも体力を振り絞って断腸の思いで一声、時鳥に成り代わって啼くのであろうか、とする。こちらはずいぶん同情的な言い方である。
同じく高辻章長のものが『短冊手鑑』五二二番に載る。内曇（色不明）、法量不明、穴見えず。

夏鶯囀　　万紫千紅落尽前黄鶯尚奏断腸絃
杜鵑枝　　春情一別太無頼似向青山訴杜鵑章長

万紫千紅落尽前　　万紫　千紅　落ち尽くす前

黄鶯猶奏断腸絃　　黄鶯　猶ほ奏す　断腸の絃
春情一別太無頼　　春情　一たび別るれば　太だ頼り無し
似向青山訴杜鵑　　青山に向かひて杜鵑に訴ふるに似たり

春の花が落ち尽くすまで啼き続ける鶯、春はつれなくも行ってしまい、季節は夏に変わる。その啼き声は、取り残された悲しみを時鳥に訴えかけているかのようだ、というもの。こちらも夏の鶯という存在の切なさを描いている。

＊永正七年七月二九日禁裏

秋江敗荷（一八一二）

江舟一棹載愁帰　　江舟　一棹　愁いを載せて帰る
偃水敗荷空錦機　　偃水の敗荷　錦機　空し
此夕更無擎雨蓋　　此の夕　更に雨を擎ぐる蓋無し
鴛鴦宿処定沾衣　　鴛鴦の宿処　定めて衣を沾らさん

蓮は茎などから藕糸という糸を採ることができる。もはや枯れ果ててしまった蓮ではそれもかなわず、愁いのみを載せて帰り、機織りも使えないままだ、という前半と、蓮につきものの鴛鴦が雨を避けるための大きな蓮葉もなく、雨に濡れてしまうだろう、という後半から成る。実隆と親しかった禅僧天隠龍沢編『錦繡段』に黄済「敗荷」という詩があり、「紅錦機空水国窮、転頭千蓋偃秋風、鴛鴦一段栄枯事、都在沙鴎冷眼中」とあるのを踏まえる。藕は耦（配偶者）、つまり男性の恋人を連想させ、機織りの女性が仲むつまじい鴛鴦を恨む、という中国の民謡的世界が背景にあるが、それを政治的な興亡に重ね合わせ、蓮（国）が敗れて鴛鴦（人民）も苦労している様を、世俗から超然としている鴎が冷徹に見ている、とするのが黄済詩であるが、その部分は実隆詩には言及されていず、あくまで女性と鴛鴦のみを描く。

同題の東坊城和長詩短冊が『短冊手鑑』五三四番に載る。内曇（色不明）、法量不明、穴見えず

秋江　荷花江国敗亡窮一葉不安秋復風
敗荷　領得鴛鴦栄辱事紅衣翠蓋摠皆空
和長

荷花江国敗亡窮　　荷花　江国　敗亡　窮まれり
一葉不安秋復風　　一葉　安らかならず　秋　復た風ふく
領得鴛鴦栄辱事　　領し得たり　鴛鴦　栄辱の事
紅衣翠蓋摠皆空　　紅衣　翠蓋　摠て皆な空し

こちらは黄済詩と韻も同じで、表現もほぼ丸取りしている。その点実隆には工夫があると言えよう。

＊永正七年一二月二九日禁裏

凍硯（一八八四）

一夜春吟心似灰　　一夜　春吟　心　灰に似たり
硯池半凍覚寒来　　硯池　半ば凍りて　寒の来たるを覚ゆ
任他童子労呵筆　　任他あれ　童子の筆を呵するを労するを
只恐雪威深入梅　　只だ恐る　雪威　深く梅に入らんことを

新年試筆の詩を考えるが、硯の水も凍りつき、心もはずまない。やはり凍り付いている筆を召し使いの子供にほぐさせるが、それよりもこの雪で梅の花が傷んだりしないかと気がかりだ、というもの。

同題の中御門宣秀詩短冊が『短冊手鑑』二九五番に載る。内曇（色不明）、法量不明、穴見えず。

凍硯　竹窓窮臘幾多寒凍硯吹塵覚筆乾
若賦新詩賀堯日須期春信報平安　宣秀

竹窓窮臘幾多寒　竹窓　窮臘　幾多の寒ぞ
凍硯吹塵覚筆乾　凍硯　塵を吹けば　筆の乾くを覚ゆ
若賦新詩賀堯日　若し新詩を賦して堯日を賀せば
須期春信報平安　須らく　春信　平安を報ずるを期すべし

こちらはあまりふだん筆を使っていない、すなわち詩を作り慣れていない、とまず告白し、太平を言祝ぐ新年の詩を作るのなら、春の便りが穏やかな新年を告げるのを待ってからにしよう、と言う。

＊永正八年七月二五日実隆邸

賛邵平（二〇一九）

已矣東陵一老身　已（や）んぬるかな　東陵の一老身
種瓜和雨避紅塵　瓜を種（う）ゑ　雨に和して　紅塵を避く
儒生若不到硎谷　儒生　若し硎谷（けいこく）に到らずんば

独向青門豈恐秦　独り青門に向かひて　豈に秦を恐れんや

召平（しょうへい）（文献によって邵の字も用いる）は秦に仕えて東陵侯となったが、滅亡後庶民となって長安の青門の外で瓜を栽培して暮らしたという。『史記』などに見える。一方、硎谷は長安郊外の驪山（りざん）の谷で、一説には、冬でも瓜が採れたと儒者を呼び寄せて生き埋めにした、悪名高い坑儒の地である。『三体詩』増註本巻一、章碣（しょうけつ）「焚書坑」の注に見える。実隆は瓜からこれを連想し、かつて秦の権力の一翼を担い、儒者を弾圧した東陵侯だとは、今の姿からは想像もできないだろう、と詠む。

同じ詩が、『思文閣古今名家筆蹟短冊目録』一五（一九九二・五）二八番に載る。素紙カ、法量不明、穴あり。現蔵者不明。

> 已矣東陵一老身種瓜和雨避紅塵
> 儒生若不到硎谷独向青門豈恐秦
> 実隆

＊年時不明実隆詩短冊

『再昌』に見えない作品。個人蔵、上が紫、下が藍の内曇斐紙、三三・九×五・四糎、上部中央に穴があり、そこから上端まで亀裂が入っている。題はない。

> 淡白梨花逐処新密州風物却驚人
> 詩窮太守鬢吹雪孰与東欄一樹春
> 実隆

淡白梨花逐処新　　淡白の梨花　逐処に新たなり
密州風物却驚人　　密州の風物　却つて人を驚かしむ
詩窮太守鬢吹雪　　詩に窮せる太守　鬢　雪を吹く
孰与東欄一樹春　　東欄　一樹の春と孰与ぞ

『東坡先生詩』巻一〇「和孔密州五絶」の第三「東欄梨花」（梨花は淡白柳は深青、柳絮飛ぶ時花城に満つ、惆悵す東欄一株の雪、人生看得たるは幾く清明ぞ）を題にしたものであろう。山東省の地方官に左遷されたときの作であることから、さすがの蘇軾もここでは苦吟して、髪の毛も白くなってしまい、梨の花の白さと競い合ったくらいだったろう、と想像している。

二　まとめ

短冊の形態面での特徴についてまとめておく。

大きさはタテ三五糎前後、ヨコ五糎前後、身分による差ははっきりしない（元長のが他よりやや大きいか）。上が藍、下が紫の内曇料紙を用いるのがほとんどで、素紙らしきものと、上下が逆のものが一例ずつ実隆にあった。字体は楷書である。同時期の禅僧の詩短冊は行書・草書を交える場合があるのに対して、謹直な書きぶりといえる。

題はすべて本文と同筆、すなわち歌会における兼題の短冊と同じで、あらかじめ知らされた題を詠み、すべて自筆で記して届けたのである。なお、注（2）前稿にも触れたが、正月の禁裏詩会のみは懐紙による詠進であった。▼注3

なかに題が記されていない短冊がある。どういう場合に省略されるのか、主催者あるいは出題者以外でも例があり、よくわからない。例えば、一回の会で題が一つしか出ていないので、わざわざ書くまでもないとの判断があったのであろうか。

題は三字以内は中央に一行書、四字以上は二行書で二行目は一字分ほど下げる。この作法は和歌短冊と同じである。一方、署名は原則として中央下部だが、和歌同様二行目末に続けて書くものが二例あり、いずれも高辻章長であるのは、高辻家独特の作法が存在した可能性もある（今回取り上げなかったが、同じ菅原氏でも東坊城や五条のものは中央）。

実隆邸での短冊には上部に穴がある。これは歌会短冊同様、一回分の短冊を糸か何かで綴じて保管したためであろう。それに対して禁裏のものには穴が見られない。そもそも保管しなかったのか、それとも保管方法が異なったのか。

なお、伏見宮旧蔵『短冊手鑑』所載の短冊はすべて禁裏詩会のもので、実隆邸のものは見られない。これはこの手鑑の作成とも関わる興味深い現象であろう。

詩の表現についてはどうか。

文中にも述べたが、実隆の詩には、題で示されたメインモチーフの他に、題に出てくる景物に関わる別の故事を後半に持ち出してきて、内容を複雑にしようという傾向がある。このような試みは、主として自邸での詩会で行われるが、永正六年三月の禁裏詩会の詩にも見られる。一方、他の作者はほとんどそのような詠み方をしていない。

また、本書前章でも指摘したが、当時禅僧により盛んに講説が行われていた漢籍が、題のみならず、詩の表現にも活用されている。実隆においても、漢籍研究と漢詩創作とが一体化していたことを改めて感じさせる内容である。

〔注〕

（1）短冊全般について近年の研究成果として、鉄心斎文庫短冊研究会編『鉄心斎文庫短冊総覧　むかしをいまに』（鉄心斎文庫伊勢物語文華館・刊、八木書店・発売、二〇一二）がある。ただし詩短冊はほとんど収録されていない。

（2）前章「三条西実隆における漢詩と和歌―瀟湘八景を中心に―」に一覧表を掲載した。なお、『再昌』の引用は、宮内庁書陵部蔵御所本・同鷹司本・柳沢文庫（大和郡山藩柳沢家旧蔵）の三伝本を適宜斟酌して定めた。御所本は桂宮本叢書、鷹司本（およびそれに欠ける部分の御所本）は私家集大成に翻刻があるので参照した。作品番号は私家集大成による。

（3）センチュリー文化財団蔵「公卿堂上家和歌懐紙屏風」に端作を「春日賦新鶯語如糸／一首〈題中取／韻〉／中務卿貞敦親王」とする詩懐紙が貼られ、また『思文閣墨蹟資料目録』三八六号（二〇〇四・八）九番に同じく「春日新鶯語／如糸一首〈題中取／韻〉／正二位実隆」とする詩懐紙が載る。これは永正六年正月二九日の禁裏詩会のもので、実隆詩は『再昌』一四三七番と同じ。

〔付記〕

貴重な資料をお見せ頂いた佐々木孝浩氏・緑川明憲氏に感謝申し上げます。

今回、「賛部平」について、『三体詩』注についての記述を補った。

第一三章　伝横川景三（おうせんけいさん）筆『〔百人一首〕』断簡

ここに紹介する資料は、近年入手した掛軸一幅とそれに添えられた断簡一枚である。

掛軸は縹色地松皮菱繋笹竜胆・菊花文織出の裂を貼った函帙に収められ、蓋中央題簽に「横川景三墨蹟　禪僧五詩」、蓋裏に「昭和庚申　文月　是澤恭三識（印）（朱陰刻方印「恭三」）」と記す。昭和五五年（一九八〇）七月の箱書である。これをさかのぼる極札等は附属せず、表装（上下…浅葱地平絹、中廻し…萌黄地牡丹唐草緞子、一文字・風帯…白地唐花唐草金襴）もこのときのものであろう。

本紙は三〇・九×五〇・二糎、右から三〇・七糎のところ（九行目と一〇行目の間）に紙継がある。全一五行、字高三〇・一糎。一方、別紙（断簡）は三一・九×一〇・四糎、右から一・八糎のところ（一行目の中心）に紙継がある。全三行、字高三〇・四糎。裏打ちを施す。料紙（楮紙打紙）、筆跡からみて、もともと一具のものであっただろう（紙高の差は、本紙のほうが一文字に上下5ミリ程度隠れているためである）。行草体ながら、堂々とし、かつ丁寧謹直な書きぶりである（筆跡については後述）。

二者の関係はどうであろうか。そこで注目したいのは、写真では見えにくいが、上から一九糎ほどのところに、左上から右下に数糎程度走る虫損である。これが本紙一行目（A）、六行目（B）、一三行目（C）および別紙二行目（D）にあり、ABDCの順に大きくなっている。もとの巻子本の状態だったときに喰われたものであり、大きさの順番は巻子状態で重なり合っていた順番を示すはずである。また、巻いた状態で喰われた場合、外に行く

水竹佳處　大愚
野水侵門脩竹清、君吾想合似佳名幽扉
半渓斜陽白翡翠、時[illegible]衣桁鳴
古寺聴雨　誠中
古寺蕭條一葉山、渓雲送雨度櫚[illegible]世情
的是野[illegible]独[illegible]、[illegible]聴[illegible]
高遠　仰之
夢醒[illegible]楼々下羅方今[illegible]蝶混翔時美人
睡起[illegible]硯[illegible]薔薇露一枝
荒涼村女　野叟
戦場何處[illegible]傷情、乱後村[illegible]第[illegible]白
英雄今日渡春風、原上[illegible]
春初思郷　西胤
老去郷情猶未忘、天涯春色[illegible]蒼々門
桃種[illegible]楊[illegible]

15　14　13　12　11　10　9　8　7　6　5　4　3　2　1

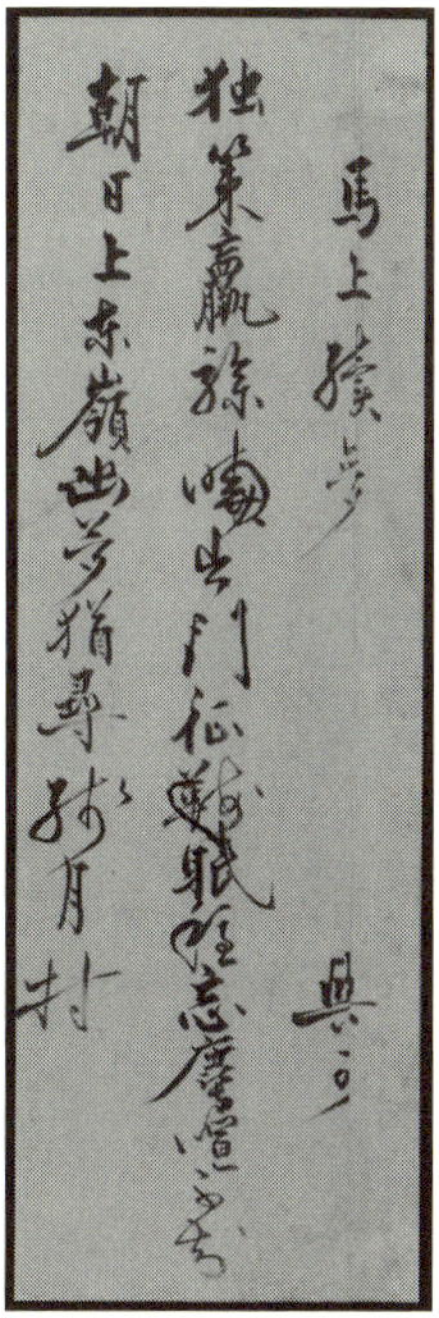

① ② ③

ほど太くなるので虫損の間隔は広がるとはいえ、ＡＢが五行、ＢＣが七行間隔というのは、隣接しているにしては差がありすぎる。

そこで、ＢＣの間にある紙継ぎ部分に別紙三行（①〜③）を挿入してみよう。そうすると、次のような形になる。

1 虫損A
2
3
4
5
6 虫損B
7
8
9（ここまで本紙前半）
①（紙継ぎ目あり）

②虫損D
③
10（ここから本紙後半）
11
12
13虫損C
14
15

このように、虫損が等間隔に並ぶことがわかる。別紙一行目の紙継は、継ぎ目部分に文字が懸かっていることから、もとの巻子本自体の紙継である（ただし裏打ちの際にでも継ぎ目を多く取ったのか、第二紙右端の筆画が第一紙の下に隠れてしまっている）。それに対して本紙の継ぎ目は文字に懸かっておらず、恐らくは右に示したような断簡一紙を軸装する際、縦横のバランスを考えて（現状の本紙はほぼ懐紙の大きさに相当する）三行分切り出したのであろう。

以上の推定に基づき、軸装前の断簡の状態に復元して翻刻する。用字は通行字体、改行はもとのままとし、各詩にアイウエオカの符号を付す。

【翻刻】

ア水竹佳処　　　　　大愚
野水侵門脩竹清君居想合似佳名幽扉
半湿斜陽雨翡翠時来衣桁鳴

イ古寺聴雨　　　　　　　　　　　誠中
古寺蕭条門対山渓雲送雨度欄間世情
多是貯愁客独愛残僧聴得閑
ウ寄遠　　　　　　　　　　　　　仰之
夢繞紅楼々下籬方今胡蝶湿翎時美人
睡起手磨硯滴落薔薇露一枝
エ馬上続夢　　　　　　　　　　　与可
独策羸驂暁出門征鞍眠穏忘塵喧不知
朝日上東嶺幽夢猶尋残月村
オ乱後村居　　　　　　　　　　　野夫
戦場何処不傷情乱後村居次第経昨日
英雄今日涙春風原上草空青
カ春初思郷　　　　　　　　　　　西胤
老去郷情猶未忘天涯春色鬢蒼々当門
悔種垂楊樹悩乱東風惹恨長

この六首はいずれも横川景三編『百人一首』に収められている。朝倉和氏による諸伝本の排列比較表（1）とこれとを対照させると次のようになる。

	版本	神宮	続群	鶚軒	平松	伝横川	澤庵	竹中
ア	33	33	32	44	33	40	33	33
イ	34	34	33	45	33	41	34	34
ウ	37	37	36	48	36	44	37	37
エ	40	40	39	51	39	47	40	40
オ	43	43	42	54	42	50	43	43
カ	46	46	45	57	45	53	46	46

（順に、慶安三年刊本、神宮文庫本、続群書類従本、国立国会図書館鶚軒文庫本、京都大学附属図書館平松文庫本、お茶の水図書館成簣堂文庫蔵伝横川景三筆本および澤庵旧蔵本、慶應義塾図書館蔵竹中重門旧蔵本。平松文庫本はア・イを混同して一首に記しているとのこと）

百首全体の排列には異同があるものの、この六首に関しては、アイが連続していて、イからカまでが三首おきになっているという点、諸本一致しているのである。したがって、この六首が連続する排列の伝本があったという可能性は低く、何らかの意図をもって抄出したということになろうか。ツレが知られていない現段階ではこれ以上の推測はできない。

次に、本文についてはどうだろうか。続群書類従本を底本とし、右記八本のうち末尾二本を除いた六本を用いて異同を示す日比野純三氏論文[注2]によると、次のようになる。（異体字を除く。また神宮・国会図書館蔵続群原本は斯道文庫蔵マイクロにて、伝横川は複製にて稿者も確認し、さらに竹中本を独自に追加したため総計七本となる）

ア…「翠」―「飛イ」注記アリ（続群）

イ…「中」―「仲」（版本・神宮・続群・鶚軒・平松・伝横川）（**竹中のみ同**）

「渓」―「浮」（竹中）

ウ…「櫚」―「欄」（版本・神宮・続群・鶚軒・平松・伝横川）「欄」ノ「東」、「日」ニ上書（竹中）（**同文のものナシ**）
「仰之」―「野夫」（続群・伝横川）
「楼」―「桜」（版本・続群・平松・伝横川）「梅」（神宮・鶚軒）（**竹中のみ同**）
「方」―「正」（竹中）
「落」―「尽イ」注記アリ（神宮）「尽」（平松）

エ…「驂」―「駿」（竹中）
「眠穏」―「穏眠」ヲ転倒（竹中）
「朝」―「明」ミセケチシテ「日」補入（竹中）

オ…「野夫」―「仰之」（続群・伝横川）「仰之」ニ「野夫イニ」注記アリ（神宮）「野」（鶚軒）
「情」―「晴」（平松）
「経」―「軽」（版本・続群・鶚軒・平松・伝横川・竹中）（**神宮のみ同**）
「今日」―「今白」（版本・平松）
「空青」―「空生」（版本・鶚軒・伝横川）「青々」（神宮・平松）「空春」（続群、活字本は「空青」）（**竹中のみ同**）

カ…「悔」―「海」（平松）
「東」―「春」（続群・神宮・平松）

注目すべき異同について考えてみる。

イ

＊作者名は「誠中」が正しい。[注3]

＊「櫚」は「のき」。山から下りてきた雲が雨を降らし、その滴りの音を聴くということであれば、欄（てすり）

よりもこちらがよいか。

ウ

＊作者名は一部の伝本でオと入れ替わっているが、二人とも伝未詳で、正否を判断しがたい。
＊「楼」は異同が多い箇所であるが、「胡蝶」「薔薇」はいずれも夏の風物であり、桜や梅とは季節が齟齬する。直前の詩「賦桜花送人」に影響されて、字形の似た「桜」や「梅」（いずれも草書体は酷似する）を書いてしまったのであろう。「紅楼」の「美人」が夢に胡蝶となって、楼上から垣根へと降りていく、というのがしっくりくる内容であろう。

オ

＊この詩は『中華若木詩抄』にも収載され、新日本古典文学大系では『東海璚華集（とうかいけいかしゅう）』にも収載すること、『百人一首』を含め三者間で第三・四句に異同があること、伝承過程でそのような異同が生まれたと推定されること、等を指摘している。

押韻については、第一句末「情」が庚韻、第二句末「経」が青韻（「軽」ならば庚韻）、第四句末「青」が青韻（「生」ならば庚韻）なので、異同のない「情」に合わせて第二・四句末の文字を庚韻の字に変えた可能性もあるが、やはり意味上第二句末は「経」が良く、そうすると第四句も青韻の「青」で押韻、第一句は踏み落とし、とした方がよいか（「春」は全く異なる韻なので、退けられる）。なお庚・青両韻は古詩の場合通押する（小川環樹『唐詩概説』）が、ここは近体詩（七言絶句）なので分けて考えた。

したがって、「青々」の本文もあながちに退けられず、それ以外のさまざまな異同についても、明らかな誤写等を除けば、むしろ伝承による変化の例として尊重すべきものと言えよう。

カ

＊作者西胤俊承には別集『真愚稿』が伝わる（五山文学全集第三巻所収）。この詩はそこに収められていて、第三句は「悔」、第四句は「東」に作る。

以上のように、全体として明らかな誤写は見えず、孤立本文、または一本とのみ同じで他とは異なる本文の場合も、内容から考えて本断簡の本文を採るべきであるとの結論に達する。すなわち、良質な本文に恵まれていないとされる[注4]『百人一首』に、僅かではあるが信頼できる本文を提供することになろう。特にア～オの作者のように伝未詳または別集が伝存していない場合、非常に有益な資料となる。

なお、いずれも『翰林五鳳集』にも収められているので、それとの異同を示す。

ア…巻四一（雑・生植）　時―飛、衣―依

『錦繍段』所収「翡翠」に「避人忽起鳴衣桁」とあるので「衣桁」が正しい。

イ…巻五二（八景とあるが、後半は寺院を詠んだ詩を収める。本詩もそれ）　異同ナシ

ウ…巻二四（招寄分韻）　仰之―無已、紅―江、今―令、手―平（「手イ」傍書）

詩本文の異同はいずれも『翰』の誤写・誤植の可能性が高い。

エ…巻三八（雑・気形）　異同ナシ

オ…巻三五（雑・乾坤）　涙―骨

カ…巻一（春）　異同ナシ

『百人一首』間での異同のある本文の場合、いずれも本断簡本文と『翰』は一致しており、良質な本文を保っていることの傍証となろう。

筆者が是澤氏の鑑定どおり横川景三だとすると、本断簡は撰者自筆本ということになる。横川の筆跡は、『日

本書蹟大観』八（講談社、一九八〇）には自筆の画賛と道号頌各一点が、『禅林画賛』（毎日新聞社、一九八七）にも七二「観瀑僧図」、一一六「山水図」、一四九「芙蓉花図」に自筆の画賛が見られる。また、古筆手鑑類にもいくつか断簡が押されている。▼注5

室町期の禅僧の筆跡は全体に似通った印象があるが、横川の特徴を強いて挙げれば、曲線を多用し、縦横に長く延ばす線を交えた、ケレン味とでもいうべき変化のある書風と言えよう。小さな字の場合はややおとなしいが、『日本書蹟大観』所収の画賛や、岩国・吉川家蔵手鑑『翰墨帖』（『古筆手鑑大成』一〇、角川書店、一九八八）所収断簡などは、共通する「風」「月」「人」「樹」の書きぶりに良く似た特徴が見受けられる。自筆と認めて良いように思われる。

排列に疑問が残るものの、本文・筆跡から見て、編者自筆の清書本（あるいは抄出本）断簡として位置づけられよう。

〔注〕

（1）朝倉和「五山文学版『百人一首』と『花上集』の基礎的研究」（『文学　隔月刊』一二―五、二〇一一・九）

（2）日比野純三「横川景三撰『百人一首』について及び『校本百人一首（稿）』付排列一覧」（島津忠夫監修、矢野貫一・長友千代治編『日本文学説林』和泉書院、一九八六）

（3）玉村竹二『五山禅僧伝記集成』（講談社、一九八三、新装版・思文閣出版、二〇〇三）

（4）注（2）論文の指摘。注（1）も賛意を示し、そのなかでは竹中本が優れているとする。断簡との校合でも、それは裏付けられよう。

（5）久保木秀夫「古筆切所収情報データベース」（国文学研究資料館ウェッブサイト内、http://base1.nijl.ac.jp/~kohitu/。二〇一二年一月一七日参照）

〔付記〕

本資料について、東京大学教養学部における講義で取り上げたところ、受講生からオの本文について有益な指摘を頂き、それに基づいて再考、追加訂正を行った。なお、同詩については、近世文学に与えた影響という観点も含め、「もう一つの『百人一首』―五山文学受容の一様相」（松田隆美編『書物の来歴、読者の役割』慶應義塾大学出版会、二〇一三）で詳しく述べた。

第一四章　奈良古梅園所蔵『村菴稿』

まず書誌を掲げる。

古梅園蔵　04-02-05

村菴稿（外題）　和　大　一冊　釈希世〔霊彦撰〕　〔江戸前期〕写　転写〔満田古文〕蔵本

外題「村菴稿」（左肩打付墨書）、内題「村闇詩藁」（序）「村闇集」（巻首）「村庵稿」（奥書）、袋綴（四つ目）、原装赤香色無地表紙（押八双あり）、料紙楮紙、二八・四×一九・七糎、前遊紙一丁、墨付二二丁（序二丁・本文二〇丁）、漢文（序のみ朱句点・朱引あり、本文の一部に墨返点・送仮名あり）、無辺無界一四行二五字、注小字双行、字高二二・二糎、原則として詩本文を続け書きし、そのあと三字アキにて題を記すが、題の長いものは本文の前に二字下げにて記す場合がある。七言絶句二七五首を収める。奥書（裏見返）「村庵稿一号（「巻」の意）借懶斎翁之本（「所」擦消上書）写之」。

懶斎とは、大和郡山藩士の満田古文（一六二一—九二）の号である。島本昌一「池田正式の論—怪異小説『あやし草』の作者をめぐって—」（『連歌俳諧研究』五九、一九八〇・七）において、カリフォルニア大学バークレー校三井文庫所蔵『あやし草』写本の延宝五年書写識語の筆者として人物考証がなされ、林羅山の弟子であること、藤井懶斎と混同されている日本古典文学大系『菅家文草』の底本（現在石川県立図書館川口文庫蔵本）の書写者でもあることなどが詳述されている。近年、榎本渉『南宋・元代日中渡航僧伝記集成　附　江戸時代に於ける僧伝集積過程の研究』

（勉誠出版、二〇一三）においても、羅山編著とされる僧伝の伝来に関わって言及されている。この間、松久寛氏が伝記研究を進め、その概要は『揖保川町史』二、第一一章第五節にまとめられている（揖保川町、二〇〇四）。古梅園文庫では、一枚物のうち漢詩文九一に「延宝八年懶斎亀蔵」と署名があり、この当時の古梅園当主らと交流があったのだろう。従って書写年代も江戸前期、延宝頃と推定される。なお書名は、序題・巻首題とも誤字を含むため、外題に依って定めた。

　この詩集の著者は室町前中期の五山僧、希世霊彦（一四〇三～八八）である（別号を「村庵」という）。五山の住持にはならなかったものの、本書の序を記す江西龍派・岐陽方秀・惟肖得巌ら、室町前期を代表する学僧に師事し、その学問を伝えたほか、五山詩のアンソロジーである『花上集』『中華若木詩抄』にその詩が収められている。

　詩文集は内容を異にするいくつかの写本で伝わっており、『五山文学新集』第二巻に、最も多数の作品を収める国立公文書館内閣文庫蔵林羅山旧蔵書を底本に翻刻され、他本による補遺も付されている。同書解題には本書を除く現存諸本の概略があり、それらと比較すると、本書は小規模であること、（部門名は明示されていないが）内容別に分類されていること、この二点に特徴がある。いま仮に、室町後期以降初学書として普及した『錦繍段』およびそのもとになった『新選集』『新編集』の部門名を用いて本書所収作品を分類してみると、次のようになろうか。

　1～20天文　21～67節序　68～76地理　77～81寺観（居室）　82～93懐古　94～109器用　110・111食服　112～134鳥獣　135～181草木　182～238画図　239～242人品　243～267尋訪・会合・送別　258・259哀傷　260～265簡寄　268～275雑賦

諸本のうち本書以外では唯一、建仁寺両足院蔵『希世藁』（室町末・近世初の両足院主利峰東鋭の書写本）の前半部分が同様に内容別分類の編集を施された伝本で、こちらは部門名が明示されている。

天文・地理・居室・節序・簡寄付贈答送別・懐古・器用・食服・花木・禽獣・画図・雑賦総計で三八〇首ほどになる。詳しい比較はまだできていないが、作品数や部門の順序から見て、同系統とは言えないようである。

『錦繍段』ほか三書のような五山僧による中国詩のアンソロジー（総集）の流れを受けて、近世初頭に編纂された五山詩の大規模な総集『翰林五鳳集』は、内容別分類を持つものであった。一方、五山詩の個人詩集（別集）は、制作年代順に記録されたものをもとに、詩体別に編集されるのが普通であり、本書のような例は、惟肖得巌『東海璚華集』瀧田英二氏蔵本（『五山文学新集』第二巻解題に見え、室町末近世初書写とされる。これと同内容と思われる神田香巌旧蔵〔江戸前期〕写本が二〇一一年一一月東京古典会大入札会に出品された）、江西龍派『続翠詩藁』建仁寺両足院蔵本（『同』別巻一解題に見える。〔江戸前期〕写）、春沢永恩『枯木藁』続群書類従本などごくわずかである。惟肖のものは七言絶句と七言律詩、江西のものは七言絶句のみを収める。このような編集形態がいつ頃始まったかは不明であるが、恐らくは室町中後期以降、五山における詩作が、先行する五山詩を模範として学ぶようになったことと関係するだろう。部門別編集は、与えられた題の先行作品をすばやく検索できる便宜を考えてのものであり、それが中国詩総集から、五山詩、しかも別集にまで及んだと考えられるのである。したがって、このような形態の伝本を有する詩集は、五山文学史において大きな影響力を持ったと認定できよう。

本書は、そのような享受のあり方を示してくれる貴重な資料である。また、禅宗寺院や幕府・大名家などとは異なる、民間の一個人の家蔵本として伝来した点もユニークであり、近世における五山文学の享受という観点からも注目すべき一書と言えよう。

〔凡例〕

＊用字は通行字体を用いた。ミセケチ等の訂正がある場合、訂正後の形のみを示した。小字注は〈 〉に括って示した。
＊序文の断句は底本に従ったが、一部文脈に基づき変更したものもある。詩本文は句ごとに分かち、点を付した。
＊詩本文の前に題があるものは、他に倣って本文の後に移動した。
＊詩本文冒頭に通し番号を付した。できる限り一首を一行に収めるためポイントを落としてある。
＊底本で欠字になっている部分（□）等については、参考のため行末に『五山文学新集』所収本文との異同を示した。
なお、序文中の欠字は敬意を表すためのものである。

〔翻刻〕

村闇詩藁序

日本居大瀛之東、而朝暾晨霞之所輝煥、晴瀾煖漲之所蕩潏、鍾其空霏噴薄之気、英材偉器宜当輩出、然而曠数百年之間、寥々無聞何也、抑気運有升降、人物有盛衰、而天地之精尚閟焉耶、辛丑冬、余屏居江郡、一日龍門少雋希世彦公、自都下緘示一巨編、且告曰、律詩凡百首、皆近藁也、公適多暇、請潤色之、於虖余也、何以応命、希世聡寤爽朗、款出不群、丱歳已有能詩声、　太上皇愛　公警敏、便殿賜坐、　相国公屡延之東閣、寵賚隆至、以至於四方士夫相与莫不願顧其俊姿、而聞其雅詠振動其声輝若是盛矣、顧余疏賤方懼之不暇、何以応命乎、雖然公之所索不可黙止、乃留之数日、玩其詞旨、藻絵融液一究於鍛錬之工、而春容激昂則幾於古作者之風矣、何其姿貌婉妙、而才気老蒼如此哉、固非天地之精鍾霊産秀、安能其所為臻茲、然余於希世猶有欲言者、古之人寓道於技、蓋輪扁庖丁是已所謂生霊本有之妙、仏祖単伝之秘、発見於日用事業間、因而詩外無禅、々外無詩、惟神而明之存乎其人、希世勗焉、異時飛騰天朝、未艾也、余固未暇為希世賀、且将法社中興賀也、亦不益盛哉、右批者若干

字、姑以塞命云、

是歳至日前一日　龍派書于江村客舎

才也者、未成器之名也、才良則器亦美、而才不良、則器亦不美焉、今観　彦希世詩集一編、其才固是以驚世、而器之成与不成、則顧其学与不学而如耳、唐王勃年甫十三歳、為滕王閣序、閻伯嶼瞿然撫掌嘆曰、奇哉天才也、余乃於希世亦云、

応永戊戌蜡月十一日　天龍岐陽叟方秀序

聴松閣下以希世壬寅藁一百首見示、需之評点、今茲才半歳余耳、此外必有不登稿者、何其多哉、名章俊語、篇々皆然、連珠畳璧、拙目輒可定其価乎、然厳命弗得而拒、頗加批改、豈謂至当、近世劉会孟采少陵東坡昌谷簡斎全集、或批或点、会孟豈出于杜蘇之上耶、但述管見而已、観者毋誚焉、

閏十月初三日　歇即道人岩謹志

盛作一通諷玩終日、手之不釈、来命難拒、少加批点、亦傾倒至也、即茲奉還、蓋至宝非寠人氏可久留者、続有編集不若見示、則老郷慰藉、莫大於此祝云、

蕉雪老衲白

村閭集

1渠流雖細貯成池、已被夜来明月知、従此三更四更後、毎臨水底立多時　開池待月

2人間何幸放開梅、幾歳青天有月来、和影和香酌還酔、不辞十万八千盃　梅辺酌月

3月本無心花不言、興来自酌倒全樽、朗吟飛上広寒殿、酔臥羅浮山下村　又

4桃杏蔵春村塢賒、夕陽多処露人家、須臾変作黄昏去、半樹照残唯李花　花塢夕陽

5 霏々未霽已昏鴉、数片随風入帽斜、莫比人間桃杏李、飛来天上不香花　雪

6 老幹槎牙倒臥波、踏成略約看如何、渓南渓北天微雪、人自梅花枝上過　梅橋微雪

7 凍雲醸雪裏江村、簑笠風多枯葦喧、遙看釣魚湾一半、已将微霰作黄昏　江村欲雪

8 客主蹉跎各莫容、語如春鳥囀霜松、山中明月余寒去、喚起三冬両蟄龍　山舎余寒〈在霊泉会沅南江〉

9 人日有梅今不残、東郊雨色更宜看、一犂膏沢短簑暁、春属田家黒牡丹　東郊春雨

10 慣聴秋来木葉鳴、遶簷点滴未曾驚、月明不到紙窓上、始信今宵是雨声　秋夜聴雨

11 元月陰連人日来、湿雲垂地帯軽雷、霽非全霽雨非雨、似我春愁掃不開　春来連陰未解

12 擅欒四五百竿中、便是人間清暑宮、枕簟今宵涼似水、料知深処已秋風　竹涼

13 群書宜読小窓幽、漸送新涼満榻秋、不是今宵必来夜、一檠灯影照蝿頭　書榻新涼

14 新篁万葉露成団、一々風前疎落盤、聞説鮫人涙盈掬、朝来洒向翠琅玕　竹梢墜露

15 万荷擎露暮天湖、月映清光看有無、只道風来香更好、一時迸落満盤珠　荷露

16 吹時未必起青蘋、舒巻竿頭数尺綸、秋冷桐廬江上晩、短簑影動水生鱗　釣糸風

17 荷気侵人暑更無、紅粧翠蓋小江湖、橋頭過雨涼多少、一々盤中一々珠　荷橋納涼

18 荷葉夾橋西又東、除香風外別無風、却疑身跨虹蜺皆、自致青雲避暑宮　又　皆―背

19 月上孤篷夜似舷、想君意気挹飛仙、水天一色明於鏡、中有西行万里船　賦篷底寒月送人之海西

20 欲繍春雲初買糸、情知多態靄於詩、佳人閑坐停針久、似待催花作雨時　繍春雲

21 雪屋休辞一夕稽、君家帰路恐相迷、園林皆白黄昏後、難認梅花籬落西　雪斎留客

22 黄四娘家万朶低、従遊曾約酔如泥、朝来初日照君屋、花在墻東影自西　隣家春色

23 銀幡不上野僧巾、葭琯飛灰暖律新、臘日猶残旬有五、一年似得再青春　臘半迎春

24 臘半春陽漏一機、山家驟暖似添衣、寒雲醸雪連朝悪、今夕霏々昨雨飛　十二月十六日立春微雨

25 二月春寒一半加、閉門新火午煎茶、人生七十三十過、送尽清明不見花　清明

26 簑笠田間半帯泥、春秋欲老促鋤犂、牛羊日暮知帰路、家在子規啼処西　田家晩春

27 人自有愁春尽時、莓苔石上聴黄鸝、落花忽被微風触、数片飛来上旧枝　送春

28 美人待見画檐梅、纔入新年第一開、従此百花春富貴、東風二十四番催　和蘭坡年少試筆之韻

29 往来一十二回春、砌下泉流地不塵、君是紅顔翁白髪、今年相見両般新　次韻秀夫年少試筆兼霊泉主翁

30 硯池氷泮座知春、案上縦横墨汁匀、杜甫九齢書大字、汝纔加二更精神　和益童試筆

31 新年不可作常談、先約名花処々探、鴨水東風吹凍解、青山浸影半陂南　答洙

32 古来廃務是虚談、万巻堆中好討探、料得少年驚急景、唔咿不断小窓南　答敬

33 除非文字不容談、腹裡空虚湯似探、年去年来誰不老、飛鴻已北燕還南　答叢

34 北闕上書非仲霊、行媒無迹野僧扃、春風只在遠山外、白雪消辺次第青　和文寂韻

35 珠玉揮毫驚夜光、阿蒙非復旧時常、詩中初試作家手、賦得梅花除影香　予新歳作詩叢和二篇語意円美更進於嚢詩喜而不寐又答之　詩—時

36 無詩何処賞風光、日賦千篇可陪常、良夜従今春九十、付君月影与花香　陪—倍、（題）—（承前）

37 十年夜読共灯光、度越世間流輩常、中蘊外彰今古是、麝蔵瓦缶尚聞香　答洙

38 蛍窓雪案毎偸光、学欲成名年少常、世俗紛々華過実、海棠雖好恨無香　答敬

39 時来遇合莫韜光、伯楽不常良馬常、誰似風流杜書記、解言月桂両回香　答哲

40 願君三百日年光、酔正如泥似太常、知是春来詩興動、西家甕盎撥醅香　答受

41 暮景飛騰不及辰、喜君年少得官新、半生浪迹漁蓑雨、回首朝班稀故人　次韻高岳侍者試筆賀其栄遷

42 山陽遙隔国西門、客路崎嶇想断魂、乍促行装発詩興、鶏声月掛落梅村　送仲□侍者作□陽之行　仲□—仲英、作□陽—作陽

43 簑笠江湖二十年、洛花久負牡丹天、春風有恨西家蝶、夢不飛来白鳥前　次韻伯霖俊少試毫以寓野逸々興君其毋消不類只供一莞而已　々—之、消—誚

44 老惜青春不再来、尋芳月観又風台、多情竹裡小籬落、半面窺着的皪梅　次韻藍英少年試筆

45 謝家兄弟玉連枝、凍硯欲呵窓向曦、為我報春非一度、聞鶯語了見君詩　和佐少年試筆

46 帯雨春雲覆子城、東風吹作晩来晴、誰家柳遶花囲裡、百囀聞鶯不見鶯　奉和仲英年少春日之作

47 十日春無三日晴、山村未覚暁寒軽、問君新歳詩多少、分付鶯花為寄声　次韻心月年少

48 交浅休嫌言却深、未曾見面已知心、春花幾度吟君句、夜月何時聴我琴　和趙侍者

49 君窓潤翠硯薫嵐、語帯煙霞自吐呑、池水如描杜陵句、純涵山影半待南　和旁年少

50 小径通村旧不斜、自無車馬竹交加、忽聴春雨還多事、半待佳人半待花　次韻齋年少試筆

51 路到林丘日已斜、相逢語寡覚情加、莫催桃李開春雨、得見佳人勝見花　明日見過又次韻奉謝

52 愛君襟気一団和、交契忘年古亦多、春入百花々自好、人如涇渭不同波　和隣年少試毫

53 詩伝万口已喧街、豈独句佳人更佳、吟裡不知移白日、花陰一様転東堦　和琦年少

54 身老墻東鬢雪匀、当時半面記難真、梅花竹外絶瀟洒、風送香来知有春　和璚年少

55 禿筆我慙老不神、少年詩興□□春、越南杜曲又韋曲、独有君家花正新　奉和恵峯秀林年少試筆　□□―莫如、越―城

56 春到園林自媚晴、黄鸝紫燕若為情、閑僧独坐心如水、聴得人家咲語声　次韻文叔試筆

57 花辺如暖柳辺晴、写出無私造物情、却訝人心今日別、風揺松竹亦詩声　（題）―（承前）

58 西郭佳遊説与人、釈迦院裡牡丹春、我顚添雪老還老、君面映花辰又辰　次韻西山某年少

59 春喧終日坐茅簷、詩思消除白髪添、想得君家今夜月、応移花影上珠簾　次韻益年少

60 満塢蔵春隔彩霞、催詩風物自相加、偶然解得唐人意、蝶過隣家知有花　和菊芳試筆

61 君屋有花春早融、暖風遅日鳥声中、山村猶覚余寒重、白未白時紅未紅　次韻惟馨試筆

62 梧桐葉上又秋声、従此新涼対夜檠、二十纔過三十到、白頭所得一書生　立秋日読書有感

63 蛍入僧衣簾上鉤、竹涼如雨響颼颼、都将六月人間熱、換得西風一夜秋　新秋夜坐

64 酔着君家薬玉舟、不愁歳月去如流、年々此会長無恙、願自紅顔到白頭　歳暮小集

65 此身漸老坐中先、酔裡狂言近自然、只恨後生無所業、今年空過又明年　又

66 三百六旬余一旬、最驚光景似奔輪、世情如紙日弥薄、五送華年憶古人　歳暮感旧

67 手抛残暦一長嗟、窮臘難留去蛇過、竟吹添鬢辺雪作、牋早抛残新梅花　惜残臘

68 愁霖十月送梅前、聞道江流漲百川、睡起出門成一咲、青天連水々連天　観漲

69 春雨足時田水加、農夫力作□生涯、帰家心在洗泥酒、日落西村小杏花　春郊　□—老

70 黄犢泥深春日遅、田家有事趣農時、画堂鼎食空歌舞、辛苦東郊雨一犂　又

71 流年如水去怱々、老矣人間万事空、九十春余三月在、小園花付夜来風　小園春晩

72 柳辺春水半篙強、煙縷風糸蘸影長、上有黄鸝下鳧雁、似詩似画小池塘　柳塘春水

73 秋後清癯屋上山、凛然如見主人顔、急流勇退身無事、千仞高哉不可攀　秋後山容〈瑞渓老人時寓北山〉

74 春山如画自然奇、奈此煙雲変態時、太古不知誰筆意、晴天展尽小横披　春山如画

75 曲折連筒水亦労、従今春圃有閑槹、不知剪尽幾竿竹、源在青山高更高　筧水

76 夜焼榾柮宿山村、夙駕聞鶏又出門、残月却疑新月上、客行曙色似黄昏　山村早発

77 鳳凰城北馬場傍、遙礼神君一炷香、想看春来無限好、梅松竹裡古長廊　題北野廟壁

78 紅楼応制気如虹、蔬筍同盤禁臠中、莫咲林僧多野態、半舛鐺内煮松風　松下僧舎

79 子猷只愛竹為君、不可無梅我亦云、移屋新分半籬雪、暗香疎影上梁文　傍梅移屋

80 喬松其下是君斎、寒籟起時吟自佳、毎到夜闌眠不得、風轟吹月落前階　題峨松斎

81 聞君旧屋扁推篷、一別江湖寂寞中、早晩帰来迎馬首、夷途莫説打頭風　賦推篷軒寄相陽故人

82 一朝尸解蛻塵氛、五季兵間称隠君、鳳詔九重徵不起、平生睡足華山雲　賛陳図南

83 雒中遺逸宋名賢、楽道安貧四十年、畢竟雛眉唯一事、天津橋上聴啼鵑　賛邵康節

84 六里青山入楚疆、武関何事鎖懐王、離騒二十五篇恨、写尽孤忠一寸腸　読離騒

85 南北何当共一天、帛書豈計雁能伝、節毛落尽頭全白、孤館深羇十五年　読郝伯常雁足詩

86 君王帰駕故遅々、水底哀絃写所思、涙点吹成湘浦雨、九疑山色転多疑　湘妃

87 長洲宮沼芰荷香、睡起眉顰懶午粧、越甲五千嘗胆日、樽前歌舞酔呉王　西施

88 四面重囲剣戟森、帳中別酒涙痕深、君王歌闋美人和、得似鴻門初宴心　虞姫

89 漢月応須胡地明、琵琶声断夜三更、画図非是妾顔色、惹得虚名万里行　昭君

90 長信宮深独掩門、曾辞御輦有殊恩、秋風零落手中扇、遮面黄昏望履痕　班姫

91王鏡粧成入漢宮、掌中酔舞夜闌終、身軽亦恐渠飛去、翠幄珠簾欲避風　飛燕
92家貧映雪夜看書、随分微明灯不如、他日朱門驄馬貴、祇縁寒苦惜三余　孫康書雪
93日車不離遊太唐、袈裟夜扣定僧床、欲蔵踪跡恐難得、携袖梅花暗有香　渡唐天神賛
94昔時高掛景陽宮、似聴華鯨吼半空、楼閣幾年風雨破、五更声鎖緑苔中　臥鐘
95妾家一片古菱花、見面常驚老色加、抛作姮娥宮裡月、為郎分影照天涯　佳人覧鏡
96凍合銅缾表裡清、笙簫夜半寂無声、地炉添火回微暖、二月江濤春水生　凍缾
97炉中吟嘯自然奇、聴到灰寒火冷時、髣髴綵雲明月裏、双成吹徹玉参差　缾笙
98緑綺随身閲幾年、摧残徽軫不完全、聊分鶴料重装得、又写松風入夜絃　修琴
99孤桐欲裂夜寒天、渋不成声咽澗泉、月白風清難下指、待随鶯日煖氷絃　凍琴
100寒臥労求煖足方、錫奴巧貯腹中湯、只縁破衲重々裹、留得微雲一夜長　暖足瓶
101秋竹一竿漁父船、朝投細雨暮疎煙、何時数尺落吾手、影入滄波白鳥天　漁竿
102風霜短褐一生愁、端午恩栄慰白頭、又恐香羅軽似雪、雖宜夏月不宜秋　読杜甫端午賜衣詩
103酔遭束縛保身難、偶入文房挿架看、安得酒船三百斛、貯為硯滴不須乾　猩々毛筆
104伐木丁々尽力多、鉄頭雖禿尚宜磨、他時又恐仙家路、貪看残碁爛欲柯　磨樵斧
105久湿莎衣無晒時、煙熏雨染重難披、陰晴不定江村暮、趁取斜陽掛竹籬　晒漁簑
106蘭麝中間休粉身、開花暫占一庭春、誰知造物無究意、色不驚人香悩人　丁香
107題詩廟壁幾春光、毎賀年朝如有常、依旧不慙無好句、梅花亦是去年香　焚香礼北野神君次随例而作
108学士新除有汗淋、上車不落古猶今、功名畢竟半張紙、誰謂三年損道心　黄紙除書
109夜寒弓臥曲身斜、借得楮衾春満家、歳晩多情氷雪底、合分一半与梅花　寒夜借衾
110翻書手倦放床前、鼻息齁々即熟眠、啼鳥一声知有意、喚醒渇夢見茶煙　午鼎煎茶
111村醪不薄必酸甜、但喜易賖兼価廉、詩有精神蹇驢雪、野橋茅店看風帘　買村醪
112神物珍潜襲九淵、養珠頷下已経年、春雷一夜垂雲雨、魚鼈攀鱗飛上天　春龍出蟄

113 金鞭柳陌困塵沙、晩浴池中精爽加、出水妍姿何所似、一番春雨湿桃花　晩涼洗馬

114 剪篠為驂嬉戯初、自期結駟駕高車、暮年寡遂男児志、風雪詩寒策蹇驢　竹馬

115 不是鶏群亦出群、徹天声自九皐聞、低頭暫作啄苔態、心在青冥万里雲　鶴

116 日月籠中損縞衣、蓬莱万里夢魂帰、人生亦厭塵已溢、放爾青冥相逐飛　籠鶴

117 夢驚枕上五更鶏、不記隔籬隣舎啼、楮被擡頭簷月白、細聴只是在吾西　聴隣鶏

118 楚地花時刷羽翰、也知朔雪路艱難、昨朝驟暖今朝冷、欲去欲留持両端　帰雁

119 群飛聚散択栖時、黒子紛々似着棋、一隻載帰牛背上、山村暮景小坡詩　晩鴉

120 帰飛何処認西東、千百成群欲満空、古寺寒山楓葉下、相逢多在暮鐘中　又

121 綿蛮寂々困春朝、無頼風光似見撩、花満上林千樹雪、此身那復喜遷喬　懶鶯

122 春寒未補故巣泥、不是嫌吾茅舎低、今日初来一双影、人皆指点柳塘西　新燕

123 双々避雨未安栖、翅湿差池飛且低、辛苦成巣天有助、明朝霽後欲多泥　雨燕

124 銜泥来去日将晡、占得新巣安穏無、好語時聞自相賀、今年多少長春雛　新巣語燕

125 燕子未来春有情、落花泥湿柳煙軽、不知海外烏衣国、飛到天南幾日程　燕子未来

126 社前有待又黄昏、春雁帰時憑寄言、村舎主人情不浅、為君留護旧巣痕　又

127 林間終日幾連声、不解花時春欲晴、百年都去知最拙、枉呼陰雨過清明　雨鳩

128 十日春天九日陰、鳴鳩相喚在中林、南山昨夜雨三尺、猶訴平生未足心　又

129 文君宅畔野花春、阿敬門前街柳塵、終日声々啼不歇、鏡中豈有懶粧人　画眉鳥　敬―敞

130 倦飛何処暮天禽、愛殺知還恋故林、帰去来兮山桂老、風塵久客為驚心　倦鳥

131 渓亭五月晩涼中、聴得新蝉楊柳東、莫使緑陰深処住、此声多是喚秋風　柳陰新蝉

132 魚相楽処水須深、潜影自珍鱗似金、回暖芦芽春渚雨、縦多芳餌可防心　水深魚極楽

133 晒網漁家散似星、分魚人閑帯箵、夜来雨漲江南岸、誰白明朝満市腥　春市分魚　箵―笭箵

134 群飛遶鬢欠安眠、終夜床頭苦撲縁、不用大裘長万丈、説蟈欲蓋洛陽天　蚊　説―設

135 如雪如雲圧地垂、看来去悦如痴、春風若是知人意、吹折繁枝換小詩　花下　看来去—看来看去

136 尋春村北又村南、花下相逢客両三、千樹西州成旧夢、坐中涙下是羊曇　花下感旧

137 籬落残花挽客留、主人雖老極風流、微官未足豎霜雪、暫折花枝挿満頭　花前小集〈呈江西〉

138 莫向樽前咲白頭、少年未信老年愁、人生七十今過半、春不看花死不休　花非老伴

139 園林風雨緑陰時、幽谷花開人不知、黄鳥遷喬今日意、肯憐地僻得春遅　幽谷晩花

140 千紅万紫暫時塵、唯有緑陰尤可人、名爵浮華身外事、我心閑淡不曾春　緑陰勝花

141 羯鼓催花々自開、手如雨点響如雷、曲中祇道春光好、野鹿銜将去不回　羯鼓催花

142 葉漸成陰花已疎、此時此景愛吾廬、人生知足是良策、一両点紅春有余　葉底残花

143 春風不老最堪誇、一樹瓊英映日華、我献賀辞君置酒、人生共看万年花　看万年枝花

144 紅音紫韻語高低、春色於人価不斉、似識貧家多酒債、数声唱過画楼西　売花声

145 友人屋後竹籬東、忽見幽花半樹紅、毎日往来応属費、自開至落幾春風　尋花過故人屋

146 花開毎憶昔人栽、樹下留連酔幾回、二十年来春似夢、酒盃今已作茶盃　対花啜茶

147 満陌遊塵欲没車、人尋春去懶帰家、連宵酔宿誰楼酒、終日行看幾処花　贈看花諸君子

148 遙認桃耶又杏耶、造門不問是誰家、一春身似狂胡蝶、処々相過為有花　遙見人家花便入

149 梅花標格独清高、堪咲人間有杏桃、忘却姓名千古恨、一生手未触離騒　梅

150 五更春信上南枝、風送檀心闇自吹、記得前村無月夜、短筇採過水辺籬　梅香　採—抹

151 一枝要見臘前来、莫向村々開後開、雪厭氷封寒徹骨、也憐強寄小詩催　待臘寒梅　厭—圧

152 東郊春意似三川、雪片梅花人日天、試看枝南与北枝、半開年後半年前　東郊看梅〈人日〉

153 飛梅千里古来談、□不新春第一探、真个東風吹石裂、暗香城北到城南　新年寄題北野梅　□—恨

154 谿上僧房好事家、紅梅千樹是生涯、雖多遊客少知己、認比桃花与杏花　谿寺紅梅

155 探梅天気覚寒軽、且趁陽坡暖処行、朝日早消前夜雪、一枝竹外白分明　陽坡探梅

156 早晩梅花開遍時、春風寒暖両般吹、寄来昨日還今日、知是南枝与北枝　心田老人昨朝見恵梅一枝今朝又添一枝賦三絶句奉謝

157 梨雲低圧担夫肩、挿向灯檠紙帳辺、曾慣詩翁吟好句、吹香一夜攪孤眠

158 繁枝早計寄山家、日々園林風雨斜、何以相酬美人贈、銅缾添水□梅花　　□—護

159 水仙不有好枝看、香与梅花無両般、歳晩辛勤氷雪底、也知一様鉄心肝　雪裡梅花水仙

160 森然巨竹偃如銀、梅蘂鉄心中貯春、向此天寒深雪裡、相逢各自得精神　雪中梅竹

161 帝子不来湘水波、九疑如黛奈愁何、行人日暮怱々去、斑竹叢辺風雨多　題竹

162 寒玉数竿風葉翻、清陰分処夜開軒、月明為筆地為紙、掃出湖州淡墨痕　竹影

163 盆裡叢生也自妍、毎供吟玩硯屏前、朝々掬水一揮洒、雨露恩情有二天　盆石竹

164 堂後新開氷玉姿、却疑夜雨洗臙脂、豪家争買紅兼紫、一種風流人不知　白牡丹

165 黄買姚家紫魏家、此心非是競豪華、軽陰帯得移時雨、養自開花到落花　移牡丹

166 園林風物四時新、日々花開最可人、惆悵牡丹紅一日、幾生修得到長春　長春花

167 海外移随漢使槎、□英万里度風沙、不愁春去開時晩、五月園林第一花　石榴花　□—絳

168 杜鵑花発杜鵑春、啼血声中染得新、落日千層紅一色、不催帰去却留人　杜鵑花

169 芙蓉冷淡水辺叢、消尽臙脂不耐風、已覚露従今夜白、争教花有旧時紅　白芙蓉

170 眼裡榴花手裡斜、美人細意繍夜襟、絳英空落青苔上、万恨千愁看不禁　繍榴花

171 芍薬欄辺夜雨斜、深愁飄尽委泥沙、朝来却是風流在、似白如紅一両花　雨後残芍薬

172 離亭春晩酒盃空、路畔桃花駐小紅、故挿一枝紗帽上、思君心在不言中　賦得桃花送某人行

173 水遶田村路半斜、小桃紅処是誰家、狂枝潜出短墻去、竹裡掩門人護花　村舎出墻紅桃

174 香度水精簾外風、暁枝圧架雨余叢、少游唯道臥無力、不是深紅作浅紅　雨后薔薇

175 寒松元不着時花、乞与姚黄領物華、憐似春風相慰藉、深紅一点挿山茶　松下山茶

176 瓦沼分栽一両叢、青々浸影水如空、窓間相対多涼意、葉上無風亦有風　盆芦

177 植萱日待長亭々、今見芳芽初満庭、疑自春前穿土早、雪纔消処便青々　萱艸初芽

178 谿水未泮漲痕乾、山舎年華冷淡看、唯有龍池御前柳、鵞黄色已破春寒　和聖文賦龍池柳色

179 亭々直幹葉為披、能護歳寒霜雪姿、不見春風春雨裏、堦前約薬落多時　椶櫚

180 枯葦刈残唯有槎、新萌如竹迸江沙、初春想見深秋晩、鴎鷺洲前月映花　芦筍

181 芳本偶和春雨移、栽培着意毎時々、開花合在風霜後、添竹先修旧敗籬　菊苗

182 深殿同床学笛時、三郎擫手貴妃吹、只因偏愛海棠睡、落尽梅花也不知　明皇並笛図

183 徐老聞名黄九詩、身如栖鳥海棠枝、春陰猶有護花意、不及巣居無事時　徐老海棠巣図

184 山童護屋独徘徊、可怪先生晩未回、放鶴湖天非為客、横斜欲月傍籬梅　和靖鶴図

185 拾遺可老浣花村、田舎相邀酒満樽、路熟江辺酔帰夜、蹇驢不策識柴門　浣花酔帰図

186 北窓帰臥竹方床、五斗何如一掬涼、巻裡詩唯書甲子、枕中夢已到羲皇　淵明臥北窓図

187 春日瑤池酌緑樽、不容青鳥報黄昏、風前吹落訝光帽、半帯花香半酒痕　酔王母図

188 寤寐常恩草沢賢、傅岩賚弼豈真天、唯将乙夜霎時夢、社稷中興六百年　高宗夢弼図

189 岩栖瓢飲百無求、腐鼠誰能顧九州、一自先生来洗耳、至今潁水更清流　許由洗耳図

190 聚蚊金谷是豪遊、潘県都内富貴羞、二十四人非石友、桃花独占晋風流　潘岳河陽県図　内―同

191 湖上荷花鏡裡香、稽山浸影水中央、扁舟早晩落吾手、占取人間五月涼　鑑湖図

192 栢梁台上擢脩茎、露満盤中夜気清、余滴貯成金狄涙、武皇応悔学長生　金茎承露図

193 一門相業実伝家、不信万羊生有涯、甲乙休誇牛氏石、荘中坐見日南花　平泉荘図

194 罷釣息薪相対閑、白雲谷口碧谿湾、終無一語及人世、渠問江湖吾答山　漁樵問答図

195 十里蒼茫草満川、朝来細雨晩来煙、一鞭信手提三尺、領取帰牛背上天　牧童騎牛図

196 尽開書画散清風、梅雨淋漓一掃空、快意不知何処是、滄江貫月夜船虹　梅雨後命童曝書図

197 恩命初霑一拾遺、猶勝不遇過生涯、可憐緩歩退朝履、踏掖垣花春暫時　花底退朝図

198 富士峯高宇宙間、崔嵬豈独冠東関、唯応白日青天好、雪裡看山不識山　扇面富士山

199 松籟江濤攪夜眠、開窓万里一青天、暁風吹月欲沈水、掛在藤蘿只半辺　題江月図

200 門没蓬蒿不受関、杉橋半断水潺湲、前年為客伊州路、日暮孤村似此間　孤村流水図

201 晴暁開窓酒未賒、詩成先向野童誇、有風疎竹不留雪、老樹模糊似着花　題雪景図

202 竹従墻外出横枝、風裡低昂不自持、暮雀欲栖心未穏、飛来飛去已多時　扇面竹雀

203 小大勢殊将闘時、不相支在不相期、郊寒豈与韓豪敵、得見画図如見詩　闘鶏図

204 蒼鷹趁兎疾如風、三窟謀身伎已究、為報南征諸将道、何時賊墨掃来空　鷹搏兎図

205 鉄石心肝画得成、依稀三峡月明情、愁人相見断腸尽、縦是無声還有声　画猿

206 天晴宜浴翠毛衣、拍々春江水正肥、忽没波間無覓処、不知磯上晒斜暉　晴江浴鳧図

207 牛苦深谿児不知、軽々踏背牧帰時、夜来何処遠山雨、初見前坡浸柳糸　牧牛図

208 雁影翩々数字斜、呼群似欲下平沙、秋光一色天連水、心在西風芦荻花　芦雁図

209 坐対紋楸終日碁、蔵機運思着来遅、相逢応是不相識、十九路頭天一涯　囲碁図

210 落墨偏誇花写真、白頭待詔可憐人、澄心堂上数番紙、尽是江南夢裡春　徐熙墨杏花

211 憶昔荒山野水涯、黄昏月淡見芳姿、如今衣化京塵底、氷雪心腸唯自知　墨梅

212 枝従墻外横拋出、香自風前暗送来、将謂尋常梅一様、不知傍有水仙開　扇面梅花水仙

213 籬落梅如処士家、夜来和月上窓紗、一枝装点青松色、何樹逢春不着花　扇面梅

214 竹裡梅花人不知、風前時覚暗香吹、想応翠袖難遮掩、特地拋来玉一枝　梅竹図

215 毎慣梅辺看水仙、三生氷雪旧因縁、風流何処不堪愛、傍竹開花也自妍　扇面竹水仙花

216 村竹西辺有月不、送斜陽後又回頭、風梢着力掃雲破、碧落間拋白玉鉤　扇面竹月

217 数竿修竹晩蕭疎、雲隙娟々月上初、却訝狂風穿翠袖、佳人露出水犀梳　又

218 春色驚人只海棠、燭花分照夜深粧、貪看如白似紅処、忘却無香与有香　扇面海棠

219 玄都千樹簇紅霞、昨夜飄零風雨斜、借問誰家小籬落、春光留在碧桃花　扇面碧桃

220 山茶鶴頂已経時、楊柳鵞黄漸欲糸、看画便知春早晩、東風似向扇中吹　扇面椿柳

221 人見花耶花見人、洛陽三月属遊塵、誰知魏紫姚黄外、別有山茶尚駐春　扇面山茶

222 庭院花時毎淡陰、多情只為惜春深、請看一片両三片、自是無風落不禁　扇面桜花

223 探遍春山日又曛、渓南渓北路難分、杖藜行到水究処、認得残花半樹雲　画
224 鷺鷥和雪下清晨、似有似無看不真、寄語寒魚野塘水、羽毛渠自易蔵身　又
225 細数峯巒雲又煙、行窮湖水欲連天、撑篙小径斜陽□、無価松風買満船　又
□—岸
226 寒梅処々着花時、袖裡空携素扇披、若便華光揮淡墨、為君何惜数篇詩　扇面無画
227 江上顛風吹雨来、碧芦無数両辺開、漁簑如舞舟如葉、更入雲海喚不回　扇面
228 天際帰帆看似無、楼居隔岸欲相呼、不知短紙幾千里、湖外青山々外湖　又
229 五月山中暗樹林、冥々細雨尚連陰、啼鵑月黒不知処、裂竹一声驚夜深　又
230 嶺頭月出乱雲開、放鶴隔江飛又回、此興此時無写処、不知童子抱琴来　又
231 遠峰如染隔平湖、高柳風多日又晡、有興猶急蹇驢倦、並鞍為問得詩無　画軸
232 一篙撑在釣磯傍、呼取童奴辨酒觴、風度松時芦葦響、水波不定満船涼　又
233 松籟灘声晩更喧、雲含寒意水天昏、今宵不雨定応雪、欲繫漁船何処村　又
234 雲隙氷輪影半規、清光猶未辨盈虧、憑誰問取画工去、欲上時耶欲落時　又
235 故人有約会江楼、々下長江天際流、不奈船遅心甚速、晩来同得倚欄不　又
236 山禽四顧石榴枝、雖不能言心可知、怪底園林緑陰裡、開花五月似春時　又
237 瞑色俄生野外昏、人家漸欲掩柴門、風駆雨脚度林過、残照猶懸一半村　又
238 圧地凍雲寒透膚、山童炙手就紅炉、頻看屋樹枯梢上、已有飛来雪片無　又
239 曹劉模索暗中来、李杜独吹光焔回、灞雪驢辺都滅却、不伝妙処冷於灰　詩寒
240 満眼生花酔一場、豈知不飲味尤長、利名何物唯糟粕、閑看人間是酒狂　独醒
241 四筵酔倒玉山頽、悪客中間不挙杯、憐似令威身化鶴、三千年後一帰来　又
242 到処閑吟个酔髡、近来詩思若為論、蒲団不預蹇驢雪、坐破梅花月一痕　贈詩僧
243 酒興催時念故人、献酬無伴不沾脣、君何来暮簷花雨、忍渇猶留半甕春　招酒伴
244 相送梧桐一葉飛、帰来枝下未全稀、南山雖是可移去、暫別有期君莫違　暫別有期

245 朝伴孤雲過別村、那期佳客到柴門、不題名字知相訪、満逕蒼苔点履痕　友人見訪余偶出不遇

246 屋似孤山梅雪寒、人非和靖得詩難、膺門白鶴来何晩、此客従前不慣看　又

247 離觴臨水惜今朝、柳緑花紅第五橋、持此春光好帰去、越山水雪為君消　送久上人帰越　水―氷

248 月薄西山祖母年、一朝帰養識君賢、残糸不惜東門柳、折贈行人当馬鞭　送人帰覲

249 一蹋仙蹤采薬帰、人間悵望幾朝暉、近来伝得徐郎信、雲傍蓬莱海上飛　次韻寄尾陽故人

250 誰倒滄浪万里流、洗吾九十日春愁、美人莫信長年少、雪裡高山亦白頭　招賀州彦龍上人

251 櫪馬何時朋盍簪、蛛糸□遍壁間琴、送君一片長安月、千里相随似我心　寄遠江故人　□―已

252 傾蓋相逢勝白頭、帰心却付水東流、鎖春亭畔一分手、又是此生風馬牛　送人還相陽

253 雲連紫塞起辺愁、地隔中原十数州、行過幾山初有雪、渭城霜月別時秋　送人之羽州

254 家在長天欲尽頭、東風帰路不知愁、一村桃李一村柳、春逐行人到越州　送人之越中

255 匹馬軽衫去向秋、江州之外更伊州、莫経神女祠前路、行雨行雲朝暮愁　送人之伊州

256 秋燕帰時客也情、知君告別欲東行、疎鐘月落相陽寺、猶是長安半夜声　送人之相陽

257 破車犢子好男児、胆気要為天下奇、想見越吟春又晩、海棠花上雨如糸　寄友竹節侍者

258 哀詞千字墨痕斑、老幼倶嗟閭里間、有子最賢吾旧識、人言眉目似翁顔　藍英近喪皇孝同社明洲詩以吊之余次其韻　孝―考

259 報答慈恩薄似霜、三年不待綵衣場、袈裟自課貝多葉、暮夜灯光日午香　和久上人悼母韻

260 年少何心賦遠遊、煙簑老矣吾帰休、幾回夢遶江南水、半為思君半白鴎　招松壑侍者

261 故人来覓寄君詩、雖有此行今始知、湖口発舟已三日、情如送後独帰時　招碧雲侍者

262 西去陽関更幾関、山辺是海々辺山、郷村父老応相労、遠自三千里外還　次韻送人帰薩州

263 孤雲両角望迢々、別後秋風魂已消、祇道五橋流恨水、遠江江上不通潮　寄遠江故人

264 鴛鴦側畔託情微、欲把金針繍上衣、社燕秋鴻君与我、江湖願作一双帰　客披扇求詩背面有鴛有梅某人題其上及鴛而不及梅花也何其幸不幸哉

265 不住風塵京洛間、振衣千仞独怡顔、都将栄辱繁華地、換得西州一半山　寄笑華侍者

266 前途満眼占風煙、何処登臨最快然、行尽関山十余里、平湖万頃水如天　送人之帰江州

267 過眼紛綸万少年、人間有路上青天、怪君袖裡凌雲賦、吹落江湖白鳥前　送人之湖上

268 乃翁避世在墻東、本不吹竿瑟独工、二十年前吾尚幼、茶煙覓句落花風　〈予幼時与翁烹茶聯句〉益有作詞翰可愛恨不与江翁賞嘆附帰便□看一咲忘懐予輙和二首情見于辞　帰―的、□―伝

269 塗抹少粧西又東、晩知詩語本非工、雛鶯何処花枝上、声正来時香満風　又

270 夜寒徹了骨先清、一拍欄干句未成、天地中間無俗物、梅花枝上月三更　偶作

271 一衣一鉢一巾紗、不在途中不在家、逢樹即休逢石坐、如雲如水淡生涯　送香上人

272 回頭昨日已今辰、始信其余事々新、百五垂過寒未去、無花情緒似無春　次韻真童

273 応是鶯歌燕語催、春来句々最奇哉、問渠知我多愁否、見了梅花不見梅　聴相公薨之明年用叢童試筆之韻聊述所懐

274 逝水無還白日催、春来春去又悠哉、新詩認作山陽笛、一段傷心不為梅　又

275 坐待河清自有時、驚看鏡裡鬢糸垂、春風吹長無名艸、一樹冬青猶旧枝　和江西見寄韻

〔付記〕

翻刻掲載の御許可を賜った株式会社古梅園、資料調査の機会を与えて下さった大谷俊太氏に深謝申し上げる。

第一五章　『〔日課一百首（にっかいっぴゃくしゅ）〕』

五山における詩作について、どのような作品をよしとし、またよくないとしたのか、そのような批評的言説を探るには、添削や批点の残された資料が重要である。ここに紹介するのは、転写本ではあるが、おそらく原本のそのような態様を忠実に再現したと思われる貴重な資料である。

まず書誌を掲げる。

天理大学附属天理図書館蔵　九二一・一―イ一三

〔日課一百首〕　和　特大　一冊　釈□云（鉄山宗鈍カ）撰　釈春沢（永恩）・釈策彦周良批点　〔室町末近世初〕写

原装と思われる補修済縹色無地表紙（三〇・六×二三・五糎）、五つ目綴。外題なし。永禄八年九月二一日策彦周良序二丁（四周単辺有界、六行一二字前後）に続き、改丁して本文、内題なし、四周単辺無界（二三・〇×一八・七糎）、九行一八字、二六丁。題を二字下げにて記し、その下に小字右ヨセにて「第幾」および日付を付す。改行後、詩本文は追い込みで記す。批点は、墨の合点は詩冒頭右傍に大きく、朱の合点は各句ごとにやや小さく記されているほか、朱の批点が点と丸との二種使い分けられている。おそらく、合点、点の批点、丸の批点の順に評価が高くなるのであろう。他に詩末尾に批評が朱墨両方とも小字にて記されている。全一五二首の末尾に「右日課一百首之題詠畢矣一夏中／永禄八年乙丑　七月廿五日於北野殿前誌焉」と記す。書名はこの識語より採って図書館において命名されたもので、本稿でもそれに従った。

印記「吉田家／藏書印」（朱陽方印、三・七糎、表見返および巻首）および「月明莊」（朱陽長方印、二・七×一・四糎、冊尾）がある。帙外題には上部に「永禄八年於北野社／日課一百首」、下部に「后版作　春澤　策彦點／天正頃古寫本吉田子爵家舊藏」とある。神道の吉田家から弘文荘の手を経て天理図書館に収蔵されたものとわかる（ただし吉田文庫には含まれていない）。

序文によると、甲斐恵林寺の「云公后版」は永禄八年（一五六五）、妙心寺にいたとき、北野天満宮に百日参詣し、詩作上達を祈願して一日一首を奉納したのが本書だという。末尾識語に「一夏中」とあるように、夏安居の始まる四月一五日から百日間、七月二五日まで、日によっては二首作っているので、百題ながら一五二首収められている。これに天龍寺の策彦周良（一五〇一―七九）と建仁寺の春沢永恩（一五〇四―七四、生没年については、伊藤東慎「狂歌師雄長老と若狭の五山禅僧」『禅文化研究所紀要』三、一九七一・一〇、吉田幸一編『雄長老集』上巻、古典文庫、一九九七、再録を参照のこと）が批点を加えたのである。

知られている伝本は本書のみであったが、祐徳稲荷神社中川文庫蔵『雜詩紀』（扉題）（六―三二一―三〇四一）という室町後期から江戸前期までの詩文を雑多に書き留めた写本一冊（末尾近くに黄檗僧独立性易の詩を書き入れているのは鹿島藩主鍋島直條とのこと、井上敏幸氏の御教示）のなかにも見出した。ただし比較検討は行っていない。

「云公后版」は法諱の下字を「云」という后版（後堂首座）、の意である。本書は『天理図書館稀書目録　和漢書之部第三』（天理大学出版部、一九六〇）に著録があり、そこで著者名を「后版」としているのは、弘文荘の認定を踏襲したか、あるいは序文中に元の韋珪の『梅花百詠』と本作品とを並称して「后版百日詠」などと呼んでいるところからの誤認であろう。恵林寺には策彦が弘治二年（一五五六）から三年まで住持として滞在しているので、その頃からの顔見知りであったのかもしれない。

道号および法諱上字は不明であるが、玉村竹二『五山禅林宗派図』（思文閣出版、一九八五）では鉄山宗鈍（一五三二―一六一七）の別称として「□云」を挙げている。鉄山は恵林寺で出家し、永禄年間上京して妙心寺に滞在、策彦にも学び、後に妙心寺住持にもなっている。詩集である続群書類従所収『金鉄集』には、「和韻於恵林寺、本韻策彦」と題する詩句も見られる。なお、遠藤珠紀「穴山信君と策彦周良」（『日本歴史』七五四、二〇一一・三）も二人の関係について触れている。

同書で注目されるのは、冒頭に独吟百韻聯句二巻を置き、一巻には「策彦和尚点　於亀山鉄山独吟」とあり、もう一巻は「梅題聯句鉄山和尚」と題して、永禄八年二月二五日付けの策彦跋文を付している（ここでは鉄山を「幻雨斎盟」と呼んでいる）ところである。ともに丸と点の二種を用いた批点、および合点が付される（跋文ではそれぞれ「圏」「批」「刈楚」と呼ぶ）。すなわち本作品と同時期に同じような形で策彦との文学上の師弟関係を結んでいることがわかるのである。跋文には「公胸次有全梅者乎」という本序文と同一の表現も見られる。残念ながら同書および『山林風月集』には本作品と重なるものがないが、本作品も鉄山の作と断定してよいのではないだろうか。

題は『三体詩』『錦繍段』などの詩句や杜甫詩の題などを用いるほか、画題もある。五山僧の過去の作品の詩題に学んでいるのであろう。

特に評価の高い作品を見てみよう。たとえば六七は、玄宗と楊貴妃を登場させ、玄宗が庭の牡丹を手折って楊貴妃に与えようとしたとき、夜明けの鐘が鳴ってはっと酔いを覚まして思いとどまった、という場面を設定し、その鐘はまるで鳥から花を守るための「花上金鈴（＝護花鈴）」だ、とするもので、「奇にして奇なり」と評されている。七八は第四句「逢花猶道不相思」が『錦繍段』（『聯珠詩格』にも）の葉苔機「閨怨」の第四句の「人」を「花」に変えただけで、花に対してしか恨み言を言えない女性の孤独を描いた点を奇想天外だと評する。一四九ではやはり第四句が『三体詩』所収、許渾「送隠者」の「公道世間唯白髪」の「白髪」を「子陵」（漢代の隠者厳光（こう）に変えたことで、もとの詩を越えた、と評価する。
　このように、よく知られている故事や詩句を一ひねりすることによって思わぬ場面を作り出し、読者の意表を突く、といった表現を高く評価しているようである。なお、天神信仰の深まり、夏安居がわりに詩作にいそしむ詩禅一致のあり方など、全体の枠組自体も室町後期の五山文学の有り様をよく示している資料だと言える。より詳細な検討は今後の課題としたい。

　翻刻に際しては天理大学附属天理図書館のご許可を頂いた（翻刻番号：天理大学附属天理図書館本翻刻第一一七四号）。ここに明記して深謝申し上げる。

【凡例】

＊漢字は通行字体を用いた。
＊序文・評には句読点を、詩には句ごとに読点を補った。
＊朱書にはその旨注記した。ただし合点・批点については注記を省略した（解題で述べたとおり、各句に掛けられた合点および右傍批点は朱書である）
＊面の変わり目を「（1オ）」のごとく表示した。

山陰韋珪賦百梅、豈非流芳万世者乎。甲陽恵林先廬之翹楚、云公后版、壮歳僑寓于西都花園之日、造詣　北野神祠者一百日、且日課一首以献焉。盖黙祷著述之進趣也。今也、寄其吟藁而見需予贅巻首。予竊以、昔芳草（1オ）于西堂、今梅花于北野、両吟雖有殊差、其神遊神助則一也。芳草乃収在琅函、今則教外別伝底、禅中有詩、々中有禅。繇茲思茲、累百霊運何敢望云公乎哉。淮南子有謂、百梅足以為百人酸、一梅不以為百人酸。（1ウ）公不執其花而帰其実、以調和宗鼎。可謂、胸次有全梅矣。　公平素造次於梅、顛沛於梅。然則公一々雖不賦梅、剰馥残香及百詠耶。於是乎、同梅而清々在梅前、同梅而馨々在梅外。韋珪百梅之作、后版百日詠、付諸梅花（2オ）無尽蔵、即是造物者無尽蔵也。遂信筆以擬詩巻之題辞云爾。

永禄八稔乙丑鞠月廿有一日前円覚策彦叟周良（2ウ）

宿処尋鵑第一丑四月十五日　墨 春沢和尚点　朱 策彦和尚点（以上六字朱書）

1　八十川僧一白頭、帰心万里聴鵑愁、駅庭自有長松樹、先問夜来々上不

新緑可人第二　四月十六日

2　千紅春尽悉凋零、新緑可人自忘形、我老対花々咲我、残生於葉眼先青

洗竹見山第三　四月十七日

3　洗竹雖違王子猷、自勝支遁買山休、尋常夜雨恐驚夢、忽把瀟湘換沃州（3オ）

棹歌得梅之一字　第四　四月十八日

4　一夜江南野水隈、斜風吹断棹歌哀、漁翁錯莫唱花落、中有白鴎清似梅

又

5　清風明月白雲隈、尽為漁翁入乃欸、江鳥報言暫休唱、夜来夢作楚辞梅

薔薇茶第五　四月十九日

6　打倒薔薇無力枝、赤銅茗椀雨淋漓、謝公莫恨減春却、未必清香一啜哀（3ウ）

又

7　満架薔薇一院茶、煎憑禅榻慰生涯、半升鐺内暗香起、知有東山磵底花

西湖遇雨第六　四月廿日

8　〽天公亦妬景佳不、湖上朦朧暗水流、欲対西施晴好鏡、陰雲已是辟陽侯

又

9　値雨西湖処士家、暗中探景傍籬笆、陰雲忽以朶梅潔、変作徐煕落墨花（4オ）

船窓読書第七　四月廿一日

10　〽八万群書一釣舟、漁翁時習暗抛鉤、白鴎可咲別開巻、従古巴江学字流

又

11　万巻牙籤下載風、江湖秋老鬢鬆々、篷前細雨燈花落、懶読孤舟簑笠翁

荷花入夢第八　四月廿二日

12　荷花露動黒甜郷、半日消閑対晩涼、移得鑑湖三百里、清風一枕覚猶香（4ウ）

楚山春暁図第九　四月廿三日

13　〽慣臥巴江夜雨床、楚山春暁旅愁長、哀猿叫落巌花月、鉄鋳行人也断腸

梅杖第十　四月廿四日

14　幾歴江南数十程、氷肌玉骨痩崢嶸、三生有恨汨羅上、縦得春風亦不行

又

15　携得尋常為結盟、暗香随我自多情、雨奇晴好西湖寺、投老帰歟扶此生（5オ）

涼蛍知秋第十一　四月廿五日

16　〽欲秋涼動井欄東、一点山蛍照小叢、腐草露従今夜白、明朝天下落梧風

又

17 秋色悩人不得眠、流蛍暗度漢宮前、一飛聊恐軽羅扇、先向婕妤告棄捐

鐘声出花第十二　四月廿六日

18 月落長安半夜天、出花数杵搗閑眠、忽驚郷夢春閨暁、憶得楓時到客船（5ウ）

焼燭看海棠第十三　四月廿七日

19 銀色春光冷禁鐘、海棠睡足貴妃容、何図高照紅粧去、散作漁陽三月烽

又

20 〽比翼連枝亦暫栄、海棠院静燭空明、夜深睡足春妃子、似忘長生私語盟

舟中聴琴第十四　四月廿八日

21 〽篷窓一夜雨班々、点滴声幽琴意閑、漁父似知樵父楽、忽翻流水作高山（6オ）

又

22 三畳余音漸欲終、抱琴正好睡舟中、高山流水篷窓雨、翻入漁翁一笛風

廬山祷晴第十五　四月廿九日

23 持呪焚香礼碧空、晴廬何事気朦朧、陰雲未散袈裟角、猶向山中学遠公

禽声攪睡第十六　四月晦日

24 〽睡裏春禽響燕居、覚喧一枕黒甜余、声々効孔子家訓、飛入僧房起宰予（6ウ）

碁盤桃花第十七　五月朔日

25 〽小隠日長脩竹風、桃花乱落子声終、両髯一局触蛮外、又把武陵蔵橘中

夢尋山色第十八　五月二日

26 〽山色春光冷画屏、夢中栩々眼先青、千峯万岳一時破、夜半鐘声亦巨霊

　　又

27 化為胡蝶出僧房、探景尋山夢亦忙、欲尽嵩峯三十六、暁楼鐘度又空床（7オ）

　　簷雨挟詩声第十九　五月三日

28 〽茅檐秋冷雨声残、近聴挟詩猶未乾、老去同参言在耳、吹成島痩滴郊寒

　　梅巻第二十　五月四日

29 莫道梅花揔不真、開窓字々筆鋒新、乾元一気軸資始、未誦先知天下春

　　蒲簑第二十一　端午

30 〽九節編成随白鴎、浮生四海一蓑裘、漁翁披得避風雨、欲立蜻蜓亦自由（7ウ）

　　合歓燈第廿二　五月六日

31 〽燈有合歓照老顔、連枝比翼不応挙、夜深喜色忽相変、一陣暁風安禄山

　　鶯辺繋馬第廿三　五月七日

32 〽千里鶯啼送旅行、此生繋馬慰春情、駐鞍不恐岩花落、要聴綿蛮一曲声

　　売菊第廿四　五月八日

33 〽節後傲霜猶未凋、一枝求価事風標、花之隠逸有誰買、自古東籬遠市朝（8オ）

　　春鐘第廿五　五月九日

34 〽残生七十日将低、忽聴春鐘春夢迷、吾老欲眠花亦睡、道人緩撃夕陽西

　　釣磯梅第廿六　五月十日

35 〽有梅伴寂繞苔磯、疎影横斜水半扉、若問漁家無尽蔵、人々簑袂帯香帰

春日憶李白第廿七　五月十一日

36〽閑憶謫仙対夕曛、濺花春涙落紛々、可憐老杜感時意、乱似江東日暮雲（8ウ）

栽桐待鳳第廿八　五月十二日

37〽金井栽桐侍禁闈、九苞彩鳳古今稀、苗而先有来儀瑞、聖代何時覧徳輝

雪径履跡第廿九　五月十三日

38 認履吟行雪径遙、残生七十両藤条、何人先我探梅去、忽印渓橋猶未消

独宿鴛鴦第三十　五月十四日

39〽一夜鴛鴦夢亦空、三郎入蜀更無雄、驪宮比翼分飛去、被底盟寒芦葦風（9オ）

詩簾第三十一　五月十五日

40〽鉤迎残月掛清湘、体記暁風学晩唐、編得許渾千首水、捲来殿閣自生涼

又

41 十二詩簾一老身、于花于月幾相親、吟中高捲坐来看、体似晩唐景晩春

池塘春草第三十二　五月十六日

42〽結集春風芳草句、如来大蔵小池塘、（ママ）摠成寐語五千巻、添得謝家夢一場　奇而太奇、似模一聯伽陀。（9ウ）

又

43 従愛池塘春草青、謝家今古姓名馨、東風一夜五言夢、吹入琅函猶未醒

芦被第三十三　五月十七日

44〽万里風清月亦残、芦花被白小江干、閔騫去後無人擁、独宿鴛鴦一子寒　（以下朱書）吟得到処、盖杜体而亦妙也。

又

45　雪耶非雪散将融、被白芦花浅水東、一夜鳴鴎催不起、漁翁暗擁聴松風（10オ）

惜春鳥第三十四　五月十八日

46　満林紅痩夕陽西、有鳥惜春尋旧栖、昔日謫仙唐晩後、吟魂化入落花啼

又

47　〽有鳥銜紅入翠微、惜春幾度倦還帰、声々啼断晩風底、翼蔽群花不許飛

東坡雨竹第三十五　五月十九日

48　〽雨濺坡翁竹一双、丹青妙手倒三江、風枝写得揮毫処、龍躍玉堂雲霧窓（10ウ）

又

49　坡翁筆下竹篁脩、作雨成雲暗八州、水墨化龍海南夜、生涯一洗瘴茅秋

春山帰樵図第三十六　五月廿日

50　〽帰樵笛湧白雲涯、遙下春山日已斜、只慣一声驚暁夢、檐頭不帯杜鵑花

度香橋第三十七　五月廿一日

51　〽晩来聊欲度香濃、編竹成橋一両重、縦為荷花奝可怪、未雲池上又何龍（11オ）

又

52　池上長橋数尺高、清香漸度忽逢遭、晩風動処廬山外、一葉蓮花遠陸陶

書斎夜雪第三十八　五月廿二日

53　〽似惜退之寸晷遷、書斎映雪攤陳編、業鞭千里学時疾、莫道藍関馬不前

又

54　〽書斎一夜雪斜々、興似西湖処士家、白髪残僧学時習、不須持呪保梅花（11ウ）

焼竹煎茶第三十九　五月廿三日

55　竹院曾同童子栖、茶煙軽颺夕陽西、渭川千畝一炉底、焼向春風憶建渓

馬上続夢第四十　五月廿四日

56　駅路早行思別離、生涯続夢馬蹄遅、淮南風月暁鐘後、鞍上時々又見之

又

57　駅程馬上早行初、朝日漸昇残夢疎、忽駐征鞍今又得、夜来一枕黒甜余（12オ）

滄浪濯髪第四十一　五月廿五日

58　滄浪濯髪錯誰何、頃刻在茲吾更他、両鬢風霜五湖上、晩来散作百東坡

又

59　万里滄浪濯髪流、人間七十一浮漚、此生終向江湖老、昨日少年今白鴎　吟味有余風骨軽、恰似一篇唐律矣。

水沈燈第四十二　五月廿六日

60　燈有水沈能幾燃、十年窓下照陳編、腐儒挑得不労学、夜々聞香失睡眠（12ウ）

海燕第四十三　五月廿七日

61　慣入定僧陰裏過、于飛幾度繞滄波、釣漁船上銜泥去、不汙袈裟汙緑簑

僧窓移蘭第四十四　五月廿八日

62　白髪残僧一両三、移蘭窓下打玄談、風前若有苗而秀、縦此生休花罷参

又

63　窓下移蘭春色加、野僧坐愛思無邪、国香入室伴禅寂、老去同参唯此花（13オ）

焼香聴雪第四十五　五月晦日

64 〽簷外雪飛三四更、焼香正好到心清、団蒲歳暮熏炉底、一夜同参折竹声

天津橋春望第四十六　六月朔日

65 〽春入望辺情不些、天津橋上慰生涯、当時康節聞鵑後、花外至今無小車

夢観牡丹第四十七　六月二日

66 夢見牡丹半夜天、青燈吐蘂耀吾前、忽誇魏紫姚紅富、一枕邯鄲五十年（13ウ）

又

67 〽夢過天宝牡丹庭、妃子明皇酔始醒、欲賜沈香亭畔紫、暁鐘已是護花鈴
（以下朱書）以楼鐘用作花上金鈴、一洗人間笙琶耳。奇而奇也。

破琴第四十八　六月三日

68 〽日々蝉声夜々泉、許多弾月向窓前、伯牙去後無人続、門外松風空払絃

又

69 〽憶曾弾得奏伊州、絃断生涯今更休、万壑松風自韶楽、鈿蝉金雁不須修（14オ）

桃花馬第四十九　六月四日

70 不是龍顱与鳳頸、桃花一朶四蹄軽、武陵落日試天歩、未必人間有此行

又

71 〽一朶桃花試歩騰、飛如紅雨疾於鷹、春風得意弄蹄去、若不天台定武陵

睡蓮第五十　六月五日

72 睡蓮香度玉欄干、侵暁乗涼偶独看、風繞掖池吹不覚、一枝置枕泰山安（14ウ）

又

73 〽紅蓮一朶貴妃容、酔対明皇睡亦濃、太掖池頭花忽覚、漁陽鼙鼓暁楼鐘

春楼残角第五十一　六月六日

74 〽春楼残角奈残生、白髪蒼顔聴易驚、大小梅花不吹尽、言猶在耳断腸声

舟中聴鶯第五十二　六月七日

75 〽舟杪鶯啼情不常、漁翁聴得伴滄浪、学而時習篷窓下、呂望非熊春昼長（15オ）

雪蘭第五十三　六月八日

76 〽幽蘭葉同凍将凋、楚畹籬荒深雪朝、縦得春風国香起、霊均忠憤不能消

春女怨第五十四　六月九日

77 〽回文織就未相伝、春女傷春日若年、一別天涯無限意、香閨窓下背花眠

又

78 〽傷春嬾織錦機詩、是妾燈前滴涙時、一夜閨中愁万斛、逢花猶道不相思（以下朱書）改人字作花、以用意於天涯、高出蘇新上者乎。

（15ウ）

禁鐘第五十五　六月十日

79 数杵声揺悩玉皇、暁風残月冷於霜、道人不識君王恨、撃及宮中睡海棠

又

80 〽夜半筵揺感旧時、宮娃秋老鬢糸々、数声黄葉前朝杵、寒殿無人聴者誰、誦則恰如経廃宝慶寺耳。

荷葉雨声第五十六　六月十一日

81 〽風送微涼統画欄、巻荷時節雨珊々、跳珠暗響半池上、一夜鴛鴦夢亦酸（16オ）

又

82 〽一宵荷動雨霏々、曲几焼香閑下幃、老去同参五皿尽、開門翡翠踏翻飛

愁蝉第五十七　六月十二日

83　日暮愁蝉乱噪辰、緑槐高処欲蒼旻、只疑宋玉悲秋去、化作風飡露宿身

又

84　病骨全無仙蛻心、夕陽声懶響槐陰、忽賡杜甫一生句、鳴向薫風不費吟（16ウ）

花香破禅寂第五十八　六月十三日

85　山房日静坐団蒲、白髪残僧兀似愚、老去無心愛春色、花香何事妨工夫

又

86　忽被花香破禅寂、生涯却愧事蒲団、定僧若坐海棠院、多少工夫亦不難

楓林待月第五十九　六月十四日

87　晩歩停車坐愛辰、楓林待月悩吟身、満山紅葉花耶錦、欲喚姮娥問偽真（17オ）

又

88　霜葉紅於九十春、停車坐愛点無塵、三生杜牧三祇劫、意在楓林月一輪

凍鶴第六十　六月十五日

89　報客合翔諸寺前、縞衣寒重立湖辺、梅花門戸雪毛骨、和靖可言生可憐

又

90　有鳥縞衣寒重時、氷肌玉骨雪生涯、翅翎若欲忍飛雹、逢着仙人莫近碁（17ウ）

寄笛恋第六十一　六月十六日

91　三年笛裏正堪眠、腸断関山半夜天、若到君辺君苦聴、一声月白想夫憐

苔銭第六十二　六月十七日

92 〽青苔日厚自無修、百万緡銭小路頭、忽買清閑偏称意、貧居屋裏貯揚州

又

93 〽老矣貧家社日秋、苔銭半富夕陽収、金鋪称意非吾事、欲買風花却買愁（18オ）

寒蛩催織 第六十三　六月十八日

94 〽為入吾床伴苦吟、寒蛩弄杼暫相紝、露機若向暁風断、虫亦秋来孟母心

芙蓉鏡 第六十四　六月十九日

95 〽一朶芙蓉鏡一台、秋江映水点無埃、為慚白髪千茎雪、不向東風怨未開

蝶 得弓之一字　第六十五　六月廿日

96 〽軽舞春園西又東、過墻幾度覓残紅、一生似受風流罪、不近梅花五百弓（18ウ）

又

97 〽身是南華一夢中、常憐薄命向東風、荘周枕上楼鐘暁、栩々然遊羿彀弓

（以下朱書）彀弓字雖未稔（穏カ）、復其工最秀于外者也。

槿花夕陽 第六十六　六月廿一日

98 〽夕陽風外幾多情、紅槿露乾纔向栄、越鳥声中花亦老、人生七十日西傾

推枕軒 第六十七　六月廿二日

99 〽忽得浮生半日閑、軒中推枕対孱顔、安眠高臥義（ママ）皇上、暫借僧房置泰山（19オ）

又

100 〽推枕軒中絶世縁、生涯衣破履猶穿、葉声秋晩山房夜、年老心閑聴雨眠

春夜思友 第六十八　六月廿三日

101 暫思好友立春宵、一別天涯路更遙、月下対花猶不忘、去年秋雨過楓橋

又

102 〽独酌青州慰白頭、春宵一刻思悠々、月移花影欄干上、恨是無人自献酬（19ウ）

語燕窺硯第六十九 六月廿四日

103 語燕声々日未闌、一飛窺硯暫盤桓、呢喃報道莫涵筆、若倒三江翼可乾

酒醒風動竹第七十 六月廿五日

104 〽風竹動時陶亦云、酒醒愁意乱於雲、誰歟酔裏起予者、近聴菴前抱節君

又

105 脩竹千竿一酔郷、書窓閑処自生涼、醒来忽対佳人坐、翠袖風吹細々香（20オ）

夢雪第七十一 六月廿六日

106 〽鄭公詩思興無窮、尽到枕頭入夢中、身在灞橋驢子上、覚来簾外五更風

又

107 〽書窓燈翳打眠辰、一夢稍親滕六神、西嶺千秋孤枕上、暁鐘動処尽逢春

雲似敗碁第七十二 六月廿七日

108 〽出岫如碁終未完、片雲成敗幾千般、縦然万里風吹散、只在仙家石上盤（20ウ）

蓮船第七十三 六月廿八日

109 花満汀洲如画図、漁翁隔岸錯相呼、六郎去後無人棹、一葉随風泛鑑湖

連理蕉第七十四 六月廿九日

110 連理芭蕉盟未修、三郎入蜀更多愁、長生私語霖鈴夕、都作雨声不耐秋

又

111 〽秋冷芭蕉盟不寒、自修連理傍欄干、而今葉上無愁雨、一夜枕頭声亦歓　意句倶到、自是時人聴可洗耳者乎。（21オ）

漁樵問答図第七十五　六月晦日

112 〽諳得人間一夢栄、漁樵相対慰残生、擲薪罷釣話何事、尽是山雲海月情　（以下朱書）牧渓画得到処之佳景、今復吟得如在目前。

残生随白鴎第七十六　七月朔日

113 万頃随鴎愧老顔、残生何事鬢斑々、江南野水無人至、来往風波共一閑

又

114 〽人生七十一江流、遁得全軽万戸侯、年老心閑相伴睡、比来天地両沙鴎（21ウ）

夢到楓橋第七十七　七月二日

115 満眼楓橋覚又非、鐘声不許蝶魂飛、枕途送我無張継、月落鳥啼（ママ）孤自帰

夜雨暗禅燈第七十八　七月三日

116 残僧一二鬢毿々、雨暗禅燈閑打談、半盞青銅十年夜、焼香臥聴旧同参

又

117 〽蒲団半破伴残僧、世事従来更不能、白髪山堂無月夜、々深雨断対青燈（22オ）

春睡枕書第七十九　七月四日

118 〽春宵睡足淡生涯、一枕高支書五車、因採離騒臥窓下、腐儒夢不見梅花

又

119 残燈稍翳碧紗籠、春睡枕書臥暁風、巻換曲肱花史記、腐儒道楽在其中

松間聴碁第八十　七月五日

120 〽誰向松間卜隠不、近聴飛雹落文楸、子声相響莫驚睡、下有淵明上白鴎（22ウ）

故園桃李第八十一　七月六日

121　月白故園桃李村、憶曾相送出柴門、別来花亦恨多否、咲向春風終不言

又

122　〽一別緋桃千樹春、故園今更隔秋旻、他時帰去花将道、前度劉郎又此人

秋浦白鷺第八十二　七月七日

123　〽秋浦斜風細雨暝、半晴白鷺展双翎、漁翁可怪梨耶雪、一点軽飛落晩汀（23オ）

又

124　〽秋江水繞自縦横、白鷺眠閑猶未驚、拳立芦花所何似、楽天姓氏謫仙名

白頭対紅葉第八十三　七月八日

125　〽閑看紅葉憶同遊、五十天涯一白頭、慣被百花撩乱咲、老来頻愧満林秋

又

126　煙雨山々青已黄、白頭対葉愛紅粧、満林添色亦何怪、一髪三千余丈霜（23ウ）

竹間榴花第八十四　七月九日

127　烈火紅榴照眼昭、竹間五月一枝朝、佳人翠袖裏春否、花尚如燃風不消

杜甫酔像第八十五　七月十日

128　人生七十夕陽収、無限憂心酔即休、風雨秋寒草堂夜、一盃聊忘一生愁

又

129　花猶濺涙鳥心驚、恨別感時愁一生、酔去胸襟無外事、閫中高枕遠江声（24オ）

読孔徳璋北山移文第八十六　七月十一日

130 〽隠淪千古孰能休、世有周顒林亦羞、鶴怨猿驚人不見、山風吹尽桂花秋

又

131 〽竊吹濫巾今則亡、暁猿驚処月茫々、山人去後無人至、蕙帳秋空小草堂

燈瀑第八十七　七月十二日

132 〽忽被儒呼瀑布名、青燈一盞一宵明、半窓漲落三千尺、誰把廬山上短檠　（以下朱書）煉得甚不労力矣。（24ウ）

又

133 窓下学而時習時、廬山掛在短檠枝、徐凝昔日若挑尽、只合終身洗悪詩

蓬莱杜鵑第八十八　七月十三日

134 客夢驚回所湿衣、蓬莱暮雨子規飛、声々若識明皇恨、啼向楊妃苦勧帰

潮鶏第八十九　七月十四日

135 〽潮鶏報暁釣磯湾、回棹漁翁幾往還、若是廃鳴鎖船路、潯陽江上亦函関（25オ）

又

136 〽潮鶏一拍両三声、釣叟夜深眠欲驚、月照銀沙浙江暁、錯成茅屋午時鳴

柳陰繋舟第九十　七月十五日

137 不在芦花浅水辺、漁翁柳下繋舟眠、生涯罷釣帰来後、又静思聴去夏蝉

又

138 斜風細雨鶺鴒飛、罷釣擲竿辞石磯、江上晩来柳糸乱、漁人繋得片舟帰（25ウ）

金鈴菊第九十一　七月十六日

139 〽菊有金鈴香暗浮、一枝開処以鳴秋、明皇若把掛花上、野鳥無端亦姓劉

帰雁背花第九十二　七月十七日

140　不信雁其問水浜、風流罪重背花人、洛陽何事等閑去、未必胡園有此春

団扇放翁第九十三　七月十八日

141　千億分身陸放翁、乗涼忽入素紈中、七年夜雨不曾画、老去同参一柄風（26オ）

霜碪第九十四　七月十九日

142　一夜閨中思万重、霜砧幽響涙無従、暁天初搗約青女、楚戸数声豊嶺鐘

又

143　数杵霜砧暁更幽、細聴近報漢宮秋、何人用竭閨中力、空外声高暗結愁　（以下朱書）意到句不到。

衡門数鴉第九十五　七月廿日

144　独数寒鴉暫眺望、衡門日落欲昏黄、袈裟立尽認飛去、楊柳青々暗莫蔵（26ウ）

又

145　衡門暮色冷於氷、閑数翻鴉扶痩藤、閃々前山去還散、渓辺屈指夕陽僧

葉雨得牛之一字　第九十六　七月廿一日

146　支枕幽斎聴始愁、残生睡足落梧秋、簷声夢覚開門見、明月夜深在斗牛

湘南離怨第九十七　七月廿二日

147　湘江暮雨乱飛時、長怨重華蔵九嶷、要識二妃無限意、鷓鴣啼在百花枝（27オ）

橘洲待霜第九十八　七月廿三日

148　単衣聊有万金求、高価待霜盧橘洲、千樹木奴猶未熟、一寒如此洞庭秋

鬢星第九十九　七月廿四日

149 対面朝来問不応、桐江一客有誰徵、昨侵帝座今侵鏡、公道世間唯子陵（以下朱書）改白髪作子陵、蘇新而恰越許渾千首詠。

又

150 煌々聚改少年姿、数点昼輝雨亦奇、開鏡朝来先問汝、若非南極老人誰（27ウ）

焼香祭詩神第一百　七月廿五日

151 曾聴斯神渡海雲、至今黙祷対炉熏、吟嚢四百州風月、分我南無北野君

又

152 百篇写出費吟辰、半日焼香閑祭神、々助今猶有其妙、筆驚風雨語驚人

右日課一百首之題詠畢矣一夏中

永禄八年乙丑七月廿五日於北野殿前誌焉（28オ）

〔付記〕

今回、遠藤氏論文についての言及を補った。

第一六章　伝策彦周良撰『詩聯諺解』

五山文学、特にその漢詩作品研究の難しさの一つは、厖大に残された作品の数々に対して、それをどのように読み解いていけばよいか、その手がかりとなる詩論・詩話の類が乏しい点にある。殊に近年、『作文大体』『王沢不渇鈔』といった詩論（作法書）の利用により、平安漢詩において句題詩の詠法が解明され、さらには漢詩のみならずさまざまな関連作品にまで新たな研究が可能となった現状を見ると、その感を深くする。

しかしそれも、研究者自身の努力が足りないために、見落としている資料があるのではないか。本稿で紹介する著作も、早くから国文学研究資料館にマイクロフィルムが収められ、広く利用に供されていたものであり、これまで気づかなかったのは稿者の怠慢であった。自分自身の関心と知識がようやくこの著作の意義を理解するに至ったことと、執筆の場を与えられたことをチャンスと捉え、遅ればせながら広く日本漢文学研究に興味ある方々に本文を提供するとともに、自身の研究にも役立てていきたいと考えている。

本書は祐徳稲荷神社中川文庫蔵本（6、32、233別8）が現在知られる唯一の伝本である。

詩聯諺解（外題）〔策彦周良〕撰　宝暦元年（一七五一）写（河口子深）和大一冊。

原装香色無地表紙（二五・三×一七・五糎）、料紙楮打紙、外題左肩無辺題簽墨書「詩聯諺解　全」（本文同筆か）。本文冒頭「詩聯諺解／（隔一行）／（低一格）詩格／夫詩ヲ作ル体雖多心幽玄ニシテ詞優長ニコセラ／ス……」、無辺無界九行二〇字、字高二〇・〇糎。カナ交じり文、わずかに濁点あり。同筆の訂正・補入・注記あり。縹色不審紙あり。「詩格」二二丁、「聯句格」一四・五丁、本文計三五・五丁。尾題三六オ末「詩聯諺解終」。三六ウに低一格にて本奥書（書写時ではないので正確には識語と呼ぶべきか）、三七オ・ウに「跋」と称する題跋および書写奥書あり。墨付計三七丁。

全体に水損を被る。冊首に印記「西園／翰／墨林」（朱陽方印六・〇糎）「中川／文庫」（朱陽方印七・一糎）あり。

本奥書は以下の通り。（句読点を補う）

此書一冊策彦之撰也。我外祖玄龍大人伝之、令写之。盖謂、詩体及聯句、其法能通、可以是察焉。余于時十七歳、援筆乎東都西谿私第、正徳四年甲午秋九月晦也。今思往事、苟題一語以約于它日之監視云。

井上敬治記

享保二十歳次乙卯端午前日

題跋および書写奥書は次の通り。（同前）

跋

右詩聯諺解一巻、旧跋云策彦長老所著。閲之、五岳面目宛然無可疑者、真為彦師之書。溯其所由源出蘇黄。按、此以為詩家準則、猶搢紳家尸祝乎元白也。正徳以来関左文運大盛、於是此風尽熸然無余、故此等論著無復采録、則又可惜爾。予亦初不知有此書。近有岩槻清水全道、嘗過柳原道傍小書肆、探懐中銅銭三十五文、購得之以示於予。視其旧跋、為井上敬治所識。而敬治実為佐玄龍外孫、書法亦復可認也。敬治与予時々邂逅于蜂屋氏席上、雖交不甚深、尚記其言笑之態。見此不能無感。敬治之没未満五載而其書散逸四出、不勝悶嘆。

宝暦改元十二月朔旦河口子深

晁堯卿足下　　子深

此本係井上氏手録。人家子弟守父書、抄写之迹流落塵土、可為大戒。策彦論詩亦可使后人知前世之体。願贍一通。原本末有白紙一張、請載予後語、以還全道。亦警世之一助也。千万。

これらによると、唐様の書家として知られる幕府儒官佐々木玄龍（一六五〇〜一七二三）の蔵書を、その外孫である井上敬治が正徳四年（一七一四）に書写し、その旨を享保二〇年（一七三五）に記した。敬治の死後その本は流失し、江戸柳原の古本屋で売られていたのを清水全道が購入、河口子深（静斎、室鳩巣の弟子で川越藩儒、一七〇三〜五四）に見せたところ、敬治と面識のあった子深はその筆跡や内容、また往事を懐旧して一文をしたため、宝暦元年（一七五一）、その本の末尾遊紙に書き付け、同時に転写本を作成した。

本書は、本文から題跋に至るまで一筆なので、最後に出てくる「贍一通」すなわち転写本に当たるのであろう。題跋に見えるとおり、この時代、古文辞派あるいは木下順庵一派の活躍により、五山以来の詩風およびそれが依拠する蘇軾・黄庭堅尊重の気風は一掃され、盛唐詩を規範とする詩風へと大きく変化していた。それでも、いわば時代の証言者として、本書の価値を正しく認めているところに、子深の見識が窺われる。ちなみに子深は鹿島鍋島藩六代藩主直郷との交流が深いとのこと（井上敏幸氏御教示）で、その縁でここに収蔵されたのであろう。

本書の親本の親本にあたるものを持っていた佐々木玄龍は、なぜ本書を策彦の作としたのであろうか。本文中には策彦が一座した聯句を多く収める『九千句』（城西聯句）が引かれている（聯句式35）が、この記述からは本書の著者を特定できない。別の根拠、例えば何かしら口伝のようなものがあったのであろうか。

駒澤大学図書館に『華藻集』という写本がある。大本一冊、江戸初期頃の写、主として五山における四六文の作法や作例を記したもので、裏見返に「寓于越大安不法塔下写之　数杜多」という書写奥書がある。全体の編者は不明、いくつかの作法書を寄せ集めたようである。

この書の後半部分には、カナ交じり文で詩・聯句についても述べている。そこには、夫詩ヲ、東坡様トテ、一句三ノ句ヲ同声ニシテ、二ノ句四ノ句ヲ同声ニスルコトアリ。是ハ世ニ用ルコト少也。又一字題ハ、字ヲ四句ノ裏ニ不可置。（下略）

といった、本書と共通する内容が見られ、また四六文についての記述に戻った後、その末尾に「策彦和尚恵林之僧ニ与之、口伝多之」と記されている（「恵林」は甲斐恵林寺）。今後の詳細な検討を要するが、一応この資料も、本書が策彦の著作であることの傍証になろう。

一方、聯句についての記述は、寛文一一年（一六七一）刊『聯句初心鈔』（近年深沢眞二『「和漢」の世界　和漢聯句の基礎的研究』清文堂出版、二〇一〇、に翻刻が収められた）に共通する内容が多く見られる。例えば、冒頭「四ツ手組」の説明で例として挙げる「雨履満廊葉」の句が、同書にも同じような説明とともに用いられている、といった具合で、これを本書の影響だとすれば、聯句の名手だった策彦の言説が権威化されて近世に伝わったと考えることができ、これまた策彦作の傍証となろう。

さらに類似の資料の博捜と、策彦および五山僧の実作との比較検討は今後の課題として、以下に翻刻を示す。

〔凡例〕

＊文字は現行字体を用いる。濁点は原文のまま。シテ・トモ等の合字は開く。
＊句読点、中黒、カギ括弧を補う。
＊ミセケチ、補入等の訂正は訂正後の形に従う。
＊詩格・聯句格それぞれに改行ごとに章段番号を付す。一部内容より判断して私意に改行したところがある。
＊難読・難解部分には振り仮名・振り漢字を（　）に入れて付す。誤字と思われる部分にも注記を施す。
＊面の替わり目に「（1オ）」などと注記する。

＊その他翻刻上の問題は翻刻注として＊を付して文末に注記する。

〔翻刻〕

詩聯諺解

　詩格

1夫詩ヲ作ル体雖多、心幽玄ニシテ詞優長ニコセラス、云尽サス言外ニ味有ヲ宗ト須シ。譬ハ「化工不隔銅瓶水、一夜芙蓉三四花」ト云様ニ可作也。此詩ハ芙蓉三四花ノ開ク心也。然ルヲ開ト迄云ヘハ余リ云過シタル者也。只詞ハ如此アラマホシキ也。花ト云ヘハ、色香ハ中ニ籠リ、鳥鐘ノト云ヘハ、(1オ)声ハ中ニ籠リ。然、花ト云テ色香ハ云ニ不及、実マテモ云尽ス事有。一隅ヲ守ルヘカラス。時ニ因、句体ニヨリヘキ。詞ハ古人ニ取テ私ヲ不可用。劉夢得九日ノ詩ヲ作ラントシテ餻ノ字ヲ用ントスルニ、六経ノ中ヲ思フニ餻ノ字ナシトテ不作ト云ヘリ。古人サヘ如此、況今人ヲヤ。出処無レハ不用事、是ヲ以テ知ヘシ。然トモ、作句トテ私ニ作ル事有。煅錬ノ上至テ知ヘシ。

2詩ニ六義アリ。風賦比興雅頌也。風ハソヘ歌、風ヲ(1ウ)教ルト読ム。風モヲシユル也。諫ノ心也。上ヲ風ト云。諷ト同シ。下工(心か)ヲ諫ト云フ。賦ハカズエ歌、ソコニ有シ事ヲ有ノマヽニ作ルヲ云。比ハナソラヘ歌、タトヘハ華ガ雪ニ似ルト作也。興ハタトヘ歌、花ノ事ヲ云テ下心ニ人ニ喩ル類ヲ云。雅ハタヾ言歌、有ノマヽニ善ヲ善ト云、悪ヲ悪ト云類ナリ。頌ハイハヒ歌、「君カ代ハ千代ニ八千代」ノ心ナリ。六義ヲ云述ンニハ無尽也。先是一端也。凡詩ハ志ノ之(ゆく)処ニシテ、声ニ彰レテ喜怒哀楽等ノ七情出ツ。是(2オ)ヲ「情発於声、声成文」ト云ヘリ。然レトモ深ク其情ヲ不可云。此故喜ヘトモ流ル、ニ不至、愁レトモ乱ニ不至、諫レトモ訐ニ不至。此詩之大略也。

3＊一首ノ詩ニ十体アリ。一ニハ第一句デ起ス。一ノ句ニテ其儘其事ヲ云出ス也。二ニハ第二句ニ起ス。一ノ句ニハ他ノ事ヲ云テ二ノ句デ其事ヲ云也。三ニハ第三句ニ起ス。一二ノ句テ他ノ事ヲ云、三ノ句テ其事ヲ云。譬芳野ノ花見ノ詩ナラハ、一二ノ句テ道行ヲ作リ、三ノ句花ヲ出ス也。四ニハ隔句対トテ（2ウ）第一句ト第三句ヲ合セ、第二句ト第四句ヲ合ス也。五ニハ閑対体トテ第四句テ題ヲ作ル。是モ第三句起スト同前也。六ニハ順意対トテ第一句ヨリ第四句マテ意ヲスラリト順流ニ下ス。七ニハ蔵詠体トテ雨ノ詩ヲ作ルニ雨ヲ云去ヲ也。八ニハ四句不連体トテ毎句ニ心別也。杜子美カ「両箇黄鸝鳴翠柳」ノ詩ナト也。九ニハ中断トテ両方二句ツ、作ル。或ハ別意トモ云也。十ニハ借喩体トテ牡丹ノ詩ヲ作ルニ花ヲハ云ス、美女ノ事ヲ云。海棠（3オ）之詩ニ貴妃ヲ云ソ、是則興之詩也。『三体詩』ノ絶句ニハ此十体ヨリ外ハナシ。是故ニ詩ハ唐之詩ヲ学ヘキ也ト云ヘリ。

4詩ノ一句ニ十体アリ。第一ニ問答体、一句ノ中ニ問答アリ。第二ニ双対体、一句ノ中ニ対アリ。又句中ノ対トモ云。「杏豔桃嬌奪晩霞」ハ「杏豔」ニ「桃嬌」ヲ対シタリ。「白梅盧橘覚猶香」、「白梅」ニ「盧橘」ヲ対シタリ。加様ニ双ヘテ対スルモアリ、上ニアル字ヲ下ニ対スルモアリ。第三ニ上三下三体、上三下三字ヲ（3ウ）云テ、中一字ヲ虚字トス。第四ニ上応下呼体、喩ヲ上ニ云テ喩フル物ヲ下ニ云ソ。第五ニ上四下三体、上四字ト下三字ト別ノ事ヲ句ヲ合セ作ル。是今作ルニ尤宜シ。山谷カ詩ニ「家徒四壁書侵坐、馬瘦三山葉擁門」ノ体也。第六ニ上呼下応体、一句ノ中ニテ上ニ花ヲ云、下ニ色ヲ云ソ。第七ニ行雲流水体、一句ニ七字ヲ上ヨリマツスクニ云フ。「春日鶯啼脩竹裡」ナト也。第八ニ錯綜体、物ヲ取マセテ作ナリ。「紅稲啄残鸚鵡粒」ナト也。第九ニ理順言倒（4オ）体、詞ハ倒ナレトモ理ハ順ニ行ヲ云。「寒岩四月始知春」ナト也。四月ト云テ始テ春ヲ知ト云ハ、詞ハ倒シタレトモ、寒岩トテ山深キ処ナレハ、春カ遅来ルト云タハ理ハ順ニ行也。是ヲ険語トモ云。第十ニ真書体又ハ十（七か）字一意トモ云。「一去三年終不回」ナト七字ヲ句ヲ作ラス有ノマ、ノ事ヲ云ナリ。上ノ行雲流水体ハ句ヲ作ル也。一句ノ法ハコノ十体ヲ不過也。

5一字ノ法ハ千変万化ニシテ、詩ニ成ルモ不成モ只（4ウ）一字ニ有事ナレハ、且テ記シ尽須ラス。「独恨大平無二事」ト云ヲ「独幸」トシ、「前村深雪裡、昨夜万枝開」ト云ヲ「一枝開」ト直シタルノ類也。

６一首四句之中ニ問答体アリ。一ノ句テ問ヒ、二ノ句テ答、三ノ句テ問ヒ、四ノ句テ答フ。一二ノ句テ問ヒ、三四ノ句テ答フ。

７以上詩ニ体格アル事ヲノミ、初学ノ時ハアナカチ是ニ不可拘、只ツクリニ作レハ、功ヲ歴テ不覚シテ自ラ其体格ニ当ル物也。古人云、「韻声不去而千（５オ）首、韻声去而千首、錬磨而千首、三千之内達者モ可成、奇言妙句亦出来也」ト云ヘリ。

*８詩ニ起承転合ノ四法アリ。是第一ノ事也。一ノ句ヲ起ト云テ、イカニモノビ〳〵ト心ケ高ク景気ナトヲ作ルヲ云フ。若「見花」ト云フ題ナラハ、春ノ暖ナル体。二ノ句ヲ承ト云。一ノ句ニウクト、題ノ心ヲ離レス可寄心ナリ。此ニテ花ノ開ル体。三ノ句ヲ転ト云テ、変化シテ作ルヘキ也。蜂腰ノ如シトテ、切タル様ニシテ、又サスカ切レヌカ能也。四ノ句ヲ合ト云フ。其題（５ウ）ノ心ト一二三ノ句ノ心トヲ一ツニ合セテ、深遠悠長ニシテ味ノ有様ニ可作也。右ノ花ノ心ヲハ、此三四ノ句ニテハ花ノ用ヲ可作。用トハ、或ハ花ノ面白ヲ風ノ吹落スヘキ惜トモ、或ハ雨ノ日ニハ花落ヘキカ惜キ程ニ、今夜ハ月下ニテ詩ヲ作リ酒ヲ飲ミ夜ヲ明スヘキトモ、或ハ花ニ見トレテ帰宅ヲ忘タリナト、、詩人ノ心ニ任セテ何トモ用ヲハ可作也。義堂雨意ノ詩ニ「日暮孤山雲繞腰、傾盆雷雨定明朝、老僧八十眉如雪、起抜門前独木橋」ト云（６オ）ヲ起承転合ノ手本ナリト云リ。凡詩ハ先三四ノ句ヨリ作タル、能ナリ。一二ノ句ヨリ作レハ、必*キツクキニテヤキハフクル事有。古人ノ詩ヲ云伝フニモ、三四ノ句ヲコソ覚ユル、一二ノ句ハ覚エストテモ不苦也。袴ハカリ着ツレトモ、肩衣ハ着サルカ如シ。尤一二ノ句ヨリ作リテモ、好ソレハ必紛ナキモノナリ。

９詩ノ詞ハ古人ノ詞ヲ雖用ト、鄙ク聞ニク、、イリホガナル、ホリ出タル詞ヲ不可用。只風流ナル語（６ウ）ヲ可用也。然リトハ云ヘトモ、賤キ兎園冊ノ詞ナレトモ取テ詩ニスレハ、風標ニナル事ナリ。譬イヤシキ草木ノ花ナレトモ、花瓶ニ載ツレハ常ニ見シソレニモアラス、花ノ様ニシテ色香モ添フ心地スルカ如シ。雪ノ詩ニ「伴羞明」ト云フコトヲ作リタルカ如キノ類ナリ。

10詩ハ、読ニク、聞ニクキヲ渋語ト云テ、殊ニ是ヲ嫌ナリ。只門前ノ与三郎カ耳ニモ入カ能ト心得ヘキナリ。（7オ）

11詩ノ作意ハ異ヲ好ムト云テ、手カワリタル作意ヲ好マサルカ能ト云ヘル也。杜牧カ詩ニ「南軍不袒左辺袖、四老安劉是滅劉」ト云フ詩ヲサエ異好ンテ理ニ畔ク、『漁隠叢語（話か）』ニ論シタルナリ。然トモ、加様ノ作意ナトハ、今時シタラハ鼻ハ鳶ノ如クニシテモ苦シカルマシ。只『漁隠』ニハ異ヲ不可好ト深ク誡メタルナルヘキナリ。サレトモ先初学ノ間ハマツスクニ有事ヲ作リモテ行ハ、自然ニ作意モ出来テ作者ト成リ。譬、手ヲ習フニ初ハ御家（7ウ）様ノイロハヨリ習入テ、後々ニ堪能ノ手書ト成ハ、活脱ノ筆勢モ出来テ能書ノ筆ヲ取カ如シ。脱体換骨トハ、古人ノ詩ニ作意ヲ取テ句ヲ取ラス、奪体ト云。古人ノ詩ノ句ヲ取テ意ヲハハラリト捨タルヲ換骨ト云フ。是最モ好シトスル事也。詩ハ、鬼ノ女面ヲカケタル様ニ、表ヲ柔ニ、裡ヲ強ク作ルヘシ。頌ハ、女ノ鬼面ヲカケタル様ニ、表ヲ強ク、裡ヲ柔ニ可作ト云リ。

12総テ着作ニ挨拶ト云事アリ。客人ナトノ来レハ、（8オ）春ナトナレハ、此客ハ懐中ニ花ヲ入御出アリタカ、ヲシヤル言ノ香ハシサヨ、ト云カ、夏ノ炎天ナトナレハ、ソナタハ久ク御出モナカツタヲ待々テ、今日ノ御出ハサリトハ満足申タ、ソナタハ涼風涼雨テアルケナ、此茅屋ノ狭キ所モ涼敷成タル心地ノスナト、又ハ此炎天ノ御来儀ハ却迷惑申タ、何トソシテ涼メ申サン、セメテ酒マイレ、茶マイレナト、四時ノ風雨寒暑其所ノ山林景象ナトノ体ニ依テスル類ヲ云ナリ。（8ウ）

13機縁トハ、或ハ其人ノ在所カ唐ノ所ノ名、字ニアフカ、或ハ名カ古人ノ字ナルカナトナレハ、唐ノ事ニ引合セテ其人ノ事ニシナスヲ云。古人ノ名ヲ今一時ノ名取合セ、所ノ名ヲ人ノ名ニトリナシツナトスル事ハ、トチニテモスヘキ也。但出家ナレハ道号ヲスルハ賞玩也。諱ノ字ヲハ必詩聯其外ノ述作ニモセヌヲ云也。其ヲスルヲ、諱

ヲ犯スト云テ、甚嫌フ事也。俗人ハ名ノリヲイミナトスルナリ云リ。（9オ）

14一首ノ中ニ同字有事、唐人ノニハアレトモ、今爰ニ不可為也。譬ハ、杜常カ華清宮ノ詩ニハ、風ト云フ字二ツ入ト云フ二ツノ類ナリ。同字ヲハ一句ノ内ニハ不苦、又ヲトリ字ハ苦シカラサレトモ、一首ノ中ニ句カワリテハ、躍字ハセスト云説アリ。名人ノ詩ニ多分是アリ。苦カラヌト見ヘタリ。又韻脚ノ字一字カ二字カ、次ノ句ヘモテ行テ頭ニ置ハ、三句トモニスルナリ。躍字ノ心ナリ。

15隣韻トハ、或ハ東ト冬ト践マセ、或ハ支ト微ト践（9ウ）マセスル事ナリ。古人ノ詩ニ多ケレトモ、今ハ学フヘカラス。拈香・提綱・長篇ニハ今モスルナリ。

16題ノ物ニ四格アリ。一ニ題目トハ、其題ノマヽニ作ル也。二ニ破題トハ、其題ヲ破テ心ヲ本トシテ作ル也。三ニ譬喩トハ、其題ニ寄テ喩ヲ以テ作ル也。四ニ述懐トハ、其題ニ寄テ我情思ヲ作ルナリ。コレ又六義ナリ。

17一字題、二字題ハ、一首ノ中ニ題ノ字*不入用ヲ以作ルヘシ。又意ヲ以可作也。月之詩ニ「嫦娥竊薬（10オ）出人間、蔵在蟾宮不放還、后羿遍尋無覓処、誰知天上亦容奸」又春月ノ詩ニ「柳塘漠々暗啼鴉、一鏡晴飛玉有華、好是夜闌人不寝、半庭寒影在梨花」大抵是ニテ可知。又二字題ハ、一二ノ句ニテ一字ヲ作リ、三四ノ句ニテ一字ヲ作ルモアリ、又三ノ句ニテ一ノ句ニ作タル字ヲ作ルト、又四ノ句ニテ二ノ句ニ作タル字ヲ作ルトノ、両様アリ。譬、花月ト云題ナレハ、一二ノ句ニ花ノ事、三四ノ句ニ月ノ事ヲ作ル一体ト、又一ノ句ニ花ノ事、二ノ句ニ月（10ウ）ノ事ヲ作ル一体トノ両様ナリ。或ハ、又題ヲ心ニ持テ題ヲサカサマニ作ルモアリ。花月ト云題ヲ、一ノ句ニ月ノ事、二ノ句ニ花ノ事、三ノ句ニ月ノ事、四ノ句ニ花ノ事ヲ作ルナリ。道号ノ頌ナトハ二字題ノ作リヤウナリ。

18三字以上ノ題ハ、三四ノ句ニ題ノ字ヲ避テ用ヲ以テ作リ、一二ノ句ニハ題ノ字ヲ自由ニ入テ作ル、此体ハ第一ニ常ニ用ル也。一二三四ノ句トモニ題ノ字ヲトコニ成リトモ入テ作ル、此体ハ第二（11オ）ニ用ル也。一二ノ句ニ題ノ字ヲ避テ用ヲ以テ作リ、三四ノ句ニハ題ノ字ヲ自由ニ入テ作ル、此体ハ第三ニ用ル也。此第二第三ハ常ニ不可用ト可心得也。古人ノ詩ニ第二第三ノ体ノミ多シト云トモ、其ヲ学ヒハ鷺鷀ノマネヲ可為烏也。

19句題ハ古句ヲ題ニ為也。其作リ様ハ、其句ノ中ノ平字ヲ、何レ成トモ一ツヲ取テ四ノ句ノ末ニ践也。若又其句ノ中ニ平字無トキハ、仄字ヲ何レ成トモ一字取テ三ノ句ノ末ニ践也。去共近代ノ詩ニハ（11ウ）其中ノ仄字ヲ取テ三ノ句ノ末ニ置タル多シ。又七字ノ題ナレハ、一ノ句ニ其儘置事モ有。是ハ常不可用。又句題ハ、常ノ題ノ如ニ三四ノ句ニ題ノ字ヲ避テ作タル多シ。何レトモ可然ト見エタリ。

20傍題ト云ハ、譬、落花カ雪ニ似タルト作ルニ、余リニ雪ヲ奔走シテ云過ハ、花ニイ勢（威）無ヤウニ云ナスナリ。是アシキナリ。

21探題ト云ハ、詩ノ題ノ字ヲアマリ多ク書テ、クジトリニシテ作ルコト也。（12オ）

22題ノ字ノ詩ニ入タルヲ字カ落タルト云テ嫌フ也。前ニ書タル義堂雨意ノ詩ノ二ノ句ニ、雨ト云フ字有。其題ニハ非ス。只降様成意ヲ作タルナリ。是マタ可心得也。

23仄韻ノ詩ハ、三ノ句ノ末ニ極テ平字ヲ二ツ置カ本ナリ。去共古今ノ詩ニ平字ヲ一ツ置タルノミ多シ。一字モ二字モ可然也。仄韻ニハ必韻声ヲ去ラヌ也。又或説ニハ、仄韻トテ韻声ヲ去ラスハ謂レヌトイヘリ。韻声ヲ去タラハ最可然也。（12ウ）

24三字韻ノ詩トハ、一ツ字ヲ一二四ノ句ニ押スルヲ云フ。三所ニテ、読音カ、テニワカニ、替ル様ニ可為。譬ハ、春ト云字ヲ踏ナラハ、一ツハ春ノ字ヲハルト読、一ツハ春ノ字ヲシユントヨミ、一ツハ春ノ字ヲ春ノ春哉トヨミカ、又ハ人ノ名ニスルカナト、替ヤウニスヘキナリ。是ハ十度ニ一度ハ常ニ可有ノコトナリ。

25履冠ノ詩トハ、一ノ句ヲ又四ノ句ニモテユイテ、其マ、ヲクヲ云。一ノ句ト四ノ句ノ同シ事ナリ。（13オ）古人ノ詩ニ多シトイエトモ、常ニモチユヘカラスト知ルヘキナリ。

26接句ノ詩トハ、一二三ノ句ヲ自作ニシテ、四ノ句ニ古句ノ傑出ナル句ヲ一ツマンマル取テヲク事ナリ。是ハ、大方ノ小名人マテハセヌカ能ナリ。其イワレハ、古人ノ一二三ノ句ヲ直シテ四ノ句ヲカク置法ナラハ、カウコソ有ヘケレトモ、古人ヲ見クタス程ノ事ナリ。是ハ末学短才ノ分ニテアケテ可為事ニヤ。尤可有思慮事ナリ。（13ウ）

27集句ノ詩トハ、一二三四ノ句トモニ古句ヲ、アレ一ツコレ一ツ、全ク取テ四ツ合セテ意ノ連続スル様ニスル事也。是モ常ニ不可用ナリ。

28踏落ノ詩トハ、一ノ句ニ韻ヲ踏ス、仄声ヲフムヲ云。又ハ他韻ノ平声ヲ踏也。頌ニハ多分是アリ。詩ニハ好ムヘカラス。但前対ノ詩ナラハ、踏落ニテナクテハ不叶ナリ。前対后対ノコトハ、八句ノモノノ所ニテ申ヘシナリ。

29東坡様ノ詩ハ、一ノ句ト三ノ句トヲ同声ニシ、二ノ句ト四（14オ）ノ句トヲ同声ニス。又ハ一ノ句ト二ノ句トヲ同声ニシ、三ノ句ト四ノ句トヲ同声ニスル事有。二ツ共ニ常ニ無用ノ事也。

30即席ノ頌詩ハ、其サ（座）ニテ題ヲ出シテ、線香ヲ一寸ニ切テ火ヲツケ、其然（燃）ル間ニ作ルナリ。一首ナレハ一寸、二首ナレハ二寸ナルヘシ。又ハ宗匠タル人、題ヲ書テ持出テ上座ノ柱カ簡板ニ押附テ、線香ニ火ヲツケテ立テ、題ヲタカラカニトナヘテシリソク也。（14ウ）

31磬一声ノ詩トハ、題ヲ出スヤイナヤニ磬ヲ打鳴シテ、音ノ止ヌ間ニ作ル也。カ様ノ事ハ名人ノ上テ、サスカ早速ニ作ト云ンカ為ナリ。只幾日カ、リテナリトモ、詩ノ能ヲ好ムト云フ、不可為也。一日ニ千首作リタリトモ、詩カアシクハ一首モ不作ト可同ナリ。

32二十八首ノ詩トハ、他ノ詩ノ絶句ノ二十八字ヲ一字ツ、四ノ句ニ押シテ、一二ノ句ヲハ心ニ任セテ韻ヲフンテ、二十八首ニ作ル也。最仄韻ノ詩タ（15オ）ルヘシ。二十八首ノ中ニハ、三字韻ノ詩一首、履冠ノ詩一首、接句ノ詩一首ナクテハ叶ヌ物ト云説アリ。左様ニハ非ス。古人ノ二十八首ヲ見ルニナキ事ノミアリ。二十八首ハ詩ナレトモ、其中ニ踏落ノ詩一二首不苦柯（カラ）也。此二十八首ハ、多分青年ナトニ謝ノ詩ヲ贈ルニ、青年ヨリ和韻アレハ、辱ナサノ余リニ、何トカナト思ヒテスル事多シ。其ナラヌ他ノ事ニモ有也。急事ニハ知音ノ方ヘ一字ツ、分テヤツテ頼ム事アル也。昔此事アリシニ、（15ウ）或老僧カ雖ト云フ字ヲ請取テ、何トモ韻ニ践テ作ラレス而為方ナサニ「不運老僧韻取雖」トツクリタルト云ヘリ。

33和韻ノ詩ハ、本韻ノ韻附ハ云ニ不及、和韻ノ衆数多有ハ、我ヨリ先ノ人ノ韻附ヲ皆避テ為ヘキ也。去共、其ザ（座）中ニテハ、恐クハ我ナラテハト思フ人ハ、他ノ韻附ニモ不構スル事有ルナリ。

34一字分韻トハ、一首ノ詩ノ韻字ヲ三四人シテ分テ取テ和スル也。尤鬮取ニスルナリ。其ハ何レモ（16オ）四ノ句ニ可践也。タトヘハ、東ノ韻ニテ東空風ノ字ナト押シテ作タル詩ナラハ、一人ハ東ノ字、一人ハ空ノ字、一人ハ風ノ字ヲ取テ作ル也。詩ノ意ハ本句ノ心ロ可成也。

35一句分韻トハ、五字七字等ノ詩ノ句ヲ切テ、一字請取テ作也。詩ノ意ハ其五字七字等ノ句ヲ題ニシテ作也。又ハ花朝・月夕ノ題ナトニ似合ヌ句ヲ分テ取テ、其字ヲ韻ニ押テ、花ノ朝ノ景、月ノ夕ノ景トヲ作両様ナリ。加様ノ事ハ、一句分韻モ一字（16ウ）分韻モ皆タシトリ（出取）ニスル物ソ。是モ何モ四ノ句ニ踏ヘシ也。古詩ニハ、四ノ句ニ不限、二ノ句ナトニモフミタル事アリ。又長篇ニハ、自由ニトコナリトモ置タルコト有ル也。証トシテハイカナルヘキカナ。

36切韻ノ詩トハ、詩ノ題ヲ一ツ立テ、其題ニ似附ヌ字ヲ一ツ出シテ、何ノ題ニ何ノ字ト云ヘシ。譬ハ、仲秋ニ梅ノ字ナト云ヤウニ可有ナリ。是ハ八月ノ梅ト云事アレハ、似付タル様ニモ有ヌヘシ。只ヨ（17オ）ツテモ附ヌ字オ可出也。是モ四ノ句ニ押ヘシ。最仄字ナラハ仄韻ノ詩タルヘキナリ。

37詩ノ韻脚ハ、古人ノ熟語ヲ取テ使フタルカ能ナリ。サレトモ亦作リテ苦シカラヌ事有。其時ニ至テ可知也。四ノ句ニ押シテ悪キ字有。濃ノ字ヤ涯ノ字ヤナトノ類也。其故ハ如何ニト云ハ、詩ハ先三四ノ句ヨリ作ル物ナレハ、濃ノ字ハ東ト冬トノ二韻ニ在、涯ノ字ハ支ト佳ト麻トノ三韻ニ在ナレハ、何ノ韻ニテ一二ノ句ヲ作ヘキヤラント難（17ウ）定。又三四ノ句ハカリ人ノ見テモ、何ノ韻ニテ作リタルカ知カタケレハナリ。

38詩ノ韻字ニ韻外ナレトモ詩ノ韻ニ本句ノ如ニ用ル字アリ。東ノ韻ニテ窓ノ字、支ノ韻ニテ来ノ字ノ類、必二ノ句ニ押スルカ習ナリ。

39詩ノ句ニ故事ヲ作ルハ、其事ヲ心ノ底ニ思テ、アラハニ云ヌ様ニスルカ能也。『三体詩』ニ「東風二月淮陰郡、唯見棠梨一樹花」ト云ハ、元史君カ召公ニ比シテ作レリ。如是有カ能也。懐古・詠史ノ詩等ニ(18オ)至テハ、其マ、作也。此準ニハ不有也。

40倭語ノ詩トハ、日本ノ言語ノ字ヲ以作ル。是ヲ栢梁体ト云。

41倭歌ノ和韻ノ詩トハ、其倭歌ノ読ステ之字ヲ取テ、四ノ句ノ末ニ践也。仄ニ限タル字ナラハ、仄韻ノ詩タルヘシ。若又平仄ニ通フ字ナラハ、我心ニ随テスヘキ也。タトヘハ、「日数ヘニケリ」ナトアラハ、ヘルト云フ字ハ経ノ字モ歴ノ字モアル程ニ、何レニ成共スヘキ也。一二ノ句ノ韻ハ自由タル(18ウ)ヘシ。歌ノ辞ニナリ・ケリ・ランノ類ナトノ字ハ、皆虚字也。其前ニ体有字ヲ韻ト可定也。

42絶句ノ詩ハ、平起ニテモアレ、仄起ニテモアレ、八句ノ詩ヲ二ツニ分タル者也。其ニ依テ絶句ノ絶ノ字ハ、色々説アレトモ、断絶ノ義トテ、八句ヲ切ツメテ二ツニナシタル心ト云義ヲヨシトスルナリ。是故ニ、八句ノ内ノ一二三四ノ句ヲ分タルカ前対ノ詩也。前対ハ言ヲ対シタリトモ、一ノ句ニ韻ヲフミタルハ前対ニハアラス。「寂々孤鶯啼杏園(19オ)、寥々一犬吠桃源」ノ詩ナトヲ言ハ、、対ナレトモ前対ノ詩トハ云サル也。五言絶句ハ七言絶句ニ同シ。五言八句ハ七言ニ同シ。タ、字ノ多少ノミナリ。

43八句ノ詩ハ平起ニテモ仄起ニテモ常ノ絶句ノ詩ヲ二首ソロヘテ韻ヲフムヘキ也。或ハ一二ノ句ノ発句ヲ対シテ作ルモアリ。或ハ七八ノ句ノ落句ヲ対シテ作ルモアリ。是ハ毎ニハ不用也。只中ノ三四ノ句ノ胸句ト、五六ノ句ノ腰句トヲ二(19ウ)ツ対シテ作ルカ能也。一二ノ句ヲ発句ト云。発端ノ心也。三四ノ句ヲ胸句ト云、又眉之対ト云也。五六ノ句ヲ腰句ト云、又腰ノ対ト云也。七八ノ句ヲ落句ト云。落着ノ心也。作リ様ハ、一二ノ句ニテ総体ヲ作リ、三四ノ句ノ眉ノ対ニテ意趣ヲ作ヲリ、五六ノ句ノ腰ノ対ニテ景連トテ其時ノ景気ヲ作ル。春ハ翠柳ヤ落花ヤ霞ニ映シテナト、秋ハ紅葉ヤ野菊ヤ月ニ依テナト、他ノ季モ亦是ニ可准也。七八ノ句ニテ前ノ心ヲ一ツニ含蓄シテ作ル（20オ）也。前実トハ、八句ノ内ノ眉ノ対ニ時ノ景気ヲ作ルヲ云也。後虚トハ、腰ノ対ニ物ニ寄テ作ルヲ云也。前虚トハ、眉ノ対ニ物ニヨセテ作ルヲ云也。後実トハ、腰ノ対ニ時ノ景気ヲ作ルヲ云也。四実トハ、眉ノ対、腰ノ対トモニ皆時ノ景気ヲ作ルヲ云也。四虚トハ、眉ノ対、腰ノ対共ニ皆我カ情思ヲ作ルヲ云也。前ニ云シ発句・胸句・腰句・落句ノ作リ様ニ替リテ、加様ニモ作ル也。何モ時ノ景気ヲ実ト云フ、他ノ物事ヲ虚ト云ト可知ナリ。（20ウ）

44長篇ノ詩ハ、必一韻ナラネトモ、声ノ似タル韻ヲ践ヘキ也。東・冬、庚・青、歌・麻ナトノ類也。詩ノ字数ハ、四六八言ナト古人多ク作ル。然レトモ常ノ詩ニ用ルコト希ナリ。

45讃ノ物ニハ、マ、四言・六言アリ。況ヤ仏祖ノ図像等ノ諸賛ハ、或ハ四言、或ハ五七言相雑リ、或ハ間ニ一字関・二字関等ヲ用ヒ、或ハ下三連、二四不同ナト不律ヲ用ヒ、或漫句・四六対ニスル事ハ、後生末学ナレトモ仏祖ノ事ニ至リテハ、我ヨリ上ニ人（21オ）ヲオカス、超仏越祖ノ眼ヲ具シテスルコトナレハ、格外トテ法度ニカ、ハラヌ事アリ。常ノ詩ニハ用ユヘカラズ也。（21ウ）

聯句格

1夫聯句ハ、大意ハ詩ニ異ナル事ナシ。然トモ、聯句ハ五字ニ縮メ、長クナラン様ニスヘキ也。内典外典諸史（子か）百家ノ書ニ至マテ、採摭テセスト云ナシトトモ（云トモか）、最モ風流成詞ヲ取テ可用。古人モ只花月バカリニテ百句スヘキト思ト云レタル也。独句ハ四ツ手組ニスヘシ。近古ノ人ノ句ニ「雨履満廊葉」ト云アリ。此句ハ、雨ハ葉ヨリ出テ、葉ハ雨ヨリ出テ、履ハ廊ヨリ出テ、廊ハ履ヨリ出タリ。如是ナルヲ（22オ）四手組ト云フ。尤好シト可覚也。脚句ハ、上ノ句ニテ、上ノ句ノ理リヲ下ノ句ニテ云モアリ、下ノ句ノ理リヲ上ノ句ニテ云テオクテ、下ノ句ニテ其体ヲ為モ有。皆其人々ノ作意ニ可依ナリ。

2乾坤ノ字、国名ノ字等、同門ニ有ト云トモ、乾坤ノ字トハ各別ナリ。不混同也。

3気形ノ字、人名ノ字等、同門ニ入ト云トモ、気形ノ字トハ各別ナリ。不可混也。

4乾坤ノ字、器財ノ字等ハ、四句去ニ定レリ。サレトモ、(22ウ)強テ固ク定リタルニハアラス。続テモ苦シカラス。座ヲカエテヘ(スか)ヘキナリ。

5気形ノ字、生植ノ字、処名ノ字、人名ノ字等ハ、各四句去ニ定レリ。サレトモ、或ハ仮対カ、或ハ字ナリカナトニテ、当句カ対ナラハ三句隔リモ不苦例多シ。昔ノ句ナトニハ、二句去ニシタル所多ケレトモ、是ヲ学フ事有ルヘカラサル也。気形ノ字、生植ノ字、処名ノ字、人名ノ字等ハ、何レモ度々ニ所ヲカエテスヘキ也。前ノ句ニ上ニ有タラハ、後ノ句ハ(23オ)中カ下カニシ、前ノ句ニ中ニ有タラハ、後ノ句ハ上カ下カニシ、前ノ句ニ下ニ有タラハ、後ノ句ハ上カ中カニスヘシ。十二門トモニ大方如此。カエリテ読ム字モ同前ナリ。

6字対トハ、乾坤字ニハ乾坤字、時候字ニハ時候字、気形字ニハ気形字、支体字ニハ支体字、態芸字ニハ態芸字、生植字ニハ生植字、食服字ニハ食服字、器財字ニハ器財字、光彩字ニハ光彩字、数量字ニハ数量字、虚押字ニハ虚押字、複用字ニハ複用字、(23ウ)国名字ニハ国名字、処名字ニハ処名字、*方角字ニハ方角字、人名字ニハ人名字、人倫字ニハ人倫字ヲ対スル事ナリ。

7合掌対トハ、両ノ手ヲ合セタル様ニ、余リ附過タルヲ云。日ニ月、寒ニ暑、有ニ無ナトノ字ヲ対シタル事ハ、余リ好ニハ非ス。少シ物チレタルヲ善トスル也。サレトモ、合掌対ヲイヤカリテ外ノ字ニナシテ、句カ悪シクナリ、其字ニテナクテ叶ハヌ所ナラハ、最可然也。仮対トハ、十二門ノ字共ニアリ。(24オ)譬ハ、蓮君子ナト云ニ、楊貴妃ナト附ル類也。蓮君子トハ、蓮ヲ君子ニ比シテ誉タル詞ナレトモ、字ガ似合タル程ニ、人ノ名ノ楊貴妃ヲ対シタル類ナリ。万如此ノ類ヲ仮対ト云也。

8軽キ字ハ、百句ノ内ニ二ツ宛ハ不苦也。者・不・可ナトノ字ノ類ナリ。

9重キ字ハ、前ニ使フタル心ト後ニ使フカ大分ニ各別ノ心ナラハ、又使フヘキ也。気形ノ字、生植ノ字等ヲ前声ニナラスニ、是非其事ヲシタクハ、書（24ウ）カエルモ不苦也。

10借ル字トハ、其事ニハ其字ヲ書タルトモ、韻声ノアハヌ有、又ハ重テ其字ヲ出ヌレハ、他ノ字ノヨミノ同シキヲ借テ用ルヲ云也。然レトモ、誉タル事ニハ非ス。見通シヲ嫌フト云フ事アリ。見通シトハ、前ノ懐紙ノ裏ニ其事アラハ、次ノ懐紙ノ表マテニ其事ヲセヌヲ云ナリ。

11同意ノ字トハ、字ノ意ハ同シケレトモ、昔ヨリ附来ル字アルナリ。与ト兼ト、令ト使ト、吾ト我ト、中ト（25オ）裡トノ類ナリ。木火土金水ノ字ハ五行ナレハ、五字ヲ互ニ通用シテスヘキナリ。

12乾坤震艮離坎兌巽ノ字ハ八卦ナレハ、方角ノ字ニ対スルコトナリ。

13方角ノ字ハ、数量ノ字ノ対ニ数量ノ字ナキ時ハ、方角ノ字ヲ以対スル也。

14十干十二支ノ字ハ、方角ノ字ト数量ノ字トニ対スル也。方角ノ字ニ附心ハ、甲ハ東、丙ハ南、戊ハ中央、庚ハ西、壬ハ北、子ハ北、卯ハ東、午ハ南、酉ハ西等也。（25ウ）数量ノ字ニ付心ハ、甲ハ一、乙ハ二、丙ハ三、丁ハ四、戊ハ五、子ハ九、丑ハ八、寅ハ七、卯ハ六、辰ハ五、巳ハ四等也。如此ノ類ニ附レトモ、恣ニハ不可用也。

15雪月花桜楓ノ字ハ、乾坤ノ字、生植ノ字ナレトモ、如是ノ五ハ何モ通シテ対スル事、尤佳ナリ。

16上下ニ字ノ置キ様ノ事ハ、酒茶香ナトノ対ノ上下ニ又酒茶香ノ事ヲ置ク故ニ、一句カ皆只酒々茶々香々ト云ヤウニ成ナリ。只酒ノ上下ナラハ、花カ月カニ対シテ飲トカ、良友ヲ会スル心カナ（26オ）トヲ、転シテ可置也。茶ヤ香ナトモ同前ノ心持也。長キ事ノ上下ニハ、長キ事ヲオキ、短キ事ノ上下ニハ、短キ事ヲオク事、多分スル事ナリ。転セスシテ悪キ也。常ニハ譬ハ、槿ノ上ニハ電ヤ露ヤナトヲ互ニオクハ、槿ノ栄ハ如電露之間、ト云フ心ナリ。是モ一旦ハ聞エタレトモ、同シクハ、槿ノ上ニハ千万年ノ亀鶴ノ齢ト云ヤウナル事ヲオケハ、亀鶴ノ年モ槿花一日之栄ト云ニ成テ作意アルナリ。千句万句モ此心肝要ナリ。（26ウ）

17顧リミルト云事ハ、対有テ其次ニ上句ヲスル時ニ、何事ナリトモハセヌ也。タトヘハ、前ノ対カ陶淵明カ事ナラハ、其次ノ上句ニ酒カ菊カナトヲスル也。前ノ対カ主アル事ニ、其次ノ上句ニ主アル事ヲシ、又前ノ対カ何ノカマヒモナキ事ニ、其次ノ上句ニ主アル事ヲスルハ、是モ不苦。只前ノ対カ主アル事ニ、其次ノ上句ニ別ノ主アル事ヲスルヲハ嫌ヘリ。又前ノ対カ其人ノ事ニテ名ハ無ニ、其次ノ上句ニ名ヲ為事ハ可有事也。（27オ）

18読曲ト云事ハ、願言ヲオモツレ（テか）ワレト読、樂寧ヲタノミカクハカリト読、生怕ヲアナニクヤト読ム字ノ類也。其ハ其ニテ対スヘキ也。

19万ノ字ヨミカワレハ体カワル事アリ。譬ハ、草ト云フ字ヲクサトヨム時ハ生植ノ字ニ成、サウ（草）ト云字ヲハシメトヨム時ハ詞ノ字ニ成。如此ノ類多々アル也。其ハ又其様成可付。又只ノ詞ノ字ニテモ不苦ト見ヘタリ。強チニ其ニ拘レルハ無縄自縛タルヘキニヤ。（27ウ）

20仮名書ノ事ハ大方一ツタルヘキカ。雨ヲ下米ト書、風ヲ加世トカクノ類ナリ。

21イロハノ事ハ、色ヲいろトカクノ類ハ、古キ句アレトモ、今ハ憚ルヘキナリ。

22異名トハ、硯ヲ蘇山トシ端渓トシ、筆ヲ管城トシ穎兎トシ、墨ヲ玄雲トシ漚池トシ、紙ヲ楮国トシ剡藤トスルノ類ナト也。異名ヲシタル句ニハ異名ヲ以テ対スルナリ。又似合タルナレハ、只ノ字ニテモ苦シ柯（カラ）ス也。但上句ニハ異名ハシニクシ。（28オ）若又字ヲソタテ、ナラハ可然也。字ヲソタツルトハ、譬ハ、硯ノ異名ノ蘇山ヲ山ニトリナシ、筆ノ異名ノ穎兎ヲ兎ニトリナシテ、穎兎カ蘇山ニ遊フト云ナト、又筆ノ異名ノ管城ヲ城ニ取リナシ、墨ヲ兵ナトニ喩ヘテ、墨兵カ管城ヲ攻ルナト云フ様ニシタラハ、尤巧ミ可成ナリ。

23二ツ物トハ、一句ノ中ニ或陰陽・寒暑・昼夜・氷炭・遠近・軽重・有無ノ字等ハ、続キテモ間アリテモ有ヲ二ツ物ト云ナリ。三ツ物トハ、或ハ過去・現在・未来（28ウ）ヲ過現未ナトトシ、或ハ昨今明ノナト、云ヤウ也。十二門トモニ加ヤウニアルヲ云ナリ。二ツ物ハ二ツ物ニテ対スヘシ。三ツ物ハ三ツ物ニテ対スヘシ。句ニヨリテ又四ツ物モ有ヘキカ。

24無キ物トハ、或ハ鬢雪ノ、鬢霜ノ、涙河ノ、涙海ノ字ナト云類ナリ。其ハ其ニテ可対。折角ニ至テハ、有リ物ニテモ不苦ナリ。又似セ物トハ大方同前ナリ。通用スヘキナリ。

25比シ物トハ、此人ヲ彼人ニ喩へ、孔老釈ノ類ヲハ、（29オ）コチヲアチヘアチヲコチヘト比シ、或ハ人ヲ乾坤・気形・生植ニ比シツナトスルヲ云ナリ。是ハ比シ物ノ上句ニ比シ物ニテ無トモ対ス可也。

26季ノ前後ノ事トハ、前後一月ハ苦シカラサラ（ルか）也。仮令ハ四月マテハ春ノ事ヲシ、三月ニ夏カマシキ事ヲスル類ハ、四季共ニ不苦也。但是ハ大方上句カ又ハワキノ事ナリ。

27引返ノ季ト云事ハ、十一句目、五十一句目、九十一句目ニ当季ノ句ヲスルヲ云ナリ。又是ヲセスシ（29ウ）テモ苦シカラサル事ト見タリ。

28機縁ト諱ト挨拶トヲサクル事ハ、詩ト同シ。上下ト双ヒテハ一人シテセス。下上ト双ヒテハ、一人ニシテアサリテモスルナリ。

29儒者ニハ儒者ヲ附ケ、祖師ニハ祖師ヲ附ル事也。然トモ、似合タル韻脚無ハ、儒者ニ祖師ヲ付、祖師ニ儒者ヲ付ルモ不苦也。又処ノ名ニ人ノ名ヲ付ケ、人ノ名ニ処ノ名ヲモツクル事、折角ニイタツテノ義ナリ。（30オ）

30挟之声ノ事ハ、古人ノ句ニハ有ト云トモ、後生ハ可畏事也。脚句ノミアリ、独句ニハ稀ナリ。サレトモ折角ノ時ニ至テハ、挟之声ニテモアツト云程ノ句ナラハ苦シカルマシ。能モ無キ句ナラハ弥々悪ク成ル可也。

31仄一平トハ、仄起ノ上句ニ四番目ニ平字ヲ一ツ置タルヲ云也。不苦事ナレトモ、句カ弱クテワロシ。同クハ、平字ノ二ツモ三ツモアルガ、ツヨクテヨキナリ。（30ウ）

32底カエリトハ、口ニテハマツスクニ云テ、心ハカエリタルヲ云、読書・還郷ノ類ナト也。上句ニハ返リテ読タルニ、対ニ底返リハ好シ。上句ニハ底返リナルニ、対ニカエリテヨム字ヲツケタルハウルサキナリ。

33韻外トハ、『聚分韻』ニ入サル字ヲ韻ニ使フ事ナリ、『韻会』・『集韻』・『韻宝』ナトノ様ナル諸ノ字書ヲ見テ音切・字母ヲ以テ使フ也。韻ニヨリテ二十句・三十句・四十句・五十句モ行テ使フ。江ノ韻ナトハ二十句也。（31オ）其内ニテモ使ヒテ苦カラヌト見エタリ。

34作例トハ、其字ハカウヨム時ハ平、カウヨム時ハ仄ナレトモ、カウヨミテモ何ニハ平ニシタ仄ニシタ、誰カコウメサレタ、ナト云フ証拠ヲ云也。タトヘハ吹ノ字ハ、フクト云ヘハ平、フキ物ノトキハ仄ナレトモ、フキ物ニテモ平ニシタ事アリ。加様ノ事ヲ云也。又韻外ナトヲ何句メニツカフタ、ナト云コトノ類ナリ。

35祟リ句トハ、一句ノ中ニ対スルモノアルニ、争テ（31ウ）スルコトナリ。又闘トモ云也。『九千句』ニ「鬢白碧湘谷」ト云フ句アリ。此ハ白ト云ニ依テ碧ノ字アリ、白ト碧ト鬩フタルナリ。万コノ心也。各門ニシテ通用スル物ハ、乾坤ト時候、食服ト器財ナリ。態芸ト虚押トハ字ニ依テ可通用ナリ。

36見立句トハ、連歌ナト云ト同シ。出処ナケトモ間々スル事アリ。恣ニハスヘカラス。発端ノ脇ノ韻ニ踏サル字ト、詩ノ四ノ句ニ押セヌ字ト同シキ也。聯句ニテハ独句ノ対又ハ脚句ノ事ナリ。（32オ）

37集句トハ、古句ノ字ヲヨミテ四字トリテ、上カ下カ三（一か）字イレテシタルヲ云。又間三（一か）字入ル、事モ有ル也。其ハ其ニテ可対ナリ。

38モトノ物トハ、古句等ヲ二字三字トリテスルヲ云。其ハ又、古句ノ二字三字トリ対スル也。モトノ物ト云詞ニテ、作リ句アル事ヲ知ヘキナリ。

39逆カ吟ノ句トハ、嫌フ事也。タトヘハ上ニ月ノ出ル事ヲシ、下ニ雲ノ晴ル、事ヲスルノ類ナトヲ云ナリ。尤月ノ出テヨリ雲ノハル、事アレトモ、（32ウ）順ニハ雲晴テヨリ月出ルトスル様成カ能也。

40附ニクキ句、ヨクモナキ句ヲ数多スル事、是ヲ句欲ト云テ用捨スルコト也。

41古人ノ詩句ニハ人倫ニ気形ヲ対シ、生植ニ気形ヲ対スル事アレトモ、今ハスヘキ事ニ非ス。「鶏声茅店月、人跡版（板か）橋霜」ナト「鳥宿池中樹、僧敲月下門」ナト類ナリ。

42上句ノ韻ニ方角ノ字アルニ、其韻ニ付ヘキ方角ノ字ナク、又数量ノ字モナクハ、乾坤ノ字ニテ見（33オ）合可付ナリ。或ハ気形ノ字、生植ノ字、器財ノ字等モ同前ナリ。

43発端ノ対ハ上句ニ韻ノ字ヲ入テモ不苦事、十句ヤ十六句ヤナトニテ置句ハ不禁事、作例多也。

44酒茶香ナトノ類ノ対ハ、二ツ程ツ、可然カ。古キニハ三ツモ四ツモ有レトモ、其ハ傚フヘカラス。加様ノ句、見トヲシヲ嫌ヘキナリ。

45聯句ハ上句亭主、対ハ客人、定リタルナリ。其モ時宜ニ依テ客人（亭主か）ノ対モアルナリ。（33ウ）

46章碣聯句トハ、上句ニハ平声ノ字ヲ韻ニ踏、対ニハ仄声ノ字ヲ韻ニ踏カ、又ハ上句ニハ仄声ノ字ヲ韻ニ踏、対ニハ平声ノ字ヲ韻ニ踏カシテスル也。何レモ上句・対トモニ一韻也。

47題聯句トハ、題ノ心ニシテ百句皆其用ヲ以テスル也。譬ヘハ梅ノ聯句、月ノ聯句ナトノ類也。口書ニ何聯句トカクナリ。

48禅聯句トハ、百句皆上句・対トモニ仏法ノ詞ヲ以テスルナリ。（34オ）

49十二門ノ字ノ内ニ、両門三門ニ用ル字アルナリ。大概左ニ記スナリ。

乾坤ニ気形ニ、虹・霓・雷・電・風・星・乙・子・卯・午・酉ノ類。

乾坤ニ人倫ニ、旅・隠・社・丁・故ノ類。

乾坤ニ態芸ニ、閑・寂・幽・沈・沐・浴・渇・勝ノ類。

乾坤ニ生植ニ、叢・林・節ノ類。

乾坤ニ器財ニ、窓・戸・門・壁・軒・廂・扉・棚・籬・牆・橋・石・碑・甲・暦ノ類。

乾坤ニ光彩ニ、灯・影、又ハ支ニ、炎・雪・霜・暑ノ類。（34ウ）

気形ニ人倫ニ、独・漁、又ハ態ニ、鰥・蛮・牧ノ類。

気形ニ器財ニ、貝・蠙・璽・燭ノ類。

人倫ニ数量ニ、孤・独・群・軍・旅・伍ノ類。

支体ニ乾坤ニ、齢ノ類。

支体ニ気形ニ、卵・翼・翰・毛・頭・鰓・鱗・角ノ類。

態芸ニ人倫ニ、聖・賢・仁・徳・漢ノ類。

態芸ニ器財ニ、詩・書・文・賦・曲・句・賜ノ類。

生植ニ人倫ニ、英ノ類。

生植ニ器財ニ、笻・籠・笛・箭・薬・杯・杖・絮・米ノ類。（35オ）

生植ニ数量ニ、瓜・韮・米・桑・木・華ノ類。

器財ニ人倫ニ、兵ノ類。

器財ニ支体ニ、甲・兵ノ類。

器財ニ光彩ニ、金・銀・玉・墨・漆ノ類。

数量ニ乾坤ニ、井ノ類。

虚押ニ数量ニ、大・中・小・長・短・多・生・単・参・重・微・同・皆・余・残・分・初ノ類。

50聯句サリキラヒ。

乾坤　気形　人倫　支体　各韻附ハカリ四句（35ウ）サリ。

生植　光彩　数量　各四句サリ。
態芸　虚押　各二連モ三連モスルナリ。
食服　器財　各二句サリ、但シ韻附ハカリ。

詩聯諺解終

〔翻刻注〕
詩格
3＊冒頭…私意により改行。
8＊冒頭…私意により改行。＊キックキニテヤキハフクル…キックツ（佶屈）ニテツマル（詰まる）といった語句の誤写か。
17＊字…ノ・不の間に補入記号あり、頭注「題ノ之下脱字ヲ字」とあるのに従い、「字」を補う。
聯句格
6＊方…原文「ク」、右傍に「方カ」と注記。注記に従う。

〔付記〕
閲覧および翻刻のご許可を頂いた祐徳稲荷神社宮司鍋島朝倫氏、および閲覧に際しご高配を賜り、川口子深について御教示を賜った井上敏幸氏に深謝申し上げる。
今回、恵林寺についての記述を訂正した。

第四部　その他

第一七章　『香積南英禅師語録』について

はじめに

本書は南英周宗（一三六一～一四三七、諸辞典等一三六三～一四三八とするのは誤り）の語録で、刈谷市中央図書館村上文庫所蔵の五山版であるが、川瀬一馬『五山版の研究』にも著録はなく、管見の範囲ではこれまで特に研究の対象となってこなかったようである（ただし後述する天龍寺蔵本の転写本は『大日本史料』応永二一年九月七日条（白崖宝生示寂の記事）に引用されている）。稿者も高木浩明氏からの御教示を得て始めてその存在を知ったのであり、取り敢えず概要の紹介を行うこととした。今後中世禅宗史の一資料として活用されることを願っている。

一　書誌と概要

香積南英禅師語録不分巻　　南英周宗撰・〔長杲編〕　〔室町前期〕刊　大本一冊
刈谷市中央図書館村上文庫　W238

改装茶色無地表紙（二七・四×二〇・一糎）、外題後補題簽墨書「□珠［　　］」（ほとんど剥落）。

前付「香積南英禪師語録刊行化縁疏有序」二丁あり。末尾「永享丁巳十一月　日幹縁比丘某疏」。九行一八字、版心「南疏　一（二）」。

本文冒頭「香積南英禪師語録／示衆／観音生日師打一圓相云山河大地是普門境界／……」。版式、四周双辺有界一〇行二〇字（一八・六×一二・四糎）、版心単黒魚尾中黒口、中縫部分、第一丁および第一〇七丁（本文最終丁）のみ黒菱形四個を並べた記号、他は「南語」、下部丁付「一（〜百七）」。下象鼻黒口内に喜捨者名を陰刻（後掲）。

後付「香積南英禪師行狀」一九丁あり。末尾「永享九年十月十／六日長杲謹狀」九行一八字、版心、第一丁および第一九丁のみ黒菱形四個、他は「南狀」、下部丁付「一（〜十九）」。一オ「貞」字闕筆。

ノド部分に前後の丁の一部が墨付きになっているものがあり、それによって版木が片面三丁掛けであると判明する。

前付・本文・後付にわたって詳密な朱句点・朱引、墨返点・送仮名・竪点を付し、まま欄上等に語注等を墨書する。一部を除き、室町中期以前のものと見られる（あるいは刊行間もない頃か）。また、本文第二丁から第八丁にかけて袋綴の折り目を切り、内側白紙部分（第六丁から第八丁までは版面余白にも）に大徳寺関係の偈頌等を墨書する。これらは室町後期の書き入れであろう。印記「常」（黒陽方一・九糎、冊首）「幡」（朱陽円双辺、二・八糎、冊首。野口道直）。

版心の喜捨者名は以下の通り（カッコ内は丁付を示す。破損や印刷不鮮明のため難読・不読箇所あり。字体は原本に近似したものを用いた）。

祖甚（?）（1・2）祖端（7・8）長怤（9）順珎（10）鉄　品　照（11）聖有（12）淂霖（13）祖潭（14）■（車偏のみ見える）（15）立敏（16）信數（17）亭英（18）長杲（19・20）杲　誓（21）理誓（22・23）明幸（24・25）幸應（26）福　梁（27）性希（28・29）見聡（30）見志（31）見喜（32）見富（33）見仿（34）理競（35）瑞鴉（36）永夽（?）（37）明鑒（38）栄本（39）元知（40）兔好（41）理有（42・48）灵照（43）正的（44）妙祐（45）壽聲（46）

道壽（47）中寂（49）智哲（50）良禎（56）理豊（57）西蔵（あるいは茂か）（58）権宥（59）瑤明（60）宗賀（61）
友仙（62）士■（下部破損）（69）宗訢（?）（70）順及（?）（71）見泰（72）元祐（73）慶澤（74）智壽（107）

第一一・二一・二六・二七丁は複数の人名を一文字ずつ列挙したものであろう。第一九・二〇（及び二一の半分もか）丁の長杲（ちょうこう）は行状の著者であり、本書の編纂および刊行に関わった弟子である。従って他の人名も、弟子および教えを受けた在俗の人々などであろうか。

内容は、次のように分類され、原則としてそれぞれ改丁して始まる。

示衆　一～三
偈頌　四～十一
真讃　十二～十三（オ一行目まで）
自讃　十三（オ二行目から）
拈香　十四～廿七
慶讃　廿八～卅
秉炬　三一～四十
題銘　四一～四二
頌古　四三～四九（「無門関禅師四十八段機縁」を含む）
下語代別附　五十～六八（「永嘉大師證道歌」下語を含む）
傳燈録諸方雑擧徴拈代語　六九～八十
有僧擧碧巌集一百則公案請益師随問下語　八一～九五
問答　九六～九九

法語　百〜百七

五山僧の語録では入寺法語および住持としての説法が中心であるのに対して、本書には全く収めない。逆に下語・代語・別語といった、公案に対するコメントのようなものは、五山僧の語録ではほとんど見られないもので、臨済宗では大応派や幻住派の特徴である（近年の網羅的研究には安藤嘉則『中世禅宗における公案禅の研究』（国書刊行会、二〇一一）があるが、本書には言及がない）。著者南英周宗は、後掲の行状を見ればわかるとおり、幻住派であり、隠遁的態度を貫いた僧であった。地方寺院における彼の接化は懇切丁寧であり、相手の力量に応じてさまざまな方法を取ることが出来、その一つとして公案へのコメントを与えることもあった。それらが弟子によって丁寧に記録されていたのであろう。

なお、本書は国文学研究資料館にマイクロフィルムが収められている（30・892・1）。

また、伝本にはもう一本、東京大学史料編纂所に天龍寺蔵本の大正一〇年転写本が蔵される（2016・57）。外題・扉題とも「香積南英禪師語録一名南英和尚録」とし、前付・後付とも本文同様一〇行二〇字で書写されている。詳細な比較はまだ果たしていないが、収録作品には異同がない模様である。しかし、後掲するように疏および行状の本文には異同があり、特に行状（編纂所本は「行録」とする）には、転写時の誤写とは考えにくい異同が多く存する。原本の天龍寺蔵本は、版本そのもの（あるいはその転写本）ではなく、刊行直前の稿本であった可能性があろう。

二　疏および行状

本稿では、疏と行状を紹介する。南英の伝は『延宝伝燈録』巻二七および『本朝高僧伝』巻四〇に収められているが、次の部分を除き、この行状を節略したものである。

御史台中原実斎居士、創建香積寺、師為開山。上堂、「挙、仏眼禅師曰、趙州不見南和泉、山僧不識五祖、甜瓜徹蔕甜、苦瓜連根苦」。師曰、「仏法根蔕甚処得来、喝一喝、瞎驢不受霊山記」。一日遊山次、地上画円相、内著花片曰、「作麽生会」。衆無語。師掃去花片、以靴抹却円相。僧問、「如何是本来面目」。師曰、「洗面摸著鼻」。「如何是香積境」。師曰、「臘雪連天白」。「如何是境中人」。師曰、「怕寒懶剃鬔鬆髪、愛暖頻添榾柮柴」。「人境倶奪時如何」。便打。師見僧来便喝。僧礼拝。師又喝。僧亦喝。師便打。（『延宝伝燈録』による）

後半生を送った近江多賀神社近くの香積寺は現在浄土真宗寺院となっている同名の寺院の場所（多賀町八重練）にあったものか。外護者の「中原実斎居士」は多賀氏だと思われるが、詳細は不明である。

翻刻に際しては、現行の字体を用い、底本書き入れを参照して句読点・カギ括弧等を付し、内容によって段落分けを行った。また、＊を記した字句について、史料本との異同（異体字同士の場合も一部採用した）および底本の様態について注記した。

香積南英禅師語録刊行化縁疏有序

香積開山南英禅師、受業於福山　古天和尚、得法於　普覚円光禅師。而後痛自韜晦、影不離山殆五十年。然而道化所召帰者如市、遇其不獲已、対機之語甚結矣。師皆塞一時之需、不許収録。侍者慮其逸、或竊記一二。今之存者、蓋太山之毫芒也。其徒相謂曰、先師平生施設、皆是無味之談、雖非時之所好、後生倘有文王屈到（1オ）之流、蜇吻於芰角、渋舌於昌歜、而自得其味、以忘其物、非惟有補於道、亦不負其不収録之意也。若覆瓿而止、罪不在吾輩乎。乃謀鏤諸棗以寿其伝。而費用浩繁、資力綿薄。故持短疏徧干同道有識、他家名徳、宰官居士、長者士民、不問豊倹、不拘多寡、無心而施、無心而受、則幸同成勝縁焉。

右宓以、香林録韶石説、爛尽紙衾、護国読翠岩詞、打破漆桶。豈先師無此語、庶諸人参得禅。至（1ウ）理絶詮、雖以指喩指非指、微言難泯、*必大書屡書特書。無量三昧之門、尽是一法所印。南地竹*兮北地木、要示本分鉗鎚、相州纈*兮鄂州花、笑無今時綺藻。不妨因人成事也、胡云雕文喪徳乎。屡寄尺書、欲招青銭学士、允重一諾、勿化烏有先生。式植福田、*宜破慳袋。謹疏。

永享丁巳十一月　日、幹縁比丘某疏（2オ）

＊必大書屡書特書―心大書特書屡書、＊兮―子、＊兮―子、＊宜―空

香積南英禅師行*状

師、*俗姓秦氏、諱周宗、字南英、自称懶雲叟、晩更号嬾牛。*貞治元年壬寅七月、生於武州入西郡。出胎之初、母屡夢、有一道光明、自州之*比其巌戸、往来于産室内。巌戸蓋白衣大士垂化霊場也。嶷々之質、既見提孩、殆匪凡人。父母平居崇釈、飫水雲。師六七歳、毎見僧来、則喜自延之。応安二年、師八歳、其親携徙仏寺、以験其志、動止云為、皆有出塵之儀。遂以四年辛亥、命依建長（1オ）古天和尚、以受業。師将詣其室、道拾得画松扇子。天祝曰、「此嘉兆也、宜扇揚宗風」。因名以宗。

＊状―録、＊俗姓秦氏―ナシ、＊貞治―世族秦氏貞治、＊比其―比金

永和三年、師歳十六、従天以薙髪受具。不幾擢侍客。既長穎敏邁人、経史子集之説、莫不通習。周旋福鹿之間、従珍蔵海・登大年・快古剣等諸老、以究所業。嘉慶戊辰、掌蔵鑰於福山伯英会下、結制秉払。師謂、「秉払以提綱為眼、不可胡説乱道、須求名公指画」。連成三語、就大慈蔵海受教。海素難許可、一読盛歎美之。至其登座説法、堂（1ウ）頭伯英、上堂以賛揚焉。

古天化後、其徒因事議択入雒専使。師膺其選。投京師、歴游瑞龍・霊亀・万年之三刹、留半年、一時名勝、如鹿王・勝定二国師、慈氏・慈聖二大老、皆講叔姪之好。観師所述、拊髀称佳。有「楼前飛絮春無力」之句、特為

勝定師褒歎。事成、諸老挽留、以為帝畿僧宝、師不可、還相以通復命。是後叢社緇群、倍加推奨、有「琉璃燈籠」・「賛目連尊者」等偈頌、時為奇作。

嗜学不怠、仍発重痼、伏枕三年。暨其革、熟念生死大（2オ）事、来昧来処、去昧去処。纊息在須臾、前路茫々。至是平生所学、一字不能敵之。且泣且誓云、「如吾疾愈、決発無上菩提心、*剿断生死根株」。疾復後、不復従事外書*文筆、偏留心於仏祖言教。明徳二年辛未、師歳而立、嫌処衆之*憒閙、将入山以専禅寂、預自閑其勤苦。剋期一百日、長坐不臥、向畢期、半睡半醒之際、見天龍正覚師親至坐床旁、与偈一篇、有督送以出寺之意。寤後記其偈云、「本来面目没遺踪、悩乱梅花度雪中、耳（2ウ）辺遮莫暁声鐘」。而遺忘第三句。乃潜脱身出寺。自謀謂、「凡撥草瞻風、非已悟之勘験、則為求初入之路頭也。我己事未明、既無勘験分、且初心入路者、一切時中受誰恩力、現成*太疑、非就人求、宜先謝事縁、鏖妄識、飽喫尽辛苦、做尽工夫、見有一分欛柄、乃可出訪尋知識決休咎、不可漫去他一千五百人処、随人俯仰、徒過時光也」。

＊剿―底本、正確ニハ「巣（旧字体）＋斤」、＊文筆―文華、＊憒閙―憒閙、＊太―大

遂誓死入武之清水山、去人寰可五里、凌険而陟。時属雪後、生縛茅梢為龕、掃雪敷蒲団、危（3オ）坐者三日夜。里人游山、見師以為異、為屋一間、以居焉。僅蔽風日而已。凡斎糧、非有施者、不敢往而乞。自煮菜根喫、或収山果、以供*午盂、聊取支命。不見濁漿、動七八日、而曰、「我打成一片、更無雑用心、故不食而不饑矣」。偶有同志者、来分半間、見其清苦、皆望崖而退。攻苦食淡不下山者三年、屢有千手観音之状、影現於彷彿之中、衣服端麗、瓔珞鏗鏘、雍々微笑。師謂、「百千諸仏、皆出無相三昧、而不離一心内、焉有真底観音（3ウ）之是者哉、蓋魔来撓我耳」。不肯目成、而後不復現矣。四年冬之孟、夢有二僧、闍維師全身而拾骨、師亦偕拾焉。自謂、「吉夢也。焚焼父母汙肉、発露天真妙体、我功漸于茲乎」。師素提持自心是仏話。

＊午盂―于盂

於是稍々疑端生。有参歴之志。有一老僧云、「而今洞上一派、蔓延東西、真偽胥半。欲知済北正宗、在野州泉龍白崖生公」。師乃問其派源。僧対云、「生公者、太宋仏鑑七世孫、稟承大拙能、能稟千巌長、々稟中峰本、々稟高峰妙、々稟雪（4オ）巌欽、々師乃無準也」。師欣然相将下山、入白崖翁室。翁詰其従来、師具陳発心始卒、山居日用処、与自心是仏公案、挨去挨来。翁前席側聴、愕然曰、「恁麼痛着得他二三十年死工夫。且其自心是仏話、大拙先師所毎示人也。暗符耳。且住我会裏、不久有入処」。仍命寓止真牧菴。々乃泉龍山中也。師益発大勇猛心、矻々不止。暮夜以木頭或畳紙、当牙咬定、握両拳支膝上、強竪脊梁、目不交睫。至旦、則木頭畳紙皆糜爛焉。翁見（4ウ）師悟縁已近、翻転旧話頭曰、「且看即今上人性、在什麼処」。師念茲在茲、至忘飲食。有僧夢、師在深井中坐、翁於井上、与一拶曰、「明眼人落井時如何」。師突然跳出。会裏皆伝説之。翁復夢、有人恵虎子、養之不幾、頓長威獰、有食翁之気、自原曰、「宗蔵主生歳直寅、吾其難養耶」。一日因翳入真牧菴、診師脈、駭曰、「脈有死候、中無患乎」。師曰、「無患」。翁聞以為死尽中心之験。翁又作偈両句贈師、請続後句。蓋激励以進之也。

是歳臘月二（5オ）十五日、晩参罷、菴僧施食唱呪。師不下床而和之。和訖、不転身与衆背坐。旁僧知其忘坐底、取師転而面単位。五更聞僧鳴尺漱口吐水声、礙膺之物釈然。黎明詣方丈、欲通所得。翁預知開室待至。問曰、「前日所与両句、続得否」。師索筆書而呈之。翁接取未観便問、「者箇是消息底、如何是宗」。師云、「仏語心為宗、無門為法門」。翁云、「猶有者個在」。師云、「万里一条鉄」。翁笑而頷之。師口占以見意曰、「多年騎得一頭牛、今日抛鞭笑点頭（5ウ）、八角磨盤空裏走、不風流処也風流」。及致拝下去。翁便示以牛過窓櫺公案。師提撥三日、及晩如厠、有物鉤留衣袖、回顧則柴籬之曲枝也。忽然打破翁所示公案、便入呈翁。々称善若曰、「夫参禅以悟為則、直饒雖一回悟了、従上列祖関捩子、其難透、古人譬之過荊棘林。若止一悟、而無透関手脚、不言非一仏、不可言向上衲僧」。師奮発究伝灯録一千七百則機縁、及其余雑挙一々参決、無遺漏者。惟至徳山托鉢話、所疑未（6オ）快解、以請益於翁。々曰、「是宗門末後牢関也。我於此公案、用尽平生精力、消磨歳月。曾住菴時、因煮粥喫、忘其已熟、為薪不止、見粥然成火炭。方得見徹。公須猛着手、始抓山僧痒処去」。師雖纔泥此一句、*機辯不讓、動有超師之作。翁每有垂示、大衆不契其意、則召師以下語。々一出輒定旨。翁以同門之請董野州宝林之席。師従而輔之、主綱維。居亡何、翁退而回泉龍、師亦入旧山。恬養者一年、復出依翁於泉龍。翁移武州延（6ウ）福、命師以権泉龍。師固辞不獲、住止者一夏、営僧堂三門、切乞去其職、往入延福以従翁。

＊機辯─機辨

応永五年戊寅、越州織田大隠居士、遣使延師、以牛山畊雲。師備問、得其山寺閑適之状、甘心而許焉。是歳八月辞翁赴越、戻止牛山。清修益進、昼夜静坐、出堂則商確祖仏法要、口不説世事、衆粛如也。一日因居士請、講楞厳経。先有一僧、不知其何来、佯狂於街市、乞食自供。時来陪師講、至二十五大士、説所証円通処、講未畢、驀撫掌（7オ）高声乱叫、設礼走出。退語人曰、「畊雲師古仏也、講経有益」。其後失所之。是時泉龍法席甚盛、衆常余半千、*耆衲宿徳及新進有頭角者、多不遠千里、来越従師、以探其頤、親炙獲利而去。翁或指以依師。如長善云者、気識才量、翁所深期也。命而嗣師、々撝謙不受其礼。善蚤世、翁歎曰、「孔門之回也乎」。

＊耆衲─者衲

十年癸未、衆益尋至。師逃去、隠江州西湖朽木山中。八月吾先君中原公及一二信士、聞師道風、渇望不已。発使屈師入*洛。館而（7ウ）居之三月余。時白崖翁、以檀門之請、且赴河内、取道於*洛。師就逆旅、呈徳山托鉢話。翁従頭肯首、至巌頭密啓処云、「非無会処、但道得未十成。昔張天覚疑此公案者久矣。一夕遭真寂大師激発、憤悶不能寝、夜将五鼓、失脚趯翻溺器、大得省発。看他経甚時節、公且従我去、徹所恐在旦夕」。師云、「我不欲促迫、任運牧将、待*醇自至角之時也」。翁曰、「真大器也。大法無私、若其自悟自証至透徹処、不必待我印之。往欽哉」。師従此留（8オ）眼一処、造次拳々。後幾年、一旦豁然忘所解、頌以発揮之云、「托鉢来*兮托鉢帰、烏鶏夜半貼天飛、岩頭密啓聞天下、不許称成末後機」。是歳冬大隠居士命*冢子入都、以請再領牛山。師愍其懇而回越。十一年、白崖翁臥疾於泉龍。以付法未有人、特発使抵書以招師。々曰、「我不往矣。翁必無恙也」。使云、「翁疾病、僉曰不起。師何以識之」。師曰、「天鑑無私」。使回則翁愈。人皆服其先知之明焉。翁即示衆云、「宗蔵主在千里外、為什麽知（8ウ）我疾安否」。大衆各下語。翁皆不肯曰、「待諸仁者無私始得」。

＊洛―雒、＊洛―雒、＊醇―純、＊兮―子、＊冡子―家子

九月先君又請師入＊洛、以講心要。居二百日、源礼部屈躬就師、詢以即心即仏旨。赤松公通問、以決択所疑。二公皆朝臣之豪酋也。時先君除御史、日接政務。約師云、吾今官職不閑、公務無暇。不能専私意。数年後、乞骸致仕、為蓮社之陶陸也必矣。吾有近江之食邑。有民人、有山村。願師択其可意者、而居之。師唯々焉。明年三月又還越。十二年九月、白崖翁於泉龍辨（9オ）大拙師三十三回忌斎。師以是歳三月、預赴野州、既至、解包上方丈、乃問翁曰、特来拝和尚意如何。翁曰、賊無空手。師曰、者老賊。翁曰、賊識賊。至其祖忌、事無大小、翁挙以委師、々統之、成褫者多矣。

＊洛―雒

月末辞而赴江、以先君之約也。乃相攸於多賀。其東、小巒隆起、四顧団円。南靡以遠、北走以止。西有脩嶺偃然、其東南最深邃、有澗截山、小流可掬。雖去人村不遠、而径術縈紆、山勢鬱茂、別一乾坤也。師喜曰、「可栖」。躬尋入山、々足（9ウ）有竹林、々中有遺址。々之平卑、有一茅菴。毀敗甚矣。師入居之、時従者十余人、徐問山中故事。里人対云、「小巒之隆然、状如覆盂者、名曰鉢伏。山足遺址者、曩中原氏之先、所廬也。村僧即其址以卓菴。僧去菴尚遺耳。東南之深邃、而有澗水涓々者、昔之曰深谷、今俗不呼之、故無識者。我曾聞之父老。去山西一二里、杉檜森々者、当境鎮主多賀大明神祠所也」。侍僧聞皆有駭異之色。初師在越、夢有峨冠束帯之馬騎、従執事（10オ）者数人、白衣或黄衣也。下馬門前、従者持馬、主者径到方丈。師見其有貴人之象、引之上席。主者曰、「師有移居入深之意、吾有一佳山。師如允許、吾為外護也」。蓋師近頃有去此之志。心許之。送至門首、問所説地

名、対云、「深谷」。既覚以語衆、遍問諸人、皆曰、「州中無此地。時以為妄夢也」。於是皆説前夢、以成奇哉之歎。其冠帯貴人者、当境之神乎。今之事神者、皆用黄白衣、執事者豈是乎。因遂駐錫。庚戌正月、以所菴之汙下無曠（10ウ）達之勝、択所謂覆盂之腰、佳於面勢者、欲始経営。遠邇者、不期相裒。斫榛莽、斬崖巌、畚鍤之下易成厥功。梁棟欂櫨之材、如鬼輸神運而至。蛇豕之栖、化為梵刹。実師之力也。遂号山曰鉢盂、寺曰香積。

十八年、先君以討飛州逆賊、免御史職。軍功告成、亟求勇退之策。蓋欲従師以償前志也。仍占居於山北一里、日夜相従請益。将欲増其宏構、以安広衆。師剛制之曰、「吾以孤寂辨道為雅志。華居稠衆、非所欲也。多衆則多事縁（11オ）、易妨諸徒之修練。或修証無障、而獲一真実人、則誠過獲千百衆。万不以為多、一不以為少。我主於道已。若増其制、以奪老僧志、決焉攀蘿又上去也」。先君不能強之。而雖寺不大、衆不広、進退折旋之儀、鍾鼓香燈之規、儼乎抗衡大方巨刹。至其衆之精進、則有倍于在越時者。人指以為一方禅窟。初師之未至、有和州人善占相者、経歴之次、瞥茲山曰、「震者崇以厳、坎者虚而遠。左右翼蔽、有龍蟠鳳逸之象、実霊区焉。俗居之（11ウ）不祥也、利于建梵宇」。至是如其言。類百丈之司馬頭陀焉。先君居三年、以元戎之薨、遺言託其孤、奉柩還*洛。甲午秋有疾、招師以入都。臨*其已呈和歌一首、以攄訣別之意。師和而答之。既卒師回江。

＊洛—雒、＊其已—易簀（底本ミセケチ墨書「易簀」トアリ）

九月七日、白崖翁告寂於延福。至十月交訃至。師以継席難拒、不能自往、遣僧以伸弔慰之礼。先是翁一再寄書曰、「我求嗣法人、無如公。々悟処才器、実不恥為先師之孫。我有青松老漢法衣一頂、切欲付公」。師曰、「吾宗不可妄受（12オ）授、自眷任重力乏。不若晦跡巌穴、与草木之倶腐矣。且拠実論、則以心伝心、尚為剰法。何況衣盂耶。吾祖臨済、得断際禅板几案、便欲火之。作家機格可見矣。我其庶幾乎」。辞而不受其衣。翁曰、「我既得斯人、何必用伝信」。遂命留衣於延福塔下。翁滅後徒弟及泉龍施主那波大江氏、以翁之遺意延師以補処。専使往還者凡十有四回、而師堅臥不起。其後福山同門并其旧識、惜師之通才、而不施用於世、屢寄書疏偈頌、擬羅（12ウ）而致之。先以師之素聞於副元帥源公。々亦聞而欽之。故欲招取以尸福鹿両山、以挙揚正宗也。師答所招偈云、「人天福報住持事、不似林間半日閑」。而不赴矣。戊戌間、源氏適源居士、依師毎*扣教外之旨、斗仰不慊、創寺於宅之北、奉師為開山。丁未夏那波江捴州、奉関東副元帥使通命於相公。其経江、将幣入山、以講道義。永享四年秋、今礼部郎源公屡扣籌室参問道要。

＊扣―招

丁巳春師既有去世之意。以群信所施、遍頒与扣（13オ）謁之人、殆無虚去者、至室内罄然。故旧隣好之厚者、皆輿至而欵語。既而至四月初、従容謂其徒曰、「夏首不寒不暑、宜老病者行脚之秋也。仏之禁網、豈能羅籠我乎。我去矣、送終之礼、勿敢厚。大方葬礼、典章詳見禅苑古規。而随処制礼、由人用儀、如我菴居、不在此例。且死生無二、何存異想。死宜用生礼。我五十年以冷淡為家風、慎莫倣末俗奢侈諸色繁多。皆非我志也。纔死了、別不用龕棺。便載平日坐物、掜出焚成一坑（13ウ）之灰。事貴簡易也。已焚了、以骨投河、勿瘞存遺臭。此仮合幻化之物、既壊無用、不可尚生執矣。又勿作塔堂。我塔遍河沙、我堂塞天地。不労故安排焉。而後勿営辦忌斎、勤修法事。韶陽遷化後、命徒挙巴陵三転語、以充供養。実古道榜様也」。復曰、「吾雖不忘本師之慈庥、而知宗門有過量事者。白崖翁之貺也。吾留遺書、汝等贈於泉龍塔院、以示嗣承之意焉、而自若無恙」。衆以為戯譚矣。是月十五日結制講礼之人、終日憧々。（14オ）師皆対*談如常。至晩人事罷、巡警山中、勉諭諸徒、乃示有疾。其徒驚進湯薬。師揶揄不受。至夜分後、跏趺泊然而逝。体特温軟、惟瞑目絶気耳。弟子奉以平生交椅、*禀葬於寺之北渓。遵治命也。人如喪其考妣。慟哭之声、相答於途。世寿七十六、臘六十二。度弟子若干人。

＊談―譚、＊禀葬―禀瘞

師豊顱電眸、眉長二寸、音吐如洪鐘。性剛毅、聡瞭甚。語直少粧飾、外雖荘重、内実灑落。処事精通、而水鏡無痕。以慈為先、周於人急。而至其不可、万牛挽不回（14ウ）首。風化之所及、緇素奔波、争捨信財。師一視以侔土泥。

人或供衣帛、便脱与寒者。凡其所為、皆非人所測矣。毎謂、「法如巨海、随入随深。得其一渧*一渧、以為満腹之意者、皆易知足之魔也」。是以脇未嘗沾席、昼夜如枯株。見凡愚之人、則無識不識、憫然諭云、「離苦得楽之法、無如安心。一失今生、更期何刧。雖一刹那、回光返照、我為汝生大歓喜也」。対可発之機、説法要、則委曲精切、触物引類、諄々憐撫、如*護嬰児。暮語或達旦、不（15オ）見有倦色。人為投親之思、以不忍其去。

＊一渧―一滴、＊護―譲

至四来参禅則曰、「我是一員無事僧耳、懶聞禅道之名」。便閉門趕出。石頭路滑、蹉倒皆退。有三到九登、横身*虎口者、得入其室、則迅機閃電、*峻辯建瓴、如触*太阿剣、似向猛火聚、略不可犯。要於一棒一喝下、辨其邪正、点鉄成金。纔渉言句、皆有斬釘截鉄之気。而為其未悟者、不立階級、一向撒手、趁逼至冷氷々処、頓得活句。為已悟者、痛与主丈、剗尽従前活路頭、貶向二鉄囲山。為出格（15ウ）者、照用同時、賓主互換、却来緊把定封疆、有不犯鋒鋩、随賊擒賊之行。以要言之、入体入用、入浄入染、左転右転、横説竪説、妙応無碍、変通自在。古人愛皮殻漏子禅、笑琉璃瓶裏搗糍餻者。蓋師之意与。其作用、大率類此。

＊虎口―逓口、＊峻辯―峻辨、＊太阿―大阿

師曾依一二講師、渉猟天梯教乗。復従密宗達者、染指秘観悉地之法、旁闚悉曇書。故其対揚談論、旁午汪洋、不見涯涘矣。師雖臥而不出、以臨済正宗、自為己任。不落今時膚浅、法令森厳、如見金科玉条（16オ）自成一家機杼。痛罵鉄炉歩之徒、打開鋪席、玷汚法門者、以為市頭商賈、*疾之如讐。又極訶黙照邪禅輩、使其向阿屎放尿処、以作活工夫、毎論法道之陵夷、慨然発浩歎至泣下。凡読先哲語録、至其打之遶処、即唾而投地、不再手巻。一日有僧来参。問答激揚之次、師讞其所解。僧云、「我已有印可之師、不欲復呈師」。々云、「若有実詣、不妨拈出。其或瞞人自瞞、以無眼為有眼。恐不免其報、*已後有喪你眼去」。其僧憤悱不肯。辞去（16ウ）游都、不数月忽失明。嘗有患怪疾者、聞師演法要、或竊頂拝法衣、其疾立愈。般若*霊功、如此者夥矣。師昔在定中、自観前身、聞空

中歴々有声唱云、「楊柳一瓶甘露滴」。時不知何謂也。後於中峯広録得斯句。乃自題其真之語也。識者以為幻住国師後身也。実不誣矣。

＊疾―底本左傍墨書「女」（「嫉」ニ訂正）、＊已後―他後、＊霊功―霊験

平生撰述、碧巌集一百則、証道歌一編下語、無門四十八関頌古、其余法語・偈頌・代・別・問答、不可枚挙。皆一時吐出、不敢収録。或見人抄記、則怒詬取而焼之。侍（17オ）者剽竊記其万一。嘗因僧問三玄三要旨、以頌掲示云、「畊翻大地種虚空、日月星辰没暗中、無孔鉄椎重下橛、売花人恨夜来風」。又有僧請益趙州狗子話、答以偈云、「老倒趙州眼没睛、道無道有堕人情、泥牛吼落天辺月、狗子喈前眠不驚」。衲子輿誦焉。

師懐茲宏器、深潜不出世。湖海之士評云、「近江臥龍也」。設使有能移師之意者、出以当世、拈椎竪払、挙揚宗乗、必克振祖綱於已墜、追還万古也、亦吾道之光華焉。師聿確乎（17ウ）不貳其操、無乃法門之不幸乎。竊以、至人之応世、必有用於道。其出処顕晦、一徇時之機宜、以得移風易俗。否、則不見其所以為応世之益也。故群迷溺空、則仏出以説*有。万類膠有、則祖来以談空。以至遞代聖賢、皆視弊而後出、非居然而来焉。而法道之汙隆、係乎出世領徒、名位当局者。苟非其人、則吾道為之軽、吾法為之賤。魔外之群、覘以為得計、而遂致法道易破壊。*経所謂、師子身中虫、自食師子肉者耶。罪在我而不（18オ）在彼也。仏法流化之盛、莫若本邦。而代降時下、不能無斯弊矣。今蔑備于内、自欺以貪位趨名者、比々皆然。法道之不衰、能幾時哉。師方茲時、丕備非常之才、屡却諸方之聘、而以力微而不堪荷法為辞、終身不出。於是乎、汲々於進取者、始圜視重足、相謂曰、「嘻乎斯人而然。法道之難荷、名位之難当如茲。得不恐而畏乎」。乃知高風清徳、能廉彼貪。移風易俗、所以為益者大焉。凡推師応世之迹、初罔不以此。然則其隠晦、法門（18ウ）之大幸、而非其不幸也。

＊有―甘、＊経―仏

*杲以父執、自幼従師、中間游学於都下、及長益有希顔之志。徠往師之門、前後二十許年、毎侍左右、聞師自

説行道顛末。其未詳者、質於相従之久於予者、尽獲之。故*以記焉。或曰、以俗例、釈公之*状不避師諱何也。曰、儒礼不云乎、二名不偏諱。永享*九年十月十六日長杲謹*状。（19オ）

＊杲―長果（ママ）、＊以記焉―録其大略以詒後之修僧史者焉、＊状―録、＊九―元（九カ）、＊状―録

三　大徳寺関係偈頌等の書き入れ

本書は室町後期に大徳寺派関係の寺院の所有となったらしく、本文第二丁から第八丁にかけて、主として裏面（袋綴じの内側）に書き入れがある。ただし第七・八丁は表面（版面）余白にも連続して記される。一筆と見られる。最も新しい年記が27の永禄一二年（一五六九）であり、その頃のものと見てよいだろう。春浦宗熙（9・12）が最も古く、判明する作者はいずれもその法系に属する僧侶で、特に小渓紹怤およびその会下が多数を占める。19〜25は小渓の弟子清庵宗胃への追悼の偈とその次韻である。

翻刻に際しては、漢字は通行字体、前書・後書部分は改行二字下げに統一、作品に通し番号を付した（前書のある場合はその冒頭、ない場合は作品冒頭）。返点・送仮名は原文通り（竪点は省略）、句点は私意。

1我レ其レ非レ渠ニ、洒々落々、渠レ其レ非レ我ニ、獃々痴々、破砂盆兮嘗二過滹沱水味一ヲ、麁竹篦兮慢二着魏府ノ風規一ヲ、分二賓主ヲ於一喝一ニ、立二照用於同時一ニ、一擒一縦魔外無レ測、大機大用仏眼難レ窺、伝衣肩痛シ、付鉢力垂ル、這ノ老古錐、々々々々、他家ニ自有二通霄ノ路一、父攘レ羊ヲ而子隠レ之、咄々々咄、機輪通変難人到、正法還他五逆児、嘱

春林俶長老写予幻質請讃、書以塞白耳

天文十三年甲辰季秋朔日御使者蔵主俯而御持参ニテ三拝、有湯
前大徳徹岫叟宗九（2オ）
（頭注「猷ハ痴心也」、脚注「慢〈アナトル義也〉」、「魏府」左傍注記「ハ興化ナリ」）
2不レ堕世尊底、豈会迦葉ノ禅ヲ、鍛シ錬シ衲子ヲ、罵倒聖賢ヲ、五湖四海ノ、八蛮百川、松源猶ヲ其ノ暗黒豆老、
林際未ダ是レ白拈賊攣、累々嘱々、密々綿々、若木枝頭紅日出、扶桑震旦又西天、嘱
右九禅者写余幻質請賛、書以塞白焉
天文五祀丙申林鐘上浣日
前大徳小渓叟紹仸老謬
（「攣」左訓「ツラナル」）
3這痴頑ノ漢、形槁レ耳重シ、歯豁ニ顱髡、嘗過シ滹沱ノ小味ヲ、滅却ス臨済ノ正法眼蔵ヲ、慢着魏府ノ風規ヲ、説与ス興化
安楽ノ法門ヲ、将謂是レ生苕帚、元来唯タ破沙盆、開テ大（2ウ）鏡照破シ祖仏肝膽ヲ、荷ツテ千斤ヲ制断人天ノ脚
跟ヲ、伝衣肩更ニ痛シ、付鉢力何ゾ論セン、描セリ兮写セリ兮吾無レ輔車ノ禍、遠者大者誰レカ使シテ盤礴シテ存、欝タル乎
屋裡一株ノ樹、覆蔭ス大千ト及ヒ後昆　咦
参学之緇素写余幻質請賛、書以塞白焉
天文五祀丙申仲春上澣日
前大徳小渓紹仸自訐
4金縷伝来鶏足山、牛皮六世又何顔、横眠倒臥無猶預、龍宝楼台春昼閑
右仏照大鏡禅師肖像、嗣法小比丘紹仸拝賛（3オ）
天文五載夷則仲浣日

5 三尺吹毛光照天、破犀在手払塵縁、真容難写僧繇筆、当軒大坐勢凜然

浅井備前守教外宗護居士小像

前大徳徹岫叟宗九ーー

6 豊州居住之信士、就于野釈需法諱并道称、不獲辞、諱曰宗盛、字曰雪渓、仍矢小偈旌其義了

六出積過膝、神光活眼加、看安心一着、月落磵之阿

天文十三歳甲辰重陽日

前大徳徹岫宗九迅毫（3ウ）

（冒頭右傍「高畑（「畠」ミセケチ）新衛門豊州」、「信」右傍「仁」、脚注「阿ハ澗ノアイノ心ソ」）

7 歎禅者写余夢影需賛辞、夢影元来不借丹青、迢々十万里、如絵雪而不絵其清、芥子納須弥、如絵花而不絵（4オ）其馨、石従空裡立、如絵泉而不絵其声、不渉洒々落々、何認昭々霊々、一箇烏亀子解真要、三尺黒蚖蛇尽法刑、漕渓波浪難人到、滴々酌来分渭涇

右葛藤不克峻拒、書以応懇請而已

天文五祺丙申林鐘上浣日

前龍宝山主小渓叟紹怤漫書（4ウ）

（「迢」左訓「ハルカ」、「拒」左訓「フセク」）

8 機先棒喝、袖裡鉗鎚、取哂乎格外鬱蓊、起訕乎諸方参差、天蓋地載、雲行雨施ス、龍驤虎驟、電巻雷馳、白髪忽易（5オ）容貌、丹青豈染鬚眉、何似生習禅者習禅者、元来正宗無等匹也、太奇也太奇

咦

天文五祺丙申林鐘上休日

前龍宝山主小渓叟紹忸漫題

（「也」右傍ヨリ補入）

9

岐庵和尚入牌之語

茅亭坐看片雲孤、罵倒諸方瞻気麁、挙似同参家裡話、玉梅已破蔕膚都

共惟

前住当山岐庵和尚大禅師、道遍四海、名蓋九区、挑起霊光之余焔、明殺群生之昏衢、喝如青天轟霹靂、機似赤手縛於菟、捧牌云、直下来也、豁開戸牖坐毘盧、睹驢隊裏抽身去、列聖叢中位不殊、敲牌云（5ウ）、牌中数箇字清風、何処無連喝両喝

文明十七禩仲春廿一日前大徳春浦宗熙書

10

文殊賛

五台山月照天台、大聖文殊添一枚、得勺欲題無紙筆、風前拍手咲哈々

11

描而不就鉄心腸、拈竹篦来辨短長、東海児孫大興起、看々朝日上扶桑

朝公首座写予幻質求賛語、乃書之

永正丁卯五月十三日　前大徳陽峰老拙宗詔（6オ）

12

我不是渠々不我、丹青紙上錯担胡、竹篦在握機峰峭、何許人来将虎鬚

宗詔蔵主写予陋質求賛語、書之云

文明二祀仲冬日　春浦宗熙

13

新円寂明質理光大姉、稟生貞潔、胸次柔剛、久入山野室洗除弊垢衣、参古徳閑語見処太諦当、信又常不浅、其功豈消亡、殺鬼不待時、俄然帰無常、唱迦陀一遍、餞行作色粧

古来理窮一時彰、心径苔生情謂忘、看々涅槃三昧火、火星迸散発霊光　喝一喝

天文廿三歳四月廿七日（6ウ）

（「迸」右傍注記「放カ」、「四」、「五」に上書）

14

大仙亘（ママ）岳辞世　天文十七年戊申六月廿四日

拄丈筧末後句、倒擲万仞龍峰、請你試卓破看、滅却臨済正宗

一衆珍重　六月廿四日　宗亘在判（6ウ版面）

15

殺仏打祖、遊戯神通、末後句聻、猛虎展翅舞碧空

一衆珍重、弘治二丙辰四月十三日　宗九在判

16

同春林悼者

叮嚀税与老禅那、活眼晴難逢作家、大用現前真諚莿、瑞峯薫発国師花

三浦（？）子ーー（7オ版面）

17

花庵号

万紫千紅帯露新、馨香各自賞芳辰、挙頭不用趙州老、与奪従横分主賓

天文廿年亥八月上浣日　徹岫叟宗九

18

浄叟号

碧潭月影照胸天、雪鬢銀髭公案円、截断塵根無一物、神仙秘夫不伝々

豊州清田左衛門紹清浄叟号（7オ）

19

今茲永禄五夷則晦余師叔　正受堂頭大和尚俄然唱無生曲、露柱七顛、燈籠八倒、余亦不覚肝飛空眼落地、

憾慨罔措、卒述追悼一絶奉呈　真前、以焼香三拝、兼平素聞法之冤讐、伏惟尚饗

踢倒牢関擊電中、黯然驚殺太虚空、唯（7ウ）余一喝白拈賊、向瞎驢辺滅正宗
　春林野釈頓首

20
（「正受」右傍注記「上ニ挙書也」、「憾概罔措」右傍ヨリ補入、「法之」「冤讐」間「恩云」ミセケチ、「黯」、「忽」ミセケチ）
有興臨東堂大和尚追悼之尊偈、予其高韻者一絶、奉呈正受和尚大禅師影前、以酬法叔之懇請云、昭鑑
昨夜蔵身北斗中、燈籠涙前眼睛空、大機（7ウ版面）大用大禅仏、震日扶桑興済宗

21
独寄全身万象中、掀天地踏翻空、平生這老大機、南北東西興我宗　此頌不用

22
謹奉依興臨堂頭和尚見悼悼清庵老漢厳押
欲酬恩乳探嚢中、子細看来物色空、仏法胸襟無一点、扶桑（8オ版面）国裡滅吾宗
　宗用合爪

23
漫奉依興堂頭老師追悼正受大和尚之厳韻、霊鑑
呵風罵雨話機中、曲順人情帰太空、七尺烏藤縦拗折、児孫何敢隠綱宗
　笑嶺老拙拜

24
謹奉依興臨大和尚尊韻哭別(?)正受老禅之示寂　宗佐九拝
久侍巾瓶笏室中、嗔拳熱喝断心空、多年曲（8オ）録(ママ)禅床上、罵倒五家兼七宗

25
正受堂頭清庵大和尚、今茲永五孟秋晦日既戢化、有興臨大和尚見追悼尊偈、予亦豈可黙止乎、拙和一章以助諸徒哀云、昭鑑
化縁已畢刹那中、伝法得人名不空、直是作家相見処、吹毛剣截断真宗
　如意野衲宗順和南

26
八十光陰昨夢中、一機転処呼心空、自今枝葉蔭天下、凛々威風百世宗

宗巨（8ウ）

27末後一句、縦吐金言、輝天輝地、只死譫言（タハコト）
　大歇辞世　永禄十二己巳四月廿一日午刻輿臨仰作ノ時（9オ版面）
（「譫」左傍「セン」）

おわりに

南英は鎌倉・京都両五山の中心にひとたび接近しながらも、大病をきっかけに山中の修行へと回心し、幻住派の嗣法を得て隠遁的生活を送った。その語録が周囲の人々の努力により刊行され、それが戦国時代には大徳寺派の僧侶の手に渡った。大徳寺すなわち大応派も下語・代語等を好んで行う派であり、そのような共通性が伝来に関わっているように思われる。内容的検討は今後の課題として、ひとまず蕪雑な紹介を終える。

〔付記〕

本書の存在を御教示頂いた高木浩明氏に深謝申し上げる。また、幻住派の特徴に関しては飯塚大展氏の御教示を得た。また、初出発表後、川本慎自氏より、書き入れの5に見える「浅井備前守教外（クワイ）宗護居士」は、法名を救外宗護と言った浅井亮政であろう、との御教示を得た。あわせて謝意を表する。なお、本稿に紹介した南英の行状の概略は、「旅する禅僧　中世日本の禅僧の生涯と活動」（堀池信夫総編集、増尾伸一郎・松﨑哲之編『交響する東方の知　漢文文化圏の輪郭』知のユーラシア5、二〇一四、明治書院）に述べた。

第一八章　書評　張伯偉著『作爲方法的漢文化圏』

近年の中国における、非中国漢文文献の研究の進展には目を見張るものがあるが、その強力な推進者のひとりである張伯偉氏がここ数年の成果を一書にまとめた。本書『方法としての漢文化圏』である。全九篇からなる本書の内容は、唐代から近代まで、中国・朝鮮・日本にわたる広汎なもので、そのいちいちについて論評することは、日本漢文学研究が専門である評者の手に余る。内容の紹介と、現在の日本における関連研究や類似の作品・作家等を挙げることで責を塞ぎ、間接的に張氏の研究の意義を照らし出せればと思っている。

＊

まず序章として書名と同題の文章が置かれている。著者は、ヨーロッパの学問体系の影響下で形成されてきた一九世紀以降の中国における学問を反省する契機としてポール・コーエン『知の帝国主義　オリエンタリズムと中国像』（邦訳書名による）と溝口雄三『方法としての中国』を挙げる。いずれも西洋の眼を通して中国を見る事への批判であるが、特に後者の、江戸時代以来の日本漢学（日本文化から見た中国）とも西洋式中国学とも異なる、第三の道、中国の内部からその原理を見出すことを目指す姿勢に共感を表明する。

しかし著者はすぐさま、その姿勢と伝統的な中国中心主義（中華思想と言い換えてもよいだろう）との混同に警告を発し、中国人として、自己を見る視点、他者を見る視点、そして他者の眼を通して自己を見る第三の視点を持つ必要があると述べる。この第三の視点の設定において有益な資料となるのが、中国以外の地域において成立した漢文文献、著者いうところの「域外漢籍」である。

著者はさらに一歩進めて、陳寅恪の言を引きながら、それらの資料を単に中国理解のために奉仕させる補助的役割とみなすのではなく、域内漢籍と同等の価値を認め、相互に参照することによって、より大きな文化圏――すなわち漢文化圏全体の研究に資することを目標としている。

なお、この「導言」はもと《中國文化》二〇〇九年秋季号に掲載され、また『東アジア漢籍交流シンポジウムin京都予稿集―「域外漢籍」の研究価値を考える―』（二〇〇九年一一月一四日開催、いわゆる「にんぷろ」のうち静永健班主催のもの）に大渕貴之氏の翻訳を付して収められている。そこでは、具体的な研究上の視点として、典籍の流伝、人物の交流、イメージの変遷、の三つを挙げ、それぞれについて自身の研究を紹介しているが、本書収録の際、所収論文との重複を避けるためであろうか、この部分は削除されている。

＊

以下、個別の論文について見ていこう。九本のタイトルは以下の通り。（仮に通し番号を付す）

1東亞文化意象的形成與變遷―以文學與繪畫中的騎驢與騎牛爲例
2漢文學史上的1764年
3朝鮮時代女性詩文集編纂流傳的文化史考察
4論唐代的詩學暢銷書

5〝賓貢〟小考
6李鈺《百家詩話抄》小考
7廓門貫徹《注石門文字禪》譾論
8從朝鮮書目看漢籍交流
9朝鮮時代女性詩文集解題

1「東アジア文化イメージの形成と変遷―文学と絵画における騎驢と騎牛を例に―」は、杜甫・孟浩然ら多数の中国詩人によって形成された驢馬に乗る文人のイメージが、高麗・朝鮮および日本においてどのように受容され、また変容していったかを、漢詩文作品および絵画の作例を博捜・分析したものである。中国において騎驢は、杜甫や孟浩然の生涯と結びつき、騎馬（官吏・富貴）との対比で在野・貧困のイメージが付与され、政治性を強く帯びたものであった。これが高麗・朝鮮に入ると、現実生活において牛を移動手段としていたことから、むしろ「騎牛」が騎驢に取って代わり在野・脱俗のイメージを担うようになるが、その政治性は保持・強化される。一方、絵画においては伝統的画題として騎驢図が多数作られている。日本においては五山文学において騎驢のモチーフが愛用され、中国と同様のイメージが継承されているが、そもそも日本には驢馬がいないため、騎驢は完全に虚構の世界の産物であり、政治性が希薄になって、禅的レトリックを用いて貧困＝風流という方向に変化していく、とする。

一つのモチーフに着目して、その文学・絵画両者におけるイメージ形成を辿るというのは、地域・時代を限定しても非常に困難なことであるが、それを中・朝・日三国について、発生からほぼ終焉に至るまでをカバーした本論文は、その作業量の厖大さにまず圧倒される（五山文学については、騎驢を主題としていない作品にまで目配りが及んでいることに驚かされた）。結論も首肯されるものであろう。ただ、五山文学について、その非政治性を「もののあはれ」と結びつけるのはやや強引であろう。確かに中国・朝鮮との比較から言えば、日本文学全般に政治性が乏しく、その理由を求めるとそこに行き着いてしまうのは仕方ないことかもしれないが、五山文学が出家者（禅僧）による文学行為であり、しかし室町幕府と緊密な関係があったという、相反する条件を踏まえた考察が求められるところである。

このような研究には中川徳之助「「白鴎」考」（『日本中世禅林文学論攷』清文堂出版、一九九九、所収。初出一九五七―七三）や朝倉尚『禅林の文学　中国文学受容の様相』（清文堂出版、一九八五。初出一九六八―八四）という成果がある。また美術史では島田修二郎・入矢義高監修『禅林画賛　中世水墨画を読む』（毎日新聞社、一九八七）がまとまったものである。ただし前者は文学作品に限定されている。後者は美術史研究者が中心となって絵画と画賛とを合わせて読解しようという初めての試みであったが、画賛の読解には問題も多く、近年再検討が行われているところである。すなわち、文学と絵画を合わせて検討するという方法は、漢文学分野においてはまだ緒に就いたばかりであり、その意味でも本論文は重要な成果であろう。

なお、杜甫の騎驢イメージについては太田亨「日本禅林における杜詩受容について―中期禅林における杜甫画図賛詩に着目して―」（『中国中世文学研究』四五・四六合併号、二〇〇四・一〇）に言及があり、「窮者而詩工也」（貧困から詩が生まれる）という言説に注目している。

本論文は全体をやや節略した形で石守謙・廖肇亨編《東亞文化意象之形塑》（台北・允晨文化、二〇一一）に「東亞文學與繪畫中的騎驢與騎牛意象」として収められていて、こちらは図版が豊富に添えられている。

2「漢文学史上の一七六四年」は、この年（宝暦一四年＝明和元年）に来日した朝鮮通信使と日本文人との交流が、その後の朝鮮文壇にどのような影響をもたらしたかを巨細に検討したものである。

通信使は一七世紀初頭から、原則として将軍の代替わりごとに派遣され、豊臣秀吉の侵略行為によって傷ついた両国間の平和的通交を確認する一大行事であった。通信使たちは敵情視察の報告を兼ねて日録を記し、また文化交流として日本の学者・詩人と詩文の応酬や筆談を行った。日本側にとっては朱子学の先達に触れる絶好の機会であり、またそこで文名を高めることが個人あるいは学派の名誉ともなっていた。朝鮮側は、正徳元年（一七一一）の通信使を応接した新井白石ほかを例外として、概して日本の学芸全般を低く見ていた。それがこの宝暦の通信使によって一変し、高い評価を与えられるようになった。彼らの見聞や持ち帰った詩文集が流布し、日本漢詩のアンソロジーが編まれ、日本文人の風流が称えられるほどになったのである。このことは彼ら自身の学芸への反省をもたらした。ひとつは自国の女性詩人への評価、もう一つは野蛮国と見なしていた清朝の学芸の価値の認識である。特に後者は、日本の学芸の進展が、長崎を通じて輸入された清代の著述の流布に原因があるとの認識に由来するものであった。逆に日本においては、朝鮮を対等もしくはやや劣等と見なす風潮が生まれつつあった。これがひいては近代のアジア観につながるのではないか、と著者は見通しを述べて論を結んでいる。

本論文も、朝鮮・日本の関係文献を広く見渡して、特に朝鮮文壇における反響をつぶさに検討している点に高い独創性がある。江戸時代の漢文学においては、著者も指摘するように、荻生徂徠に始まる古文辞学派の台頭がそれまでの学芸を一変させたと言ってよいだろう。江戸に拠点があった徂徠の弟子たちが、藩儒として、また市井の儒者として全国に散らばり、その学風を広め、それに対する朱子学者の反発、あるいは両者を折衷しようとする新たな動きが起こって、詩文・儒学ともに活性化してきたのがまさにこの一八世紀中葉であった。そのことを朝鮮側資料から裏付けたという点において、日本漢文学研究にとっても貴重な成果である。

日本では高橋博巳氏が精力的にこの前後の日本・朝鮮・中国文壇の動向を追っていて、『東アジアの文芸共和国　通信使・北学派・蒹葭堂』（新典社、二〇〇九）および多数の論文をものしている。氏は文人同士の友情や共感を重視した視点を持っている。その点、どちらかというと対立・摩擦（とその克服）という部分に注目する張氏とは異なるが、これは同じ事象の二つの面を示すものであろう。

なお、本論文は内山精也氏の翻訳により、浅見洋二氏と評者の編になる『蒼海に交わされる詩文』（東アジア海域叢書一三、汲古書院、二〇一二）にも収録される。ここに高橋氏も同じ通信使に関する論文を寄稿しているので併せて御覧頂きたい。

3「朝鮮時代における女性詩文集の編纂と流布に関する文化史的考察」は、女性詩文集の編纂と流布の実態を追うとともに、それが何のために、またどのようにして行われたかを考察したものである。一六世紀末に始まる編纂行為の前提として、明末清初の中国における総集に、相当程度朝鮮女性詩人の作品が含まれていたこと、また中国人女性の作品が別集・総集ともに盛んに刊行されていたこと、を挙げる。それらの典籍が流入し、刺激を与えたとするのである。一方、内発的理由として、特に一八世紀後半以降の女性意識の自覚を指摘している。

ちなみに本書末尾に置かれた9「朝鮮時代女性詩文集解題」は、本論文の各論とでも言うべきもので、一六世紀から二〇世紀初頭に至る女性詩文集（別集・総集）三七種について、作者の伝記、所収作品の内容、伝本等詳細に記したものである。例えば許楚姫（きょそき）『蘭雪軒集』には、朝鮮版二本のほか、正徳元年（一七一一）の和刻本があることとも指摘している。これは8「朝鮮書目より見た漢籍交流」において、中国伝統の目録学的方法によって朝鮮に流布した漢籍を検討したなかで、現代韓国および日本において作られた目録も細大漏らさず触れている（ただし藤本幸夫『日本現存朝鮮本研究』京都大学学術出版会、二〇〇六、には言及せず）ことの副産物であろう。

なお、前近代日本の女性詩人については、大曾根章介「平安初期の女流漢詩人―有智子内親王を中心にして―」（『大曾根章介日本漢文学論集』二、汲古書院、一九九八。初出一九六九）や福島理子校注『江戸漢詩選三　女流』（岩波書店、一九九五）などが参考になるが、本書のような網羅的な紹介はまだ行われていない。

冒頭、序章に関連して、著者が掲げる三つの視点に触れた。論文1はイメージの変遷を、論文2は人物の交流を、そして論文3は典籍の流伝を追ったものであり、いわば著者の考える域外漢籍研究の方法の具体的実践になっている。

＊

4「唐代の詩学流行書について」と5「「賓貢」小考」は、テーマとしては中国文学内部の問題であるが、《中国詩学研究》《全唐五代詩格校考》の専論がある著者ならではのものであろう。

4は唐代の初学者向け詩学書の流行に僧侶が大きな役割を果たしたことを述べる。著者に僧侶が多いこと、寺院が流布の場になったこと、詩学書の分析的叙述が僧侶の科判論（仏典本文の文脈分析）に由来することなど、いずれも重要な指摘であろう。それらの論証の支えになっているのが空海『文鏡秘府論』『性霊集』や円仁の将来目録といった日本の資料である。

5は、新羅を代表する詩人崔致遠（さいちえん）が「賓貢」によって科挙に及第した、という記述から説き起こして、この語の意味を追究し、外国人受験生の意である（ただし賓貢科として独立しておらず、通常の進士科に属する）と確定させたものである。こちらは『高麗史』『高麗史節要』等高麗の資料が大きな役割を果たしている。

6「李鈺『百家詩話抄』小考」と7「廓門貫徹『注石門文字禅』序説」は、それぞれ朝鮮・日本の文献の考察で、中国典籍の域外における受容例を示したものである。

6は、表題にある一八世紀後半の朝鮮文人の編著が実は『随園詩話』の抄出であったことを指摘し、李鈺（りぎょく）自身は袁枚の文学観に共感していたが、当時の朝鮮文壇とは相容れないものだったため、架空の書名を付したと結論づけている。

7は、北宋の詩僧として著名な覚範慧洪の浩瀚な詩文集『石門文字禅』三〇巻の注釈書である表題の書について、まず曹洞宗僧侶である著者廓門貫徹の伝記を述べ、その師友に独庵玄光・卍山道白・無著道忠ら名だたる学問僧がいたことを指摘する。そして、久須本文雄、芳賀幸四郎、玉村竹二、石川力山らの研究をふまえて中世禅林の学問の伝統を略述して、その流れの中に本書を位置付ける。ついで本書の引用文献をその引用回数とともに列挙、四部あわせて三〇二種に及ぶことを明らかにする。一方で、同時代の詩学、特に語義考証の発達など、中世とは異なる学問の深化にも歩を合わせていると指摘している。

江戸時代における禅僧の学問上の達成については、無著道忠がよく知られているが、それも禅宗史内部での評価に止まるといってよい。黄檗僧が江戸文化全体に及ぼした影響の大きさは、主として美術史の方面からの指摘に始まり、文学においては早く高橋博巳氏の著作で認知されるようになった（『京都藝苑のネットワーク』ぺりかん社、一九八八。これとは別に、高橋氏の独庵論については張氏も本書二六三頁に言及している）が、臨済・曹洞に関しては、学際的研究に乏しい。近年では、建仁寺両足院の高峰東晙について、住吉朋彦「高峰東晙の学績」（『文学』隔月刊、一二―五、二〇一一・九）が出たが、まだまだ埋もれている学僧、著作は数多いであろう。本論文は、そういった現状に一石を投じたものと言えよう。

*

論文7は、『注石門文字禅』が禅学典籍叢刊五（臨川書店、二〇〇〇）に収録されたことを契機としている。評者もそれまで、不明にしてこの書の存在を知らなかった。影印や翻刻によってその存在を広く知らしめることが学問の推進に不可欠であることを示す好例であろう。そのことは著者自身が最も自覚する点であって、《稀見本宋人詩話四種》（江蘇古籍出版社、二〇〇二）《朝鮮時代書目叢刊》（中華書局、二〇〇四）《朝鮮時代女性詩文全集》（鳳凰出版社、二〇一一）、《注石門文字禅》（点校本。中華書局、二〇一二）といった資料刊行の努力が、本書のような研究と表裏一体となって行われている。

朝鮮の漢文作品が『韓国文集叢刊』『韓国詩話叢編』という一大叢書に集成され、またインターネットを通じて閲覧できる態勢が整っていることが、著者を含めて全世界の研究者をどれほど助けているか、ということを考えれば、やはり痛感されるのは、日本における資料整備の立ち遅れである。五山文学においては、『五山文学全集』『五山文学新集』やいくつかの叢書に含まれる作品、および未翻刻・未紹介の作品の集大成、江戸時代においても『詩集日本漢詩』『日本詩話叢書』その他ではカバーできていない多くの版本・写本を集成・紹介すること、こういう基礎的作業も、研究と同時並行ですすめなければならない。その仰ぐべき手本がここにある、というのが本書を通覧しての実感である。

以上、蕪雑な紹介に終始した。専門外の事柄も多く、読み違い、読み落としも多いことと思うが、日本漢文学研究という一視点からの評としてご容赦願いたい。

なお、本書末尾には徐雁平（じょがんぺい）氏による著者へのインタビューをもとにした域外漢籍研究の経緯や現況が述べられていることを付言する。（域外漢籍研究叢書第二輯、中華書局、二〇一一年、A5判四四六頁）

〔付記〕

本書評は《域外漢籍研究集刊》一一（二〇一五予定）に曹逸梅氏の中国語訳が掲載され、そのときに見落としていた先行研究、夫馬進「朝鮮通信使による日本古学の認識―朝鮮燕行使による清朝漢学の把握を視野に入れ―」（『思想』九八一、二〇〇六・一）および「一七六四年朝鮮通信使と日本の徂徠学」（『史林』八九―五、二〇〇六・九）、また後続の研究、藍弘岳「徂徠学派文士と朝鮮通信使―「古文辞学」の展開をめぐって―」（『日本漢文学研究』九、二〇一四・三）を補った。なお、夫馬氏論考二本はその後、夫馬進『朝鮮燕行使と朝鮮通信使』（名古屋大学出版会、二〇一五）に収められた。

初出一覧

一　五山文学における偈頌と詩（『駒澤大学仏教文学研究』一八、二〇一五・一）

二　名所としての中国―「西湖」を中心に―（『文学・語学』二〇四、二〇一二・一一）

三　五山僧に見る中世寺院の初期教育（井原今朝男編『富裕と貧困』生活と文化の歴史学3、竹林舎、二〇一三・五）

四　抄物の類型と説話（『伝承文学研究』六二、二〇一三・八）

五　禅林の抄物と説話（『説話文学研究』四七、二〇一二・七）

六　禅僧による禁中漢籍講義―近世初頭『東坡詩』の例―（堀川貴司・浅見洋二編『蒼海に交わされる詩文』東アジア海域叢書13、汲古書院、二〇一二・一〇）

七　『覆簣集』について―室町時代後期の注釈付き五山詩総集―（『文学』一二―五、特集「五山文学」、二〇一一・九）

八　詩法から詩格へ―『三体詩』およびその抄物と『聯珠詩格』―（内山精也編『アジア遊学』特集「南宋江湖の詩人たち―中国近世文学の夜明け―」、勉誠出版、二〇一五・三）

九　「詩歌合（文明十五年）」について（『かがみ』四三、二〇一二・一二）

一〇　定型としての七言絶句―「詩歌合（文明十五年）」を例に―（『日本文学』六二―七、特集「中世の定型」、二〇一三・七）

一一　三条西実隆における漢詩と和歌―瀟湘八景を中心に―（錦仁編『中世詩歌の本質と連関』中世文学と隣接諸学6、竹林舎、二〇一二・四）

一二　文学資料としての詩短冊―三条西実隆とその周辺―（『國學院雑誌』一一四―一一、特集「資料がかたる物語、記録からよむ物語」二〇一三・一一）

一三　資料紹介　伝横川景三筆『〔百人一首〕』断簡（『花園大学国際禅学研究所論叢』七、二〇一二・三）

一四　『村菴稿』（研究代表者・大谷俊太『奈良古梅園所蔵資料の目録化と造墨事業をめぐる東アジア文化交流の研究』二〇〇九～二〇一一年度科学研究費補助金基盤研究（B）研究成果報告書2〔資料・解題編〕、奈良女子大学文学部大谷俊太研究室、二〇一二・三）

一五　『〔日課一百首〕』解題と翻刻（『花園大学国際禅学研究所論叢』九、二〇一四・三）

一六　伝策彦周良撰『詩聯諺解』　解題と翻刻（鶴見大学日本文学会編『国文学叢録―論考と資料』笠間書院、二〇一四・三）

一七　『香積南英禪師語録』について（『花園大学国際禅学研究所論叢』八、二〇一三・三）

一八　書評　張　伯偉著『作為方法的漢文化圏』（『中国文学報』八二、二〇一二・四）

あとがき

ここ数年間、所属していない学会のシンポジウムや、それまでほとんど関わりの無かった大学や組織に呼ばれて五山文学の話をすることが多くなった。これは、本書第七章に収めた論文の載る『文学』の五山文学特集号や、いわゆる「にんぷろ」と呼んでいた特定領域研究の成果である『東アジアのなかの五山文化』（東アジア海域に漕ぎだす4、島尾新編、東京大学出版会、二〇一四）などによって、五山文学に対する認知度が高まってきているためだとすれば、大変よろこばしいことである。

しかし、どの分野でもそうだと思うが、専門分野を同じくする人々の評価に耐える先端的な研究と、やや専門を異にする人々にも理解してもらえるような開かれた研究との両立はなかなかむずかしい。本書には、さきほど述べた学会シンポジウムの発表内容などを、説話・伝承・和歌といった他分野、あるいは中国文学・日本史学など、日本文学以外の分野の人を読者対象とする雑誌・図書に書いたものが多く含まれていて、媒体の性格上その両立を目指さざるを得ない立場での執筆を行った。そのことは、逆に自らの研究上の位置を再確認しつつ、新たな視点や課題に気づかされることになったかもしれないが、両立にはまだ道半ばの感がある。

地道な資料発掘・整備、あるいはそれに基づいた注釈的研究といった地盤を作っていくことが重要であろうことは、前著から変わらない。今後も「資料と論考」をバランスよく続けていきたい。

末尾ながら、翻刻許可をいただいた株式会社古梅園、天理大学附属天理図書館、祐徳稲荷神社に改めて深謝申し上げるとともに、資料閲覧に際してお世話になった方々、初出時の学会・雑誌・図書の関係各位にも感謝申し上げる。本書編集は、前著に引き続き橋本孝・岡田圭介両氏によるものである。特に索引は岡田氏の手を煩わせた。併せて感謝申し上げる。

二〇一五年四月一一日

堀川貴司

正編・続編　総索引

＊『五山文学研究　資料と論考』（＝正編）および本書（＝続編）に出てくる人名・書名・作品名および若干の地名・専門用語についての索引である。ただし、翻刻・引用本文中の語は対象外とした。
＊書名には『　』、作品名には「　」を付した。また、検索の便のため、書名は通行の簡略なもの、人名は姓名とするなど、統一を図った。
＊本書（＝続編）の頁はゴシックで、前著（＝正編）の頁は明朝で表記した。両著に出てくる語の場合、本書の頁数の後に「／」を置いて前著の頁数を示した。

●く●

●け●

●こ●

●た●

●ち●

●る●

●れ●

●ろ●

●わ●

続　五山文学研究
資料と論考

著者
堀川貴司
（ほりかわ・たかし）

1962年、大阪府生まれ。
東京大学大学院人文科学研究科博士課程単位取得退学。
東京大学（助手）、帝京平成大学、愛知県立女子短期大学・
愛知県立大学、国文学研究資料館、鶴見大学を経て、現在、
慶應義塾大学附属研究所斯道文庫教授。博士（文学）。

著書に『瀟湘八景—詩歌と絵画に見る日本化の様相』（臨
川書店、2002）、『詩のかたち・詩のこころ—中世日本漢
文学研究—』（若草書房、2006）、『書誌学入門　古典籍を
見る・知る・読む』（勉誠出版、2010）、『五山文学研究
—資料と論考』（笠間書院、2011）等がある。

平成27（2015）年5月30日　初版第1刷発行
ISBN978-4-305-70776-5 C0095

発行者
池田圭子

発行所
〒101-0064
東京都千代田区猿楽町2-2-3
笠間書院
電話 03-3295-1331 Fax 03-3294-0996
web :http://kasamashoin.jp/
mail:info@kasamashoin.co.jp

装丁 笠間書院装幀室
印刷・製本 モリモト印刷